KB211462

Please be my
Last love
마지막 연애

마지막 연애

1판 1쇄 찍음 2015년 4월 22일
1판 1쇄 펴냄 2015년 4월 29일

지은이 | 이서원
펴낸이 | 고운숙
펴낸곳 | 봄 미디어

기획·편집 | 손수화, 정수경, 박혜진

출판등록 | 2014년 08월 25일 (제387-2014-000040호)
주소 | 경기도 부천시 원미구 소향로17, 304(두성프라자) (우)420-864
영업부 | 070-5015-0818 편집부 | 070-5015-0817 팩스 | 032-712-2815
E-mail | bommedia@naver.com
소식창 | http://blog.naver.com/bommedia

값 9,000원

ISBN 979-11-5810-025-4 03810

Please be my Last love

마지막 연애

어서원 장편 소설

Contents

뒷걸음질 치는 여자

서가에는 사그락, 책장을 넘기는 소리와 뚜벅거리는 발걸음 소리만이 공존했다. 기다랗고 가는 손가락이 서고에 꽂힌 시집 한 권을 집어 들었다.

그 사막에서 그는 너무 외로워 때로는 뒷걸음질로 걸었다.
자기 앞에 찍힌 발자국을 보려고.

사막 — 오르탕스 블루

우연히 펼친 페이지에서 만나는 자신의 삶을 닮은 글귀가 반가울 때도 있지만, 때론 순식간에 사람을 부끄럽게 만들기도 한다. 마치 숨겨 놓은 삶의 한 자락을 송두리째 들켜 버린 것만 같아서 선휘는 책을 도로 서고에 꽂았다.

그 무엇도 공유한 적 없는 이가 써 놓은 글에 마음을 들키고 나면, 왠지 그 글귀가 적힌 책을 읽는 것조차 꺼려지곤 한다. 그 감정에 동화되어 산산이 부서져 버릴까 하는 두려움으로 눈 앞에 보이는 활자를 무시하고, 생각을 정지시키고, 그저 빠른 걸음에 집중하고 싶어진다.

빌리려고 했던 책 목록이 적힌 형광색 포스트잇을 선휘는 힘 없이 구겨 버렸다. 그리고는 도서관 현관으로 정신없이 걸었 다. 그녀의 잰걸음이 우뚝 멈춰 선 건 도서관 유리문 앞이었다.

투두둑, 툭툭툭. 빗방울이 바닥에 떨어지는 소리가 들려오자 한숨이 절로 새어 나왔다.

선휘는 가만히 자신의 차림새를 내려다보았다. 아이보리색 반소매 리넨 블라우스와 연한 회색 팬츠, 그리고 아이보리색 공단 샌들.

우산 없이 빗속을 뚫고 가기엔 참으로 설득력 없는 복장이 었다. 젖을 책이 없는 게 다행인 건지, 얼굴로 흩날릴 빗줄기를 가려 줄 책 한 권이 없는 게 불행인 건지.

선휘는 차 키를 손에 쥔 채로 천천히 유리문을 밀었다. 밖으 로 나오니 억수같이 퍼붓는 빗줄기가 그저 아무것도 아닌 것처 럼 느껴졌다. 그러다 끈적하게 비에 젖어 차에 오를 것을 생각 하니 기분이 찜찜하기도 했다.

작은 손으로 겨우 이마를 가린 채 달리기 시작했다. 열다섯 개 정도 되는 현관 앞 계단의 중간쯤 다다랐을 때, 공단 샌들이 일을 내고 말았다. 빗물이 신발 안으로 차오르면서 발이 샌들

안에서 미끄러졌고, 중심을 잡으려 발끝에 힘을 주었을 땐 이미 몸이 옆으로 기우뚱 기울어진 후였다.

그 바람에 계단을 오르고 있던 남자와 어깨를 세게 부딪쳤다. 마찬가지로 우산이 없던 그가 고개를 숙이고 뛰어오른 탓에 내려오는 선휘를 미처 발견하지 못한 것이다.

"죄송합니다."

"죄송합니다."

이런 빗속에 오래 머무는 걸 원하는 이는 없을 것이다. 아주 심플한 사과를 주고받은 둘은 각자 빗속을 다시 달리기 시작했다.

차 문을 열자마자 가죽 시트에 엉덩이를 붙인 선휘는 안도의 한숨을 내쉬었다. 시동을 켜지 않은 탓에 와이퍼가 움직이지 않는 차의 앞유리에는 빗방울이 만들어 내는 수채화가 이지러지고 있었다.

온몸이 부서지는 것도 모르고 유리창 위로, 보닛으로, 차갑게 식은 아스팔트 위로 곤두박질치는 빗방울을 보며 선휘는 어리석다 생각했다.

저리 부서지고, 언제 그랬냐는 듯 어디론가 흘러가고, 따사로운 햇살에 증발하고, 무거워지면 다시 제 몸 부서지도록 곤두박질치는 빗방울.

그게 자연의 이치이거늘 선휘의 얼굴엔 쓴웃음이 스몄다. 그와 동시에 도서관을 나서기 전 마주한 시구가 머릿속을 어지럽혔다.

'외로워서……. 자신의 발자국을 보려고 뒷걸음질 치고 있다.'

언젠가는 뒤돌아서서 앞을 보고 걸어갈 날이 있겠지.

빗방울이 만들어 내는 소음과 풍경, 그리고 시구에 또다시 마음을 빼앗겼던 선휘는 현실을 직시하려 차에 시동을 걸었다.

이윽고 와이퍼가 움직이며 앞유리의 그림이 선명해졌다. 그리고 그가 보였다. 도서관 현관 처마 밑에 서서 밖을 바라보고 있는 그의 모습이.

비가 내리고 너무 멀리 떨어져 있는 탓에 얼굴은 잘 보이지 않았다. 그런데 왜 자신을 바라보고 있다는 생각이 들었는지, 뜬금없는 상상력을 탓하며 선휘는 천천히 핸들을 돌리기 시작했다. 주행로로 들어서며 흘끔 룸미러를 바라보자 그의 모습은 사라지고 없었다.

도서관 현관에 다다른 승우는 옷에 묻은 빗방울을 털어내다 여전히 주차장을 향해 달리고 있는 여자로 시선을 돌렸다. 뚜렷한 목적의식을 가지고 그녀에게 시선을 할애하고 있는 것은 아니었다.

괜히 시선이 가고, 괜히 관심이 가고, 괜히 궁금해지는 그런 때가 있다. 그런 사람이 있다. 지금이 바로 그런 괜한 순간이라 여기며 승우는 시선을 거두지 않았다.

갑작스레 내린 비에 그녀도 미처 우산을 준비하지 못한 것 같았다. 그 괜한 교집합에 피식 웃음이 새어 나왔다. 나같이 정신없이 사는 사람이 또 있구나 하는 헛웃음과 함께, 오후에 비가 온다고 했으니 우산을 꼭 챙기라는 말 한마디 전해 줄 사람이 그녀도 없는 것일까 하는 오지랖 서린 걱정까지.

아이보리색 블라우스가 비로 물들어 하얀 속옷이 내비치고 있는 위태로운 뒷모습을, 빗줄기 속에서 선명하게 코끝을 스쳤던 플로럴 계열 향기를, '죄송합니다'라고 읊조리던 작은 입술을 승우는 한참 동안이나 머릿속으로 떠올렸다.

이대로 걸음을 주차장으로 옮겨 말이라도 걸어 보면 어떨까 하는 엉뚱한 생각이 들 정도로 찰나의 순간이 매력적인 여자이기는 했지만, 그 매력은 '억수같이 비가 오는 상황에 우산이 없다'는 현실적인 벽에 부딪혀 사그라졌다.

그저 이렇게 잠깐의 유희를 즐길 수 있게 해 주는 찰나의 만남이 인생에는 많은 법이니까. 승우는 서가로 발걸음을 옮기며 피식 웃음 지었다.

열람실 안에는 오늘도 역시 청춘의 고뇌가 여울져 있었다. 승우는 서고에서 뽑아 온 책들을 너른 책상 위에 올리고는 의자에 앉았다. 기획 단계에 있는 뮤지컬의 시대적 배경에 대한 조사를 위해 도서관을 찾은 터였다.

여러 서적을 훑으며 태블릿PC에 메모를 하고 있는데, 테이블 끝에 앉아 있는 여학생들이 쪽지를 주고받으며 소곤거리는 소리가 들려왔다.

조용한 공간 안, 의미가 불분명한 지저귐은 소음에 불과한 것을. 승우는 자리를 옮기기 위해 짐을 챙겨 열람실을 빠져나왔다.

학부 시절 닭장이라 불렸던 칸막이 열람실로 향하는 그를 누군가 불러 세웠다.

"저기요."

빨리 말해, 네가 해. 어우, 답답해. 여대생들의 지저귐에 승우는 고개를 돌려 그들을 바라봤다. 키가 고만고만한 여학생들이 새된 비명을 지르며 얼굴을 붉혔다.

"저, 윤승우 선배님 맞으시죠? 저 뮤지컬학과 1학년인데요. 여기 사인 좀."

그중 목소리가 가장 커 보이는 여학생이 내민 건 승우가 지난 시즌에 기획한 공연 프로그램 북과 볼펜이었다. '기획 총괄 윤승우'라 적힌 곳의 바로 아래에 사인을 하며 승우는 낮게 읊조렸다.

"이런 사인보다는 차라리 '선배님, 밥 한 끼 사 주세요' 했으면 좋았을걸."

그 말에 이제껏 조용했던 한 여학생이 입을 열었다.

"그럼 밥 한 끼 사 주세요!"

"이미 늦었죠, 지금은?"

그리 말하며 승우는 프로그램 북과 펜을 건네고 발걸음을 옮겼다.

"맙소사, 왜 기획한대? 배우 안 하고?"

"원래 연출이랑 경영 전공이야. 연기 전공 아닐걸?"

"그래? 하드웨어가 아깝다!"

"저 하드웨어에 훌륭한 소프트웨어까지 꽉 차 있다는 게 더 매력적이지 않아?"

뒤통수에 대고 제멋대로 떠들어 대는 여학생들의 대화에 승우는 기가 차서 외쳤다.

"다 들린다."

"어머!"

"꺅!"

우다다닥 하는 소리와 함께 여학생들의 지저귐은 사라졌다.

승우는 도서관 계단을 오르며 무심결에 창밖을 바라봤다. 여전히 세찬 비가 쏟아져 내리고 있었다. 학부생은 아닌 것 같고, 대학원생인가? 또다시 그의 머릿속에 빗속을 달리던 여자의 뒷모습이 선명하게 그려졌다.

#1

그녀의 첫 번째, 그의 두 번째 만남

병원을 들어서는 승우의 표정에는 짜증이 가득 담겨 있었다. 공연 통·번역 일을 하고 싶다며, 불쌍한 중생 구제하는 셈 치고 일자리를 구해 달라고 조를 땐 언제고, 정은은 오늘 또다시 회의를 펑크 냈다. 벌써 세 번째였다.

제주도 작은 할아버지의 귀한 손녀딸, 승우와 나이가 같은 육촌 누나인 그녀는 서울로 유학 와서 할아버지 집에 머물고 있는 안하무인에 유아독존이었다.

그 회의에 자신이 참석했길 망정이지, 하마터면 따 놓은 라이선스를 뱉어 내고 위약금까지 물어 줄 뻔했다. 승우는 힘껏 병실 문을 열어젖히며 소리쳤다.

"야, 윤정은!"

"저, 정은 언니 화장실에 있어요."

비어 있는 환자용 침대에 머물렀던 시선이 목소리가 들려오는 쪽으로 옮겨 갔다. 이윽고 아스라한 분위기를 풍기는 여자의 옆모습이 눈에 들어왔다. 긴 웨이브 머리가 등허리 중간까지 늘어져 있고, 우유빛깔 뺨은 분홍빛으로 물들어 마치 딸기 우유를 연상케 했다.

"그래요? 저 정은이 육촌이에요."

자신은 정은과 피를 나눈 사이지, 마음을 나눈 사이는 아니라는 듯 승우가 자기소개를 덧붙였다. 그런데 돌아온 그녀의 대답은 참으로 허무했다.

"아, 네. 그럼 전 일이 있어서 이만 가 볼게요. 언니 곧 나올 거예요. 심하게 긴장했는지, 많이 힘들어 보여요."

눈 한 번 마주치지 않고, 조용한 목소리로 빠르게 말을 내뱉은 여자는 승우의 곁을 무심히 지나갔다. 그와 동시에 매혹적인 향기가 승우의 코끝을 스쳐 갔다. 그녀가 나간 뒤에도 그 향은 병실 안의 메스꺼운 병원 냄새를 비집고 자리했다.

'어디서 봤더라? 아는 얼굴은 아닌데, 저 분위기……. 어디서 봤는데.'

승우가 고개를 갸웃하며 상쇄된 기억의 어딘가를 더듬는 사이 정은이 화장실 문을 열고 나왔다.

"어? 왔어?"

정은은 아무렇지 않은 얼굴로 병원 침대에 올라앉으며 잡지를 집어 들었다.

"너 뭐야, 대체?"

15

"누나한테 너가 뭐야?"

등받이를 올린 침대에 몸을 기대며, 세운 무릎 위에 잡지를 펼친 정은은 입술을 삐죽 내밀고 눈을 흘겼다. 승우는 끓어오르는 화를 가라앉히며 말했다.

"앞으로 너한테 일 절대 못 줘."

"나도 이번에는 정말 가고 싶었어. 급성 장염이 올 줄은 몰랐다고."

울먹이듯 입술을 실룩거리는 정은을 보며 승우는 한숨을 폭 내쉬었다. 마른세수를 한 번 하며 허탈하게 서 있는데, 정은이 병실을 두리번거리며 물었다.

"근데 우리 선휘는 갔나 보네?"

"선휘?"

"응, 내 동기. 나 학교에서 여기까지 옮겨 줬는데, 혹시 못 봤어?"

정은의 과 동기라면 그녀도 통·번역 대학원생일 것이다. 승우는 무심한 척 대답하기 위해 노력했다.

"봤어. 일 있다고 먼저 간다고 하더라."

"일은 무슨. 너 와서 간 거야."

"뭐?"

정은의 대답에 자신을 무슨 벌레 취급이라도 하는 건가 싶어 승우의 미간이 순식간에 좁아졌다.

"나 말고 다른 사람이랑 같이 있는 걸 별로 안 좋아해."

"왜?"

묘한 호기심이 만들어 낸 바보 같은 되물음이 툭 하고 입에서 튀어나왔을 때, 승우는 순간을 후회했다.

"그냥 사람들 사이에 있는 걸 불편해해. 나도 친해지는 데 꽤 오래 걸렸어. 지금도 친한 건지 잘 모르겠지만."

정은의 오른쪽 입가가 스리슬쩍 뺨을 타고 올라가더니 묘한 웃음이 담긴 질문이 돌아왔다.

"예쁘지? 한눈에 혹할 만큼?"

순간 재킷 주머니 속에 있던 휴대전화가 진동했다. 승우는 메시지를 확인하는 척 화면을 바라보며 무심하게 대답했다.

"어, 예쁘더라. 괜찮은 거 봤으니 간다."

"그래, 집에서 보자."

병실을 나서며 확인한 메시지와 함께 승우의 머릿속에 자리 잡은 여자의 존재는 또다시 잊히는 듯했다.

〈공연장 취소 위기. 연락 바람.〉

조연출과 통화를 마친 승우는 성북동으로 향하기 위해 급히 차에 올랐다. 그때 바로 앞에 주차된 차의 헤드라이트가 켜졌다. 갑자기 비친 환한 빛에 승우는 인상을 찌푸리며 사위를 살폈다.

매끈하게 뻗은 아이보리색 이태리제 마세라티가 유유히 승우의 앞을 지나쳐 갔다. 빠끔히 열린 차창으로 운전자의 모습이 보였다.

얼굴을 붉히던 정은의 동기, 선휘였다. 운전석에 앉은 그녀의 모습을 보자 기억 끄트머리에 남아 있던 그날의 분위기가 되살아났다.

빗속을 달리던 위태로운 뒷모습, 바로 도서관 앞 그녀였다.

우연한 두 번의 만남에도 불구하고 그녀는 승우의 존재에 대해 아무런 감흥이 없어 보였다. 흥미를 불러일으킨 찰나가 결국 자신만의 것이었다는 사실은 묘한 승부욕을 불러일으켰다.

운전석에 앉은 승우는 기어노브를 손에 쥔 채로 그녀의 차가 서 있던 텅 빈 주차 공간을 응시했다.

'첫 번째 만남에서 옷깃을 스치고, 두 번째 만남에서는 이름을 스쳤고, 그렇다면 세 번째 만남에서는?'

공연의 기승전결을 짜고 있는 것도 아닌데, 언제 보자 약속을 한 것도 아닌데, 저 혼자 훗날을 기약하고 있는 청승에 피식 웃음이 삐져나왔다. 청승 1막의 커튼을 내리듯 기어 스틱을 움직이고는 슬며시 액셀러레이터를 밟았다.

탁탁탁, 탁탁. 성북동에 위치한 본가 계단을 오르는 승우의 발걸음이 빨라졌다.

'망할 노인네.'

욕지기가 치밀었지만 꾹 참아야 했다. 화를 낸다고 해서 이길 수 있는 상대가 아니라는 걸 잘 알고 있었다. 너른 잔디밭을 지나자, 공들여 손본 듯한 관상수에 한가로이 물을 주고 있는 그가 보였다.

"무슨 일로 그렇게 급하게 뛰어 들어와? 채신머리없이."

윤 회장이 하나뿐인 손자 승우를 물끄러미 바라보며 물었다. 승우는 가까스로 감정을 억누르며 대답했다.

"제가 이렇게 올 거라는 거 알고 계셨잖아요."

윤 회장은 아랫입술을 삐죽 내밀며 입가를 실룩였다.

"내가 뭐 너 어릴 때처럼 사람 붙여서 감시나 하고 그러는 줄 아느냐?"

"감시는 안 해도 방해는 하고 계시잖아요."

오뉴월 서릿발 어린 승우의 목소리가 정원수 사이를 가로지르며 퍼져 나갔다.

"방해는 무슨."

"공연장, 영감님이 그러셨죠?"

"무슨 공연장?"

윤 회장은 시치미를 뚝 떼다 무언가 생각난 게 있다는 듯 되물었다.

"아! 네가 딴따라짓 하는 거 봬 준다는 그 작은 교실 같은 거 말이냐?"

갈잖다는 그 말투에는 일부러 자신을 도발하려는 저의가 아주 분명하게 담겨 있었다. 승우는 숨을 한 번 고르고는 대답했다.

"우리나라에서 다섯 손가락 안에 꼽히는 곳이에요."

"언제까지 그렇게 딴따라 뒤꽁무니나 졸졸 따라다닐 게야? 네 이름값은 하고 살아야지."

그놈의 이름값. 승우는 입 밖으로 튀어나오려던 말을 삼키며 눈을 질끈 감았다.

조부의 인생 전부인 '그룹 승'은 그 혼자 일궈 낸 회사였다. 젊은 시절 고물상부터 시작해 전파사, 작은 제조 공장을 거쳐 나라의 눈부신 경제 성장과 함께 전자회사, 건설사, 유통회사, 통신사를 거느린 재계 서열 1순위의 그룹으로 성장했다.

그는 자식보다 더 정성을 들인 회사를 남의 손에 맡기고 싶지 않아 했다. 손이 귀한 탓에 그에게는 아들이 딱 하나 있을 뿐이었는데, 그 귀하신 아들은 윤 회장의 표현을 그대로 빌리자면 '삼류 딴따라와 눈이 맞아서' 회사를 물려받는 데는 관심이 없다며 스스로 한직으로 물러났다.

그런 윤 회장에게 마지막 희망은 승우, 자신이었다는 걸 잘 알고 있지만 그의 탐욕을 채워 주기 위한 꼭두각시가 될 생각은 없었다.

승우(承扜), 이을 승, 지휘할 우. 가업을 이으라는 뜻에서 지어 준 이름이라지만 피는 못 속인다고 했던가. 승우 역시 시쳇말로 '딴따라짓'에 미쳐 회사 일은 강 건너 불구경 하듯 했다.

사업가인 윤 회장을 상대하기 위해서는 그에 걸맞은 협상 방식을 내세워야 함을 승우는 잘 알고 있었다.

"이것도 저한테는 사업이에요."

"딴따라짓도 사업으로 쳐 주는 줄은 몰랐구나. 그럼 어디 사업적 제안을 한번 해 보거라."

윤 회장은 희끄무레한 눈썹을 치켜들며 두꺼운 안경 너머로 승우를 노려봤다.

"정당한 입찰을 거쳐서 따낸 공연장이에요. 정당하지 않은 방법으로 방해하지 마세요."

"정당하지 않은 방법을 쓴 적 없다. 사업에서는 돈이 흐르는 곳이 정당한 곳이다."

승우의 얼굴에 자조 섞인 웃음이 떠올랐다. 거기에 돈을 쓰셨다? 손자의 미묘한 표정 변화에 윤 회장의 표정도 심상치 않게 변해 갔다.

"이번 공연만 끝내고 회사로 들어오너라."

"2년이요. 2년만 여기 있을게요."

뜻밖의 대답을 들었다는 듯 윤 회장의 얼굴에 옅은 미소가 번졌다.

"정말이냐?"

"네."

승우는 주먹을 꽉 틀어쥔 채 대답했다. 대형 뮤지컬 여러 개를 줄줄이 성공시키고, 이제 자리를 잡아 가는 중이었다. 2년만 더 자신의 입지를 세운 뒤 회사에 들어가 공연 기획 사업부를 신설할 계획도 가지고 있는 터였다.

그때 노발대발할 그를 설득하려면, 절치부심하고 준비해 두어야 한다는 걸 승우는 잘 알고 있었다.

"그러니 2년 동안은 제 공연이 아무런 방해도 받지 않았으면 합니다."

그리 내뱉은 승우는 윤 회장을 뒤로한 채 잔디밭을 가로질러 걷기 시작했다. 그러다 문득 걸음을 멈추고 별채 테라스 쪽으로 시선을 돌렸다.

커다란 통유리창에 드리워진 짙푸른 능직 커튼 뒤로 몸을 숨긴 채 자신을 바라보고 있는 여인의 아스라한 모습이 눈에 들어왔다.

시집온 순간부터 지금까지 없는 사람인 척 살아가고 있는 여인. 윤 회장의 눈에 띌까 봐 아들이 왔음에도 나와 보지 못하는, 윤 회장에게는 그저 손주를 낳아 준 삼류 딴따라에 불과한 불쌍한 그녀.

'어머니……'

연신 울려 대는 휴대전화를 거머쥔 채로 승우는 따스한 미소를 지어 보였다. 유리창 안 여인도 그제야 여린 미소를 머금으며 슬쩍 손을 흔들었다.

♪   𝅘𝅥𝅮   ♪

호텔 로비에는 모차르트의 피아노 소나타 8번 가단조 1악장이 흘러나오고 있었다. 선휘는 슬쩍 미간을 구기며 엘리베이터에 올라탔다. 엘리베이터 안에도 음악이 흘러나오기는 마찬가지였다.

소음 공해. 다른 이들에게는 경쾌하고, 아름답고, 우아할 피아노 소나타가 선휘에게는 그렇게 느껴졌다.

이 세상에서 음악이 없는 곳을 찾는 것은 쉽지 않은 일일 것이다. TV, 라디오, 영화에는 온통 인공적인 감미료처럼 들어간 백그라운드 음악이 존재하고 커피숍, 레스토랑, 심지어는 작은 분식집에서조차 음악이 흘러 나왔다.

그래서 그녀는 사람이 많이 모이는 곳, 이런 우아한 분위기가 흐르는 곳을 좋아하지 않았다. 그런 곳에는 그에 걸맞은 고결한 음악이 함께하기 마련이니까.

그녀가 가장 좋아하는 장소는 도서관이었다. 인위적인 소음이 철저히 배제되고 책을 넘기는 소리, 작은 헛기침 소리, 타인을 배려한다고는 하지만 귀에 걸리는 것은 마찬가지인 속삭임까지, 그녀는 부러 만들어 내지 않는 소리가 공존하는 도서관이 좋았다.

그러나 아주 드물게, 우아한 음악이 흐르는 장소를 찾는 경우도 있기는 했다. 바로 오늘처럼 정은이 그녀를 불러내는 날이었다.

그녀는 한국에서 내로라하는 집안의 고명딸이었다. 워낙 털털한 성격의 정은이었기에 그런 사실을 알게 된 것도 최근이었다. 선휘 역시 타인의 신상에는 관심이 없는지라 알게 된 것조차 신기한 일이기는 했다.

타인의 신상에 관심이 없다는 것, 그것은 자신의 신상에도 관심을 갖지 말아 달라는 무언의 부탁과도 같은 것이었다. 누군가와 특별한 관계를 맺고 적정한 사이를 유지해 나가는 것이 그녀에게는 참으로 버거운 일이었다.

이런 선휘의 성격을 정은은 아주 잘 이해해 주었다. 둘의 시작은 특별하다고 하기도 그렇고, 별다를 것 없었다고 하기에도 그랬다.

통·번역 대학원 입학식 전 OT에 참석하지 못한 사람이 딱 둘 있었는데, 바로 선휘와 정은이었다. 입학식 시작 전 악명 높은 주임교수의 특강이 잡혀 있었고 꼭 참석해 달라는 부주임교수의 은밀한 당부가 OT에서 전달되었다고 했다.

또 특강 자리에서 논하게 될 이슈를 정리해 주며 질의응답에 미리 대처하라는 말도 덧붙였다고 했다. 그런데 안타깝게도 정은과 선휘는 그것을 전혀 알지 못했고, 입학도 하기 전에 주임교수에게 찍히고 말았다.

10대 소녀들 같으면 울상을 지으며 서로 손을 맞잡고 이를 어쩌면 좋으냐고 동맹이라도 맺었을 테지만, 둘은 서먹하게 인사만 주고받았을 뿐이었다.

그러다 팀 프로젝트를 하면서 조금씩 대화를 트게 되었고 지금와서는, 정은의 말을 빌리자면 '너처럼 쿨한 애는 처음이다'라는 표현을 들을 정도로 가까워졌다.

'쿨하다'는 의미가 '인연에 연연하지 않는다, 관계에 얽매이지 않는다'라면 선휘는 쿨한 게 맞다. 하지만 정확히 말하자면 그런 의미보다 '관계에 있어서 이해득실을 따지지 못한다'는 표현이 더 적절할 것이었다.

저녁에는 바(Bar)로, 점심에는 카페로 운영된다는 호텔 15층 클럽라운지는 생각보다 한산했다.

"어, 선휘야. 여기!"

거절을 하는데도 병원에 데려다준 사례는 해야겠다며 정은은 기어코 선휘를 이곳까지 끌어내었다. 라운지에는 피아졸라의 격정적인 리베르탱고가 흘러나오고 있었다. 이 역시도 누군가는 드라마틱한 멜로디라 여기겠지만, 선휘에게는 그저 무의미한 소음에 불과했다.

"내가 좀 늦었나? 미안."

"늦기는. 하나도 안 늦었어. 성질 급한 내 동. 생. 이 운전을 좀 격하게 해서 우리가 빨리 왔지."

우리? 선휘는 그제야 그녀의 옆에 서 있는 남자에게로 시선을 옮겼다.

"일전에 병원에서 봤었죠? 윤승우라고 합니다."

"아, 안녕하세요."

선휘는 그저 짧은 인사로 소개를 마쳤다. 그가 마뜩잖은 표정을 짓는 듯했지만, 더 이상 군더더기 어린 소개를 할 필요는 없어 보였다. 이미 놓쳐 버린 타이밍을 수습하고 낯선 이에게 생긋 웃어 보일 만한 숫기도 없었다.

"앉아, 앉아."

정은의 얼굴에는 설렘 가득한 묘한 기운이 깃들어 있었다. 그런 그녀의 표정을 마주함과 동시에 얼마 전 나누었던 시답잖은 대화가 불현듯 선휘의 머릿속을 스치고 지났다.

"넌 왜 연애 안 해?"

"그런 언니는 왜 안 해?"

그 질문에 정은은 어깨를 으쓱하며 배시시 웃었었다.

"언닌 그래도 썸타는 남자는 있다? 넌 주변에 남자는커녕 나 말고 아무도 없잖아."
"그럼 안 돼?"

무심한 듯 내뱉은 선휘의 되물음에 정은이 슬쩍 미간을 구기며 심각하게 말했다.

"뭐, 남의 인생사에 감 놔라, 배 놔라 할 만큼 내가 아주 잘살고 있다고 할 수는 없지만, 너 그러다 영영 혼자 산다? 20대 후반부터 누구나 연애는 어려워. 따지고 드는 것도 많고, 사랑에 받은 상처가 한 번씩은 있어서 자기 보호 기재 같은 게 생기니까. 그럴 땐 마음 편히 터놓을 수 있는 괜찮은 이성 친구를 두는 것도 연애에 대한 두려움을 없애는 방법이지."
"괜찮은 이성 친구를 만나는 건 쉽고?"

그저 맞장구를 쳐 준 그 질문에 대한 답이 지금 이 호텔 카페에 현신이 되어 나타난 듯했다.
얼핏 본 그의 외모는 꽤나 훌륭했다. 한 번 그의 얼굴을 본 여자라면 누구나 계속해서 시선을 줄 만큼 잘생겼고, 복장은 한눈에도 감각적인 남자라는 느낌이 올 정도로 패셔너블했다.

베이지색 치노 팬츠에 연한 하늘색 남방, 청무지 원단의 재킷, 왼쪽 가슴에 포인트로 꽂힌 흰색과 남색이 섞인 스트라이프 행커치프까지. 그는 마치 얼마 전 번역했던 남성 패션 잡지 기사 속 모델 같은 모습이었다.

저도 모르게 관찰하던 시선을 들킨 건, 잘생긴 그의 얼굴로 다시 시선을 옮겼을 때였다.

"우리 초면은 아닌 거 아시죠?"

"네."

짧은 그녀의 대답에 그는 또다시 마뜩잖은 표정을 지어 보였다.

"근데 마치 처음 보는 사람처럼 관찰을 하시네요."

한쪽 입꼬리를 씩 올리며 웃는 그의 얼굴에 장난기가 어렸다.

"야."

승우의 팔꿈치를 툭 치더니 '너 그러지 말랬지' 하고 작게 속삭인 정은은 어색해진 사태를 수습하려는 듯 메뉴판을 펼쳐 들었다.

"자, 뭐 먹을까? 선휘 아직 점심 전이지?"

정은의 물음에 선휘는 저도 모르게 입술을 지그시 깨물고 말았다. 생판 모르는 남과의 식사 자리는 피하고 보는 그녀였다. 한 테이블에 앉아서 식사를 한다는 것은 그들과 음식뿐 아니라 감정도 나눠야 한다는 의미였다.

그것만으로도 버거운데 앞에 앉은 윤승우라는 남자는 아까

부터 계속 선휘의 얼굴을 뚫어져라 바라보고 있었고, 정은은 그리스 신화에 나오는 에로스라도 된 양 두 남녀의 가슴에 금 화살을 쏠 것처럼 굴었다.

선휘는 불편함을 드러내지 못하고 그저 고개를 끄덕였다. 남자랑 단둘이 앉아 있는 것도 아니고 정은도 함께 있으니 식사만 하면 될 일이라고, 아주 단순하게 생각하자며 마음을 다잡았다.

그와 동시에 작은 한숨이 저도 모르게 입 밖으로 새어 나왔다.

"어디 불편하세요?"

선휘는 고개를 갸웃하며 그를 바라봤다. 눈빛에 빈정거림이나 장난기는 보이지 않았다. 그리고 좀 전의 마뜩잖은 표정도 사라졌다. 어쩌면 그의 질문에 단답형으로 대답해 버리고 만 자신이 무례한 것일지도 모른다는 생각이 그제야 들었다.

"아뇨, 괜찮아요."

"몸이 불편하다고 약속 장소까지 데려다 달라고 해서 왔는데, 시간 되면 점심 먹고 가라고 하더라고요. 불편하시면 제가 자리를 피해 드릴까요?"

깍듯한 그의 물음에 선휘는 괜히 미안한 마음이 들었다. 그저 친한 언니, 그리고 그의 육촌 동생과 식사를 같이 하게 된 것뿐인데 과민반응을 보인 것 같았다.

"아니에요, 괜찮아요."

또다시 애써 지어 보인 미소에 그는 두 눈썹을 치켜 올리며 고개를 갸웃하더니, 슬쩍 웃음을 띠었다.

그는 내내 그런 미소를 짓고 있었고 선휘는 그저 식음에 집중하려 노력했다. 그도 첫 인사를 나누었을 때처럼 말장난을 건다거나 짓궂게 굴지 않았다. 그 덕에 한 테이블에서 식사를 하고는 있었지만 우주만큼이나 먼 거리감이 느껴졌다.

어색한 점심 식사를 마친 세 사람은 나란히 엘리베이터에 올라탔다. 정은은 계산을 할 때부터 안절부절못하며 이맛살을 구겼다, 폈다 하고 있었다.

"너 어디 아파?"

그의 물음에 정은은 무언가 생각났다는 듯 '아!' 하는 표정을 지으며 양옆의 두 사람을 번갈아 보았다.

"나, 위에 뭐 놓고 온 것 같아."

"테이블 위에 아무것도 없었어, 언니."

"아니, 아니. 15층 화장실에."

1층에서 엘리베이터 문이 열리자 정은은 두 사람을 내리게 하고는 말했다.

"있잖아, 나 올라가서 그거 갖고 내려오는 데 좀 걸릴 것 같아. 택시 타고 갈게. 아! 그리고 선휘 차 안 가져왔지? 승우 네가 좀 데려다줘."

그녀의 말이 끝남과 동시에 엘리베이터 문이 유유히 닫혔다. 꼭 닫힌 문을 바라보며 그는 헛웃음을 한 번 짓더니 선휘를 향해 고개를 돌렸다.

"쟤가 저래요. 좀 애 같아요. 본인이 생각하기에 옳다고 여기는 건 밑도 끝도 없이 추진한다니까요."

승우의 말에 선휘는 무슨 뜻이냐는 듯 고개를 갸웃했다.

"저 있는 줄 모르고 나오셨죠?"

"네."

선휘는 작게 고개를 끄덕였다. 그 대답은 거의 속삭임에 가까웠다.

"어디까지 가세요?"

"저, 차 가져왔어요."

선휘의 대답에 그는 그러느냐는 듯 고개를 주억거리고는 다시 말했다.

"그럼 주차장까지 걸을까요?"

그는 호텔 건물 밖 지상 주차장을 가리키는 듯했다. 차를 가져왔다는 말에 대한 선의 어린 대꾸였다. 안면도 튼 상황에 주차장까지 같이 걷는 것 정도는 자연스러운 흐름이었다. 오히려 남남처럼 걸어가는 게 더 우스웠다.

선휘는 자신이 내뱉은 거짓말을 수습하듯, 또 다른 거짓말을 내뱉었다.

"아, 지하에 있어요. 차."

"그럼, 뭐. 안녕히 가세요."

고개를 까딱하는 그에게 선휘도 슬쩍 머리를 숙여 인사를 건넸다. 선휘는 타고 내려온 엘리베이터의 하행 버튼을 누르며 돌아섰다. 그때, 작별 인사를 건네고 뒤돌아 걷던 그가 무언가 떠오른 듯 그녀를 불렀다.

"저기요."

"네?"

그의 부름에 선휘는 깜짝 놀라 고개를 돌렸다.

"정은이가 거짓말을 참 못해요. 세상이 다 자기 뜻대로 되는 줄 아는 애라서, 그게 티가 나거든요."

그의 말에 선휘도 동의한다는 듯 슬며시 미소 지었다.

"그래서 그쪽이랑 친하게 지내나 봐요."

무슨 의미냐는 듯 선휘는 고개를 갸웃하며 그를 바라봤다.

"그쪽도 거짓말 되게 못해요. 앞으로 불편한 자리면 그냥 불편하다고 해요. 체할 것 같은 표정으로 앉아서 밥 먹지 말고."

선휘의 얼굴이 홧홧 달아올랐다. 그가 지은 미소의 의미가 이거였나, 하는 생각에 괜히 미안해졌다. 한없이 불편한 기색을 어설피 감추고 있는 여자와 마주 앉아 하는 식사라. 그에게도 썩 유쾌하지는 않았을 것 같다.

"죄송해요."

"뭐, 저한테 사과하실 필요는 없어요. 사과는 우리가 정은이한테 받아야죠."

그는 유쾌한 미소를 지어 보이며, 안심하라는 듯 따스하고 자상한 목소리로 말을 이었다.

"그리고…… 저기……."

이제껏 시원시원하게 말을 하던 그가 잠시 뜸을 들였다.

"네?"

"여기 투숙하세요?"

그의 질문에 선휘는 당황한 기색을 감추지 못하고 고개를 내
저으며 대답했다.

"아니요!"

대답과 동시에 그의 얼굴에 또다시 유쾌하고 장난기 가득한
미소가 어렸다.

"여기 지하 주차장은 투숙객용이에요. 택시는 로비 건너편
에서 타시면 돼요. 그럼 조심히 가세요."

그는 무어라 항변할 기회도 주지 않고 뒤돌아 걷기 시작했
다. 선휘는 입을 떡 벌린 채로 엘리베이터 앞에 서서 그의 번듯
한 뒷모습만 맥없이 바라볼 뿐이었다.

#2

선택적 우연

베개 밑에서 요란하게 울리는 진동에 선휘는 겨우 손만 움직여 휴대전화 잠금 버튼을 한 번 눌렀다. 매일 아침 피트니스센터에 가려고 설정해 놓은 알람을 끄기 위해 습관처럼 하는 행동이었다.

5분만 더 누워 있다가 일어나야겠다고 생각하고 있는데, 휴대전화 진동이 또다시 울리기 시작했다. 알람 반복을 해 놓은 것도 아닌데. 선휘는 인상을 찡그리며 간신히 한쪽 눈을 떴다.

흐릿한 시야 사이로 보이는 휴대전화 화면에 정은의 전화번호가 찍혀 있었다. 모래알이라도 박힌 듯 뻑뻑한 눈을 비비며 목을 한 번 가다듬고 전화를 받았다.

"어, 언니."

—선휘야.

발랄함을 빼면 시체나 다름없는 정은의 다 죽어 가는 목소리에 선휘는 잠이 홀라당 깨 버리고 말았다.

"언니, 목소리가 왜 그래? 어디 아파?"

—어, 나 너무 긴장해서……. 지난번처럼 또 장염인가 봐. 지금 응급실이야.

"또? 어떡해. 언니, 오늘부터 뭐 중요한 프로젝트 들어간다고 하지 않았어?"

선휘의 물음에 잠시간의 정적이 흘렀다.

—그래서 말인데…… 나 대신 네가 좀 가 주면 안 될까? 부탁이야.

힘주어 다문 잇새로 신음 섞인 한숨이 새어 나왔다.

"어딘데?"

침대에서 급하게 몸을 일으킨 선휘는 볼펜과 메모지를 찾았다. 시간과 장소를 읊는 정은의 목소리가 참으로 고통스럽게 느껴졌다.

"몸조리 잘해. 다녀와서 연락할게."

—그래. 고마워, 선휘야. 너밖에 없다.

전화를 끊고 시계를 보니 어스름히 어둠이 걷히기 시작하는 새벽 5시 반이었다. 이 시간에 깨어 있다는 사실이 꿈만 같았다. 또 사람들이 많은 곳으로 가야 한다는 사실은 악몽, 그 자체였다.

인생의 커다란 목적을 잃은 후 꿈을 좇을 이유조차 사라진 그녀였다. 그 후 사람들과 한데 어울리는 것은 생각해 본 적도 없었다.

학창 시절을 보낸 미국을 떠나 한국으로 돌아오면서 선휘는 통·번역 대학원에 진학했다. 필연적이지도 우연적이지도 않은 선택이었지만, 굳이 말하자면 지극히 감상적인 이유가 하나 있었다.

지긋지긋하도록 힘겨운 사랑이 주를 이루는 고전문학 속 주인공들의 청승, 혹은 작가의 전지적 능력으로 드라마틱하게 역전되는 그들의 인생이 큰 위안이 되었다는 것.

어느 날 샬럿 브런테가 나타나 '부당하다 느꼈던 너의 인생을 정리해 주마' 라고 한다면 어떨지. 혹은 자신의 사랑을 무참히 짓밟아 버린 그가 단 하나뿐인 필연적 인연, 제인의 로체스터여서 이리도 외로이 걷고 있는 것인지.

선휘는 너덜너덜해지다 못해 외워 버릴 것만 같은 제인 에어를 침대 머리맡에서 집어 들었다. 새하얗던 종이가 누렇게 변하고, 매끄럽게 반짝이던 표지가 여러 갈래로 갈라질 때까지 자신의 인생은 크게 달라진 게 없어 보였다.

정은 이외에는 사람 사이의 관계도 끊긴 지 꽤 오래였다. 그 어떤 감정적 교류도 나누고 싶지 않았기에 홀로 하는 일이 편했다.

서류와 원서, 랩톱과 씨름하는 번역과 달리 통역은 사람과 사람이 마주해야 하는 일이었다. 다시 따뜻한 침대 안으로 들어가 이 난관을 어떻게 극복해야 할지 열심히 고민할까.

선휘는 침대에 앉아 서걱거리는 면 이불 안에 두 발을 쏙 집어넣었다가 도로 뺐다. 포근한 이불 안에 들어앉아 있는다고 해서 상황이 포근해질 리 만무했다.

눈을 뜬 김에 사전 준비라도 해야겠단 생각에 선휘는 랩톱 앞에 앉았다. 인터넷 익스플로러 아이콘을 바탕화면에 숨겨 놓은 지 오래여서 브라우저를 불러오는 데도 시간이 꽤 걸렸다.

한숨이 비적거리며 나오기 시작했다. 부탁을 들어준다고 했지만, 가슴이 갑갑해지는 것을 막을 수는 없었다.

정은의 말로는 뮤지컬의 제작 회의라고 했다. 선휘는 그녀가 일러 준 작품의 제목을 검색창에 쳐 보았다. 프랑스 소설을 뮤지컬로 그린 작품이라는 소개글의 첫 문장이 눈에 들어왔다.

오늘 회의만 통역해 주면 될 일이었다. 선휘는 자신감을 불어넣듯 고개를 한 번 끄덕이고는 느른한 몸을 일으켜 욕실로 향했다.

샤넬 보디 클렌저로 샤워를 마치고 꼼꼼히 보디로션도 발랐다. 익숙한 향기에 긴장이 풀리는 것 같기도 하고, 매혹적인 향기에 가슴이 두근거리는 것 같기도 했다.

배스 타월을 몸에 두르고 욕실을 나선 그녀는 옷장 문을 열고 뭘 입으면 좋을지 한참 고민했다.

정장은 과해 보이고, 원피스는 별로고. 이 옷, 저 옷 들춰 보며 고민하던 그녀는 결국 검은색 스키니진에 다리를 끼워 넣었다. 밖은 무지 더울 게 분명했으므로 민소매 버건디 블라우스를 입고 검은색 프라다 사피아노 백을 집어 들었다.

대강 차려입어도 언제나 그녀의 스타일은 완벽에 가까웠다.

회의가 있는 공연 연습실까지는 30분이면 충분했지만 약속 시각에 늦는 것이 싫은, 아니, 늦었네 어쩌네 하고 사람들과 말을 섞어야 하는 피로감이 싫은 그녀는 한 시간 일찍 집을 나섰다.

비집고 들어올 만한 틈을 만들지 않는 것, 매사에 완벽하게 굴려고 노력 혹은 연기하는 것. 그것이 선휘가 사람들과 어울리지 않는 비법이었다.

오피스텔 지하 주차장에는 그녀의 매끈한 마세라티가 서 있었다. 운전석에 올라타 시동을 걸며 숨을 깊게 들이마셨다. 엔진이 포효하는 소리가 울려 퍼짐과 동시에 가죽 시트 냄새와 뒤섞인 스위트피 향이 가슴 한구석을 적셔 왔다. 익숙한 분위기에 심장이 낮게 가라앉았다.

적막한 차 안에는 그저 엔진 소리, 차체에 닿는 대기 소리만 울릴 뿐이었다. 역시나 인공적인 음악은 존재하지 않았다.

출근 시간이어서 그런지 도로가 붐볐다. 인터넷 길 찾기 예상 시간을 믿지 않고 일찍 나오길 잘했다는 생각이 들었다.

9시 30분 전, 공연장 건물 주차장에 그녀의 차가 들어섰다. 공연 관람객이 있는 시간도 아니어서 주차장은 아주 여유로웠다. 느긋하게 주차를 한 선휘는 회의가 진행될 연습실로 향했다.

"뭐, 연출진이랑 하는 간단한 회의야. 오늘만 좀 부탁해. 내일부터는 내가 갈 거니까."

정은은 분명 그렇게 말했었다. 그런데 문을 열고 들어간 연습실 안에는 수십 명의 사람이 삼삼오오 모여 왁자지껄하게 이야기를 흘려 내고 있었다.

"맙소사."

탄식 어린 혼잣말이 툭 하고 튀어나오는 순간, 누군가 곁으로 다가오는 게 느껴졌다. 모자를 푹 눌러쓴 그는 매우 바쁘고 다급해 보였다.

"혹시 통역?"

"네."

"아우, 그래도 다행히 30분밖에 안 늦었네요. 원래 8시 시작이었거든요."

"네에?"

그는 빠르게 말을 뱉어 냈다. 숨을 내쉬는 것보다 말이 더 빨리 나오는 것 같기도 했다.

"원래 통역사분은 수술 들어갔다고 하시고 대체하실 분은 연락처도 모르고. 안 오시면 어쩌나 얼마나 걱정했는지 몰라요. 다른 통역사분들도 있기는 한데, 그분들은 오늘 참여 안 하시거든요."

"저, 저기 잠시만요. 수술이요? 혹시 윤정은 씨 말씀하시는 거예요?"

"네. 오늘 아침에 복막염 수술하셨대요. 맹장염인데 글쎄 이전 병원에서 오진을 했다나 뭐라나. 난리도 아니었어요. 아, 앞으로 잘 부탁드려요."

그는 생긋 웃어 보이며 선휘에게 A4 용지 네댓 장을 내밀었다.

"전 여기 조연출이고요. 이건 연습 일정이에요."

위장이 비비 꼬이는 기분이었다. 이렇게 많은 사람 속에 자신을 남겨 두게 한 그녀의 수술이, 복막염이, 오진이 한없이 원망스러웠다. 자신이 늦은 줄 알고 쏘아보는 사람들의 눈빛도 버겁기는 마찬가지였다. 주눅 들지 않으려 어깨를 펴기 위해 노력했지만 허사였다.

"뭐해, 진행 안 하고? 거기 계속 그러고 서 있을 거야?"

날이 바짝 선 목소리가 들리는 곳으로 고개를 돌리니 웬 남자가 한 명 서 있었다.

허벅지가 타이트하게 맞는 회색 정장 바지에 가슴의 단추가 벌어질 듯 꼭 맞는 흰 드레스 셔츠를 입고 있는 남자는 어딘가 낯이 익었다. 더운 날씨에도 소매가 긴 셔츠를 입은 그는 팔뚝 언저리까지 소매를 걷어 올리고 있었다.

목소리는 날카로웠지만, 회의실을 울리는 중저음은 어둠 속 달빛을 품은 듯 매혹적이었다. 그 울림은 선휘뿐 아니라 모두를 사로잡은 듯 보였다. 미간에 부드럽게 잡힌 앞머리를 손으로 쓸어 넘기며 남자는 또다시 인상을 구겼다. 선휘는 자신도 모르게 넋을 잃고 그를 바라보았다.

'어디서 봤더라?'

"누구예요, 저 사람?"

목소리를 죽여 겁먹은 조연출에게 물었다. 그도 목소리를 낮추며 속삭였다.

"우리 공연 기획 총괄 팀장님이요."

"아."

조연출은 선휘에게 슬쩍 눈인사를 보낸 뒤 어디론가 급히 걸음을 옮겼다.

"시간이 많이 지체되었습니다. 이쪽으로 오시죠. 지금 당장 회의에 들어가야 할 것 같습니다. 전 이 뮤지컬 기획을 맡은."

가까이서 그의 얼굴을 마주한 선휘는 그제야 기억이 났다는 듯 되물었다.

"아! 정은 언니 육촌이신."

"네, 윤승웁니다. 초면 아닌 거 맞죠?"

"네, 고선휩니다."

선휘의 짧은 소개에 그의 입가에 슬쩍 미소가 머물렀다.

"그럼, 일단 회의실로 가시죠."

"네."

인사를 나누고 회의실로 향하는 두 사람의 모습에 사람들의 시선이 몰리는 게 느껴졌다. 선휘는 가슴을 펴고 아랫배에 힘을 준 뒤 골반엔 힘을 빼고 사뿐사뿐 걸음을 옮겼다.

마치 누가 정수리에 줄을 걸어 잡아당기는 듯한 느낌으로 목을 유연하게 하고 턱을 잡아당겼다. 주눅 들고 싶지 않다는 생각에 도도하게 걸으려 노력하는데 삐끗, 이번엔 까만 스틸레토 힐이 일을 냈다.

중심을 잡지 못한 몸이 기우뚱거렸고, 선휘의 두 손은 승우의 팔뚝 위에 올라가 있었다. 그의 단단한 팔뚝이 손바닥으로 느껴지자 갑자기 심장이 두근거리기 시작했다. 그는 아무 말 없이 선휘가 바로 설 수 있도록 해 주고는 조연출을 향해 손가락을 한 번 튕겨 딱 하는 소리를 냈다.

조연출은 무슨 일인지 알겠다는 듯 고개를 끄덕이며 실내화 한 켤레를 들고 달려왔다.

"저기, 이걸로 갈아 신으시겠어요? 마룻바닥이라…… 그런 구두는 좀 불편하실 거예요. 진작 드렸어야 했는데 죄송해요."

"아, 아니에요. 감사합니다."

선휘는 11cm 자존심 위에서 내려와 납작한 실내화에 발을 끼워 넣었다. 고개를 들어 보니 앞을 보고 걷던 그가 묘한 웃음이 담긴 눈으로 자신을 내려다보고 있었다. 갑자기 벌어진 키 차이 때문인지 아까보다 그가 훨씬 무게감 있게 느껴졌다.

"가죠."

"네."

그의 뒤를 따라 들어간 곳은 열 명 남짓한 사람이 모여 있는 회의실이었다. 눈인사를 하며 사람들을 살피고 있는데 갑자기 그의 입술이 귓가에 와 닿았다.

"이제 내가 하는 말을 저 사람들에게 전하고, 저들이 하는 말을 나한테 해 주면 됩니다."

낮게 깔리는 목소리에 귓속 모든 세포가 줄지어 일어서는 느낌이 들었다. 선휘가 알겠다며 재빨리 고개를 끄덕이자 낮은

41

웃음소리가 들려왔다.

"얼굴 붉히라고 한 말은 아닌데?"

짓궂은 말에 선휘가 홱 고개를 돌리자 그가 자상한 미소를 지어 보였다.

"긴장 풀라고요. 간단히 소개하고 시작하죠."

영국 연출진의 간단한 소개가 끝나고 본격적인 회의가 시작되었다. 선휘는 마른침을 꼴깍 삼키며 작은 수첩을 꺼내어 그의 입에서 흘러나오는 말 중 놓치면 안 되는 중요한 단어들을 적기 시작했다.

그가 했던 말을 영어로 통역하고, 연출진의 말을 그에게 다시 설명하는 중에 드문드문 승우 본인이 직접 영어로 답변을 하기도 했다. 선휘가 놓친 부분까지 잡아내는 것으로 보아 그도 상당한 영어 실력을 갖추고 있는 게 분명했다.

승우의 말이 선휘의 목소리가 되어 회의실을 울린 지 세 시간이 지나고 나서야 연출진과 기획팀의 타협점이 나타났다. 마치 두 사람이 하나가 되어 일을 해결한 듯한 묘한 카타르시스가 느껴지는 듯했다.

"중간에 놓친 부분도 있지만, 통역 실력은 인정해 줄 만하네요. 앞으로 배우들과 연출진 간의 통역을 이 정도로만 해 준다면 별 문제는 없을 것 같습니다."

"저, 그게 무슨……."

선휘의 되물음에 그는 손목시계를 한 번 보고는 말을 이어 갔다.

"개막 공연까지 연습 기간은 총 6주입니다. 정은이한테 추천받은 대체 인력이라고 해서 6주 동안 커뮤니케이션의 일부를 책임질 사람을 내가 그냥 뽑을 것 같았나요?"

그의 표정에 자신감을 넘어선 오만함이 가득 묻어났다. 기분 탓인지 몰라도 그 자신감은 오만함으로 보였다.

선휘는 구겨지는 얼굴을 펴 보려고 노력했다. 대체 인력으로 뽑아 달라고 애원했던 적도 없고 자신이 원한 자리도 아니었다. 그의 태도에 묘한 오기가 생겼다.

"그럼 방금 전 회의는 나에 대한 테스트였나요?"

"그렇다고 볼 수 있죠. 방금 전 회의에서처럼 지레짐작으로 연출진이 한 말을 건너뛰어서는 안 됩니다. 자신의 생각은 배제하고 모든 사실을 있는 그대로 전달해야 할 겁니다."

통역의 기본을 선휘가 모를 리 없다는 걸 그도 알 것이다. 일부러 도발하려는 듯한 그의 말과 태도가 거슬렸다. 선휘는 본연의 역할은 망각한 채 그에게 젠체하듯 말했다.

"그저 언어만 바꿔서 앵무새처럼 떠들어 대란 말이군요? 내 생각은 철저히 배제하고?"

"그럼, 당신 의견을 말해서 뮤지컬의 연출 방향을 바꾸기라도 할 생각인가요?"

숭우가 말도 안 된다는 표정으로 묻자 선휘는 괜히 무안해졌다.

"아뇨. 그럴 생각은 없어요. 단지…… 그러니까 그게……."

사람과 말 섞는 것을 좋아하지 않는 선휘였다. 사람들의 이

목이 집중되는 것은 죽도록 싫었다. 그런데 그의 시선을 받으며, 그와 말씨름을 하는 상황이 묘하게 두근거렸다.

승우가 고개를 내저으며 환한 미소를 지었다.

"이런 종류의 통역은 처음이라고 들었어요. 단지 난 선휘 씨가 해야 할 일에 대해서 되짚어 드린 것뿐입니다."

아주 당연한 듯 이야기하는 그의 말에 홀린 선휘는 본질을 놓치고 말았다. 정은이 부탁한 일은 그저 오늘 회의 통역뿐이었다. 이런 설전도 굳이 벌일 이유가 없었던 것이다.

"저기 그런데, 저는 오늘 회의 통역만 할 거라고 했지, 프로젝트 전 기간 동안 통역해야 한다는 말은 못 들었는데요."

"정은이가 자기 일을 대체할 사람을 보내 준다고 분명히 그랬는데요?"

그의 물음에 선휘는 기가 막혔다. 서로가 생각하는 일의 마지노선이 완벽하게 달랐던 것이다. 그의 얼굴에 얼마간 고민의 빛이 어렸다.

"그럼, 부탁 좀 할게요. 연습 기간 내내 함께하는 게 어렵다면 다른 대체 인력을 구할 때까지만이라도 도와줘요."

선휘의 입에서 절로 한숨이 새어 나왔다. 저렇게까지 이야기하는데 단번에 안 된다고 거절할 수는 없는 노릇이었다. 게다가 그는 정은의 육촌이었다. 불편한 상황을 마무리 짓고자 선휘가 슬쩍 고개를 끄덕이며 입을 열었다.

"어쩔 수 없네요. 다른 통역 구할 때까지, 그럼."

그 대답에 승우는 만족스러운 표정과 의뭉스러운 표정을 동시에 지어 보였다.

"근데 연습 중에 통역을 바꾸게 되면 흐름이 끊기게 돼요. 이 공연, 제가 정말 절치부심해서 만든 거예요. 선휘 씨처럼 능력 좋은 통역을 당장 구하기도 쉽지 않고요."

그는 잠시 시간차를 두고는 말을 이었다.

"6주 정도, 어려울까요?"

진중한 눈빛에 선휘는 거절의 말도, 거절의 이유도 찾지 못한 채 머릿속이 하얗게 비어 가는 것 같았다. 마치 무언가에 홀리기라도 한 듯 그의 부탁을 들어줘야 할 것 같은 기분이었다. 육촌 남매인데도 무언가를 부탁할 때 정은과 승우의 눈빛은 똑같이 닮아 있었다.

선휘의 입에서 작은 한숨이 불거져 나왔다. 그것을 그는 긍정의 대답으로 받아들인 듯했다.

"실력은 인정한다고 아까 말했죠? 앞으로 잘 부탁합니다."

승우가 선휘에게 손을 내밀어 악수를 청했다. 이 손을 잡고 악수를 하는 것은 일을 받아들인다는 의미와 같았다. 선휘는 그의 손을 물끄러미 바라보았다. 그리고 그 시선은 이내 부드러운 미소를 짓고 있는 그의 얼굴에 닿았다. 잠시의 정적으로 상황은 더욱 어색해지고 있었다.

이 상황을 넘길 수 있는 방법은 두 가지였다. 손을 잡아 일을 받아들이거나, 아니면 일을 거절하기 위해 그와 또 다른 설전을 벌이거나.

똑 부러지는 말솜씨로 사람을 꼼짝 못 하게 만드는 재주가 있는 뮤지컬 총괄 기획자와의 설전에서 승전보를 울릴 수 있는 능력은 없었기에, 그녀는 슬며시 손을 잡아 악수에 응했다.

단지 손이 닿았을 뿐인데 무언가 내밀한 스킨십이라도 오고 간 듯 얼굴에 열이 올라 선휘는 얼른 손을 빼내었다.

회의가 끝난 후 사람들과 함께 우르르 식당으로 몰려가 점심을 먹었다. 많은 사람들 틈바구니에 끼어 앉아 밥상을 공유하며 조미료가 많이 들어간 것 같다, 짜다, 싱겁다, 달다 등의 시시콜콜한 이야기를 나누는 게 대체 얼마 만인지 기억도 나질 않았다.

다른 이에게는 일상이지만 선휘에게는 갑자기 불어닥친 폭풍 같았던 점심시간이 끝나고 오후 첫 연습이 시작되었다.

선휘는 바짝 긴장한 채로 연출가 옆에 섰다. 그는 참으로 'Talkative(수다스러운)' 한 사람이었기에 온 신경을 곤두세워야 할 듯했다. 이윽고 그의 말이 시작되었다.

"It seems to be the landmark year. The show has been played for 30 years. And also I've been to able to come up with the brand-new production in Korea which is just as good as the original production. Thank you for giving me a chance to play the show in Korea with stunning talented players, 승우."

"올해는 아주 특별한 해입니다. 본 공연이 30주년을 맞이했기 때문이죠. 그리고 또한 저는 오리지널 제작팀과 견주어도 손색 없는 새로운 제작팀을 한국에서 만나게 되었습니다. 너무도 아름다운, 재능 있는 배우들과 공연을 함께할 수 있게 해 줘서 고맙습니다, 승우 씨."

연습실에 모인 모든 사람들의 이목이 선휘에게로 집중되었다. 그리고 그도 마찬가지였다. '고맙습니다, 승우 씨' 하고 그의 이름을 불렀을 때, 눈이 마주치고 말았다.

빙그레한 미소는 옆에 있는 오리지널 연출가 때문이라 여겨졌지만, 뭔지 모르게 기분이 묘했다. 선휘는 그런 묘한 기분을 지워 내려 다시 연출가의 말에 귀를 기울였다.

자신이 일을 하고 있는 건지, 일에 끌려 상황을 헤쳐 나가려 노력하고 있는 건지 몰랐지만, 어쨌든 주어진 역할에 집중하기 위해 노력했다.

그동안 그는 멀찌감치 서서 연습하는 모습을 물끄러미 지켜보고 있었다. 단지 그러고 있을 뿐인데, 선휘는 신경이 쓰여서 그에게로 시선이 계속 머물렀다.

그의 시선 역시 그녀에게 머물러 있었지만 그 의미는 조금 달라 보였다. 그가 그녀를 지켜보는 건 마치 고용주가 고용인을 감시하는 듯한 구도 같았다. 그는 고개를 갸웃하며 생각에 잠긴 듯도 했고, 슬며시 미소 지으며 무언가를 그려 보는 것 같기도 했다.

자꾸만 그에게로 향하는 시선의 흐름을 멈추려 선휘는 은근슬쩍 그를 등지고 섰다. 눈에 보이지 않으면 마음이 편해질 줄 알았는데 그가 자신의 뒷모습을 쳐다보고 있을 거라 생각하니 괜히 등골이 오싹해지는 기분이었다.

그 와중에도 연출자는 엄청난 말들을 내뱉고 있었기에 선휘는 정신을 바짝 차리려 노력했다. 심장이 둥둥 울리고 긴장감은 높아졌다. 등에서 식은땀이 나는 듯도 했고 바닥을 짚고 서 있는 두 발이 후들거리는 것도 같았다.

하루에 한 사람을 상대하기도 버거운 선휘에게 이 연습실은 뜻하지 않게 마주한 공포영화의 예고편이거나, 갑자기 터져 버린 전쟁 같은 것이었다.

"오늘 연습은 여기까지 하겠습니다. 내일은 9시 시작입니다."

조연출의 외침과 함께 드디어 연습이 끝났다. 선휘는 빨리 연습실을 벗어나 안전지대로 향하고 싶은 생각뿐이었다. 조연출은 배우들과 스태프들에게 일일이 인사를 하며 연습 시간을 다시 공지했다. 선휘도 그에게 가벼운 눈인사를 하고는 연습실을 빠져나왔다.

"고선휘 씨."

엘리베이터 앞에 서 있는데, 달빛을 품은 듯 낮게 울리는 목소리가 들려왔다. 목소리의 주인공은 역시나 그 남자, 윤승우였다.

"네?"

"잠깐 나 좀 보고 가요."

그는 손목에 찬 시계를 한 번 슥 보고는 말을 이었다.

"10분 있다가, 아까 그 회의실에서 보죠."

"네."

그는 부드러운 미소를 지어 보이더니 안으로 들어가 버렸다.

안전지대까지 가려면 아직 한 번의 전투가 더 남아 있는 것처럼 느껴졌다. 그 사실에 갑자기 피로감이 몰려왔다. 잔뜩 긴장했던 목과 어깨 언저리가 굳어지고 뒷골이 뻐근하게 당겼다. 선휘는 다시 연습실 안으로 들어가 신발을 갈아 신고 회의실로 발걸음을 옮겼다.

그는 이미 회의실 테이블 앞에 앉아서 서류 뭉치를 뒤적이고 있었다. '10분이 지났던가?' 하는 생각과 함께 말을 걸어야 할지 말지 망설이고 있을 그때, 그가 고개를 들었다.

"왔어요? 앉아요."

선휘는 고개를 끄덕이고는 그와 가장 멀리 떨어진 곳의 의자를 빼내어 앉았다. 갑자기 초조함을 가장한 두근거림이 몰려오기 시작했다. 피곤한 데다 심장까지 말썽이니 머릿속이 산란해지는 것은 당연했다.

"잠시만요."

그는 또다시 서류로 시선을 옮겨 한참 동안 그것을 뒤적였다. 체감으로는 굉장히 길었지만 사실 1분도 채 되지 않는 시간이었다. 대체 무슨 말을 할까 싶어 잔뜩 긴장해 있는데 자상한 목소리가 들려왔다.

"나 신경 쓰여요?"

시선은 여전히 서류 속에 파묻은 채였다. 그 질문에 선휘는 고개를 갸웃하며 그를 바라봤다.

"네?"

"나 신경 쓰이냐고요."

그제야 서류를 덮은 그가 손깍지를 끼고 테이블 위에 올리며 말했다. 선휘는 눈을 두어 번 깜빡거리고는 대답했다.

"정은 언니 육촌이시라고 했죠?"

그가 고개를 끄덕이며 미소 지었다.

"갑자기 여기 오게 돼서 좀 당황했었나 봐요. 그리고 안면이 있는 분이 계시리라고는 생각도 못 했거든요."

있는 그대로의 사실을 담은 대답이었다. 그 대답에 무언가 재미있는 예상이 빗겨 나갔다는 듯 그의 얼굴에 마뜩잖은 표정이 어렸다. 기대치 않은 대답을 들었을 때의 버릇인 듯했다.

"그래요. 그럴 수도 있죠, 뭐."

그는 대수롭지 않다는 듯 팔짱을 끼며 의자에 비스듬히 기대 앉았다.

"내일부터 잘 부탁해요. 힘든 일 있으면 편하게 얘기하고요."

"네, 그럴게요."

사실 이 일이 별로 내키지 않는다는 말이 하고 싶었다. 그런데 다른 통역을 구하는 것이 어떻겠냐는 말 대신 고분고분하게도 그러겠다는 대답이 튀어나오고 말았다.

최대한 자신을 배려해 주려 애쓰는 그의 기대감을 져 버리고 싶지 않아서였는지, 퐁당퐁당 대화를 이어 가는, 적어도 그녀에게는 아슬아슬한 상황을 묘하게 즐기고 있는 것인지. 선휘는 답을 찾지 못하고 그저 앉아 있을 뿐이었다.

'그러겠다고 했으니, 하는 수밖에' 라는, 도저히 자신이 내린 결론이라고는 생각할 수 없는 단순 명쾌한 답을 이끌어 내기까지 했을 땐, 스멀스멀 자신감이 피어오르는 듯도 했다.

"조심히 가요. 오늘은 차 가져왔죠?"

그의 질문을 듣자마자 얼굴이 순식간에 달아올랐다.

"아, 네."

"그럼, 내일 봐요."

"네, 내일 뵙겠습니다."

선휘는 깍듯하게 인사를 하며 자리에서 일어나 회의실 문고리를 잡았다. 그때 또다시 그의 목소리가 들려왔다.

"계속 신경 써 줘요. 나도 그쪽 신경 쓰이니까."

그 문장이 끝남과 동시에 낮은 웃음소리가 들려왔다. 선휘는 고개를 갸웃하다 말고 승우에게 시선을 던졌다. 그는 어깨를 으쓱해 보이며 미소를 지었다.

"그럼 들어가 보겠습니다."

선휘는 황망히 인사를 남기고 회의실을 빠져나왔다. 어떻게 신발을 갈아 신었는지, 어떻게 지하 주차장까지 와서 차에 올라타 시동을 걸었는지, 그리고 어떻게 도로 위를 달리고 있는 것인지 기억이 나지 않을 정도로 머릿속이 새하얘졌다.

생각이 탈색된 머릿속에 그의 문장이 계속 맴돌았다.

"계속 신경 써 줘요. 나도 그쪽 신경 쓰이니까."

단순히 그 문장만 놓고 보자면 '정은의 농간으로 불편했던 식사 자리를 함께했고, 그런 자리가 있은 후 또다시 일자리에서 만났으니 잘해 보자', 뭐 이런 의미일 수 있다.

그런데 말에는 뉘앙스라는 게 있다. 그 문장을 말할 때 그의 목소리가 가진 음색, 어조, 어감은 오묘한 차이를 만들어 내어 선휘의 얼굴을 붉히고 머릿속을 텅 비게 만들기에 충분했다.

"나도 그쪽 신경 쓰이니까."

매혹적인 목소리로 낮게 웃던 그의 모습이 선휘의 머릿속을 열심히 채웠다.

#3

강제된 필연

소주잔을 기울이는 승우의 머릿속에는 오늘 하루 동안 있었던 일들이 끊임없이 되풀이되고 있었다. 특히 뜻하지 않게 나타난 그 여자, 고선휘에 관한 것이 주를 이루었다.

연습실에 들어서자마자 '맙소사'라며 당황해하던 모습, 자신을 마주하고는 누구인지 한참을 가늠해 보는 것 같던 표정, 의미 없는 귓속말에 붉어지던 뺨, 연습 내내 자신을 흘끔거리던 시선까지.

지난번 식사 자리에서 그녀가 사람을 대하는 것을 어려워한다고는 느꼈지만, 이 정도일 줄은 몰랐다. 마치 사춘기 소녀인 듯 구는 태도에 묘하게 신경이 쓰였다. 그게 원인이었을까?

이왕 이렇게 된 거 편히 일해 보자는 말을 하기 위해 그녀를 회의실로 불렀을 뿐인데 업무를 넘어선 말이 튀어나오고 말았다.

"계속 신경 써 줘요. 나도 그쪽 신경 쓰이니까."

곱씹으면 곱씹을수록 속 컴컴한 작업 멘트같이 느껴져 더더욱 신경이 쓰였다. 생각하지 말자고 수십 번 되뇌어도 허사였다. 머릿속은 어느새 그녀에 대한 회상으로 가득 차 있을 뿐이었다.

"형, 이번에 새로 온 통역 예쁘더라?"

묵묵히 소주잔을 기울이고 있는 승우에게 말을 건 이는 조연출 경진이었다.

"그래?"

승우는 관심 없다는 듯 무심한 척 대답하려 노력했다. 되물음에 대한 대답은 경진이 아닌, 조명팀 창재로부터 튀어나왔다.

"야, 그냥 예쁘기만 하냐? 완전 특S급이던데? 아까 연습실에서 걔, 누구냐! 어! 아이돌 출신 리나! 걔 옆에 섰는데도 통역이 훨씬 눈에 띄더라. 몸매도 예술이던데?"

창재가 두 손을 아주 음란하게 구부리며 말했고, 그 모습을 마주한 승우의 미간이 저절로 좁아졌다.

"외모가 훌륭하면 뭐해? 일하러 왔으면 일을 잘해야지. 일은 어때?"

창재의 물음에 또 다른 스태프인 진우가 엄지를 척 치켜들며 말했다.

"전달력이 좋아. 경력 되게 많은 것 같더라?"

"처음이래."

승우가 그리 말하자 셋이 동시에 되물었다.

"뭐?"

그와 함께 세 남자의 시선 역시 일제히 승우를 향했다.

"진짜? 처음치고는 꽤 괜찮네."

진우의 말에 창재는 또다시 음흉한 표정을 지어 보이며 짓궂게 말했다.

"그럼 우리가 그녀의 처음이 되는 건가?"

그 말에 다른 녀석들이 키득거리며 웃었지만 승우의 얼굴은 삽시간에 굳어졌다. 남자들끼리 모이면 으레 여자 얘기가 나오고, 그것이 성적인 농담으로 이어지는 것은 정해진 시퀀스나 다름없었다.

그런데 그 화제의 중심에 그녀가 있다는 사실이 묘하게 기분 상했다. 그녀와 그 무엇도 아닌 사이에서 신경이 쓰이는 것이 그저 오묘할 따름이었다.

'신경이 쓰인다'라. 승우는 또다시 자신이 내뱉었던 말을 곱씹으며 달곰 쌉싸래한 소주를 넘겼다.

"적당히 해라. 오늘 처음 본 사람이고 앞으로 같이 일해야 하는데 꼭 그런 식으로 말해야겠어?"

승우의 말에 소주잔을 기울이던 세 사람이 일제히 행동을 멈추고는 시선을 옮겼다. 진우는 고개를 갸웃했고, 창재는 무언가 대꾸하려 준비 중이었으며, 경진은 가늘게 뜬 눈으로 승우의 무심한 표정을 관찰했다.

"심각해지기는, 마셔."

맑은 소주를 가득 채운 자신의 잔을 그들의 잔에 부딪치며 승우가 먼저 잔을 비웠다. 그러자 일제히 시선을 마주한 그들 역시 잔을 거세게 부딪친 뒤 단숨에 비워 냈다.

♪　　　𝅘𝅥𝅮　　　♪

얼굴이 홧홧거리고 목구멍이 따끔하도록 갈증이 일었다. 연습실에 들어서며 승우는 보이는 얼굴들에게 대강 인사를 건네고 연습 진행 상황을 지켜보려 벽에 비스듬히 기대어 섰다.

지난밤 왜 그렇게 술을 많이 마셨는지, 2차까지는 기억이 나는데 3차로 간 사케 집에서의 대화는 도무지 기억이 나질 않았다. 술자리를 즐기지도 않을뿐더러 공연 준비 중에 술은 입에도 대지 않는 그인데, 어제는 대체 무슨 생각이었는지 필름이 끊기도록 마셔 댔다.

술고래들과 밤늦도록 자리를 함께한 탓도 있었지만 묘한 기분을 잊으려는, 혹은 그 기분에 집중하려는 심산이었는지도 모른다. 여전히 머릿속은 그 생각들로 왕왕 울리고 있었다.

잠깐의 쉬는 시간, 승우는 물이라도 들이켜야겠단 생각으로 건물 1층에 있는 편의점으로 향했다.

생수 한 병과 숙취 해소제를 사서 계산하고 있는데, 익숙하고 매혹적인 향기가 느껴졌다. 무심코 고개를 돌려 옆에 서 있는 이에게 시선을 옮겼다. 역시나 향기의 주인공은 선휘였다.

그녀가 생수 한 병을 손에 든 채 승우에게 슬쩍 목례를 해 왔다.

"아, 고생 많아요."

"네."

그녀의 짧은 대답에 승우는 그저 고개를 끄덕끄덕하고는 편의점을 나섰다. 곧이어 뒤따라 나온 그녀의 발걸음 소리가 들렸다. 그녀가 뒤에서 자신을 따르고 있다는 생각에 흐트러졌던 자세가 곧게 펴지고, 축 늘어졌던 발걸음에 힘이 들어가기 시작했다.

"저기요."

속삭임에 가까운 목소리가 뒤에서 들려왔다. 자신을 부르는 게 맞는지, 분명히 '윤승우'라고 두 번이나 또박또박 말해 줬건만 그녀는 자신을 '저기요'라고 부르고 있었다.

자신을 뜻하는 말이 아닐 수도 있다. 그저 대화의 물꼬를 트려는 속삭임일 수도 있는데, 승우는 기어코 못 들은 척 뒤돌아보지 않았다. '승우 씨' 하고 이름 불러 주면 뒤돌아봐야지, 하는 심술궂은 생각을 하는 찰나, 그녀의 목소리가 다시 들려왔다.

"저, 팀장님."

아뿔싸. '승우 씨' 하는 부름은 아니지만, 명백히 돌아봐야 하는 상황이었다. 승우는 무심한 표정을 짓기 위해 노력하며 고개를 돌렸다. 우뚝 멈춰 서서 무슨 용건이냐는 듯 고개를 갸웃하고 그녀를 향해 눈썹을 치켜들었다.

뭐가 저리도 부끄러울까. 얼굴이 딸기 우웃빛으로 달아오른 그녀는 어떻게 말을 꺼내야 할지 한참을 망설이는 듯했다.

"불러 놓고 왜 아무 말도 없어요?"

"어제……."

승우는 다른 방향으로 고개를 갸웃하며 되물었다.

"어제?"

그녀는 자신감을 불어넣는 듯 숨을 한 번 들이마시고는 말을 이어 갔다.

"어제 제가 좀 경황이 없어서, 긴장을 많이 했나 봐요. 오늘 은 둘째 날이어서 그런지 적응도 좀 된 것 같고……."

대체 무슨 말을 하는 건가 싶어서 승우는 눈을 가늘게 뜨고 그녀를 바라봤다. 불현듯 어제 회의실에서의 마지막 대화를 그 녀도 신경 쓰고 있었을지 모른단 생각이 들었다. 그러자 얼굴 에 미소가 피어오르고, 무거웠던 머릿속이 산뜻해졌다.

"아, 그래요? 다행이네요."

"그러니 저한테 더 신경 써 주지 않으셔도 돼요. 그럼 저 먼 저 들어가 보겠습니다."

그리 말한 선휘는 종종걸음으로 먼저 연습실로 들어가 버렸 고, 승우는 이맛살을 찌푸리며 그녀의 뒷모습을 물끄러미 바라 봤다.

일부러 그런 말을 할 필요는 없지 않나, 하는 생각이 들려는 찰나 승우의 머릿속에 갑자기 휴대전화 화면이 퍼뜩 떠올랐다.

어두웠던 사케 집 작은 의자에 앉아 벽에 비스듬히 머리를 기댄 채 바라보던 휴대전화 화면. 승우는 재빨리 재킷 주머니 속에 있는 휴대전화를 꺼내 들었다.

〈오늘 내아 한 말은 너ㅜ 신견 쓰지 마라요. 내링부터 자알 해 ㅂㅗㅈ시다. 잘자ㅛ〉

엉망진창으로 찍혀 있는 자신의 문자, 그리고 되돌아온 그녀의 문자.

〈실례지만…… 번호가 저장되어 있지 않아서요. 누구신지.〉

그리고 자신의 문자.

〈융승우요.〉
〈아, 네. 그럼 내일 뵙겠습니다.〉

산뜻해졌던 머리가 두 배로 무거워지고, 얼굴의 미소는 헛웃음으로 변해 갔다. 승우는 어기적거리는 발걸음을 옮겨 연습실 안으로 들어섰다. 이미 짧은 휴식 시간은 끝나고 연습이 시작되어 있었다.

승우는 의자를 끌어다 벽에 기대어 앉았다. 한숨이 절로 새어 나왔다. 대체 술이 무슨 짓을 벌인 걸까, 오타라도 안 났으면 좀 덜 민망했을까. 또 편의점에서 마주쳤다고 해서 그렇게 진지한 대꾸를 해 줄 건 뭐람.

답을 얻을 수 없는 질문들로 머리를 채우며 오도카니 앉아 연습하는 모습을 지켜보고 있는데, 경진이 다가왔다.

"형, 괜찮아? 어젠 왜 그렇게 술을 많이 마셨어. 그리고 대체 그 말은 뭐야?"

"내가 뭐?"

또 무슨 짓을 했나 싶어 재빨리 고개를 돌려 경진을 바라봤다.

"아니, 뭐 대사 짜는 것도 아니고 혼자서 중얼중얼."

"내가 뭐라고 중얼거렸는데."

경진은 목을 가다듬고는 고개를 이리저리 흔들며 어제의 승우를 재연하기 시작했다.

"신경 쓰여. 신경 쓰여? 신경 쓰여! 신경 쓰지 마요. 신경 쓰지 마세요! 신경 쓰지 마십시오."

억양과 어조를 달리하는 경진은 매소드 연기에 심취한 듯했다. 승우는 경진의 뒤통수를 쓰다듬으며 한탄 어린 속삭임을 내뱉었다.

"그만해라. 너 그래서 연기에서 연출로 돌아섰구나. 연기는 정말 아니다."

경진은 발끈하는 듯싶다가 승우에게 고개를 돌리며 물었다.

"뭐가 그렇게 신경 쓰여? 오리지널 연출진 눈치가 그렇게 보이는 거야?"

승우는 한숨을 폭 내쉬며 고개를 절레절레 저었다.

"아! 맞다."

경진은 무언가 생각났다는 듯 손가락을 튕기며 딱 하는 소리를 냈다.

"창재 형이 썬 제대로 찍은 거 같던데?"

"뭐? 썬?"

누구를 지칭하는지 단박에 알아챈 승우의 미간이 일순간에 일그러졌다.

"뭐 저녁 같이 먹자고 할 거라고. 오케이를 받은 건지 어쩐 건지, 저 형 오늘 완전 신 났어."

"대체 누가 오케이를 했다는 거야?"

승우의 날 선 되물음에 경진은 눈치 참 없다는 듯 한숨을 내쉬며 대답했다.

"아, 통역 말이야. 고선휘 씨."

500ml 생수병에 반 이상 남아 있던 물을 단숨에 들이켠 승우는 뒤틀린 심사를 그대로 드러내듯 패트병을 구겨 버렸다. 앞에서 묘한 빛깔로 얼굴을 붉힐 때는 언제고, 다른 이와 저녁 식사를 함께한다는 말에 갑자기 열이 확 올랐다.

그런 승우의 마음을 아는지 모르는지, 경진은 창재가 선휘를 꼬일 수 있느냐 없느냐로 진우와 내기를 걸었다며 킬킬거렸다.

연습 내내 승우의 시선은 선휘에게 붙박여 버리고 말았다. 이제 신경이 쓰이는 정도가 아니라, 신경에 거슬렸다.

처음으로 신경에 거슬린 것은 복장이었다. 그녀는 진한 색감의 청바지와 흰색 반팔 면 티셔츠를 입고 있을 뿐이었다. 그런

61

데 아주 평범해 보이는 그 복장에 문제가 있었다.

청바지는 스키니진이어서 유려한 하체가 그대로 드러났고, 흰색 반팔 면 티셔츠는 아주 미려하게 속옷이 비쳤다. 뿐만 아니라 상체에 딱 달라붙어서 늘씬한 허리 라인과 골반 라인, 그리고 덩치에 비해 풍만한 가슴 모양도 그대로 드러난다는 거, 그게 바로 문제였다.

흘러내리는 긴 머리가 불편한 듯 그녀는 앙증맞은 리본으로 머리를 질끈 묶고 있었다. 그 덕에 말간 얼굴이 더욱 도드라져 보였다. 연출자가 뭐라고 했는지, 그녀는 생긋 미소 지으며 이야기를 하고 있는 중이었다.

대체 얼마나 오랫동안 그 모습을 멍하니 바라보고 있었을까. 부드러운 미소를 머금은 그녀의 시선이 잠시 승우에게 머물렀다. 그리고 무슨 의미의 시선인지 묻는 듯 고개를 갸웃해 보였다.

그것도 눈치채지 못한 채, 승우는 그저 그녀를 바라보고 있었다.

"팀장님, 공연장 담당자가 테크니컬 리허설 일정 회의 하자는데요?"

갑작스러운 스태프의 부름에 승우는 곧 가겠다며 고개를 끄덕였다. 심장이 두근두근 뛰었다. 마치 누군가에게 몰래 쓴 비밀 일기장을 들킨 듯한 기분이었다. '술이 덜 깨서 그런 거다'로 결론지은 승우는 한숨을 폭 내쉬며 회의실로 걸음을 옮겼다.

공연장 측과의 회의를 마치고 승우는 다시 연습실로 향했다. 지하 1층부터 2층까지는 공연장, 3층부터는 연습실과 회의실이 자리 잡고 있는 구조의 이 건물이 그는 참 좋았다.

번잡스러운 움직임과 이동 시간을 줄일 수 있고, 또 연습 중 갑자기 벌어진 사고에 관한 수습을 바로 할 수 있는 이점이 있었다. 바로 지금과 같은 상황 말이다.

연습이 마무리되었는지 연습실에서 사람들이 쏟아져 나왔다. 배우들과 스태프들의 인사를 받으며 연습실로 들어서는데 그녀의 모습이 눈에 보이지 않았다. 연습실 안 회의실 앞, 경진과 진우가 문에 귀를 기울인 채 서 있는 모습이 눈에 들어왔다.

"뭐해, 거기서?"

승우의 질문에 둘은 입술에 검지를 가져다 대고는 조용히 하라며 난리 법석을 떨었다. 승우는 저벅저벅 회의실 앞으로 다가갔다.

"아, 저녁 한 끼 같이 먹는 게 뭐가 그렇게 어려워요? 밥 한 끼 먹고 가요, 네? 우리 다 같이 먹으러 갈 건데."

조르는 창재의 목소리가 안에서 들려왔고, 대답이 없는 이는 선휘가 분명해 보였다.

"비켜."

승우의 목소리가 낮고 음산하게 울리자 둘은 문 앞에서 물러서며 이맛살을 찌푸렸다. 승우는 노크도 없이 회의실 문을 열고 들어갔다. 아니나 다를까, 깜짝 놀란 그녀의 표정에 불편한 기색이 역력히 드러나 있었다.

창재가 다 된 밥에 재 뿌렸다는 듯 노려보았지만, 그 시선은 말끔히 무시해 버렸다.

"고선휘 씨, 오리지널팀에서 온 서류가 있는데 급하게 번역 검토 좀 해야 할 것 같아요. 시간 돼요?"

그녀의 얼굴에 안도의 기운이 어리는 듯했다. 그녀가 바로 대답하지 않을 것을 예상한 승우는 곧장 창재에게로 시선을 옮겼다.

"신창재, 이제 그만 들어가지."

고압적인 승우의 말투에 창재는 느릿하게 걸음을 옮겼다. 승우의 대학 1년 후배인 그는 대학 시절 신입생 킬러라는 별명이 붙었었다. 순진하고 착해 보이는 신입생을 꼬여다가 울린 게 수십 번이라는 소문도 돌았었다.

그런 그에게 선휘는 오랜만에 만난 아주 좋은 사냥감이었을 것이다. 이 바닥 생리를 잘 모르는 것 같은 초짜에 아리따운 생김새까지 두루 갖춘, 아주 매혹적인 사냥감. 어디서 그런 기사도 정신이 생겨난 것인지, 창재가 나가는 것을 지켜보던 승우가 이내 선휘에게로 시선을 옮겼다.

"가죠."

"네."

승우는 선휘를 데리고 곧장 지하 주차장으로 향하는 엘리베이터에 올라탔다. 막상 어린양을 구제하기는 했지만, 없는 서류를 만들어 낼 수도 없고 어떻게 해야 할지 몰랐다. 그러다 복잡해질 이유는 없지 않느냐는 생각이 들어서 불쑥 말을 꺼냈다.

"조심히 가요."

"네?"

그녀는 고개를 돌려 승우를 올려다보았다. 까만 눈동자가 반짝거리고, 그 아래 하얀 뺨이 또다시 핑크색으로 물들고 있었다.

승우는 그녀의 가슴께로 향하려는 자신의 시선을 거두려 고개를 돌렸다. 단둘이 엘리베이터에 있는 상황에서 시선으로 무례를 범하고 싶은 생각은 추호도 없었다.

"거짓말 못한다고 했던 말 기억해요?"

그녀는 고개를 끄덕였지만, 얼굴에는 여전히 해소되지 않은 궁금증이 떠올라 있었다.

"불편한 거 다 티 나요."

"아……."

그녀는 고개를 푹 숙이며 속삭였다.

"감사합니다."

"그리고."

승우의 덧붙임에 그녀는 고개를 들고 말간 얼굴로 올려다봤다. 까만 눈동자를 또다시 마주한 승우는 괜한 헛기침을 해 대며 이내 시선을 옮겼다.

"그 복장, 좀 그렇지 않나?"

"네?"

그녀는 자신의 복장을 훑어보는 듯했다. 무릎이 늘어난 추리닝에 목이 늘어난 티셔츠를 입고 연습에 임하는 사람도 있건만, 그에 비하면 선휘의 옷은 아주 준수했다. 그런데 승우는 그녀의 복장을 굳이 꼬집었다.

"일터에 청바지와 면 티는 좀 그렇지 않아요?"

"아, 그런가요? 내일부턴 신경 쓸게요."

그녀의 얼굴뿐 아니라 귀까지 새빨갛게 달아올랐을 무렵, 둘은 지하 주차장 입구에 멈춰 섰다.

"가 봐요. 난 일이 남아서 들어가 봐야 해요."

사냥감에 정신 나간 승냥이 떼를 물리치기 위해 일부러 여기까지 같이 내려온 것이라는 듯 승우는 어깨를 으쓱해 보였다.

"감사합니다. 그럼 내일 뵙겠습니다."

그녀는 공손히 인사를 하고는 뒤돌아 걷기 시작했다.

"아! 잠깐."

덧붙임에 그녀는 깜짝 놀란 듯 자리에 우뚝 멈춰 섰다. 고개를 돌린 얼굴은 긴장감으로 가득했다. 그러면서도 커다랗고 까만 눈동자는 반짝거렸고, 두 뺨은 붉게 물들어 있었다.

"신경 쓰지 말라고 하면서, 그쪽 되게 신경 쓰이게 하는 거 알아요?"

그녀의 눈이 더 동그래졌다. 어떤 대답이 나올까 기다리고 있는데, 그녀가 아주 조그만 목소리로 말했다. 그 목소리는 들릴 듯 말 듯 해서 승우는 잔뜩 귀를 열고 집중해야 했다.

"죄송해요. 제가 이쪽 일에 좀 서툴러서요. 그럼 먼저 들어가 보겠습니다. 오늘 정말 감사했어요."

그리 인사를 마친 그녀는 잰걸음으로 사라져 버렸다. 그런 그녀의 뒷모습을 바라보며 승우는 허탈감이 몰려오는 것만 같았다. 어제도 그렇고 오늘도 그렇고, 이 정도의 상황이면 그저 일에 관한 이야기가 아니란 걸 알아차려야 하지 않나 하는 생각이 들었다.

그와 동시에 욕조 안에서 유레카를 외쳤던 그처럼, 사과가 쿵 떨어지는 모습을 보고 커다란 깨달음을 얻었다는 그처럼 승우의 머릿속에 기가 막힌 사실 하나가 떠올랐다.

그녀가 그토록 신경 쓰이는 이유가, 다른 놈들이 그녀에 대해 떠들어 댈 때마다 기분이 나빠졌던 이유가 분명해졌다.

우연이 반복되면 필연이 되고, 그것이 운명이 된다는 말이 만고의 진리처럼 느껴졌다. 승우의 얼굴 위에 절묘한 미소가 떠올랐다. 그게 운명이라 하시면 따르는 수밖에. 승우는 그녀가 사라진 길을 물끄러미 바라보다 고개를 한 번 주억거리고는 발걸음을 옮겼다.

이튿날, 승우는 일부러 좀 이른 시각에 연습실로 향했다. 마음을 정한 이상 그에 따르는 추진력을 발휘하는 것은 응당 남자가 해야 할 일이었다. 연습실 문을 열고 들어가자, 자신보다 일찍 도착한 이들의 모습이 눈에 띄었다.

벽에 걸린 일정표를 올려다보며 열심히 무언가를 체크하고 있는 그녀의 모습도 보였다. 그런데 그녀의 모습을 마주한 순간 승우의 미간이 순식간에 좁아지고 말았다.

복장에 대한 지적을 그녀는 아주 완벽하게 받아들였나 보다. 승우는 멀찌감치 서서 그녀의 모습을 위아래로 훑었다.

질끈 묶은 머리는 여전하고, 하얀색 블라우스에 가슴선 바로 아래부터 시작되는 타이트한 검은색 하이웨이스트 스커트. 어제가 그저 발랄해 보였다면, 오늘은 고혹적인 자태를 뽐내고 있었다.

승우는 이마 위로 흘러내린 앞머리를 한 번 쓸어 넘기고는 무심한 척 그녀의 곁으로 다가섰다.

"아, 오셨어요?"

그녀는 특유의 여린 미소를 지으며 인사를 꾸벅했고, 승우도 미소를 머금은 채 고개를 까딱해 보였다.

"일찍 왔네요. 아직 연습 시작 30분이나 남았는데."

"제가 모르는 게 너무 많은 것 같아서요."

미소를 머금고는 있었지만 얼굴에 어린 긴장감은 여전해 보였다.

"커피 할래요?"

그 질문에 그녀는 그래야 하나, 말아야 하나 잠시 고민을 하는 듯했다. 그러고는 아주 살짝 고개를 끄덕였다.

건물 1층 로비에 있는 커피 전문점에 들어선 두 사람은 아주 어색한 사이라는 것을 증명하듯 멀찌감치 떨어져 서 있었다. 거리를 좁히려 승우가 한 발짝 옆으로 다가가면, 그녀는 두 발짝 옆으로 비켜섰다.

한숨을 폭 내쉰 그가 물었다.

"뭐 마실래요?"

"아, 제 건 제가 주문할게요."

그 대답에 기가 찬 웃음이 흘러나왔다.

"뭐하러 그렇게 해요?"

그 질문에 그녀의 얼굴 위로 설핏 곤란한 기색이 어렸다. 그
저 타인과 사적인 자리에 섞이는 걸 불편해하는 줄만 알았는
데, 그녀는 굉장히 내성적인 성격인 것 같았다.

나이와 어울리지 않게 사람과 관계를 맺는 데 어설픈 모습
에 승우의 입가가 슬며시 뺨을 타고 올라갔다. 그녀의 풋풋한
모습이 귀엽다는 생각이 들자, 빠져도 단단히 빠졌다는 생각이
들었기 때문이다.

"다음에 사요. 오늘은 내가 살 테니까. 뭐 마실래요?"

"저 아이스 아메리카노요."

승우는 고개를 끄덕이고는 아이스 아메리카노 두 잔을 주문
했다.

"나한테 커피 한 잔 빚졌어요."

그리 말하며 생긋 웃어 보이자 그녀의 얼굴이 짐짓 진지해
졌다. 농담에도 저리 심각하게 반응하는 여자를 대체 어찌해야
할까 싶었다.

"궁금한 거 있으면 나한테 물어봐요."

"네."

그녀는 고개를 끄덕이며 무언가를 골똘히 생각하는 듯했다. 돌돌돌돌, 그녀의 머릿속이 열심히 굴러가는 소리가 들려오는 것만 같았다.

"저 테크니컬 리허설이 무대 메커니즘에 맞춘 리허설인 거죠?"

그녀가 조심스레 질문을 해 왔고, 승우는 최대한 자세하고 자상하게 대답을 해 주었다. 답을 들은 그녀의 얼굴에 무언가 깨달음의 미소가 어렸다.

"하나하나 배워야 하는 성격이신가 봐요, 고선휘 씨?"

일뿐 아니라 누군가와 친해지기까지 그 사람에 대해 하나하나 살펴야 하는 성격이냐는 뜻이기도 했다. 하지만 질문에 담은 속뜻을 그녀는 또다시 눈치채지 못한 듯했다.

"그냥 모르는 게 많아서요. 제가 혹시나 용어나 연습 과정을 모르고 실수하면 안 되잖아요. 책에서 배울 수 없는 게 현장에 더 많으니까요."

세상에, 단둘이 앉은 자리에서 이렇게 길게 말하는 모습은 처음 보는 것 같았다. 다른 이가 그리 말했으면 대수롭지 않게 넘겼을 일을, 승우는 두 눈을 반짝거리며 대꾸해 주었다. 물론 사심도 다분히 담았다.

"모르는 거 있으면 물어봐요. 다 알려 줄게요."

그리 말하며 승우는 커피를 한 모금 머금었다. 일에 대해서도, 또 나라는 남자에 대해서도. 그녀는 그 말에 또다시 이렇듯 덤덤하게 대꾸했다.

"네, 감사합니다."

그녀의 인사에 승우의 얼굴에는 오묘한 미소가 떠올랐다.

친절하고 자상하게 알려 줄 생각이었다. 업무와 업무 이외의 것들도 함께, 뮤지컬과 뮤지컬 이외의 것들도 함께, 무대 위와 무대 밖 이야기도 함께. 그리고 그녀와 자신에 대해.

어쩌다 인연

3일 차, 막이 내렸다. 선휘는 이제 바늘구멍만큼 익숙해진 연습실을 빠져나와 잰걸음으로 엘리베이터에 올랐다.

온종일 그가 보내는 시선을 느끼지 못했다고 하면 거짓일 것이다. 애써 무시하고 피하려 해도 그는 참 교묘한 방법으로 틈새를 파고드는 것 같았다.

병원에서의 만남은 그저 짧았기에 기억 속엔 거의 남아 있지 않았고, 호텔에서의 기억은 지워 버리고 싶을 정도였다. 그러다 다시 만나게 된 이 공간에서 그의 시선은 집요하리만큼 자신을 좇고 있었다.

준수한 외모와 더불어 연습실에서 보여 주는 그의 카리스마가 다분히 매력적이라는 건 인정한다. 그를 바라보는 여자들의 시선이 반짝거린다는 사실도 충분히 느낄 수 있었다. 그런데 그런 그가 자신에게 보내는 진득한 시선은 참으로 부담스러웠다.

지하에 도착한 엘리베이터 문이 열리자 선휘는 자신의 차가 주차되어 있는 쪽으로 빠르게 걸음을 옮겼다.

"그래, 알았어. 내가 나중에 전화할게. 응, 수고."

고요하고 어두운 지하 주차장을 낮게 울리는, 달빛을 품은 듯한 목소리의 주인공은 역시나 그 남자, 윤승우였다. 선휘의 차 옆에 서서 누군가와 전화 통화를 하는 그의 목소리는 더없이 부드럽고 자상했다.

저렇게 자상한 목소리로 누구와 대화를 나누고 있는 것일까 하는 쓸데없는 상상을 하고 있을 무렵, 그는 선휘가 다가오는 것을 발견하고 고개를 갸웃했다.

왜 이쪽으로 오느냐고 묻는 것인지, 왜 물끄러미 보고 있느냐고 묻는 것인지, 선휘는 통제 불가능한 무언의 질문에 답하기 위해 리모컨을 꾹 눌렀다.

주차장을 울리는 경쾌한 소리와 함께 선휘의 차 전조등이 깜빡거렸다. 그는 깜짝 놀란 듯 차와 선휘를 한 번씩 번갈아 봤다.

"이거 선휘 씨 차예요?"

그의 물음에 지나친 관심이 묻어나고 있는 게 대번에 느껴졌다.

"네."

"좋은 차 타네요."

선휘에게는 그저 피하고 싶은 신변 잡담이었다.

"이 차 감당하려면 힘들 텐데, 마력이 굉장하지 않아요?"

그는 호기심 가득한 눈을 반짝이며 물었다. 이런 대화가 익숙지 않은 선휘는 재빨리 대답과 함께 작별 인사를 내뱉었다.

"탈 만해요. 그럼 전 이만 가 보겠습니다."

"탈 만한 정도가 아닐 텐데? 나중에 한번 태워 줘요."

그가 지하 주차장 어둠을 전부 날려 버릴 듯 환한 미소를 지었다. 자신의 장점을 잘 알고 있는 남자, 그리고 그 장점을 효율적으로 이용할 수 있는 남자는 똑똑하지만 그와 동시에 위험했다. 그의 잘생긴 얼굴 위로 떠오른 미소처럼 말이다.

똑똑하고 위험한 것은 언제나 더없이 매혹적이기 마련이었다. 그걸 알아챘는지 선휘의 심장이 서서히 박동수를 올리고 있었다. 선휘는 두근거리는 심장을 잠재우기 위해 한숨을 몰아쉬었다.

"그럼, 조심히 가세요."

그리 짧게 덧붙인 뒤 잽싸게 문을 열고 차에 올라탔다. 왠지 신성불가침 영역에 들어온 것 같은 기분이 들었다. 푹신한 가죽 시트가 몸에 감기자, 선휘는 자신도 모르게 또 한숨을 내뱉었다.

그때 '똑똑' 하는 노크 소리가 들려왔다. 조수석 쪽에 서 있던 그가 창문을 두드린 것이다. 선휘는 조용히 차창을 내리고 낮게 속삭였다.

"무슨 일……."

"뭐가 그렇게 바빠요?"

그의 질문에 또다시 짙은 한숨이 새어 나왔다.

"화났어요?"

그가 선휘의 기분을 가늠해 보듯 물어 왔다.

"아, 아뇨."

선휘의 입에서 당황 섞인 목소리가 흘러나왔다. 그에게 자꾸만 폐쇄적인 인간관계의 단면을 들키는 것 같아서 불편함과 피곤함이 몰려왔다. 감정 교류의 한계가 다가오고 있다고 경고하듯 심장이 세차게 두근거렸다.

"그냥, 좀 피곤해서 그래요."

"오늘 많이 힘들었어요?"

누군가와 통화를 할 때 들었던 그 자상한 목소리가 선휘를 향해 흘러나오고 있었다. 임계치를 벗어난 심장이 갈피를 잡지 못하고 위태롭게 두근거렸다.

"그냥, 좀 상황에 익숙해지려 하다 보니……."

"아."

그는 무슨 의미인지 알겠다는 듯 고개를 끄덕이더니 말을 이었다.

"실은 오늘 제 차가 말썽이 나서 수리를 맡겼는데, 가까운 지하철역까지만 태워 줄 수 있어요?"

그가 차창에 팔을 포개어 올리고 그곳에 턱을 괸 채 물었다. 도드라지게 잘생긴 얼굴과 함께 부드러운 목소리가 고요한 차 안에 스며들었다.

이마에 살짝 드리워진 앞머리가 귀찮다는 듯 고개를 옆으로 숙이며, 그는 까만 눈동자를 빛내고 있었다. 그 모습을 마주하자 갑자기 얼굴이 붉게 달아오르는 것 같아서 선휘는 얼른 룸미러로 시선을 옮겼다.

목소리도 제대로 나오지 않을 것처럼 목구멍이 홧홧해지고 있었다. 선휘는 그러라는 듯 고개를 한 번 끄덕였다.

"고마워요."

웃음 섞인 목소리가 들려왔다. 그가 조수석에 오르자 매혹적인 향기가 훅 하고 침범해 왔다. 익숙하지 않은 향기에 선휘는 심장이 벌컥 튀어 오르는 것만 같았다.

차에 정은을 제외한 다른 사람이, 그것도 남자가 타는 것은 처음이었다. 선휘는 엔진 소리에 자신의 심장 소리와 타는 듯한 긴장감이 묻히길 바라며 물었다.

"어디까지 가시는데요?"

어디에 그를 내려줘야 할지 가늠하기 위한 질문이었다.

"대학로요."

"대학로요?"

놀라 되물은 질문에 그는 고개를 갸웃하며 그녀를 바라봤다. 거짓말을 못한다고 했던 그의 지적이 떠올라 선휘는 괜히 얼굴이 화끈거렸다.

"저도 거기 가거든요."

이어진 선휘의 말에 그는 그러느냐는 듯 고개를 끄덕이며 되물었다.

"집이 거기예요. 선휘 씨는 대학로에 무슨 일로 가요?"

"저도 거기 살아요."

속삭임에 가까운 선휘의 대답에 승우의 얼굴 위로 환한 미소가 떠올랐다.

"그래요? 그럼 이렇게 종종 카풀도 하고 그럼 되겠네요?"

선휘는 고개조차 끄덕이지 못하고 그저 앞을 응시했다. 그는 여전히 미소를 머금은 채 자신을 바라보고 있는 듯했다. 그 덕에 오른쪽 뺨에 불이라도 붙은 기분이었다.

"참 신기하네."

"뭐가요?"

"여자가 이런 슈퍼카 타는 일은 흔치 않죠. 2014년형 그란카브리오 맞죠?"

그 질문에 선휘는 고개를 끄덕이며 대답했다.

"네, 맞아요."

"어때요?"

"좋아요."

차에 대해 묻는 그에게 선휘는 좋다며 고개를 끄덕였다.

"그거 말고요."

그리 대꾸하는 그의 목소리는 한없이 다정했다.

"그럼 뭘 말씀하시는 거예요?"

"어때요, 나?"

지하 주차장 출구 쪽으로 차를 몰던 중, 선휘는 급히 브레이크를 밟았다. 마치 감정 교류의 한계가 다가왔다며 눈앞에 붉은 신호등이 번쩍 들어온 기분이었다.

"뭐하시는 거예요?"

조심스러운 선휘의 질문에 그는 특유의 낮고 자상한 음성으로 대답했다.

"내가 워낙 더디고, 느려 터진 거엔 취미가 없는 사람이거든요. 좋은데 좋다고 말도 못 하고 미적지근하게 구는 것도 별로고. 난 선휘 씨가 마음에 드는데, 선휘 씨는 나 어때요?"

또다시 그가 고개를 옆으로 갸웃하며 사람을 홀릴 듯한 미소를 지었다.

"농담이 좀 지나치시네요."

선휘는 떨리는 손으로 운전대를 꽉 움켜잡았다.

"농담 아니거든요?"

한숨이 절로 새어 나왔다. 그와 동시에 자신이 말했다고는 상상할 수도 없는 문장이 툭 하고 튀어나왔다.

"조용히 대학로까지 가시겠어요, 아님 택시 타고 가실래요?"

나긋나긋하게 내뱉은 말이었지만, 분명 가시가 있다.

"입 다물고 있을게요."

그는 입에 지퍼를 채우는 시늉을 하고 팔짱을 끼며 미소 지었다. 마치 커다랗게 터져 나오려는 웃음을 참으려는 듯 그의 입술이 가늘게 맞물리자 선휘가 다시 차를 출발시켰다. 어쨌든 그가 입을 다물었으니까, 더는 이상한 소리가 비져 나오지 않을 테니 다행이라고 여겼다.

귀가 예민한 그녀에게 엔진 소리와 함께 규칙적인 그의 숨소리가 들려왔다. 남자의 숨결을 이렇게 가까이에서 느낀 게 대체 얼마 만인지 알 수 없었다. 선휘는 점점 더 빠르게 뛰는 심장을 잠재우려 한숨을 내쉬었다.

"이런 통역은 처음이라고 했죠?"

한동안 고요히 앉아 있던 그가 다시 입을 열었다.

"장기 프로젝트는 처음이에요. 소규모 회의엔 몇 번 간 적 있었고, 주로 번역 일만 했어요."

왜 이렇게 길게 대답했는지, 예민하게 떨리는 자신의 목소리가 귀에 거슬려서 괜한 후회가 밀려왔다.

"대학로에서는 언제부터 살았어요?"

"대학원 준비하면서부터니까, 3년쯤 된 것 같아요."

그는 그러느냐는 듯 고개를 끄덕였다.

"음, 그럼 저녁이나 같이 먹을까요?"

선휘는 좌회전 깜빡이를 켜면서 차선을 변경하고, 빨간색 신호등 앞에 천천히 차를 세웠다.

"별일 없으면 저녁이나 같이 먹자고요. 차도 태워 주셨고."

무언가 반박할 만한 대답을 찾고 있는데, 뚜렷한 변명거리가 생각나지 않았다. 선휘는 그저 작은 한숨을 집어삼킬 뿐이었다.

시선은 도로에 두고 있었지만, 미소를 머금고 있는 그의 얼굴이 보이는 듯했다.

"뭐 먹을까요?"

침묵은 여러 가지 형태의 대답을 지닐 수 있건만, 그는 선휘의 침묵을 긍정으로 받아들인 듯했다. 또다시 숨을 삼키려 노력한 탓에 작은 목소리가 겨우 새어 나왔다.

"글쎄요."

무미건조한 대답을 내뱉고는 있었지만, 심장은 가속 페달을 밟은 듯 빠르게 뛰고 있었다.

"그럼 가면서 생각해 보죠. 차 안에서 라디오나 음악은 듣지 않나 봐요?"

그 질문에 선휘의 미간이 슬쩍 좁아졌다.

"음악을 별로 좋아하지 않아요."

"그럼, 라디오는?"

그는 마치 선휘의 모든 것을 가늠해 보고 싶은 듯했다.

"라디오를 틀면 음악이 나올 테고, 그래서 아무것도 안 들어요."

왜 그런지 이유를 알 수 없었지만, 이 남자가 하는 질문에는 떨리는 목소리에도 불구하고 대답이 흘러나왔다.

"사랑이 영원할 수 있는 것처럼, 음악도 영원히 존재한다고 누군가 그랬죠."

자신도 모르게 헛웃음이 흘러나왔다. 누가 뮤지컬 기획자 아니랄까 봐 참으로 감성적이었다.

"세상에 영원한 건 없어요. 대체 그런 말은 누가 한 거죠?"

자신의 목소리에 날이 서 있는 게 느껴졌다. 굳이 그럴 필요 없었는데, 대화는 점점 그가 원하는 방향으로 흘러가고 있는 것 같았다. 꼭꼭 감춰 둔 선휘의 감정과 솔직함을 이끌어 내려는 듯 그가 계속해서 말을 이었다.

"어떤 뮤지컬 주인공이요."

선휘가 고개를 갸웃하며 되물었다.

"누구요?"

"뮤지컬이요."

그리 대답한 그는 아주 심오한 질문을 꺼내 들었다.

"선휘 씨는 인생에서 가장 중요한 게 뭐예요?"

갑자기 그와의 대화가 굉장히 피곤하게 느껴졌다. 감수성이 예민한 뮤지컬 기획자인 그와의 대화에, 감성이 메마른 선휘는 마른 땅에 불을 지피듯 마음이 쩍쩍 갈라지는 것 같았다.

"글쎄요."

"그 주인공은 음악이었어요. 음악은 영원하다고 믿었죠. 음악이 우리의 인생에 미치는 효과는 굳이 말 안 해도 수많은 음악가가 이미 증명했죠? 예술을 멀리하면 인생이 재미없어질 수 있어요. 이제 음악 좀 틀어도 돼요?"

"아니요."

선휘는 숨을 한 번 고르고는 대답을 이어 나갔다.

"인생이 뮤지컬 속 주인공들처럼 그렇게 단순히 정의될 수 있다면, 세상에 인생이나 꿈을 포기하는 사람들은 없을 거예요."

그는 기분이 나쁜 것인지, 생각에 잠긴 것인지 아무 말도 없었다. 뮤지컬 기획을 하는 이에게 그 주인공들의 인생이 단순하다고 단정 지어 버린 것이 실수처럼 느껴졌다.

"식사는 다음에 하죠."

기분이 언짢아진 모양이었다. 이렇게 해서라도 자신에 대한 지대한 관심과 감수성 풍부한 그와의 불편한 대화를 멈출 수 있다면, 어쩔 수 없다고 선휘는 생각했다.

"그래요."

그의 말에 아주 짧은 대답만 덧붙였다.

"저 앞에서 내려 줘요."

길가에 차를 세운 선휘는 그에게 흘끔 시선을 옮겼다. 그는 휴대전화 화면을 뚫어져라 바라보며 미간을 찌푸리고 있었다.

"미안해요. 갑자기 일이 생겨서. 식사는 다음에 하기로 하죠. 오늘 태워 줘서 고마워요."

자신의 말에 기분이 언짢아진 것이라 여겼던 예상은 보기 좋게 빗나간 듯했다. 그는 말라비틀어진 선휘의 마음에 따뜻하게 녹인 초콜릿을 부어 주듯 달콤한 미소를 지었다. 심장이 목구멍을 타고 올라오려는 것을 마른침을 삼키며 달랬다.

차에서 내린 그는 문을 닫기 전 무언가 잊은 게 있다는 듯 말했다.

"아, 그리고요."

선휘는 고개를 갸웃하며 운전대를 움켜잡은 채 그를 바라봤다.

"내일 연습 9시부터죠? 제가 그전에 차 찾을 시간이 없는데, 내일 태워 줄 수 있어요?"

"뭐, 그래요."

선휘는 대체 왜 자신이 그러라고 대답했는지 이해가 되질 않았다.

"그럼, 나중에 전화할게요. 조심해서 가요."

그는 차 문을 닫은 뒤 얼른 가라며 손을 흔들었다.

선휘는 어안이 벙벙해진 채로 차를 출발시켰다. 룸미러로 흘끔 바라보자 그는 어딘가로 전화를 하면서 차를 향해 미소 짓고 있었다. 선휘는 자신이 그를 바라보고 있었던 걸 들키기라도 한 듯 얼른 시선을 거두었다.

집에 도착한 선휘는 샤워를 마치자마자 곧장 침대에 뻗어 버렸다. 온종일 긴장한 채로 일에 시달려서인지 쉽게 잠이 쏟아졌다.

보통 새벽 두세 시까지 뜬눈으로 지새우며 영미 고전을 붙잡고 씨름하다 지쳐 잠이 들었다. 그도 아니면 수면제를 한 알 입에 털어 넣고 잠을 청하곤 했다.

정직한 노동의 대가가 불러온 올바른 수면 유도에 선휘는 오랜만에 꽤나 만족스러운 일과를 보내고 있다는 생각이 들었다. 내일 그와 함께 차를 타고 출근해야 하는 것을 빼면 말이다.

까무룩 잠이 들려는 찰나, 휴대전화 문자 수신음이 울렸다. 선휘는 누운 채로 손을 뻗어 협탁 위의 휴대전화를 집어 들었다.

〈내일 대학로 H 커피 클럽 앞에서 아침 8시에 보죠.〉

출근길 픽업을 부탁했던 그의 문자였다. 짧은 문자에도 그만이 가진 특유의 자신감과 당당함이 느껴지는 듯했다. 잘생긴 외모, 훌륭한 직업적 능력, 그 누구에게도 뒤지지 않을 배경, 모든 것을 가진 듯 보이는 그는 인생에 대한 신념과 자부심이 확실해 보였다.

사람은 가지지 못한 것에 매력을 느끼는 것인가 하는 자조적인 웃음이 선휘의 얼굴에 어렴풋이 떠올랐다. 인생에 아무런 매력을 느끼지 못하고 달아나기 바쁜 자신에게 왜 다가오려 하는 것인지, 그저 경험해 보지 못한 것에 대한 호기심이라 무시하기에 그의 시선은 참으로 따스하고 다정했다.

누군가 신변에 관한 질문을 해 오면 늘 짧은 대답으로 더 이상의 진전을 막았지만, 그 앞에선 처음으로 자신의 무례함을 걱정하게 되었다. 누군가 부탁을 해 오면 적정한 선에서 끊고 뒤돌아섰지만, 그의 부탁에는 거절의 말을 꺼내 들기 참으로 어려웠다.

숨이 턱 막혀 오는 것만 같았다. 인생이 참 쉬워 보이는 그에게 자신도 그렇게 쉬워 보이는 퀘스트가 아닐까 하는 생각이 들었다. 선휘는 짧은 답문을 적어 보내며 생각했다. 절대 그가 그 퀘스트를 깨지 않기를.

〈네, 거기서 뵙죠.〉

문자를 전송하기가 무섭게 그에게서 답장이 왔다.

〈말을 많이 해야 해서 목 관리 잘해야 할 거예요. 푹 쉬고, 잘 자요.〉

뭐라 답문을 입력하려다 말고, 선휘는 이내 휴대전화를 내려놓았다. 여지를 주지 않는 것, 지금 그녀가 그를 피하기 위해 필요한 것일지도 모른다.

♪　　　♫　　　♪

"좋은 아침, 잘 잤어요?"

"네."

선휘의 짧은 대답에 승우는 고개를 갸웃하며 그녀를 바라봤다. 선휘는 시선을 어디에 두어야 할지 몰라 어색하게 고개를 돌렸다. 그는 그런 선휘의 모습이 재미있는지 쿡 하고 웃음을 터뜨렸다.

낮은 웃음소리와 다정한 목소리는 밤새 다잡았던 마음을 또다시 흩뜨리려 하고 있었다. 그는 생글거리는 미소를 머금은 채로 선휘에게 종이컵을 하나 내밀었다.

"이거 마셔요. 아침 안 먹었죠?"

"이게 뭐예요?"

"곡물라떼요."

종이컵을 받아 들며 그와 손끝이 슬쩍 스쳤다.

"잘 마실게요."

그녀는 컵 홀더에 종이컵을 내려놓고는 차를 출발시켰다. 그는 오늘 아침, 기분이 더 좋아 보였다. 한참 동안 콧노래를 흥얼거리던 그가 입을 열었다.

"보통 아침에 사과랑 마를 갈아서 만든 주스를 마시거든요. 근데 집에 사과가 없더라고요. 이것도 꽤 괜찮죠?"

자신에 대해 아무렇지 않게 늘어놓는 그의 모습에 선휘는 초를 치듯 물었다.

"괜찮네요. 그런 건 여자 친구가 만들어 줘요?"

사이드미러를 보는 척 조수석 쪽을 흘끔거리자, 그는 미간을 구긴 채로 자신을 바라보고 있었다. 그가 받아들이기에도, 자신이 생각하기에도 참으로 자연스럽지 못한 질문이었다. 선휘는 그 부자연스러운 물음을 은근슬쩍 넘기기 위해 되물었다.

"표정이 왜 그래요?"

"내가 그렇게 보여요?"

그는 탐스러운 붉은 입술을 왼쪽으로 비틀며 잘생긴 얼굴을 구겼다.

"내가 어제 한 말도 있는데, 여자 친구 어쩌고 하는 질문은 대체 뭐예요? 내가 인생 그렇게 쉽게, 막사는 놈처럼 보여요?"

그의 말에는 가시가 잔뜩 돋아 있는 듯했다. 남들에게는 그저 쉽게 넘어갈 수 있는 상황들이 그녀에게는 너무 어려웠다.

"미안해요."

선휘의 사과에 그는 아무 말 없이 자세를 바로 하고 앉았다.

"일단 이거 마셔요. 온종일 서서 남의 말에 귀 기울이고 떠들어야 할 텐데."

덤덤한 그의 문장이 가슴 한구석에 찌르르 파동을 만들어 냈다. 그의 다정한 관심을 거절하기만 해야 할지, 그 거절 방법조차 제대로 모르고 있는 자신이 그에게 괜한 상처를 입히지는 않을지 걱정되었다.

"나한테 두 잔이나 빚졌어요."

"네?"

선휘가 고개를 갸웃하며 바라보자, 그는 부드러운 미소를 머금은 채로 말했다.

"아메리카노 한 잔, 곡물라떼 한 잔."

상처 어쩌고 하는 것은 괜한 걱정이었다는 생각이 들었다. 저리 자신감 넘쳐 보이는 남자가 고작 자신이 하는 말에 상처 입을 거라고 생각했던 게 우습게 느껴졌다. 선휘는 용기 내어 대꾸했다.

"지금 제 차 두 번이나 얻어 타셨는데요?"

그는 놀란 듯 고개를 갸웃하며 선휘를 바라봤다.

"차비로 퉁치자고?"

그의 되물음에 선휘는 고개를 끄덕일지 말지 고민했다.

"와, 되게 비싸게 구네. 오가는 길에 카풀해 준 걸로."

그리 말하며 그는 피식 미소를 지었다. 문장에 비소는 어려 있지 않았다. 그가 가진 특유의 장난기만 느껴질 뿐이었다.

그렇게 대화가 이어지는 사이 차는 연습실 주차장에 도착했다.

누군가와, 아니, 자신에게 호감을 보이는 남자와 이렇게 웃으며 지극히 평범한 대화를 나눈 게 대체 언제였나 하는 생각이 들었다. 얼굴에 저절로 쓴웃음이 묻어났다. 그런 선휘를 얼마간 바라보던 그가 입을 열었다.

"너무 긴장하지 마요. 잘하고 있어요, 선휘 씨. 오늘도 수고해요."

선휘는 고개를 끄덕이며 그에게 시선을 옮겼다. 그의 말 한마디가 귓가를 울리고, 심장을 울렸다.

"네, 수고하세요. 팀장님."

선휘의 말에 그는 묘한 표정을 지으며 고개를 갸웃했다.

"근데요."

이번엔 무슨 말을 할까 싶어 선휘는 그의 표정을 살폈다.

"둘이 있을 땐 직함 빼죠."

"네?"

선휘의 되물음에 그가 미소를 지어 보이며 말했다.

"내 이름 불러 달라고요. 너무 딱딱해 보이잖아요. 팀장님, 팀장님 하는 건."

그가 환하게 웃고는 차에서 내렸다. 항상 마지막을 예측할 수 없는 남자였다. 일상적인 패턴으로 움직이다가도 이렇듯 가슴이 떨리고, 머리가 복잡해지는 말을 내뱉고 돌아섰다.

다른 이가 보면 곤란할까 싶었는지 먼저 연습실로 향하는 그의 뒷모습을 선휘는 물끄러미 바라봤다.

♪　　　♫　　　♪

오전 연습이 끝나고 배우들과 스태프들은 각자 점심을 해결하기 위해 연습실을 나섰다. 다행히 오리지널 연출팀은 승우와 함께 점심을 먹으러 갈 거라고 했다.

누군가와 점심을 함께하며 어색한 대화를 이끌어 내기 위한 노력에 빠지기는 싫었기에, 선휘는 커피 전문점에서 간단히 점심을 해결하고 다시 연습실로 향했다.

아직 오후 연습까지 시간적 여유가 있어서인지 연습실은 텅 비어 있었다. 적막한 연습실 한편에는 검은색 그랜드 피아노 한 대가 놓여 있었다.

"음악은 영원하다라……."

한때 인생의 전부였던, 자신도 영원하다 믿었던 음악을 버린 뒤, 피아노를 이렇게 가까이서 보는 건 4년 만이었다.

선휘는 손을 뻗어 건반 여러 개를 동당거려 보았다. 피아노는 배우들의 넘버 연습을 위해 있는 것처럼 보였고, 그래서인지 조율도 흐트러짐 없이 잘되어 있었다.

오래된 기억을 끄집어내듯 선휘는 조용히 피아노 의자에 앉았다. 4년 만이었지만 여전히 자신의 몸에 가장 잘 맞는 곳은 여기가 아닐까 하는 생각이 불쾌하게 손끝을 스쳐 갔다.

가슴 한구석이 찌르르 아픈 것 같기도 했고, 사르륵 녹아내리는 것 같기도 했다.

선휘는 기다랗고 하얀 손가락을 가만히 건반 위에 올렸다. 조용하고 감미로운 음률이 연습실을 메우기 시작했다. 오른손과 왼손이 각기 다른 세계에서 움직이는 듯하면서도 묘한 조화를 이루는 바흐의 평균율 1권 1번 프렐류드.

한없이 불행하게만 느껴졌던 어린 시절, 새아버지의 등장으로 행복이라는 것을 알아 가려 노력했던 사춘기를 지나, 모든 것을 내어 주어도 모자랄 것만 같았던 그를 만나 자신의 인생도 균형을 잡아 간다고 여겼던 시기에 가장 많이 연주했던 곡이었다.

그 균형을 잃은 뒤, 어디선가 이 가락이 들려오면 귀를 막아 버렸고, 이 곡을 빌려서 만들었다는 구노의 아베마리아가 들려와도 인상을 찌푸렸다.

사랑했던 것들을 피하고 버리면서 선휘의 인생은 더욱 고달프고 팍팍해졌다. 어울림음정과 안어울림음정이 공존하는 음악과 달리 그녀의 인생에는 안어울림만 가득한 기분이었다.

"바흐의 프렐류드네요?"

갑작스레 들려온 여자의 목소리에 선휘는 소스라치게 놀라며 연주를 멈췄다.

"계속해요. 듣기 좋았는데……. 오늘 연습 돕기 위해 오신 분 맞죠?"

"저, 그게."

그녀는 오른손을 내밀며, 선휘에게 악수를 청했다.

"음악감독 이민경이라고 해요. 실력이 생각했던 것보다 훨씬 좋네요?"

"아, 아니요. 전 통역을 맡은 고선휘라고 합니다."

"아! 그래요?"

음악감독이라는 여자의 얼굴에 가득 차 있던 지나친 관심이 후드득 빠져나가는 게 보였다.

"뭐, 어쨌든 연주 참 듣기 좋았어요. 앞으로 잘 부탁해요."

"네, 잘 부탁합니다."

누군가에게 피아노 치는 모습을 들켰다는 걸 당황스럽게 여기기도 전에 연습실로 배우들과 스태프들이 모여들기 시작했다.

오후 연습 시작 시각 30분이 지났는데도 연습이 진행되지 않자 사람들이 웅성거리기 시작했다.

"대체 무슨 일이야?"

배우 중 성격이 괄괄한 이가 입을 열었다. 조연출 경진은 초조한 표정을 감추지 못하고 대답했다.

"넘버 연습 반주자가 못 온대요. 무슨 액땜을 하는지, 계속 못 온다는 사람들이 생기네요. 지금 대체자 구하고 있어요. 잠시만 기다려 주세요."

음악을 하던 이들이 꽤 있어서 반주를 할 수는 있었지만 그들도 자신의 연습에 임해야 했기에 당장 피아노 앞에 앉을 수 있는 이가 없었다.

연습 시작이 늦어지면 늦게 끝날 수밖에 없기에 사람들의 얼굴에 짜증이 드러나고 있었다. 얼굴이 험상궂게 변하기는 승우도 마찬가지였다. 선휘는 그저 연습이 진행되길 기다리며 연출진 곁을 지키고 서 있었다.

그때 좀 전에 자신을 음악감독이라 소개했던 여자가 선휘의 곁으로 다가왔다.

"선휘 씨, 미안한데 혹시 우리 좀 도와줄 수 있어요?"

연출자는 무슨 말을 하고 있냐는 듯 눈을 치켜떴다. 선휘가 말을 전하지 못하고 머뭇거리자 그녀가 입을 열었다. 선휘가 피아노를 아주 잘 연주한다며, 그 정도 실력이면 오늘 하루 연습하는 데는 무리가 없을 것 같다고 연출에게 영어로 대신 설명했다.

선휘는 그렇지 않다는 반박을 하려 했지만, 그들은 이미 환한 미소를 머금은 채 자신을 바라보고 있었다. 피아노 앞에 앉은 것부터가 잘못된 행동이었다는 생각이 그제야 들었다.

"좀 전에 피아노 치는 것 보니까 예사 솜씨가 아니던데……. 간단한 반주예요. 부탁해요. 내가 할 수도 있는데 그럼 연습 시간이 늘어질 거고. 어차피 연출가님도 함께할 거니까 선휘 씨가 반주만 해 준다면 참 좋을 것 같은데……."

대화하는 세 사람을 멀리서 지켜보던 승우가 다가왔다.

"무슨 일이죠?"

그는 은근히 선휘의 표정을 살피고 있었다.

"선휘 씨가 반주할 수 있을 것 같아요."

그 말에 그의 표정에도 화색이 도는 듯했다.

"가능하겠어요?"

그의 물음에 선휘는 머뭇거리며 핑곗거리를 생각했다.

"제가 반주를 하면 통역은……."

"회의실에서 대본 리딩 중이죠? 그쪽은 통역 없어도 될 것 같으니 오라고 하죠."

민경의 말에 승우는 조연출에게 다른 통역을 불러오도록 했다. 선휘를 포함하여 총 다섯 명의 통역이 연습에 임하고 있었고 그중 다른 파트를 담당하고 있던 통역이 피아노 옆에 섰다.

승우는 기대와 우려가 동시에 어린 눈빛으로 선휘를 바라보고 있었다. 그 눈빛에 선휘는 작은 한숨을 집어삼켰다.

저 눈빛에 담긴 기대를 충족시켜 주고 싶은 이상한 마음이, 저 우려를 잠식시켜 주고 싶은 오묘한 마음이 대체 어디서 생겨나고 있는 것인지 도무지 알 수가 없었다.

"악보 좀 볼 수 있을까요?"

선휘는 민경이 건넨 악보를 떨리는 손으로 받아 들고 빠르게 읽어 내려갔다.

"할 수 있을 것 같아요."

민경에게서 승우로 시선을 옮기며 말하자 그는 한시름 났다는 듯 웃어 보였다.

"연습 삼아 한 번만 쳐 봐도 될까요?"

음악감독은 그렇게 하라며 미소 지었다. 4년 전만 해도 웬만한 악보는 한 번 보면 모두 외워 버리던 그녀였다. 그 실력이 여전할지 선휘 자신도 괜히 궁금해졌다. 피아노 위에 손가락을 얹고 크게 숨을 들이마셨다.

어릴 땐 자신이 연주하는 모습을 좋아했던 엄마의 얼굴을 떠올렸고, 첫사랑에 빠졌을 땐 자신이 피아노 앞에 있을 때 가장 아름답다고 했던 그의 얼굴을 떠올리며 연주했다. 지금 피아노 앞에 앉은 선휘는 불현듯 승우의 얼굴을 떠올렸다.

슬쩍 고개를 돌려 승우가 있는 곳을 바라보았다. 그는 진중한 눈빛으로 그녀를 보고 있었다. 그 눈빛에서 자상함과 다정함이 느껴져 선휘의 얼굴에 여린 미소가 피어올랐다. 그러자 굳어 있던 그의 턱이 풀어지는 듯싶더니 부드러운 미소를 보내왔다.

그 미소와 함께 선휘는 조심스레 연주를 시작했다.

어제보다 힘겨웠지만, 상대적으로 짧게 느껴졌던 연습이 드디어 끝났다. 언제나 그랬던 것처럼 연습이 끝나자마자 선휘는 곧장 주차장으로 향했다.

승우는 벌써 그녀의 차 옆에 주인을 기다리는 강아지마냥 서서, 초롱초롱한 눈빛을 빛내며 미소 짓고 있었다. 선휘의 얼굴에도 어째서인지 까닭 모를 기분 좋은 미소가 떠올랐다.

그 이유를 명확히 짚을 수 없었다. 지난 몇 년간 마음을 굳게 닫고 살았던 그녀였기에, 그에게만 풀어지는 듯한 기분이 낯설었다.

선휘가 먼저 차 문을 열고 운전석에 올랐고, 그는 타라고 하

기도 전에 보조석에 앉았다. 선휘는 아무 말 없이 차를 출발시
켰다.

그저 물끄러미 그녀를 지켜보고 있던 그가 입을 열었다.

"피아노는 언제 배운 거예요? 예사 실력이 아닌 것 같던데."

"전공이 피아노였어요."

자신의 입에서 '피아노'라는 단어가 다시 나오게 될 줄은 상
상조차 하지 못했다. 그는 조용히 자신을 바라보고 있었다. 뭘
물어야 할까 생각하고 있는 것인지, 아니면 스스로 더 말하기
를 기다리고 있는 것인지 알 수 없었다.

"지금은 하지 않는 것처럼 말하네요?"

"실제로 그러니까요."

그는 또다시 조심스럽게 입을 열었다.

"피아노 치는 모습이 참 예뻤어요. 지난번에 음악에 대해서
한 말, 내가 실수한 것 같네요."

선휘의 심장이 버겁다는 듯 덜컹거렸다. 지금 그녀의 상황에
서는 받아들이기 힘든 칭찬이었고, 그리 달갑지 않은 배려였다.

"차는 언제쯤 나오는 거예요?"

"네?"

당황한 듯한 반응에 선휘는 고개를 돌려 그를 흘끔 쳐다보고
되물었다.

"고장 나서 수리 맡겼다면서요?"

그 물음에 그가 소리 없이 웃었다. 재미있는 생각에 빠진 듯
고개를 약간 숙인 채 옆으로 갸웃하는 모습에 선휘도 괜히 웃

음이 났다.

"이제 알아챘을 것 같은데?"

그는 선휘를 한번 떠보려는 듯 물었다. 질질 끄는 대화를 딱
싫어하는 선휘였지만, 왠지 그의 다정한 목소리를 계속 듣고
싶어서 시치미를 뚝 떼고 물었다.

"뭘요?"

"내 차는 고장 난 적이 없다는 걸."

아스라한 달빛을 품고 있던 그의 목소리는 이제 새하얀 만월
을 품고 있는 듯했다. 심장이 쿵 하는 소리를 내며 위태롭게 두
근거렸다. 어떻게 대화를 이어 가야 할지 갈피가 잡히지 않아
오른쪽에 있는 사이드 미러를 보는 척하며 그를 흘끔거렸다.

두 사람의 시선이 툭 하고 마주쳤다. 그는 소리 없는 웃음을
한 번 터뜨렸다. 그 웃음에 선휘의 머릿속은 더욱 산만해졌다.

"그래서 난 그렇다고 생각했죠."

그는 달콤하고 다정한 목소리로 수수께끼 같은 말을 던졌다.

"뭘 그렇다고 생각했다는 거예요?"

궁금증이 묻어나는 순수한 질문이었다.

"선휘 씨도 날 마음에 들어 하는 것 같다고."

선휘는 입을 떡 벌린 채로 앞을 응시했다. 이런 상황을 매끄
럽게 웃어넘기는 기지가 자신에게 없다는 사실이 안타까울 뿐
이었다. 그녀는 사뭇 진지하게 입을 열었다.

"남녀 관계에 꼭 불꽃이 이는 사랑만 있는 건 아니죠."

그가 흥미롭다는 목소리로 대꾸했다.

"어? 거기까지 생각한 거예요, 벌써? 난 뭐 마음에 든다고 했지, 아직 사랑하자고는 안 했어요?"

앞서나가도 한참을 앞서나가고, 과잉대응도 이보다 더 할 수 없다는 후회가 밀려들었다. 선휘는 자신이 한 말을 수습하듯 중얼거렸다.

"성급한 일반화의 오류였네요. 남녀 사이를 그렇게 규정지은 거."

앞뒤가 맞나 싶은 대답을 내놓으며, 선휘는 아무렇지 않다는 듯 어깨를 으쓱해 보이는 행동까지 더했다. 하지만 안타깝게도 운전대를 잡은 손끝은 파르르 떨리고 있었고 심장은 입 밖으로 튀어나올 듯 두근거렸다. 시선은 도로를 향해 있었지만, 소리 없이 웃고 있는 그의 얼굴이 보이는 것만 같았다.

그는 이내 다정한 목소리로 말을 꺼냈다.

"오늘은 저녁 같이 먹을 수 있는데."

"오늘은 제가 안 될 것 같아요. 다음에 하죠."

선휘는 서로의 미묘한 감정이 끊임없이 오고가는, 그와 함께하는 시간이 참으로 버겁게 느껴지기 시작했다. 그녀가 견뎌 낼 수 있는 감정 교류의 한계가 오늘은 여기까지였다.

"그래요, 그럼. 오늘만 날인 건 아니니까."

"내일은 각자 가는 걸로 하죠."

선휘의 말에 그가 눈을 가늘게 뜨며 대꾸했다.

"내일 하루만 더 태워 줘요. 내 차가 연습실 주차장에 있어서."

그는 머쓱한 듯 미소 지었다. 눈동자는 유쾌한 장난기와 솔직함으로 반짝거렸다.

선휘는 그의 까만 눈동자를 바라보며 왜 그의 부탁에는 거절의 말을 꺼내기 어려울까 생각했다. 그럴수록 가슴은 갑갑해졌다.

한숨을 집어삼킨 선휘는 H 커피 클럽 앞에 차를 세우며 대답했다.

"알겠어요. 그럼 내일 8시에 여기서 보죠."

"고마워요! 내일 봐요."

그는 또다시 환한 미소를 지어 보이며 조수석에서 내렸다. 차를 출발시키고 룸미러를 바라보자, 그는 여전히 그 자리에 그 미소를 머금은 채 서 있었다.

#5

끊어 내고 싶은 악연

인간은 어느 순간 참으로 오만해진다. 자신의 과거조차 제대로 인지하지 못하고, 아둔해지고 어리석어지는 인간의 오만함은 행복을 위한 이기적인 기만행위일까?

그저 매력적인 그가 보내오는 다정함과 따스함을 향해 사랑을 논한 자신의 허영에 선휘는 기가 찼다.

그런 자신을 비웃듯 악몽은 또다시 되풀이되었다. 분명 꿈이라는 것을 알아차렸지만 깨어날 수가 없었다. 아무리 발버둥쳐도 벗어날 수 없다는 듯 어두운 기억이 선휘를 옥죄어 왔다.

아버지, 친부. 그는 끔찍하리만큼 이기적이었고, 부도덕했고, 또 두려운 존재였다. 지방에서 근무하는 그가 일주일에 한번 집에 돌아오는 날이면, 엄마와 선휘는 목소리를 죽이고 작은방에 숨어야 했다.

아빠가 돌아올 때마다 왜 방에 숨어 있어야 하는지 의문을 품었던 적이 없었는데, 그날따라 휘몰아치는 두려움을 잊으려 했는지 선휘가 입을 열었다.

"왜 숨어요, 엄마?"

잔뜩 떨리는 목소리가 이상한 음을 타고 새어 나왔다.

"음, 숨바꼭질하는 거야."

엄마는 자신을 달래려는 듯 따스한 미소를 지으며 그리 말했었다. 일 나간 엄마를 하루 종일 볼 수 없었던 유치원생 선휘는 놀이를 한다는 생각에 신이 나서 그만 꺅 하고 소리를 지르고 말았다.

그 환호성을 들은 것인지, 쿵쾅거리는 발소리와 벽 여기저기에 무언가 부딪치는 소리가 들려왔다. 이윽고 선휘의 방 미닫이 문이 드르륵 열리고, 커다란 그림자가 들이닥쳤다.

엄마는 두려운 듯 선휘를 더 꼭 끌어안았다. 등 뒤에서 엄마의 커다란 심장 소리가 깊게 울렸다. 커다란 그림자의 정체는 아빠였다. 그가 방에 들어서자마자 독한 술 냄새가 진동했다. 한참 동안 방을 두리번거리던 그가 책상 밑으로 뱀처럼 머리를 숙였다.

"찾았다."

그는 비열하게 웃으며 숨어 있던 엄마의 머리채를 잡고 끄집어내었다. 우악스럽게 잡은 엄마를 바닥에 한 번 내동댕이치더니 씩씩거리며 외쳤다.

"좁은 집구석에서 숨긴 왜 숨어?"

그는 선휘를 향해 고개를 숙이고 소름끼치는 웃음을 흘리며 말했다.

"일주일 동안 엄마를 못 봤으니 이제 아빠랑 놀아야지, 엄마는."

말을 마치자마자 그는 또다시 우악스럽게 엄마의 옷을 잡은 채 질질 끌고 나갔다.

절대 나오지 마!

입 모양으로 말하는 엄마의 모습에 선휘는 벽에 등을 바싹 붙이며 고개를 끄덕였다. 그 말을 꼭 들어야 한다는 걸 선휘는 알고 있었다. 발걸음 소리가 멀어지자 선휘는 재빨리 방문을 잠그고 이불을 뒤집어쓴 채 책상 밑에 들어가 귀를 막았다.

그러나 아무리 귀를 막아도 이상한 신음이 섞인 엄마의 울음

소리는 들려왔다. 그녀가 느끼는 고통이 선휘의 몸 안으로도 가득 퍼져 나가는 기분이었다.

대체 왜 저렇게 엄마를 못살게 구는지 이해가 되지 않았다. 이불 속에서 몸을 잔뜩 웅크리고 귀를 막은 어린 선휘는 새벽녘 엄마의 울음소리가 멈춰질 때쯤 겨우 잠이 들었다.

이튿날 아침, 식탁 앞에 앉은 아빠는 어젯밤 있었던 일은 아무것도 기억이 나지 않는다는 듯 행동했다. 깔끔하게 다려진 흰 와이셔츠에 검은 정장 바지를 입은 그는 고등학교 선생님이었다.

선생님은 잘못한 사람을 혼내기도 하지. 선휘는 그를 물끄러미 올려다보며 물었다.

"아빠, 엄마가 많이 잘못했어요?"

어린 선휘의 질문에 친부의 얼굴이 괴상하게 일그러졌다.

"왜 그렇게 생각하니?"

떠올리고 싶지 않은 지난밤을 상기시켰다는 되물음이었다.

"선생님은 원래 잘못한 학생을 혼내잖아요."

다 기어 들어가는 목소리로 작게 중얼거리며 밥알을 뒤적거리는 선휘에게 그녀의 아버지는 대단한 사실을 스스로 깨달은 학생을 칭찬하듯 자상한 목소리로 속삭였다.

"아주 많이 잘못했지."

피식 비웃는 그 얼굴이 지닌 오싹함에 선휘는 소름이 돋아나는 것 같았다.

새아빠를 만나기 전까지, 선휘는 엄마가 정말 잘못이 많은 나쁜 사람인 줄 알았다. 그리고 어른이 되기 전까지, 엄마의 신음 섞인 울음소리는 그저 혼이 나서 내는 소리인 줄로만 알았다. 그저 그런 줄로만 알았었다.

친부와 어머니의 관계, 그리고 그 울음 섞인 신음 소리의 정체를 알았을 때 그녀가 머금은 슬픔과 고통의 무게는 생각보다 무거웠다.

서글픔이 옅어졌다지만, 또다시 그 슬픔을 상기시키는 꿈을 꾸는 밤이면 제발 누군가 자신을 깨워 주기를 간절히 청했다.

어스름한 빛이 느껴지는 순간, 요란하게 울리는 휴대전화 소리가 들렸다. 벨소리가 점점 또렷해지자 선휘는 겨우 눈을 뜰 수 있었다. 온몸이 땀에 젖어 있었고 심장이 터질 듯 두근거렸다.

손을 뻗어 휴대전화를 집어 들었다. 발신인은 윤승우였다. 왜 하필 이 남자일까 하는 생각을 하며 선휘는 전화를 받았다.

"여보세요?"

—선휘 씨. 나예요, 윤승우. 잘 잤어요?

휴대전화 너머로 들려오는 다정한 목소리에 갑자기 눈물이 핑 돌았다. 눈을 한 번 꾹 감았다 뜨며 시계를 보자 이제 겨우 7시였다.

—미안해요. 아직 안 일어났는데 깨웠나 봐요.

"아니에요. 늦잠 잘 뻔했는데 깨워 줘서 고마워요."

고맙다 말하는 목소리가 물기를 머금고 있어서, 선휘는 재빨리 목소리를 가다듬었다.

—목소리가 안 좋은데? 어디 아파요?

"아, 아니요. 아침부터 무슨 일이에요?"

—갑자기 일이 생겨서, 오늘 연습실에 못 갈 것 같아요.

"아, 네."

오늘 아침 그를 마주할 수 없다는 생각이 들자 갑자기 맥이 빠지는 기분이었다. 그와 동시에 왈칵 눈물이 솟구쳤고, 속수무책으로 뺨을 타고 흘러내렸다.

—혹시 실망했어요? 나 못 봐서?

그의 질문은 평소와 같은 장난기를 머금고 있었다.

"아니요."

물기 어린 목소리가 여과 없이 흘러나왔다. 잠시 정적이 흘렀다. 그 짧은 대답에 실린 감정이 너무도 미묘하여 저절로 한숨이 새어 나왔다.

—정말 무슨 일 있는 건 아니죠?

그의 물음에서 지나치다 싶은 염려가 묻어났다. 선휘는 깊게 숨을 들이쉬며 한숨 소리가 들리지 않도록 자잘하게 내뱉고 대답했다.

"아니에요. 지금 막 일어나서, 목이 좀 잠겨서 그래요."

—알겠어요. 나중에 전화할게요. 오늘 나 없어도 수고해 줘요.

미소를 머금은 그의 목소리에 알겠다는 짧은 대답을 전하고 전화를 끊은 선휘는 가만히 휴대전화 화면을 바라보았다. 뺨 위로 흘러내린 눈물을 닦아 내며 한숨을 폭 내쉬었다.

무언가 새로운 일을 시작할 때마다 어김없이 나타나는, 그저 악몽이었으면 하는 어린 시절의 기억이 발목을 잡고 깊이를 알 수 없는 심연 속을 나뒹굴었다. 그건 마치 불행의 서곡 같았고, 인생의 어느 순간에 레프리제*될 것이라는 예고처럼 여겨졌다.

그런 악몽 속에 빠져서 허우적대다가 스스로 물러나기를 여러 차례, 이번만큼은 그렇게 물러나고 싶지 않았다. '수고해요' 하는 그의 다정한 말 한마디가 새로운 인생에 오프닝넘버*가 될 수 있기를 그녀는 간절히 바라고, 바랐다.

♪　　　♫　　　♪

그가 없는 연습 시간은 참으로 더디게 흘러갔다. 아침에 전

---

*레프리제(Reprise):뮤지컬에서 중요한 극적 순간에 앞의 노래가 다시 연주되는 것.
*오프닝넘버:뮤지컬에서 서곡이 끝난 뒤 연주되는 첫 번째 곡.

화로 들었던 다정한 목소리가 계속해서 귓가를 울리는 듯했다.
그의 목소리가 떠오를 때마다 선휘는 슬며시 미소를 머금었다.

"오늘 뭐 좋은 일 있어요?"

"아, 아뇨."

피아노 반주를 도와주며 안면을 튼 음악감독 민경이 선휘를
쿡 찌르며 웃었다.

"근데 왜 그렇게 종일 웃어요?"

"제가 그랬나요?"

악몽을 꾼 날에는 늘 의기소침해 있었는데, 웃음을 머금고
있었다는 민경의 말에 심장이 두근거렸다.

"계속 웃고 있잖아요. 좋은 일 있는 사람처럼."

그녀는 그리 말하며 성긋이 미소 지었다. 그 웃음에 선휘도
그저 빙그레 미소를 더할 뿐이었다.

선휘는 아침보다는 제법 선선해진 마음으로 연습에 임했다.
배우들의 표정과 목소리, 그들의 열정이 가슴속 깊이 파고들어
서 연습을 진행하는 도중에 그녀는 왈칵 눈물을 쏟을 뻔했다.

마음속에서 일어나고 있는 작은 변화가 그저 신기할 따름이
었다. 여기서 일을 계속하면 어떨까 하는 생각도 들었다.

선휘는 온종일 울리지 않는 주머니 속 휴대전화를 꺼내 보았
다.

이 변화를 이끌어 낸 이가 자신인지, 뮤지컬 속 이야기인지,
혹은 그인지, 답을 얻을 수 없는 질문을 되뇌며 그녀는 휴대전
화를 계속 만지작거렸다.

승우 없이 진행되었던 연습이 끝나고 연출진과의 하루를 정리하는 회의도 마무리되었다. 주차장으로 향하는데 차 옆에 미소를 머금은 채 서 있던 그의 모습이 떠올랐다. 혹시나 하는 기대감에 선휘의 발걸음이 점점 빨라졌다.

주차장에 다다른 선휘의 얼굴에 실망감이 어렸다. 불필요한 감정 소모 없이 온전히 혼자가 되어 집으로 향할 수 있다는 홀가분함보다 아쉬움이 컸다.

나 어떠냐고 물었다가, 좋다고 했다가, 오늘 아침 나중에 전화하겠다며 통화를 끝낸 그는 밤이 늦도록 끝내 연락이 없었다.

그렇게 그는 아무런 연락도 없이 한참 동안이나 연습실에 나타나질 않았다. 은근히 그의 등장을 기다리고 있는 그녀는 마치 주인공 아리아를 기다리는 관객이 된 심정이었다.

그가 기획을 맡은 공연이니 언젠가는 또 얼굴을 마주할 테지만, 그게 대체 언제가 될까 하는 기대감이 묘하게 생겨나기 시작했다.

위험하도록 매력적인 그에게 절대 빠지지 않겠다고 생각했건만, 그는 위험을 무릅쓸 만큼 매력적일지도 모른다는 생각에 자조적인 미소가 떠올랐다.

그에게서 아무런 연락 없이 며칠이 지났다. 잠깐의 휴식 시간에 물끄러미 창밖을 내다보고 있는 그녀에게 경진이 다가왔다.

"보통 기획하는 사람들은 한 작품이 연습 중일 때, 다른 작품 발굴하는 작업도 같이 해요."

"네?"

선휘의 되물음에 그는 짓궂게 미소 지으며 돌아서서는 곧 연습이 재개될 거라 소리쳤다. 그런 말을 대체 왜 자신에게 하느냐고 묻고 싶었지만 그럴 기지도, 기회도 선휘에게는 없었다.

행동이 부산스러운 만큼이나 눈치도 빠른 조연출에게 무언가를 슬쩍 들킨 것 같아서 선휘는 지그시 입술을 깨물었다.

그처럼 잘나가는 기획자가 여러 작품에 손댈 수도 있겠지, 싶다가도 왜 전화는 하지 않을까 하는 생각이 문득 들었다.

선휘의 시선이 다시 창밖에 서 있는 나무에 머물렀다. 나뭇가지에 바람이 이는 듯 이파리가 세차게 흔들리고 있었다.

한동안 자신을 향해 몰아치던 훈풍이 갑자기 멎어 버린 기분이었다.

불어오던 바람이 나무에 걸렸나, 건물 사이를 지나고 있나, 오다 지쳐서 멈춰 서 있나 하는 생각을 하자 피식 웃음이 터져 나왔다.

한동안 메마른 감성으로 살았던 자신이 이토록 감성적인 비유를 하고 있다는 사실에 그저 놀라울 따름이었다.

"선휘 씨, 연습 시작합니다."

"네."

경진의 부름으로 선휘는 이내 연출진 무리에 스며들었다.

마치 그의 존재가 처음부터 없었던 것처럼 지낸 지 벌써 열흘이 지나고 있었다. 물리적 생활은 그가 존재하지 않는 것처럼 보통의 날과 다를 바가 없었지만, 머리와 가슴속에서 일어나고 있는 화학적 반응은 생애 가장 치열했다.

그저 쉽게 덤볐다가, 쉽게 물러선 거겠지 하는 생각과 뭔가 사정이 있나 하는 생각이 뒤엉켰다.

그 짧은 시간 동안 단지 몇 번의 만남으로 그와 특별했다 할 수도 없는데, 괜히 서운하고 불쾌한 기분이 들었다. 그럴 때면 선휘는 애써 그를 떠올리지 않으려 노력했다.

그러나 그럴수록 그에 대한 생각은 몸집을 불려 가고 있는 것만 같았다.

결국 그녀가 내린 결론은 그저 연습에 충실하자는 거였다.

벌써 연습이 시작된 지 2주가 지난 상태였다. 앞으로 한 달이면 잊을 장소였고, 그 후엔 만나지 않을 인연이라 여기기로 했다.

그리 결론 내리자 머릿속은 가벼워진 듯했지만, 왠지 마음만은 무겁게 느껴졌다.

그런 마음으로 연출진과의 마무리 회의에 참석해 있을 때였다. 회의실 테이블에 올려놓은 선휘의 휴대전화가 요란하게 진동하며 드드득 하는 소음을 만들어 냈다. 미안하다는 표정을 지으며 화면을 보니 그 남자, 윤승우의 번호가 깜빡거리고 있었다.

선휘는 얼른 수신 거부 버튼을 누르며 회의 중이라는 메시지를 전송했다. 오늘따라 회의 시간은 왜 이렇게 더디게 흘러가는지, 휴대전화 너머로 들려올 그의 다정한 목소리가 궁금해서 괜히 초조해졌다.

지루하고 지루했던 회의가 끝을 맺자 선휘는 승우에게 곧장 전화를 걸었다.

일이 끝나자마자 전화를 하는 자신이 우습기도 했지만, 그의 연락에 이렇듯 쉽게 반응하는 자신이 부끄럽기도 했지만, 그보다 다정하게 속삭일 그의 목소리가 더 듣고 싶었다.

언제부터 그를 향한 마음이 자라났는지 알 수 없는 노릇이었다. 그가 자신을 처음 당황시켰던 그 호텔에서였을까, 아니면 회의실 귓속말부터였을까, 좋아한다 고백하던 그 순간이었을까, 그도 아니면 그가 나타나지 않은 열흘의 시간 동안이었을까.

기억을 되감는 동안 콩닥콩닥 움직임을 더해 가는 심장의 느낌이 가슴 깊은 곳에서 전해졌다. 심호흡을 하며 마음을 가라앉히려 해도 심장은 자꾸만 속도를 높여 갔다. 휴대전화 신호가 거의 끊겨 간다 싶을 무렵 그의 목소리가 들려왔다.

—아, 선휘 씨.

주변의 소음이 느껴졌지만 그의 목소리는 여전히 다정했다.

"미안해요. 회의 중이었어요."

—연습은 잘되어 간다고 들었어요. 나 없이도 잘해 줘서 고마워요.

고맙다는 그의 말에 선휘의 얼굴에 살포시 미소가 피어났다.

—그동안 공들인 공연이 있었는데, 오리지널팀이 꽤 완고했거든요. 갑자기 다시 추진해 보자고 연락이 와서 급하게 영국

으로 출장을 갔었어요. 근데 서두르느라 휴대전화를 놓고 갔지 뭐예요. 그쪽에서 구해 준 전화를 쓰기는 했는데, 선휘 씨 번호를 외우질 못해서 연락을 못 했어요. 다른 사람한테 물어보면 선휘 씨가 불편해질까 봐 그렇게는 못하겠고.

연락할 수 없었던 상황이었지, 일부러 연락을 하지 않은 것은 아니었다는 생각에 선휘의 미소가 짙어졌다. 자신도 답답하고 속상했다는 듯 장황히 이야기를 늘어놓는 그의 목소리에 기분이 한결 나아졌다.

아무런 대답이 없자 그가 조심스레 물어 왔다.

—듣고 있어요?

"네, 듣고 있어요."

뒤이어 그의 낮은 웃음소리가 들려왔다.

—일 때문에 선휘 씨 도움이 좀 필요한데, 잠깐 볼 수 있어요?

"그럼요. 어디서 볼까요?"

그는 장소를 가늠해 보는 듯 잠시 뜸을 들였다.

—내 사무실로 올래요? 주소, 문자로 보내 줄게요. 내비 찍고 와요.

"그럴게요. 좀 이따 봐요, 팀장님."

다소 사무적인 말투가 선휘의 입에서 흘러나왔다. 온종일 연습실과 회의실에서 떠들 뿐 다른 이와의 소통이 그다지 없는 그녀에게 그런 말투는 어느새 습관이 되어 버린 듯했다.

—흠. 팀장님 말고 다르게 불러 달라고 부탁한 것 같은데, 왜 그렇게 딱딱해요? 혹시 내가 연락 안 해서 화났어요?

조심스럽고 자상한 질문에 피식 웃음이 새어 나왔다. 그 웃음소리를 들었는지 그가 되물었다.

—어라, 웃어넘기려고 하네?

"아니에요. 그냥 온종일 연습실에서만 떠들어서 이런 말투가 습관이 됐나 봐요."

—그럼 한 번만 불러 봐요.

"네?"

그의 목소리가 어느새 유쾌한 장난기를 머금고 있었다.

—불러 보라고요, 내 이름.

선휘가 아무런 대꾸도 하지 않자 그가 다시금 말했다.

—얼른 불러 봐요, 한 번만.

"주소 보내 줘요."

선휘는 목소리가 떨려 나오지는 않을까 잠시 숨을 멈췄다. 한 박자 뜸을 들이고 작은 목소리로 덧붙였다.

"승우 씨."

그러자 부드럽고 낮은 목소리가 들려왔다.

—얼른 와요, 선휘 씨. 아니, 운전 조심해서 천천히 와요.

"그럴게요."

통화를 마친 선휘의 얼굴에 따스한 미소가 머물렀다. 연락이 없었던 열흘간의 복잡했던 마음과 머리가 이 순간을 느끼기 위한 것이었나 하는 생각이 들 정도로 가슴 한구석이 뜨거워졌다.

그가 보내온 문자 메시지를 확인하려는데, 등 뒤에서 누군가 선휘를 불렀다.

"저기요."

힘이 하나도 없어 보이는 여자의 목소리였다.

"네?"

선휘가 고개를 돌려 그녀를 바라봤다. 은은한 펄이 들어간 연베이지색 카디건에 그와 비슷한 색감의 원피스를 입은 여자는 늦은 시간임에도 커다란 선글라스를 쓰고 있었다.

"저 혹시 여기 뮤지컬팀에 계시는 분인가요? 윤승우 팀장님이랑 연락이 되질 않아서요. 잠깐 통화하시는 걸 들었는데, 실례가 안 된다면 팀장님 연락처 좀 부탁드려도 될까요?"

"죄송한데 누구신지 여쭤 봐도 괜찮을까요? 연락처를 그냥 알려 드리기는 좀⋯⋯."

선휘의 말에 그녀가 선글라스를 벗어 보였다. 커다란 선글라스 아래에 가려져 있던 얼굴은 배우 이정아였다. 몇 해 전 꽤나 뜨는 신인 배우였는데, 어느 날부턴가 그녀의 모습을 볼 수 없었다.

"배우 이정아 씨 맞으시죠?"

"네, 맞아요."

자신의 존재를 알렸음에 만족했는지, 그녀의 얼굴에 슬며시 미소가 떠올랐다.

"일 때문에 윤승우 팀장님께 연락을 주기로 했는데, 제가 며칠 전에 휴대전화를 도난당하는 바람에 연락처를 잃어버렸어요."

그녀의 목소리는 마치 천사의 속삭임처럼 사근사근해서, 한껏 친절을 베풀고 싶은 기분이 들게 했다. 재기를 꿈꾸고 있는 듯한 모습에 선휘는 그녀가 내민 작은 수첩 위로 승우의 전화번호를 적어 주었다.

"고마워요, 정말."

무엇인지 모를 미안함이 그녀의 목소리에서 느껴졌다.

"아니에요."

"그럼 전 이만."

그녀는 몇 번이고 고맙다는 인사를 하고 자리를 떴다. 선휘는 뒤돌아서 힘없이 걸어가는 여자의 뒷모습을 물끄러미 바라보았다. 허허로운 뒷모습에서 느껴지는 기시감에 선휘는 힘겹게 눈을 떼며 차에 올랐다.

#6
흔들리는 기억

지하 주차장 현관에 서서 그녀를 기다리는 동안 시간은 참 더디게 흘러갔다.

영국에 있는 동안 그녀에게 연락을 취할 방법이 아주 없었던 건 아니었다. 모른 척 연습실이 있는 공연장 사무실에 전화해 그녀를 바꿔 달라고 할 수도 있었고, 진작부터 눈치를 챘던 경진에게나, 육촌인 정은에게 그녀의 연락처를 보내 달라고 할 수도 있었다.

하지만 승우는 연락을 하지 않는 방법을 택했다. 며칠 동안 귀찮게 하던 존재가 사라지면, 그녀도 한 번쯤 자신을 떠올리지 않을까 하는 생각이 들어서였다. 예감이 들어맞았는지 그녀는 꽤나 반갑게 전화를 받아 주었다. 그리고 지금 그녀가 자신을 향해 달려오고 있었다.

승우 씨, 하고 조심스럽게 내뱉던 선휘의 떨리는 목소리를 수만 번 곱씹었을 즈음, 그녀의 차가 지하 주차장으로 들어섰다.

주차를 마친 그녀가 환한 미소를 지으며 차에서 내려 공동 현관 쪽으로 걸어왔다.

"비슷하게 도착했네요."

전화를 끊은 뒤 30분 넘게 공동 현관 앞에 서 있었음에도 불구하고, 승우는 자신도 도착한 지 얼마 되지 않은 양 굴었다. 기다렸다고 하면 그녀의 성격에 미안한 기색을 내비칠 게 뻔했기 때문이었다.

"출장은 잘 다녀오셨어요? 새 작품 발굴하러 간 거라던데."

"네. 다음 작품 논의차 간 거였는데, 뭐 결과는 긍정적이에요."

여린 미소를 머금은 채 걸어오던 그녀가 승우의 차가 주차된 곳 앞에서 슬쩍 걸음을 늦추었다. 고개를 갸웃하며 차를 관찰하는 듯했다. 승우는 그녀가 갑자기 걸음을 늦춘 이유가 궁금해 곁으로 다가섰다.

"포르쉐 박스터 에스네요."

선휘가 천천히 차를 살피며 읊조렸다. 승우도 그녀의 시선을 따라 차를 바라봤다.

"주인이 누군지 관리 참 잘했네요."

자신이 뒤에 바싹 붙어 서 있는 것도 모르고 그녀는 차에 대해 속삭였다. 꽤나 좋은 차를 타고 다니는 그녀는 차에 대해 관심이 많은 듯 보였다. 그녀가 자신의 기호에 관해 드러낸 것 또한 처음인 듯싶었다.

승우는 흥미로운 표정으로 차를 관찰하고 있는 그녀가 보도록 재킷 주머니 속 리모컨을 한 번 눌렀다. 깜빡, 헤드라이트의 불이 켜졌다가 꺼졌다.

"테일 램프 보니 2013년 식인 것 같죠? 헤드라이트가 깜빡거린 걸 봐서 주인이 가까이에 있는 것 같은데."

그리 물으며 한 발짝 물러서려던 선휘는 바로 뒤에 서 있는 승우와 부딪치고 말았다. 승우는 선휘의 어깨를 손으로 감싸며 말했다.

"조심해요. 난 할 일이 아주 많은 귀한 몸이라고요."

가슴팍에 그녀의 뒷머리가 와 닿자 매혹적인 꽃향기가 후각을 자극했다. 말을 내뱉을 때, 그녀의 머리칼이 자신의 숨결로 인해 흩날리는 것이 눈에 보일 정도로 가까운 거리였다.

그녀는 자신을 올려다보며 또다시 하얀 얼굴을 핑크빛으로 물들이고 있었다. 지그시 입술을 깨물고 곤란한 듯 파르르 떨리는 속눈썹이 무척이나 어여뻤다.

"타 볼래요?"

그리 묻자 그녀는 커다란 눈을 동그랗게 뜨고는 되물었다.

"이 차 혹시 승우 씨 거예요?"

내내 차분하던 그녀의 목소리가 한 옥타브쯤 높게 흘러나왔다. 그는 괜히 우쭐한 미소를 지으며 고개를 끄덕였다. 그녀의 말간 얼굴을 마주하자 새삼스레 열심히 벌어서 좋은 차 타고 다닌 보람이 느껴졌다.

"차에 대해 많이 아네요, 여자치고?"

그 질문에 그녀는 슬쩍 미간을 좁혔다. 미간에 모인 부드러운 살점에 슬쩍 입술을 가져다 대 보고 싶은 충동이 일 정도로, 승우의 눈에는 그녀의 찡그린 표정조차 예뻤다. 그녀는 잠시 고민하는 듯하다가 작은 입을 바삐 놀렸다.

"좀 성차별적인 발언이기는 하지만 넘어가죠, 뭐. 여자도 바퀴 달린 물건 좋아할 수 있어요."

의외로 호불호가 분명한 성격인 건가. 그럼 그동안은 마음에 별달리 걸리는 것이 없어서 넘어갔던 것일까? 부끄러운 듯 얼굴을 붉히면서도 제법 똑 부러지게 말을 해 보이는 그녀의 모습에 심장이 두근거리고 입가엔 미소가 피어올랐다.

"타 보고 싶죠?"

그녀는 잠시 고민하듯 눈동자를 한 바퀴 굴리더니 슬쩍 고개를 끄덕였다. 그 모습이 귀엽게 느껴져 승우는 웃음이 터지려는 아랫입술을 꼭 깨물고 조수석 문을 열었다.

"타요."

그녀의 얼굴에 잠시 고민의 빛이 어렸다. 남자의 차, 조수석에 오르는 일조차 어렵게 느껴지는 것일까 싶었다. 본인의 차에 남자를 태우는 것은 이제 괜찮고? 대체 그녀의 마지노선이 어딘지 분간이 되질 않아서 승우는 고개를 갸웃했다.

"저기."

그녀는 굉장히 어려운 말을 꺼낼 것처럼 망설였다.

"제가 꼭 몰아 보고 싶었던 차거든요. 실례가 안 된다면, 시운전 한 번만 부탁드려도 될까요?"

승우는 자신이 잘못 들었나 싶었다. 그런데 얼굴을 붉히며 눈을 동그랗게 뜨고 시운전을 부탁하는 그녀의 눈빛은 진심이었다.

내성적인 성격의 그녀가 이런 부탁을 해 왔을 때는 그만큼 대단한 용기를 내었다는 의미였다. 또 그만큼 간절히 바라는 것일지도 모른다는 생각이 스치자 승우의 얼굴에 묘한 미소가 떠올랐다.

"그럼 조건이 있어요."

"조건이요?"

그녀는 동그랗게 뜬 눈을 더 크게 뜨며 고개를 갸웃했다. 마치 아기 토끼가 당근을 든 누군가를 발견하고 고개를 갸웃하는 모양새 같았다.

"그 조건 들어주면, 시운전하게 해 줄게요."

그녀의 얼굴에 잠시 고민의 빛이 어렸다. 부드러운 미간에 또다시 예쁜 주름이 잡히며 좁아졌다. 탐스럽고 빨간 입술을 달싹이던 그녀가 조심스레 입을 열었다.

"조건이 뭔지 들어 보고요."

승우는 조수석 문을 닫고는 그녀의 곁으로 다가섰다. 자신이 다가가자 움찔 놀라는 모습에 피식 웃음이 터져 나왔다.

"왜 웃어요?"

예의를 차린 미소를 짓는 것을 본 적은 많았지만, 그런 미소

이외의 감정을 얼굴에 나타내는 모습은 처음 보는 것 같았다. 그런 모습이 자신도 혼란스러운 듯 눈동자가 요기로 굴렀다, 조기로 굴렀다 하는 모양이 귀엽기 그지없었다.

"일전에 선휘 씨가 말한 그 일반화의 오류에 대해 생각해 보겠다고 하면요."

"네?"

그녀는 그 말에 숨겨진 뜻을 알아채지 못한 듯 되물었지만, 거짓을 말하지 못하는 눈동자는 말뜻을 정확히 알아들었다는 듯 미세하게 떨리고 있었다.

"나랑 사랑이란 거 해 볼 생각 있느냐고 묻는 거예요."

그대로 굳어 버린 것 같은 그녀의 곁으로 승우가 더 바짝 다가섰다. 부끄러울 때면 핑크빛으로 물들던 그녀의 얼굴이 이번에는 새빨갛게 달아올라 있었다. 커다랗게 뜬 검은 눈동자 안에 미소 짓고 있는 자신의 모습이 보였다.

눈동자는 무척이나 맑고 깊어서 마치 자신을 홀리고 있는 듯했다. 두 사람은 시선이 얽힌 채로 한동안 서로를 바라보기만 했다.

그녀는 무언가 퍼뜩 머릿속에 떠오른 듯 동그란 두 눈을 깜박거리더니, 또다시 붉게 달아오른 입술을 달싹이며 빠르게 말을 내뱉었다.

"저기, 장난이 좀 심하시네요. 사람과의 관계를 갖고 장난하는 건 나쁜 것 같아요. 제가 여자치고 바퀴 달린, 굴러다니는 것들을 좋아하기는 하지만. 그저 운전석에 한번 앉아 볼 수 있겠느냐는 부탁에 그런 조건을 다시는 건, 조금 치사해 보여요. 그냥 안 된다고 하시면 되는 거지. 그리고 또 음⋯⋯."

그녀의 머릿속이 바삐 굴러가는 소리가 들려오는 것 같았다. 돌돌돌, 돌돌돌. 승우는 그저 미소를 머금은 채로 허둥지둥하면서도 제 할 말은 다 하고 있는 그녀의 입술을 주시했다.

"승우 씨랑 저는 만난 지 얼마 되지도 않았고, 서로에 대해 아는 게 별로 없지 않나요? 그러니까⋯⋯ 그러니까 내 말은⋯⋯."

순식간이었다. 귀여운 모양새로 움직이는 그녀의 입술 위에 승우의 입술이 닿았다. 선휘의 어깨가 움찔하고 몸이 뒤쪽으로 쏠리는 게 느껴지자, 승우는 그녀의 등허리를 커다란 손으로 슬쩍 감싸 안았다.

선이 고운 그녀의 윗입술과 통통한 아랫입술을 차례로 맛 본 승우는 작은 숨을 집어삼키며 입술을 떼어 냈다.

"그런 건 차차 알아 가면 되는 거고."

그리 말한 승우는 또다시 선휘의 입술에 솜털같이 가벼운 입 맞춤을 남겼다. 그녀는 얼굴이 벌겋게 달아오른 상태에서 그대로 굳어 버렸다.

"지금 날 밀어 내지 않았다는 건 긍정의 뜻으로 받아들이고."

긴장한 듯 그대로 굳어 있는 그녀의 손을 끌어다, 자신이 애지중지하는 포르쉐의 운전석에 앉혔다. 보닛을 돌아 조수석으로 가는 동안 일부러 승우는 그녀에게 시선을 두지 않았다. 보지 않아도 동그란 눈으로 자신의 모습을 좇고 있을 그녀를 충분히 그려 낼 수 있었다.

조수석에 앉은 승우는 어리바리한 표정을 짓고 있는 그녀에게 안전띠를 해 주고 시동 거는 법을 알려 주었다. 그녀의 얼굴엔 묘한 감정이 뒤섞인 표정이 떠올라 있었다.

"자, 출발하죠."

그 말에 그녀는 천천히 차를 출발시켰다. 주차장을 빠져나와 도로에 나온 그녀의 표정은 좀 전보다 살짝 부드러워진 것 같았다.

"어때요?"

승우는 조심스레 그녀에게 소감을 물었다.

"좋네요, 역시."

그녀는 빙긋이 웃으며 대꾸했고, 승우는 만족스러운 대꾸를 보기 좋게 되받아쳤다.

"나 말하는 거죠?"

그녀는 어깨를 움찔하며 조수석을 향해 힐끔 시선을 옮겼다. 다른 이라면 절대 걸려들지 않을 화법에 그녀는 덥석 잘도 걸려들었다.

"어? 앞에 봐요. 이거 내가 많이 아끼는 차예요."

승우는 부러 나무라는 목소리로 말했다.

"알겠어요."

그리 대답하는 그녀의 손이 운전대를 꽉 움켜쥐는 게 눈에 들어왔다. 뺨으로 흘러내린 긴 머리카락이 간지러운 듯 입술을 비틀며 그녀는 후 하고 바람을 한 번 불었다.

그 모습을 지켜보던 승우는 손을 뻗어 그녀의 오른쪽 뺨에 드리운 머리칼을 귀 뒤로 넘겨 주었다. 손끝에 보드라운 뺨과 귓불이 닿았다.

"그렇지만 사람보다 차를 아끼지는 않아요."

보드라운 감촉에 이끌리듯 승우는 그녀의 뺨을 손등으로 한 번 쓸어내리며 말을 이었다.

"내가 사랑하고 싶은 여자라면 더."

묵묵히 듣고 있던 그녀가 슬쩍 고개를 비틀며 손길을 피하고는 짐짓 진지한 목소리로 말했다.

"정신 사납게 하지 마세요. 나 지금 승우 씨 차 운전대 잡고 있어요."

그 말에 승우의 얼굴에 유쾌한 미소가 피어올랐다.

"그런 솔직한 말도 할 줄 알아요?"

그녀는 자신이 한 말을 곱씹어 보는 듯했다. 승우는 그새를 놓칠세라 되물었다.

"거 봐요. 선휘 씨도 내가 좋지 않아요? 신경 쓰이고, 그렇죠?"

그렇다, 아니다 하는 분명한 대답을 들은 건 아니었지만 그녀의 붉게 달아오른 얼굴은 분명 긍정을 의미하고 있었다.

"자, 다음 신호에서 유턴해야 하니까 좌회전 깜빡이 켜고 차선 변경해요."

그녀는 마치 운전을 처음 배우는 사람처럼 고분고분하게 승우의 말을 들었다.

"이렇게 고분고분하니까 새롭네요?"

쿡 하고 웃으며 고개를 갸웃하자 그녀는 새초롬한 표정을 지었다. 무언가를 골똘히 생각하는 듯 보였다.

뭐가 이리 어려운 여자일까, 뭐가 이리 쉽지 않을 여자일까 싶었는데, 아이같이 순수한 그녀를 마주하고 있는 지금 이 순간 또다시 마음이 명백해지는 것 같았다.

어려운 건 풀어 주면 되는 거다. 쉽지 않은 것은 쉽게 만들어 주면 되는 거다. 잘 알지 못한다면 알려 주면 되는 거다. 그녀의 옆얼굴을 바라보며, 승우는 계속해서 자신의 마음속을 더듬거려 보았다.

얼마 전 정은과 통화했을 때, 호텔까지 데려와서 식사 자리를 마련했던 모습과 달리 그녀는 조심스러운 마음을 내비쳤다.

"상처가 크면 아무는 속도도 더딘 법이고, 또다시 그런 상처를 받고 싶지 않아서 스스로에 대한 방어기제 같은 게 생기잖아. 선휘는 그게 강한 것 같아."

학부 전공이 심리학이었다는 사실을 증명하듯 정은은 무언가 명쾌한 정의를 내리려 노력하는 듯 보였다.

"본인 이야기는 별로 하고 싶어 하지 않는 것 같아서 물어본 적은 없어. 그냥 호불호 정도만 알아. 여리하게 생긴 거하고는 다르게 남자들이 좋아하는 거에 관심이 많더라고. 뭐 스포츠, 자동차, 공구 같은 거? 마치 남자 없이도 이런 거 다 알아서 할 수 있는데, 하는 느낌이야. 세상 온전히 혼자 살아가겠다 하는 느낌."

그리고 정은은 이렇게 덧붙였다.

"승우야, 내가 정말 아끼는 동생이야. 네가 상처 줄 것 같으면 그런 식의 관계는 시작하지 않았으면 좋겠어. 나 말고는 교류가 전혀 없는 애야. 이성 친구는커녕 친구도, 그 누구도. 그때 밥 먹자고 한 건 그냥 좋은 사람끼리 만나서 친구처럼 지냈으면 하는 마음에서였어. 넌 누구하고나 다 잘 어울리는 성격이니까."

장황하게 말을 늘어놓는 정은에게 승우는 이렇게 대답했다.

"깊이랑 크기는 달라도, 상처는 누구나 있어."

사랑으로 생긴 상처는 사랑으로 보듬을 수 있다. 과거의 누군가가 준 결핍을 현재의 누군가가 채워 줄 수도 있는 거다.

승우는 자신이 그 누군가가 되어 줄 수 있지 않을까 생각했다.

사랑을 해 보지 않은 이는 그 사랑의 소중함을 모르고, 사랑이 쉬운 이는 어려움을 몰라 이별이 쉬울 수도 있다. 어쩌면 승우 자신도 사랑에 대한 지독한 아픔이 있었기에 그녀에게 끌린 것일지도 모른다는 생각이 들었다.

이성에게 끌리는 것은 찰나의 순간이라는 말을 어디선가 본

적 있다. 일단 그렇게 끌리고 나면 그 사람의 모든 것이 다 좋고 훌륭해 보이는, 그 외의 단점은 보이지 않는 블라인드 상태.

그런 상태에서 상대방에서 빠져들고 싶지 않으면 블라인드를 걷어 내면 되는 거고, 계속 빠져들겠다고 마음먹으면 블라인드 안에 머물면 되는 거다. 물론 때마다 그 블라인드가 마음대로 걷히거나, 걷히지 않거나 하는 것은 아니다.

승우는 그녀와 자신을 둘러싼 블라인드를 걷지 않기로 마음먹었다. 사랑 이후의 사랑은 언제나 조심스러운 법인데, 승우도 이번만큼은 그녀에게 대범하게 다가가고 있었다.

복잡하지만 결국 하나의 결론으로 모아지는 생각의 흐름을 따르는 사이, 그녀는 지하 주차장에 주차를 마쳤다. 시동을 끄고 한숨을 폭 내쉬는 모습이 마치 운전면허 시험이라도 마친 이 같았다.

승우는 젠체하듯 미소를 머금으며 말했다.

"합격."

그녀는 고개를 갸웃하며 승우에게 시선을 옮겼다.

"운전 잘하네요."

장난스러운 대꾸에 그녀는 또다시 토끼같이 눈을 동그랗게 떠 보였다.

"들어가죠, 이제. 저녁 아직이죠?"

"네."

그녀는 작은 목소리로 대꾸했다. 속삭임과 같은 대답에 몸 안이 간질간질해지는 것만 같았다.

"선휘 씨가 운전석에 앉아 있으니 문 안 열어 줘도 되죠?"

그 물음에 그녀는 당연하다는 듯 고개를 끄덕이고는 차에서 내렸다.

엘리베이터에 오른 선휘는 계속해서 한숨을 몰아쉬었다. 이런 가슴 떨리는 시승식은 다시는 하고 싶지 않았다. 오피스텔 건물 3층에서 엘리베이터가 멈춰 섰다. 띵 하는 작은 소리에도 몸이 움찔거릴 정도로 긴장하고 있다는 사실에 선휘는 또다시 한숨을 내쉬었다.

그를 따라 현관에 들어서는데, 그곳은 '일을 하는' 사무실이라기보다 '누군가 살고 있는' 집에 가까운 모습이었다.

"사무실이라면서요?"

그리 말하며 시선을 옮기자, 슬며시 미소를 머금은 그가 대꾸했다.

"뭐 엄밀히 말하자면 개인 집무실이자, 내 집?"

그 대답에 선휘는 자신도 모르게 입이 떡 벌어지고 말았다. 그저 눈을 깜빡거리는 것밖에는 달리 할 수 있는 게 없었다.

"들어와요. 안 잡아먹을 테니까."

그리 말하는 그의 얼굴과 목소리에 별다른 감흥은 없어 보였지만 선휘는 얼굴이 홧홧 달아올랐다. 그가 깨끗한 아이보리색 실내화를 앞에 놓아 주자 그녀는 고맙다는 눈빛을 보내며 느린 손놀림으로 샌들 버클을 풀어냈다.

그를 따라 들어선 집 안은 마치 모델 하우스처럼 완벽한 모

습이었다. 거실 소파에 놓인 여러 개의 리모컨 중 하나를 집어
든 그가 이것저것 버튼을 눌렀다. 작게 지지직거리는 소리와
함께 오디오 시스템이 켜지는 것 같더니 감미로운 선율이 흘러
나왔다. 온몸을 휘감아 칠 기세로 음 하나하나가 귀를 울렸다.

그의 직업적 특성 때문인지 오디오 시스템은 상당히 훌륭했
고, 그 덕에 선휘의 미간이 미세하게 좁아졌다. 허스키한 목소
리의 여자가 경쾌한 리듬에 맞춰 노래를 부르기 시작했다. 어
느 재즈 여가수가 부른 'On a sunny day'가 집 안을 울렸다.

"영어 이름이 Sunny 맞죠?"

"네."

그는 빙긋이 미소를 짓더니 선휘에게 편히 앉아 있으라고 하
며 부엌으로 향했다. 부엌이 탁 트여 있는 구조여서 조리대 위
를 바삐 움직이는 모습이 한눈에 들어왔다. 그는 커다랗게 울
려 퍼지는 음악 너머로 목소리를 높였다.

"저녁 금방 돼요. 잠깐만 기다려 줘요."

소파에 앉아 있는 내내 괜히 마음이 불편해져서 선휘는 엉
덩이를 들썩이며 아이보리색 실내화 속 발을 꼼지락거렸다. 꼭
쥔 손에서 땀이 배어 나왔다. 청바지에 손바닥을 문질러 땀을
닦아 낸 선휘는 두 주먹을 불끈 쥐고 소파에서 일어났다.

어느새 음악은 바뀌어 있었고, 자신은 아직 사랑이라는 미친
짓을 할 준비가 되어 있지 않다는 재즈 여가수의 목소리가 고
막을 울렸다.

사랑인지 아닌지 모를 감정에 심장이 두근거리고, 어지럽고,

이 작은 게 대체 무언지 모르겠다 말하는 여가수의 노랫말에 웃음이 새어 나왔다.

부엌 입구, 식탁 옆에 선 선휘가 목을 가다듬고는 물었다.

"제가 도울 건 없나요?"

"그럼, 여기 오이 좀 씻어 줄래요?"

승우는 냄비에 담긴 무언가의 간을 보며 말했고, 그녀는 알겠다며 고개를 끄덕였다. 개수대로 다가가기 위해 그의 뒤를 지나치는데 몸이 슬쩍 스쳤다. 움찔해서 승우를 바라봤지만, 그는 아무렇지 않은 척 요리에 열중하고 있었다.

물로 숟가락을 씻어 내리던 그의 손과 오이를 닦으려 수전 옆에 있는 베이킹 소다 통을 집으려던 선휘의 손이 부딪쳤다. 선휘가 흠칫하며 먼저 하라고 손짓하자 그는 빙그레 웃으며 베이킹 소다 통을 건넸다.

"고마워요."

"고맙기는, 내가 고맙죠."

베이킹 소다 통을 건네받으면서도 손끝이 스쳐서, 목까지 홧홧 열이 오르는 것 같았다. 선휘는 자신이 예민하게 생각하는 것이라 여기고 오이에 베이킹 소다 가루를 뿌린 뒤 아래위로 비비며 깨끗이 닦아 냈다.

그 모습을 승우가 무심한 시선으로 물끄러미 바라봤다. 단순히 오이를 닦는 일이 이렇게나 에로틱하게 느껴진다는 것이 놀라울 따름이었다. 선휘는 괜히 헛기침을 하며 물었다.

"이거 어떻게 할까요?"

"먹기 적당한 크기로 잘라서 접시에 담아 줘요."

선휘는 승우가 서 있는 인덕션 레인지 옆에 세워진 도마를 집으려 손을 뻗었다. 분명 거리를 잘 재고 다가갔는데, 일부러 그가 몸을 옆으로 움직인 것인지 그녀의 왼쪽 몸이 그의 오른쪽 몸에 살짝 닿았다 떨어졌다.

요사스러운 방향으로 흐르는 생각을 틀어막기 위해 선휘는 크게 숨을 한 번 들이마시고는 보기 좋게 썬 오이를 접시에 담았다.

식탁 위에 접시를 올려놓고 이제 무얼 해야 할지 몰라 머뭇거리는데, 그가 갑자기 고개를 돌리더니 얼굴을 내려 앙다문 입술에 쪽 하고 입을 맞춰 왔다.

선휘는 움찔하며 어깨를 들썩였다. 그의 얼굴에 기분 좋은 미소가 번지고 있었다.

"도와줘서 고마워요."

그가 한 발짝 앞으로 더 다가오자, 선휘는 한 걸음 뒤로 물러서며 대꾸했다.

"저, 그만 가 봐야겠어요."

그는 고개를 갸웃하며 선휘를 내려다봤다.

"밥 먹고 가요. 내가 좀 물어볼 것도 있고. 거의 다 됐어요."

참으로 어울리지 않는 대응을 했는데도 불구하고, 그는 자상하게 선휘를 바라보며 속살거렸다. 언제나 이런 식. 어색하고, 불편하고, 어설픈 선휘의 대응에 승우는 언제나 빙그레 미소를 머금으며 다 안다는 듯이 자상하게 굴었다.

저 미소 앞에만 서면 속을 훤히 내놓고 있는 것 같은 기분이 들어서 선휘는 묘한 감정을 지워 낼 수 없었다. 그가 하는 말과 행동이 한없이 불편하고 이해가 되지 않다가도, 함께 있으면 묘하게 편해지는 무언가가 있었다.

기대고 싶다. 불현듯 그런 생각이 머릿속을 스치고 지나자 선휘는 화들짝 놀라 고개를 푹 숙였다. 이제껏 단 한 번도 누군 가에게 마음을 기대고 싶다는 생각은 해 본 적 없었다.

그런데 악몽에서 자신을 깨워 준 그의 목소리가, 당신이 어 떤 모습이든 상관없다고 말하는 듯한 그의 태도가, 고백에 대 한 분명한 대답을 내놓지 않았음에도 안달하지 않는 여유로운 그의 미소가 자꾸만 마음을 두드리고 있었다.

선휘는 그가 손짓하는 방향에 놓인 식탁 의자에 앉아, 음식 을 차리는 그의 모습을 물끄러미 바라봤다.

"먹죠. 입맛에 맞을지는 모르겠지만."

"잘 먹을게요."

조용한 식사가 시작되었다. 음식을 씹는 소리, 삼키는 소리, 볼 륨을 줄인 희미한 음악 소리만이 공명했다. 선휘보다 먼저 식사 를 마친 승우가 물었다.

"입 한 번 맞췄다고 집에 가겠다고 하는 게 어디 있어요? 내 가 뭐 잡아먹는대?"

그 질문에 매운 김치찌개가 목에 걸린 선휘가 기침을 해 대 자, 승우는 얼른 물 잔을 건넸다. 이렇게 사람을 당황시키는 짓 궂음까지.

"아니, 뭘 그렇게 놀라요? 설마 첫 키스인 건 아니죠?"

다분히 장난기 어린 그의 질문에 선휘는 정색하며 되물었다.

"그럼 어쩔래요?"

그런 장난기가 자신에게도 있다는 게 신기할 따름이었다.

누구를 만나느냐에 따라 자신이 변화되는 것은 어쩌면 기분 나쁜 일일지도 모른다. 누군가에게 자신을 끼워 맞추며 사랑하는 일은 딱 한 번의 사랑 이후, 그녀에게 허용되지 않는 범위의 것이었다.

그런데 그런 사랑이 어쩌면 억지로 끼워 맞추는 것이 아닌, 감정의 자연스런 변화로 생겨난 긍정적 시너지는 아닐까 하는 생각이 문득 들었다.

바로 이 순간처럼 말이다. 누군가에게 장난을 치거나, 까르륵 웃거나, 그런 일을 한 번도 해 본 적 없는 그녀였다. 그런데 은근한 장난을 걸어오는 그에게는 우스갯소리도 술술 나왔다. 왠지 이 사람은 자신의 어설픈 장난도 다 받아 줄 것 같은 느낌이 들었다.

"정말이에요?"

그는 놀랍다는 표정을 지으며 입을 떡 벌렸다.

"설마 그렇겠어요?"

장난이었는데, 거짓말을 하려던 건 아니었는데, 놀란 그의 표정에 괜히 미안한 마음이 들었다.

"그럼 마지막 키스는 언제예요?"

장난스러운 대꾸에 대한 말도 안 되는 미안함 때문이었는지 솔직한 물음이 흘러나왔다.

"내가 대답해야 할 이유가 있나요?"

"마지막 키스가 언제인지 알면, 선휘 씨 마지막 연애가 언제 인지도 알 수 있겠죠. 지금 혼자인 거 맞죠? 마음에 누굴 두고 있다거나 한 건 아니죠?"

자신의 과거 연애사를 궁금해하는 남자에게 심장이 두근거 리는 아이러니함에 선휘는 작게 한숨을 내쉬었다.

"설마 내가 결혼 이력이라도 있을까 걱정돼서 묻는 거예 요?"

"그런 거 아니에요. 그래서 마지막 키스는 언제예요?"

절대 거짓말은 못하겠단 그의 말이 불현듯 떠올랐다.

"4년 전이요."

쓰린 기억을 끄집어내는 선휘의 목소리는 아련함을 품고 있 었다.

"그런 승우 씨는 마지막 키스가 언제예요?"

"오늘."

"뭐라고요?"

"오늘 했잖아요. 선휘 씨랑."

입맞춤만큼이나 아찔한 미소를 짓고 있는 그에게 더 이상의 반박은 소용없을 거란 생각이 들었다.

"4년이라……. 왜 그렇게 오랫동안 연애를 안 했어요?"

그는 선휘의 기분을 살피듯 조심스레 물어 왔다. 그 물음에 선휘의 입에서 한숨이 불거져 나왔다.

"뭐가 궁금한 거예요?"

은근한 날이 서 있는 선휘의 질문에 승우는 희미한 미소를 머금으며 대답했다.

"그냥 선휘 씨가 궁금해요. 이렇게나 매력적인 여자가 왜 4년 동안이나 혼자였을까 하는 생각도 들고."

"아주 심하게 차였어요."

그 대답에 그는 뚱한 표정을 지으며 되물었다.

"어떤 놈이?"

"어떤 놈이."

"아직도 그놈 때문에 아파요?"

그는 의자에 비스듬히 기댔던 상체를 일으키며, 깍지 낀 손을 식탁 위에 올렸다. 정곡을 찌르는 질문에 선휘는 아랫입술을 지그시 깨물었다.

"그래서 연애도, 사랑도 안 한 거예요? 한창 꽃다운 나이에?"

선휘는 그를 향했던 시선을 아래로 내리며 대답했다.

"사랑이 인생의 전부라고 생각했던 적이 있었죠. 그 사랑이 날 변화시킬 수 있다고 생각했던 적도 있었고. 근데 이젠 아니에요."

"뭐하는 사람이었어요?"

"정말 궁금해요?"

선휘는 자신의 이야기가 진정 듣고 싶으냐는 듯 물었다. 그가 진지한 눈빛으로 고개를 끄덕이며 말했다.

"잠깐 기다려요."

승우는 차려진 것들을 대강 치우고 닦아 내더니 와인 잔 두 개와 와인 한 병을 깨끗한 식탁 위에 올려놓았다.

"이런 얘기에 술이 빠질 수 없죠. 집 멀지 않죠? 갈 때 데려다줄게요."

동의를 구하듯 물어 온 그는 선휘의 입에서 어떤 대꾸가 나오기도 전에 다시 자리에서 일어나 거실 등을 끄고, 음악도 조용한 연주곡으로 바꾸었다. 없던 이야기도 지어 낼 수 있을 것만 같은 묵직하고 고요한 분위기가 흘렀다.

그는 향초를 하나 가지고 와서 식탁 위에 올리고는 불을 켰다. 은은한 코튼 향기가 코끝을 스치며 퍼져 나가기 시작했다.

선휘의 입가에 미소가 고였다.

"왜 웃어요?"

"원래 이런 거 다 갖춰 놓고 살아요?"

선휘가 향초와 스모크 치즈, 잘 손질된 딸기를 가리키며 물었다.

"치즈는 있는 거 꺼낸 거고, 과일은 미리 손질해 놓은 거예요. 워낙 과일을 좋아해서."

그는 특별할 거 없다는 듯 어깨를 으쓱해 보였다. 그의 솔직함에 선휘의 얼굴 위로 또다시 미소가 떠올랐다.

"일은요? 내가 도울 일이 있다고 하지 않았어요?"

"아직도 날 파악 못 하셨나 보네? 일은 보고 싶어서 만들어 낸 핑계지. 자, 질문 다시 하죠. 그 어떤 놈, 뭐하는 놈이었어요?"

그는 마치 선휘에 대해 모조리 알아내고 싶다는 듯 굴었다.

"예술이요."

짧은 대답에 그가 흥미롭다는 표정을 지으며 되물었다.

"어떤 예술?"

"음악이요."

그의 미간이 설핏 좁아졌다.

"그래서 음악 안 들어요?"

선휘는 쓴웃음을 머금으며 고개를 저었다.

"어떤 음악 하던 놈이었는데요?"

"피아노요."

"피아니스트였어요?"

선휘는 여전히 씁쓸한 웃음을 머금은 채로 고개를 끄덕였다. 왠지 목이 타는 느낌이 들어 와인을 한 모금 마셨다. 모든 걸 다 아는 듯 구는 이 남자는 와인 고르는 법도 잘 아는 걸까. 와인은 그의 모습만큼이나 무척 근사한 아로마를 지니고 있었다.

"왜 헤어졌어요?"

"근데, 이게 왜 궁금해요?"

선휘의 질문에 그는 슬며시 미소를 머금으며 대꾸했다.

"음, 일종의 형평성에 관한 문제라고나 할까요?"

"뭐라고요?"

선휘는 자신의 과거 연애사가 형평성과 무슨 관련이 있나 싶었다.

"아까 연습실에서 나오다가 배우 이정아하고 마주쳤죠?"

"네, 그런데요?"

"예전에 만나던 사이예요. 그런데 선휘 씨가 그 여자한테 내 연락처를 알려 줬다고요?"

당황스러움에 선휘는 입술을 지그시 깨물었다. 그의 질문에 어떤 대답을 내놓아야 할지 망설인 것도 아주 잠시였다.

"미안해요. 그런 줄 모르고, 내가 실수했네요."

선휘는 숨을 한 번 고르고는 말을 이었다.

"그런데 눈빛이 좀 절박해 보였어요. 무언가 할 말이 있으니, 승우 씨한테 연락을 하려고 한 게 아닐까 싶어서……."

돌아온 그의 대답은 단호했다.

"난 듣고 싶은 말 없어요. 그걸로 끝이죠. 계속 공연 통역 쪽에 있게 되면 알게 될 이야기들일 테니, 내 입으로 말할게요."

그의 표정이 사뭇 진지해졌다.

"공연 기획 일을 하면서 그 여자를 위한 무대를 만들어 주고 싶었어요. 근데 처음부터 주연 자리에 세울 수는 없었고, 차곡차곡 단계를 밟아 가며 성장하는 모습을 보고 싶었는데……."

그는 목이 타는 듯 와인을 한 모금 들이켰다.

"근데, 그 공연 남자 주인공이랑 바람이 났어요. 3년 전에. 인터넷 검색창에 이정아라는 세 글자만 쳐도 내 마지막 연애사의 결말이 아주 잘 나올 거예요. 자, 그러니."

그는 잠시 시간차를 두었다. 선휘는 고개를 갸웃하며 그를 바라봤다.

"나도 선휘 씨 과거 연애사를 알고 있어야, 우리의 연애가 공평해질 것 같지 않아요?"

"그거 어디선가 되게 미련한 짓이라고 봤는데요. 과거사를 털어놓는 거."

선휘의 질문에 그는 또다시 진지하게 대꾸했다.

"미련할 수도 있죠. 그런데…… 솔직히 말할게요."

"언제는 안 솔직했어요?"

자꾸만 진지해지고 심각해지는 분위기를 풀어 보려, 선휘는 슬쩍 미소를 머금고 되물었다. 이런 기지가 자신에게도 있었나 싶어서 놀랐고, 자신의 되물음에 그의 얼굴이 부드럽게 풀어져서 놀랐다.

"잘해 보고 싶어요. 선휘 씨랑."

직설적인 그의 말 때문인지, 갑자기 훅 올라온 취기 때문인지 선휘의 뺨이 붉게 물들었다.

"상처가 있어 보여요. 알고 싶어요. 어떤 상처인지. 내가 조심할 수 있게."

왈칵 눈물이 흘러내릴 것만 같아 선휘는 숨을 멈추고 입술을 지그시 깨물었다. 눈가에 차오른 눈물을 도로 집어넣으려, 일부러 고개를 젖히며 와인을 한 모금 삼켰다.

"구글에 내 이름을 쳐 보면 나의 과거 연애사가 나올 거예요."

선휘가 희미한 미소를 지어 보였다.

"선휘 씨 이름을요?"

"Sunny Ko Murcray."

"Murcray?"

그는 고개를 갸웃했다. 외국인 성이 붙어 있으니 그럴 만도 했다.

"고는 엄마 성이고, Murcray는 새아빠 성이에요. 복잡하게 설명하고 싶지 않아서 공식적인 문서가 들어가지 않는 한 그냥 고선휘로 살아요."

그저 가족사에 얽힌 아주 간단한 이야기를 했을 뿐인데, 마음 한구석에 구멍이 생겨서 꽉 막혀 있던 모래들이 스르륵 빠져나가는 기분이 들었다. 그는 휴대전화를 손에 든 채로 무언가를 열심히 찾아보더니 미간을 좁히며 물었다.

"선휘 씨도 피아니스트였어요?"

"한때는 그랬죠."

그 대답은 그저 무덤덤했다. 과거에 그런 일이 있었다 하는 담백한 목소리였다.

"왜 그만뒀어요?"

"정말 궁금해요?"

그는 잠시 고민에 빠진 듯하다가 되물었다.

"말하고 싶어요, 안 하고 싶어요?"

선휘의 얼굴에도 고민의 빛이 어렸다. 그런 어두운 이야기를 끄집어낸다고 좋아할 이는 없을 것이다.

사람들은 불행한 이야기에 연민을 느끼지만, 그것이 자신의 이야기나 혹은 밀접한 관계를 맺는 사람의 이야기가 되는 것은 싫어한다. 예를 들면 자신의 연인 혹은 연인이 될 수도 있는 사람 말이다.

그곳까지 생각이 미치자 피식 헛웃음이 새어 나왔다. 그는 선휘의 웃음이 무슨 의미인지 묻는 듯 고개를 갸웃했다. 자신이 조심할 수 있도록, 과거를 알려 달라는 남자. 한 번쯤 마음을 주고, 기대 보고 싶은 남자. 선휘는 슬쩍 고개를 내저으며 한숨을 내쉬었다.

"샌프란시스코 타임스 기사를 보니까, 공연을 취소하고 홀연히 잠적했다고 하네요."

"홀연히."

쓴웃음이 떠올랐다. 대중들에게서 홀연히 사라지는 것이 얼마나 힘든 과정이었는지, 아무도 모를 것이다. 사람들에게 잊히는 것이 얼마나 힘든 일인지. 선휘는 와인을 한 모금 더 머금었다.

그가 알아보려고 한다면, 얼마든지 알 수 있는 자신의 과거사였다. 남의 입을 통해서가 아닌 자신의 입으로 짧은 과거를 털어놨던 그처럼, 자신의 이야기도 남 얘기 좋아하는 이들을 위한 오래된 가십 기사를 통해 알게 하고 싶지 않았다.

그렇다는 건 이미 자신도 그에게 마음이 기울고 있는 게 아닐까 하는 생각이 들었다. 하지만 모자람 없이 완벽해 보이는 저 남자가 자신의 과거사를 낱낱이 알게 된 후에도 그대로일지 확신할 수 없었다.

선택은 그의 몫이었다. 모든 이야기를 털어놓은 후 여전히 자신을 향하거나, 혹은 등지거나 하는 것은 그의 뜻이었다.

"하고 싶어요."

그는 눈썹을 치켜들며 슬쩍 미소를 머금었다.

"말해도 될까요?"

그는 고개를 끄덕이며, 들을 준비가 되었다는 듯 의자 등받이에 비스듬히 기대앉았다.

마지막 연애

초등학교 2학년 어느 가을날, 엄마는 소개해 줄 사람이 있다며 그녀가 일하고 있는 호텔의 커피숍으로 선휘를 데려갔다. 그곳에는 회색 눈동자, 갈색 머리의 외국인 남자가 있었다.

엄마는 선휘의 아홉 살 인생에서 단 한 번도 보지 못했던 밝은 얼굴을 하고 그의 곁에 앉아 있었다. 지난봄부터 아빠가 집에 오지 않은 것 때문에 엄마가 기분이 좋은 줄로만 알았다. 그런데 앞에 있는 남자 때문이라고 생각하니 괜히 아빠에게 미안해졌다.

미국계 보험회사의 한국 지사장으로 일하던 그는 한국에 있는 동안 엄마가 일하는 호텔에 머물면서 엄마를 좋아하게 되었다고 했다. 본사로 복귀하게 되면서 엄마 없이는 한국을 떠나지 않으려고 했는데, 엄마가 선휘 없이는 한국을 떠날 수 없다

했다고.

회색 눈동자 아저씨는 아빠가 되어 주겠다고 했다. 미국에 가면 훨씬 행복할 거란 엄마의 말이 잘 이해가 되질 않았다.

'난 아빠가 있는데, 난 행복이 뭔지 잘 모르겠는데, 그냥 엄마가 같이 숨어서 나를 꼭 끌어안아 줄 때가 가장 가슴이 두근거리는 시간이었는데, 행복이 뭐지?'

초등학교 3학년이 되던 해, 엄마는 선휘를 아빠 집에 데려다 놓고 눈물을 훔치며 미국으로 향했다. 아빠는 지방에 계신 줄 알았고, 그래서 일주일에 한 번만 집에 온다고 여겼다. 일이 바빠서 한동안 오시지 못하는 줄로만 알았다. 아빠의 집에 가기 전까지는 정말 그런 줄 알았다.

아빠가 사는 집은 선휘가 살던 연립주택 반지하와는 비교도 되지 않는 커다란 곳이었다. 서울 한복판에 위치한 그 집엔 고운 잔디가 깔린 마당이 있었고, 큰 오빠와 작은 오빠, 그리고 동갑내기 언니의 이름이 걸린 사과나무, 자두나무, 복숭아나무도 있었다.

아빠는 예쁘게 생겼지만 아주 무서운 아줌마에게 이제부터 엄마라 불러야 한다고 했다. 선휘가 혼자서 쓸 수 있는 작고 예쁜 방도 생겼지만, 엄마의 온기와 두근거리던 심장 소리, 그리고 조용히 하라며 그녀의 입을 막았던 그 손길이 미치도록 그리워서 날마다 이불을 뒤집어쓰고 책상 밑에 들어가 있었다.

짓궂은 작은 오빠는 바보처럼 군다며 머리를 가위로 자르기도 하고 숙제를 망쳐 놓기도 했지만, 선휘는 없던 형제가 생겼다는 사실만으로도 무언가 기뻤다.

그러던 어느 날, 선휘의 친할머니라는 분이 집에 오셨다. 깡마른 몸에 파스텔톤 원피스를 입고 알이 굵은 진주 목걸이를 한 그녀는 굉장히 무서운 사람 같았다.

"얘가 그 고등학생이 낳았다는 아이냐?"

"어머님, 아이가 듣겠어요."

"들으라면 들으라지."

새엄마는 선휘를 친자식처럼 대하지는 않았지만 측은히 여겨 주는 것 같기는 했다. 할머니가 쏟아내는 거침없는 이야기들을 선휘는 가만히 듣고 서 있었다.

제인이 어린 시절 리드 외숙모에게 자신은 거짓말쟁이가 아니고 난 정말 외숙모가 싫다고 말한 것은 어른들의 사고방식일지도 모른다.

그 시절 선휘는 누군가에게 다시 버려지는 게 두려워 그저 덜덜 떨며, 할머니와 새어머니 사이에 엉거주춤 서 있을 수밖에 없었다.

"그 요망하고 어린 게 애아범을 꼬여서 이렇게 된 거지."

할머니의 바늘처럼 뾰족한 목소리에 새엄마는 한숨을 내쉬며 대답했다. 그 목소리에 실린 비웃음은 어린 선휘도 느낄 수 있을 만큼 분명했다.

"공부만 하던 열아홉 살 여자아이가 뭘 알았겠어요? 학생을 그렇게 만든 애아범이 문제가 있었던 거고, 그 어린 나이에 선휘 이만큼 키운 것만으로 대단한 거예요."

"그래서 양놈이랑 결혼해 애는 버리고 외국으로 날랐을까?"

"이제 그 여자도 자기 길 찾아갈 때가 된 거죠. 선휘도 태수 아빠 딸이에요. 어머님 막내 손녀고요. 그렇게 고까운 눈으로만 보지 마세요."

독설을 내뿜는 할머니보다, 은근히 자신과 엄마를 두둔하는 새엄마의 말이 더 마음 아픈 건 왜였을까.

아빠는 여고생이었던 엄마의 담임 선생님이었다고 했다. 또 엄마와 아빠는 결혼한 적도 없는 사이였다. 선휘는 태어나자마자 아빠의 호적에 올랐고, 키우는 건 엄마가 하고 있었다.

일주일에 한 번 선휘를 보러 왔던 아빠는, 너 때문에 내 인생이 꼬였다는 말을 하며 엄마를 괴롭혔던 것 같다.

엄마를 향한 아빠의 애증은 아직도 끝나지 않은 듯했다. 선휘가 없으면 절대 안 된다는 엄마에게서 자신을 빼앗아 온 건, 다른 남자에게로 떠난 엄마를 향한 아빠 나름의 복수일지도 모른다는 생각이 들었다.

아빠의 집에서 가족이면서 가족이 아닌 상태로 그렇게 살고 있던 어느 날, 아빠가 선휘를 서재로 불렀다. 오래된 책 냄새가

나는 서재에 아빠가 앉아 있는 모습은 아마 평생 잊을 수 없을
거란 생각이 들었다.

"이제 엄마한테 가."

무슨 말을 하는 것인지 몰라 선휘는 고개를 갸웃하고 아빠를
올려다봤다. 엄마도 자신을 버리고 갔는데, 이제는 아빠한테도
버려진다는 생각에 온몸이 굳어지며 울음이 터져 나왔다.

"망할 년이 곱게 보내 줬으면 조용히 살 것이지. 맞았다는 둥, 성
폭행을 당했다는 둥 돈을 써서 소송을 걸어?"

새엄마와 아빠가 하는 대화를 얼핏 들어 보니, 엄마가 새아
빠의 도움을 받아 아빠를 상대로 어마어마한 소송을 걸었다고
했다. 한참을 분해하던 아빠는 결국 선휘를 보내 줄 수밖에 없
었다.
엄마를 따라간 미국의 회색 눈 아저씨 집은 아빠의 집보다도
훨씬 넓고 좋았다. 선휘의 방은 서울 친아빠 집의 거실만큼 넓
었고, 외국 영화에서나 보던 공주의 방 같았다.
새아빠는 선휘에게 무엇이든 해 주고 싶어 했다. 뭐가 가장
갖고 싶으냐는 새아빠의 말에 선휘는 감히 손도 댈 수 없었던
동갑내기 이복 언니 방에 있던 피아노를 떠올렸다.

"피아노."

이튿날, 선휘의 방 한가운데에 커다란 그랜드 피아노가 놓였다. 언니 방 벽에 딱 붙어 있던 업라이트 피아노와는 비교도 되지 않는 엄청난 크기의 피아노였다.

새아빠와 엄마, 그리고 그 둘 사이에서 태어난 남동생 러셀. 아빠의 회색 눈동자를 닮고, 엄마의 검은 머리카락을 닮은 러셀은 사랑스러운 동생이었지만, 선휘는 그를 볼 때마다 묘한 기분을 느꼈다.

'못살게 굴던 아빠와 불행했던 엄마 사이에서 태어난 내가 러셀의 누나가 될 수 있을까.'

갑자기 동화 속 신데렐라처럼 공주가 되어 버린 엄마와 그녀의 왕자님인 새아빠, 그리고 '그 이후로 행복하게 살았답니다'라는 부분에 등장할 것만 같은 남동생 러셀에게 선휘는 자신의 존재가 못된 새엄마나 두 딸의 모습으로 비치진 않을지, 혹은 '행복하게 살았답니다'의 흠이 되진 않을지 걱정했다.

학교에 다니며 선휘가 느끼는 이질감은 극에 달했다. 그 어느 곳에 가도 자신과 어울릴 수 있는 사람은 없는 것 같았다. 그저 피아노 앞에 앉아서 혼자 둥당거리는 시간이 하루 중 가장 행복하고 즐거운 시간이었다.

운이 좋았는지, 틈만 나면 피아노 앞에 앉아 있어서 그랬는지, 자연스레 실력도 갖추게 된 선휘는 일반 대학생보다 조금 늦은 나이에 음악 명문 줄리아드에 입학했고 서양음악사 첫 수

업 시간에 맥스를 만났다.

자신이 느꼈던 이질감의 일부를 독일에서 온 맥스와 공유하기 시작하면서 둘은 급속도로 서로에게 빠져들기 시작했다. 누군가의 일부가 되고, 누군가의 행복이 되고, 누군가와 인생을 공유할 수 있다는 것이 선휘에게는 꿈만 같았다.

그가 가르쳐 주는 사랑은 난생처음 느끼는 동질감, 소속감, 만족감을 주었다. 아주 깊은 내면의 상처까지도 그와 나눌 수 있다는 사실이 신기했다. 모든 것을 공유한 그는 어느샌가 선휘의 전부가 되어 있었다.

그렇게 행복이 계속될 것 같던 어느 가을이었다.

「교수님, 이 콩쿠르는 맥스가 나가기로…….」

「맥스 실력으로는 어림도 없지. 그건 자네도 잘 알고 있지 않나.」

선휘는 달갑지 않은 마음으로 콩쿠르가 열리는 오스트리아행 비행기에 오르기 위해 공항으로 향했다. 너무도 참가하고 싶어 했던, 4년에 한 번 열리는 콩쿠르에 선휘가 가게 되었다는 사실을 알게 되었을 때, 맥스는 덤덤한 듯했지만 그의 눈빛은 처참했다.

비 오는 678번 도로를 달리던 선휘는 문득 맥스의 얼굴이 미치도록 보고 싶어졌다. 도착해서 바로 콩쿠르가 있는 것도 아니고, 하루쯤 날짜를 미뤄도 되지 않을까 싶은 생각에 다급히 운전대를 돌렸다.

갑자기 심장이 쿵쿵 뛰었고, 운전대에 얹은 손이 덜덜 떨려 왔다. 홀로 어딘가로 향하는 일이 두려웠을지도 모른다. 그날 따라 그가 미치도록 그립고, 보고 싶었다.

급하게 차를 모느라 속도위반을 해서 경찰에게 딱지까지 끊고, 그의 아파트 근처에 대강 주차를 마친 선휘는 헐레벌떡 차에서 내렸다.

억수 같은 비가 쏟아지는 뉴욕의 차가운 가을 날씨를 무시한 채 선휘는 우산도 쓰지 않고 그의 아파트로 향했다.

베이지색 트렌치코트는 시린 비에 젖어서 진한 갈색 빛으로 변했고, 머리카락 끝에선 차가운 물방울이 뚝뚝 떨어졌다. 까만 펌프스 안에 물기가 찌걱거려서 걸음을 옮기기 어려웠다. 뜨거운 입김이 내뿜어졌다. 온몸이 차갑게 떨려서 그의 따스한 품이 미치도록 그리웠다.

달달 떨리는 손에 입김을 불며 핸드백 안에 있는 그의 아파트 열쇠를 꺼내 문을 여는데, 자신이 잘못 들어왔나 싶었다. 눈앞에 펼쳐진 그의 아파트 거실 풍경을 마주하자, 온 세상이 핑그르르 도는 것 같았다.

그 모습은 비행기에 타지 않고, 온몸이 젖은 채로 그의 아파트 거실에 서 있는 자신만큼이나 현실감이 없었다.

예민한 선휘의 귀에 야릇한 소리가 들려왔다. 농익은 신음이 새어 나오는 곳은 그의 침실이었다. 소파에 널브러져 있는 여자의 치마와 스타킹, 거실 바닥에 내팽개쳐진 진홍색 브래지어에 잠시 시선이 머물렀다.

선휘는 무언가에 이끌리듯 걸음을 옮겨 맥스의 침실 문 앞에 섰다. 치미는 욕정을 참지 못하는 남자의 신음과 온 세상의 쾌락을 다 그러모아 느끼는 듯한 여자의 교성이 섞인 채 왕왕 울려 댔다.

눈물이 솟구쳐 오르며 바늘로 찌르는 듯한 고통이 느껴졌다. 신물이 올라오고, 토악질이 나올 것만 같아서 열쇠를 들고 있지 않은 왼손으로 입을 틀어막았다.

끅끅 올라오는 딸꾹질을 참으며 안에 있는 사람은 맥스가 아닐지도 모른다는 생각을 했다. 하지만 헛된 기대는 이어진 여자의 음성으로 산산이 부서졌다.

「하아. 맥스. 너무 좋아.」

여자의 입에서 그의 이름을 외치는 소리가 나왔을 때, 선휘는 비명이라도 지르며 그의 침실 문을 열어젖히고 싶었다. 하지만 그저 그 자리에 굳어서 그들의 정사가 끝나기만을 기다릴 뿐이었다.

한바탕 비명을 질러 대던 둘은 이내 잠잠해지더니, 잠시 후 키득거리는 속삭임이 들려왔다. 그들의 행복한 웃음소리가 선휘의 가슴을 사정없이 난도질했다.

「잠깐만 기다려. 마실 것 좀 가져올게.」

그의 목소리가 문가에서 들려옴과 동시에 갑자기 침실 문이 열렸고, 선휘의 앞에 맥스가 나타났다. 그는 귀신이라도 본 양 얼굴이 새하얗게 질려서는 여자를 보호하려는 듯 문 앞을 가로막고 침실 문을 닫았다.

「어떻게 된 거야? 콩쿠르는?」

「보다시피.」

「거길 안 가다니, 미친 거야?」

그 질문에 선휘의 얼굴엔 비소가 자리했다.

「그래, 내가 미쳤나 봐. 근데 맥스, 너는? 어떻게…… 네가.」

한 번도 그와의 사랑을 의심했던 적은 없었다. 피아노가 인생의 목표였다면, 맥스는 그녀의 전부였다.

20대 초중반, 청춘과 사랑과 모든 열정이 그를 향해 있었다. 음악에 뜻을 제대로 세우지 못하고 갈팡질팡하던 시기, 피아노 치는 모습이 가장 아름답다고 말해 주었던 연인 맥스가 선휘에게는 삶, 그 자체였다.

긍정적인 주목과는 거리가 먼 인생을 살았던 그녀가 걷잡을 수 없이 커지는 주위의 기대 속에서 자신의 재능을 부담스러워했을 때, 피아노 앞에 앉으면 자신을 생각해 달라며, 모든 부담을 버리고 그저 자신을 위해 연주한다고 생각하라며 달래 주던 그였다.

그런 그가 다른 여자와 몸을 섞은 뒤, 전라의 모습으로 선휘 앞에 서 있었다. 맥스는 곤란하다는 듯 손바닥으로 이마를 슥슥 문질렀다.

「자기야, 무슨 일이야?」

맥스의 티셔츠를 입고 나온 여자는 바이올린을 전공하는 레미였다. 작고 귀여운 주황 머리의 레미. 한 달 전쯤, 실기 시험을 위한 반주를 부탁해도 되겠느냐며 자신을 찾아왔던 그녀였다.

선휘는 콩쿠르를 준비하고 있어서 안 될 것 같다며, 그녀에게 맥스를 소개시켜 주었다. 그런데 그 둘이 헐벗은 상태로 자신을 바라보고 있었다.

「어머, 써니. 콩쿠르는?」

선휘의 입에서 헛웃음이 터져 나왔다. 둘은 마치 잘 어울리는 연인처럼 똑같이 콩쿠르에 대해서 묻고 있었다. 사랑을 배반한 것에 대한 사과가 먼저 나와야 하는 것 아닐까, 하는 생각이 든 건 자신뿐인 것 같았다.

믿을 수 없는 상황에 선휘는 그저 트렌치코트에서 뚝뚝 떨어진 물방울이 그려 내는 카펫 위의 얼룩을 내려다보았다.

「레미, 자리 좀 비켜 줄래?」
「그래, 자기. 이따 전화해.」

마치 저 두 사람이 연인이고, 선휘가 사랑의 훼방꾼인 듯 보였다. 레미는 당황한 기색도 없이 선휘를 향해 환한 미소를 지어 보이고는 옷을 챙겨 입고 사라졌다.

그녀가 나간 뒤에도 맥스는 비에 젖어 바들바들 떨고 있는 선휘에게 수건 한 장 건네지 않았다. 그저 한심하다는 눈빛으로 바라볼 뿐이었다.

「미쳤어? 거기가 어디라고 안 가고 여길 와?」
「그게 중요해?」
「그럼, 그게 중요하지 않으면 지금 이 상황에 뭐가 더 중요해?」

그의 질문에 선휘는 또다시 헛웃음이 터져 나왔다.

「그렇게 중요한 거면 네가 가지 그랬어. 어떻게든 날 이겨서 네가 가지 그랬어!」

그는 자존심이 센 남자였다. 입학할 당시만 해도 맥스의 피아노 실력은 선휘가 넘볼 수 없는 수준이었다. 그러나 시간이

지날수록 선휘는 실력이 늘어갔지만, 그는 안타깝게도 제자리였다.

자신이 받은 상처를 되돌려 주려는 듯 선휘의 말은 그의 자존심에 총구를 겨눈 채 발사되었다.

「그래, 난 실력이 그것밖에 되질 않아서 콩쿠르는 나가지 못했어. 근데 그거 알아?」

그의 얼굴에 비소가 어렸다.

「네가 나보다 피아노 연주 실력은 뛰어날지 몰라도, 인생은 그러지 못할걸?」
「뭐?」

선휘는 무슨 뜻이냐는 듯 그를 노려보았다. 그는 자신이 받은 상처를 배로 돌려주려는 듯했다.

「넌 네가 사랑한다, 삶의 전부다 하는 남자 품에 안기지도 못하는 여자잖아? 네가 날 그런 식으로 거부할 때마다 내 기분이 어땠을지 생각해 봤어?」

맥스의 물음에 선휘는 아무런 대답도 내놓을 수 없었다. 분명 지금 이 상황에 충격을 받고, 상처를 받은 것은 선휘 본인인데 그의 표정에 어린 상처가 보였다.

「못 하겠어, 그 짓거리. 네가 원하는 순수한 사랑인지 뭔지, 나이제 못 하겠어. 길 가는 사람 한번 붙잡고 물어봐! 스물다섯 남자가 사랑하는 여자를 안지 못하는 심정이 어떨지! 그 여자한테 무려 5년 가까이 거절당한 남자의 기분이 얼마나 비참할지!」

지난 5년간 그가 이런 불평을 했던 적은 한 번도 없었다. 그저 입맞춤만으로도 고맙다 말하던 그였다. 더는 아무것도 바라는 게 없다며, 사랑을 속삭이던 그였다.

「넌 이제 나에게 그저 라이벌일 뿐이야. 우리가 했던 건 사랑이 아니라 풋내기 감정 놀음일 뿐이었어. 그걸 레미가 알려 줬고!」

「그만!」

선휘는 파르르 떨리는 손을 꼭 쥐었다.

「그만해. 알겠으니까. 그만해…….」

가만히 서 있는 선휘를 바라보는 맥스의 얼굴에 복잡한 감정이 드러났다. 욕정을 참아 내지 못한 번민, 어제까지만 해도 따사로이 서로를 감싸 주는 연인이었던 사람에 대한 연민, 그리고 새로이 시작될 사랑에 대한 고민.

선휘는 고개를 돌리고 마주하던 그의 시선을 피했다. 공연이 끝나고 나면 연주자는 무대 뒤로 사라져야 한다. 지금이 바로 선휘가 그의 인생에서 사라져야 할 타이밍이었다.

그 길로 그의 집을 나와서 연습실로 향했다. 피아노 건반 위에 손을 얹었는데, 손가락이 움직이지 않았다. 자신의 피아노 소리가 세상에서 가장 아름답다 했던, 피아노 앞에 앉아 있을 때 가장 사랑스럽다 했던 그에게 철저히 사랑을 부정당하고 나자, 더는 피아노와 함께할 수 없다는 생각이 들었다.

대표로 나가기로 했던 콩쿠르에 불참했다는 소문이 벌써 학교 전체에 퍼졌다고 동생 러셀이 이야기해 주었다. 오케스트라와의 협연이 예정되어 있던 크리스마스 공연은 다른 피아노 연주자로 대체되었다고도 했다.

그녀의 공연을 예매했던 관객들의 항의가 빗발친다며, 공연 에이전시에서는 선휘를 상대로 손해배상 청구 소송까지 걸었다.

언론은 얌전했던 피아노 요정이 모든 공연을 취소하고 돌연 사라졌다며 마음대로 떠들어 댔다. 맥스와의 관계를 들추고, 교류가 없었던 학우들의 이야기로 헛소문이 나돌고, 급기야 선휘의 성장 배경에까지 관심이 쏠렸다. 그 여파는 친부를 상대로 소송을 벌인 엄마의 이야기로까지 이어졌다.

신데렐라가 된 엄마는 새로운 사랑을 하며 가정을 이루고 행복해졌지만, 선휘는 여전히 과거의 그늘을 벗어나지 못하는 듯했다.

맥스가 원하는 사랑을 그녀는 할 수 없었다. 어릴 적, 작은 방 책상 아래에서 들었던 그 해괴망측한 소리를 선휘는 똑똑히 기억하고 있었다.

그 소리의 정체는 나중에 어른이 되고서야 알았다. 누군가와 몸을 섞고, 육체적 관계를 맺는다는 것을 떠올릴 때마다 진저리가 쳐졌다. 누군가에게 자신의 몸을 내맡긴다는 것이 버겁게 느껴졌다.

그런 그녀를 이해해 주던 맥스였다. 힘들었을 거라며, 마음을 내준 것만으로도 고맙다며, 선휘를 사랑해 주었다. 그런데 그런 사랑을 더 이상 원하지 않는다 했다. 자신들의 사랑은 사랑이 아니라고 했다.

몸을 내어줄 수는 없지만, 온 마음을 다해 그를 사랑했다. 그에게 모든 것을 맞추려 노력했고, 그가 원하는 모습이 되기 위해 노력했고, 그에게 어울리는 사람이 되기 위해 노력했다. 심지어 피아노까지도.

그저 혼자 좋아서 했던 일이, 그와 함께 좋아하는 일이 되니 의미가 배가 되었다. 그런데 그 모든 것에 대한 의미가 사라졌다.

순식간에 선휘는 사랑도 잃고, 신뢰도 잃고, 꿈도 잃은 신파극의 주인공이 되어 온종일 방에만 틀어박혀 있었다.

그러던 어느 날, 러셀이 한국에서 입양되었다는 친구를 집에 데리고 왔다. 잔뜩 긴장한 까만 눈동자는 그 아이의 인생도 이질감과 공허함으로 가득 차 있다는 것을 보여 줬다.

「바이올린 하는 친구야, 누나. 나중에 누나랑 협연하는 게 꿈이래.」
「협연 같은 소리 하네.」

비소 어린 문장이 툭 하고 튀어나왔다.

「누나. 이대로 포기할 거야, 정말?」
「나가!」

선휘는 동생과 자신의 과거를 보는 듯한 여자아이를 방 밖으로 몰아내고 문을 잠가 버렸다. 문에 기대서서 한숨을 내쉬고 있는데, 방 한가운데 놓인 피아노가 눈에 들어왔다.

삶의 목적이었고, 평생의 꿈이었고, 자신의 전부였던 그것이 이토록 괴로운 존재가 되어 자신을 괴롭힐 거란 생각은 꿈에도 하지 못했다.

이제 행복해졌다고, 웃음 짓는 사람들이 입버릇처럼 말하는 행복이란 말이 이제야 뭔지 알 것 같다고 여겼는데, 다시 한 번 불행의 나락으로 떨어진 그녀에게 자생 능력은 없었다.

살아 있는 하루하루가 지옥 같았고, 발을 내딛고 있던 땅이 우르르 무너져 내려 더는 서 있을 곳이 없는 것 같았다.

자신은 그의 무대에서 사라졌지만, 그는 여전히 자신의 무대 위를 유령처럼 떠돌고 있는 것만 같았다.

선휘는 그렇게 피아노를 떠났고, 잠시나마 열렸던 마음의 문을 다시 닫아 버렸다.

♪　　　♫　　　♪

한 번도 맥스를 떠올리며 눈물 흘렸던 적은 없었다. 그런데 눈에서 또르르 눈물이 흘러내렸다. 선휘는 이야기를 다 했다는 듯 와인을 한 모금 마셨다. 불행한 과거와 옛사랑의 기억을 어떻게 이 사람 앞에서 이리도 솔직하게 털어놓을 수 있는지, 가슴 한쪽이 시큰하고 아팠다.

"그래서 연애, 안 한 거예요?"

그리 묻는 그의 목소리는 그저 덤덤했다.

"아니요. 연애를 안 했다기보다, 사람을 만나지 않았죠."

"그럼 통·번역 일은 왜 하게 된 거예요?"

"지독한 사랑과 이별 이야기가 있는 고전문학에 빠졌어요. 집에서 거는 기대를 다 저버리고 음악을 하지 않으니, 뭔가 핑곗거리도 필요했고."

선휘는 그에게 차마 털어놓을 수 없었던 진실 한 가지를 숨기고 말을 이어 나갔다.

"그래서 난 문학이 하고 싶다고 했죠. 다행히 절 믿어 주셨고, 선택을 존중해 주셨어요. 그래서 여기까지 온 거예요."

그는 고개를 끄덕끄덕하며 따스한 미소를 지어 보였다. 불쌍한 여인의 이야기를 들은 연민의 미소가 아니었다. 어려운 이야기를 해 줘서 고맙다는 따스함이 가득 담긴 미소였다.

"참 매력적인 사람이에요, 선휘 씨."

그런 이야기를 듣고도 자신을 매력 있다고 말하는 저의가 의심스러울 만도 하건만, 그의 눈빛에 거짓은 없어 보였다. 선휘는 슬쩍 미소를 머금은 채 고개를 내저으며 대꾸했다.

"이야기를 들었으면 짐작하겠지만, 난 보통의 사랑이나 연애를 하지 못해요."

덤덤하게 말하려 노력했지만, 목소리에 슬쩍 물기가 묻어났다. 선휘는 눈을 지그시 감았다 떴다. 시선은 자신의 손에 의해 뱅그르르 돌고 있는 와인 잔에 머물렀다.

"보통의 사랑이나 연애를 못 하면, 특별한 사랑이나 연애를 하면 되죠."

낮게 속살거리는 그의 목소리가 무척이나 다정했다. 선휘는 작게 한숨을 한 번 내쉬었다.

"그런 상처도 다시는 받고 싶지 않아요."

말을 마침과 동시에 와인 잔을 바라보던 시선을 그에게로 옮겼다.

"그 상처가 이별로 인한 거라면, 안 헤어지면 되는 거잖아요?"

어린아이가 떼를 쓰는 듯한 그의 논리에 선휘의 입에서 작은 웃음이 터져 나왔다.

"안 헤어지면 되죠. 어때요, 나?"

선휘는 고개를 갸웃하며 눈을 동그랗게 떴다. 무슨 뜻인지 알면서도 되묻는 표정이었다.

"선휘 씨 인생에서 마지막 연애 상대로 나 어떠냐고요."

긍정적인 대답을 바라는 그를 바라보며, 선휘가 희미한 미소를 지어 보였다.

"자상하고, 따뜻하고, 다정하고. 그런데."

"그런데?"

그는 대답을 재촉하듯 눈썹을 치켜 올렸다.

"저한테 과분한 사람 같아요."

승우의 얼굴에 따사로운 미소가 머물렀다.

"과분한지 아닌지는 만나 보면 알죠. 그리고."

그는 숨을 고르듯 잠시 시간차를 두고 말을 이었다.

"나 아무한테나 자상하고, 따뜻하고, 다정한 남자 아니에요. 아까 말했던 것처럼 나도 그런 상처 있어요. 다시는 사랑 같은 거, 연애 같은 거 안 하겠다고 마음먹었던 남자예요."

선휘는 가만히 그의 까만 눈동자를 바라보았다. 눈동자 속에 일렁이는 촛불이 반영되고 있었다.

"그렇게 사니까 편하더라고요, 참. 이것저것 신경 쓰고, 마음 졸이지 않아도 되고, 옆에서 뭐라 잔소리하는 사람도 없고. 그런데 말이죠."

그는 믿음직스러운 미소를 지어 보이며 말했다.

"일종의 독신주의자였던 내가 사랑을 결심했다는 건, 내 전부를 다 걸고 그 사랑에 충실하겠다는 의미와 같아요. 충실히 온 마음을 다할 거예요. 나랑 마지막 연애 할래요?"

그 물음에 선휘는 그저 가만히 있을 뿐 어떤 대답도 할 수 없었다.

"지금 당장 대답하기 어려우면, 천천히 대답해 줘요."

그 말에는 슬쩍 고개를 끄덕였다. 그 움직임이 긍정의 대답도 아닌데, 그는 자리에서 일어나 선휘 옆에 섰다.

"잠깐 일어나 봐요."

선휘는 잠시 머뭇거리다 의자에서 일어났다. 그러자 그가 팔을 벌려 그녀를 꼭 안아 주었다. 포근한 품 안에서 두근거리는 그의 심장 소리가 들려왔다. 이윽고 낮은 목소리가 울렸다.

"이제 그만 그놈이랑 헤어져요."

그 말에 눈물이 핑 돌았다. 너무도 외로워서, 발자국을 보려고 뒷걸음질 치던 자신의 등을 톡톡 두드리듯이 그가 등을 가만히 다독여 주었다. 이제 그만 앞을 보고 걸으라는 듯, 그 옆에 자신이 함께하겠다는 듯 보듬어 주었다.

참으려 했던 눈물이 뺨을 타고 흘러내리고, 그동안의 긴장이 한순간에 풀어지듯 몸이 떨려 왔다. 그 떨림을 느꼈는지 그의 팔에 힘이 들어갔다.

"가야지, 이제."

선휘는 슬쩍 고개를 끄덕였다. 그가 꼭 끌어안고 있던 팔을 풀고 그녀를 내려다보았다. 고개를 갸웃하고 자신을 빤히 바라보는 그의 눈빛에 괜히 부끄러워진 선휘는 허둥지둥 물었다.

"근데 왜 반말이에요?"

"왜, 기분 나빠?"

그가 빙긋이 웃으며 되물었다.

"그건 아니지만."

"내 나이는 알아?"

정은에게 들어서 알고 있었지만, 선휘는 무거워진 분위기를
풀어 보려 말했다.

"뭐, 한 서른일곱?"

"뭐? 내가 그렇게 들어 보인다고?"

그의 과장된 반응에 피식 웃음이 터지고 말았다.

"서른셋밖에 안 먹었어."

"비슷했네요."

그의 앞에서 장난을 되받아치고 있는 자신이 그저 놀라울 따
름이었다. 마음의 모양을 정의할 수는 없지만, 이 사람 앞에 서
면 왠지 자신도 예쁜 모양새의 마음을 가진 평범한 여자가 되
는 것 같은 기분이었다.

"그래, 서른셋이나 서른일곱이나 비슷하다고 하는 우리 아가
씨는 몇 살이더라?"

"스물아홉이요."

그는 일부러 웃음을 터뜨리는 듯 보였다. 그 모습을 마주한
선휘가 뾰로통한 표정으로 되물었다.

"왜 웃어요?"

"비슷하네, 나랑? 서른일곱 빼기 서른셋은 넷. 서른셋 빼기 스
물아홉도 넷."

선휘가 쌜쭉한 얼굴로 슬쩍 눈을 흘기자, 웃음을 머금은 그가

말했다.

"궁합도 안 본다는 네 살 차이기도 하고. 가자, 이제. 바래다
줄게."

선휘가 고개를 끄덕여 보이자 그가 휴대전화를 집어 들었다.

"어디 전화해요?"

"콜택시. 나도 와인 석 잔은 마셔서."

선휘는 눈을 동그랗게 뜨며 대꾸했다.

"택시 안 불러도 돼요. 걸어가면 되는데."

"집이 어딘데?"

그리 묻는 그의 얼굴에 묘한 기대감이 어렸다.

승우의 오피스텔 공동 현관을 나선 둘은 조용히 걷기 시작했
다. 차분하게 가라앉은 도시의 밤공기는 무척이나 매력적이었
다. 이토록 오랫동안 그와 함께 걷고 싶다는 생각도 잠시, 딱 스
무 걸음쯤 걸었다 싶었을 때 선휘가 멈춰 섰다.

"왜, 뭐 두고 왔어?"

선휘는 고개를 절레절레 저었다.

"여기예요."

그의 집 바로 옆에 있는 오피스텔을 가리키며 선휘가 말했다.
그는 놀란 듯 그녀에게로 시선을 옮기며 빙긋이 웃었다. 그 미소
를 마주한 선휘의 심장이 콩닥콩닥 뛰었다. 취기가 함께 올라오
는지 숨을 내쉬는 것조차 버거울 정도였다.

"왜 그래?"

그는 미간을 좁힌 선휘의 얼굴을 살폈다.

"그냥 술이 깨는지 머리가 아파서요."

심장이 이상하게 두근거린다는 말을 할 수 없어서 선휘는 괜히 와인 핑계를 대었다. 그는 커다란 두 손으로 선휘의 머리를 감싸며 말했다.

"혹시 밤에 심하게 아프면 전화해, 알았지?"

그의 검은 눈동자에는 염려가 가득했다. 선휘는 두근대는 심장의 영향을 받아 목소리가 이상하게 흘러나올까 두려워 그저 고개를 끄덕였다. 그 대답에 만족스러운 미소를 머금은 그가 밤공기를 머금은 낮은 목소리로 말했다.

"휴대전화 좀 줘 봐."

"왜요?"

"줘 봐."

선휘는 핸드백에서 휴대전화를 꺼내어 승우에게 내밀었다. 그도 자신의 재킷 주머니에서 휴대전화를 꺼내 어디론가 전화를 걸었다. 그가 통화 버튼을 누름과 동시에 선휘의 휴대전화 화면이 켜지고, 진동이 울리기 시작했다.

"뭐야?"

그녀의 휴대전화 화면을 마주한 그의 미간이 와그작 찌그러졌다.

"뭐가요?"

"뭐로 저장되어 있나 보려고 했는데, 아예 저장도 안 했어?"

일부러 심통을 부리는 듯한 그의 표정에 피식 웃음이 터져 나왔다.

"지금 할게요."

"뭘로?"

"윤승우."

그 대답에 그는 심각한 표정을 지어 보이며, 직접 선휘의 휴대전화에 이름을 입력하기 시작했다. 다시 통화 버튼을 누른 그가 해맑게 웃으며 선휘에게 휴대전화 화면을 보여 주었다.

"Sun Shine? 이게 뭐예요?"

그는 자신의 휴대전화 화면을 선휘에게 내밀며 또다시 해맑게 웃음 지었다.

"My Sun?"

그가 고개를 끄덕이며 속삭였다.

"넌 나의 Sun, 난 너의 Sun Shine."

연애에 충실하겠다는 남자는 이런 유치한 곳까지도 열심일 생각인 듯했다. 선휘가 어설픈 웃음을 짓자 그가 고개를 갸웃하며 그녀를 내려다보았다. 대답할 시간을 주겠다고 말했으면서 그는 이미 혼자서 무언가를 시작하고 있는 듯 보였다.

"들어가요. 내일 봐요."

"그래, 잘 자고. 많이 아프면 꼭 연락하고."

그의 마음 씀씀이에 가슴이 떨려 왔다. 선휘는 고마움을 가득 담은 미소를 지어 보였다.

쿵쾅거리는 심장을 잠재우려 노력하며 선휘는 자신의 오피스텔 문을 열고 들어섰다. 익숙한 집 안의 공기가 들뜬 마음을 가라앉혀 주었다. 그리고 그가 사라지자 현실이 눈앞에 보였다.

고개를 돌려 현관 거울에 비친 자신의 모습을 물끄러미 바라보았다. 항상 창백하던 얼굴엔 선홍빛 생기가 돌았고 눈동자는 수정처럼 맑게 빛났다. 사랑에 빠진 여인의 모습.

갑자기 덜컥 겁이 났다. 자신의 지독한 과거를 들춰냈는데도 여전히 변함없는, 아니, 오히려 더 따사로이 다가오는 그의 모습이 두려웠다. 완벽한 그가, 사랑도 좌지우지할 수 있을 정도로 사람의 감정을 아우르는 데 능수능란한 남자라면?

그와 함께 있을 땐 샘솟던 용기가, 혼자가 되고 나니 연기처럼 사라져 버렸고 남은 건 주저하는 마음뿐이었다.

실수였다고 말해야 할지, 아직 준비가 되지 않았다고 해야 할지, 기다리지 말아 달라고 해야 할지, 와인을 한 잔 마시고 분위기에 휩쓸려 일을 그르쳤다고 해야 할지.

회의, 통역, 이 모든 게 갑작스럽게 자신의 삶을 덮쳐 왔고, 선휘는 그것을 막을 새조차 없었다.

막을 수 없었던 것일까, 막지 않았던 것일까.

이제 그만 모든 것을 잊고 새로운 사랑을 할 수도 있지 않겠느냐는 근거 없는 자신감, 과거의 어두운 일까지 들춰내도 자신을 바라보고 있지 않느냐는 헛된 믿음, 어차피 끌리는 감정은 시간이 지나면 이내 사그라지고 말 거라는 그릇된 확신, 그 누구의 눈에도 띄지 않고 삶을 영위하고 싶지만, 이제는 누군가에게, 정확하게는 그에게 사랑을 받아 보고 싶다는 작은 희망.

　선휘는 머릿속을 어지럽히는 복잡다단한 생각들의 꼬리를 끊어 버리려 질끈 눈을 감았다. 내일 아침, 맨 정신에 그의 얼굴을 마주하면 무언가 답이 나올 거라고 생각했다.

#8

관계적 개선

이튿날, 연습실 분위기는 평소와 다를 바가 없었다. 다행히 반주자가 구해졌는지 더는 선휘가 피아노 앞에 앉을 일도 없었다. 오늘따라 승우도 아침 일찍부터 연습실에 나와 있었다. 조심스레 눈길을 보내는 그를 선휘는 애써 무시했다. 연습실에서는 왠지 더 그래야만 할 것 같았다.

오전 연습이 끝나고 점심을 먹으려 연습실을 나서는데 바로 옆 회의실이 소란스러웠다. 배우들은 고개를 절레절레 흔들며 돌아섰고, 수군거리기 좋아하는 사람들은 문 앞에서 속닥거리기 바빴다. 그때 화가 난 승우의 목소리가 커다랗게 울려 퍼졌다.

"소용없으니까 돌아가!"

작게 열린 문 틈새로 그의 모습이 보였다. 잔뜩 화가 나서는 곤란한 듯 마른세수를 해 대는 그의 모습에 선휘의 미간이 저절로 좁아졌다. 이윽고 여자의 애절한 목소리가 들려왔다.

"제발 부탁이야, 오빠. 한 번만. 제발 한 번만."

"내가 너한테 뭘 더 해 줄 수 있을 거라고 생각하는데?"

울부짖는 여자를 향한 목소리는 얼음장처럼 차가웠다. 그의 냉정함이 느껴져 선휘의 심장도 쿵쾅거렸다.

"그냥 들어 주기만 하면 돼. 무슨 일이었는지 들어 주기만 하면……."

"제발 말도 안 되는 소리 좀 그만하고 돌아가!"

그의 말이 끝남과 동시에 여자가 소리를 내질렀다.

"내 이야기나 다 들어 보고 그런 소리 해!"

"더 들을 이야기 없어!"

크게 화를 낸 승우는 회의실 문을 벌컥 열고 나왔다. 사람들과 함께 문 앞에 서 있던 선휘가 깜짝 놀라 그를 올려다보았다. 그는 아직 격한 감정을 추스르지 못했는지 선휘를 외면한 채 빠르게 계단으로 향했다.

잠시 후 쓸쓸한 표정의 여자가 회의실 밖으로 나왔다. 화가 난 승우의 얼굴을 마주한 다른 이들은 모두 뿔뿔이 흩어졌고, 그곳엔 선휘만 오도카니 서 있었다.

선휘를 마주한 여자의 얼굴에 예의 흐릿한 미소가 어렸다.

"고마웠어요, 그때."

"아, 네."

연한 베이지색 트렌치코트를 입고 슬픔에 젖어 있는 그녀의 모습에서 묘한 기시감이 일었다. 차가운 비에 젖지 않았을 뿐, 손을 바들바들 떨며 마른 입술을 자근자근 씹고 있는 그녀의 모습이 자꾸만 마음에 걸렸다. 눈가에 가득 괸 눈물이 앙상한 뺨을 타고 흘러내리자 선휘의 가슴이 시큰해졌다.

그녀는 분명 상처 받은 눈빛이었다.

"차 한잔할 수 있을까요?"

그녀의 물음에 선휘는 슬쩍 고개를 끄덕였다.

따스한 카페라테를 홀짝이는 선휘에게 쓰디쓴 에스프레소를 한 모금 머금은 그녀가 입을 열었다.

"승우 오빠하고는."

"아직은."

선휘는 한 발짝 물러나 있는 그와의 관계를 아직 정의하기 어렵다는 생각이 들었다. 더군다나 그와의 사랑으로 상처 받은 얼굴을 하고 있는 여자 앞에서 그것을 정의할 필요는 없어 보였다.

"아닌 거 알아요. 오빠가 그러더라고요. 전화번호 알려 준 사람이……."

그녀는 말을 잇지 못했다. 목구멍에 걸린 슬픔을 삼키듯 쓰디쓴 에스프레소와 함께 따뜻한 물을 한 모금 마시고는 다시 입을 열었다.

"오빠가…… 괴롭히지 말라고 하더라고요."

"말 참 안 예쁘게 했네요. 언제 괴롭혔다고."

"제가 오빠를 많이 괴롭혔거든요. 꼭 해야 할 말이 있는데, 오빠가 꼭 들어야 할 말이 있는데……."

조그만 에스프레소 잔을 거머쥐는 그녀의 가녀린 손가락이 파르르 떨렸다. 작은 울음을 토해 내는 그녀에게 표백되지 않았다는 글씨가 쓰여 있는 휴지를 건넸다.

사랑의 흔적도 표백되지 않으면, 이렇듯 아프게만 남아 있는 것일까? 어떻게 해야 옛사랑을 비워 내고 깨끗한 마음으로 다른 이를 품을 수 있을까? 선휘의 마음이 괜히 복잡해졌다.

"미안해요. 아무도 내 얘기는 들어 주지 않아서…… 너무 늦게 알았어요. 내가 그런 상황에 있었다는 걸……."

그런 상황? 그녀의 말을 곱씹은 선휘의 미간이 슬쩍 좁아졌다. 그는 분명 여자의 외도로 사랑이 끝났다고 했었다. 그런데 선휘의 앞에 있는 여자는 크게 상처 받은 모습이었다. 모든 걸 다 갖춘 남자와 그의 옛사랑. 한숨이 절로 새어 나왔다.

시작되는 인연 앞에 옛사랑의 그림자가 드리울 때, 그에게 얼씬도 하지 말라며 눈을 부릅뜰 수 있는, 그런 강인한 캐릭터는 못 되었다. 선휘가 조심스레 입을 열었다.

"왜 승우 씨는 그쪽 이야기를 들으려 하지 않죠?"

목소리에 그 어떤 감정도 실리지 않게 조심하려 노력했지만 어느새 피어오른 의구심을 모두 숨길 수는 없었다.

"제가 많이 잘못했거든요."

정아의 대답에 또다시 한숨이 흘러나왔다. 느리고, 답답하고, 당사자가 아닌 사람들의 본질을 겉도는 이야기가 계속되는 동안 어느새 점심시간이 끝나 가고 있었다.

"그럼 조심해서 가세요. 전 이만 들어가 봐야 해서요."

"네, 고마워요. 그때 연락처도, 오늘 커피도."

정아는 애써 미소 지어 보이며 인사했다.

커피숍을 빠져나와 자신과 반대 방향으로 걸어가는 여자의 뒷모습을 선휘는 한참이나 바라보았다. 문득 그날의 기억이 떠올라 괜한 상념이 몰려왔다.

4년 전 연습실을 향해 걸어가던 자신의 뒷모습도 저렇게 아파 보였을까. 그녀는 정말 바라는 게 없는 것 같았다. 그저 그가 자신의 이야기를 들어 줬으면 하는 것 같았다.

선휘는 입술을 지그시 깨물며 돌아섰다. 마치 과거의 아팠던 자신의 모습과 돌아서려 노력하듯 그렇게.

생각보다 빨리 연습실에 도착했는데, 잠깐 보자며 승우가 문자 메시지를 보내 왔다. 선휘는 좀 전에 난리가 났었던 회의실 문을 두드리고 들어갔다. 반나절 사이 엉망이 된 얼굴의 승우가 회의실 안을 서성이다가 선휘에게 시선을 돌렸다.

"나 왜 피해?"

그의 입에서 흘러나온 물음에 선휘는 잠시 멈칫했다. 일부러 시선을 피하고 있다는 걸 그도 눈치챈 것 같았다.

"내가 언제 피했어요."

"나랑 눈도 안 마주치잖아."

"일해야 하니까요."

언제나 자신만만한 그였다. 어떤 자리에서든 당당할 것 같은 그였다. 모든 게 완벽해 보이던 그였다. 사랑에 있어 항상 주도권을 쥐고 흐름을 좌지우지할 수 있을 것만 같은 그였다.

그렇게 보이는 그가, 여자를 그토록 아프게 한 그가 야속하게 느껴졌다. 그저 들어 주면 되는 건데, 여자가 할 말이 있다고 그렇게 찾아오는데…… 수많은 사람이 욕하고, 외면하는데도 불구하고 찾아오는 그녀인데.

그가 한숨을 한 번 내쉬더니 선휘가 있는 쪽으로 다가와 그녀를 내려다보았다.

"승우 씨는 왜 피해요?"

"뭐?"

"그 여자…… 왜 피하느냐고요."

어이가 없다는 듯 헛웃음을 지어 보인 그의 눈동자가 다시 선휘에게로 굴러 왔다. 마치 사랑에 실패한 모든 여자들의 대변인이라도 되는 양 선휘가 조심스레 말을 이었다.

"그저 해야 할 말이 있다고 했어요. 자꾸 승우 씨가 화를 내니까 말을 못 하잖아요. 한번 들어 봐 줘요. 무슨 말인지……. 그렇게까지 내몰 이유는 없잖아요."

"말 다 했어?"

턱이 굳어지고, 목에 핏대가 서고, 서릿발 어린 눈으로 그녀를 내려다보는 승우는 화가 많이 난 것 같았다.

"그 말 들어 준다고 해서…… 누가 죽거나, 다치거나 하는 건 아니잖아요."

"생명이 끊어져야만 죽는 거야? 물리적으로 다쳐야만 다치는 건가?"

"그런 의미가 아니잖아요."

뜻하지 않게 격앙된 목소리가 튀어나왔다.

"사랑에 배신당한 상처, 몰라서 그런 말 하는 거야?"

고백한 남자에게 바보같이 과거 이야기를 하지 않나, 옛사랑이 찾아와서 애절하게 매달리는데 그 여자 편을 들지 않나.

형편없는 자신의 모습에 선휘는 고개를 떨어뜨렸다. 예나 지금이나 사랑에 서툰 자신은 변한 게 없어 보였다.

어젯밤 그리 다정했던 그에게도 털어놓을 수 없는 이야기가 딱 하나 있었다. 자신이 아주 오랫동안 심리 치료를 받았었다는 것.

처음 미국으로 향했을 때 자꾸만 움츠러드는 그녀의 아픔과 피해의식을 치유해 주자며, 새아빠의 권유로 시작된 심리 치료에서 테라피스트는 뜻밖의 이야기를 해 주었다.

선휘는 남을 탓하는 피해의식이 전혀 없다고, 그저 남들보다 감정을 이입하는 수준이 월등히 높을 뿐이라고 했다. 그래서 선휘는 자신의 친부를 탓하거나 원망하지도 않고, 구박했던 이복형제들을 미워하지도 않고, 새엄마의 은근한 압박도 견뎌 냈다. 그들의 모든 감정을 이해하려 노력했기에 그 시간을 버틸 수 있었던 거라 했다.

엄마의 행복에 자신이 방해가 될까 걱정하는 그저 착한 아이라는 말에 새아빠는 일정 부분 안심하는 것처럼 보였다.

선휘의 감정이입 능력은 피아노를 가까이하기 시작하면서 빛을 발했다. 음악이 담고 있는 이야기를 이해하고, 악보에 쓰인 작곡가의 감정 하나하나를 이끌어 내는 선휘는 훌륭한 피아니스트가 되어 가고 있었다.

학창 시절을 보내며 친구를 사귀지 못하는 것에 대해서는 그들이 느끼는 이질감에 동화되어 자신을 철저히 배제하는 심리적 상태 때문이라고 했다.

한없이 배타적인 심리 상태로 보이지만, 상처 받는 것이 두려워 모든 이가 그럴 만한 사정이 있을 거라고 자신의 방식으로 생각해 버리는 한없이 이기적인 상태.

아직 그 부분을 다루기에는 너무 고되어 보였고, 그저 피아노 앞에 앉아서 인생은 즐거울 수도 있다는 것을 배워 가는 선휘를 지켜보자고 테라피스트는 말했다.

언어적 문제 해결과 심리 치료의 목적으로 학교를 잠시 쉬었던 선휘는 남들보다 조금 늦은 나이에 줄리아드에 입학했다. 맥스를 만나면서 처음 다른 이에게 마음을 연 뒤, 심리 치료는 중단되었다.

그와 헤어지고 다시 그녀의 집을 찾은 테라피스트는 선휘가 자신을 배신한 맥스의 감정을 모조리 이해하고 받아들일 수 없음에 큰 공황 상태에 빠졌다고 했다.

또 마음을 다해 사랑했지만, 이별의 원인이 자신에게 있다고 생각하는 자기혐오 상태에 빠져 있다고도 했다.

다른 이가 자신이 이해할 수 없는 감정을 가질 수도 있다는 것에 대해 그룹 치료를 생각했지만 선휘에게는 무리가 있는 방법이었다. 그래서 테라피스트가 생각해 낸 방법이 바로 문학적 치료였다. 그렇게 선휘는 고전 소설에 취미를 붙이게 되었고, 복잡한 소문으로 얽힌 미국을 떠나 고국 땅을 밟게 되었다.

하필 지금 선휘는 옛 연인의 감정에 동화되어 가고 있었다. 수년 전 이별의 수렁에 빠져서 허우적대던 자신의 모습과 그녀의 모습이 묘하게 겹쳐졌다. 가슴이 답답해졌다.

"그리고 그 여자가 누군지 내가 말했잖아. 근데 그 여자랑 지금."

그는 감정을 억누르듯 한숨을 내쉬었다.

"그냥 안타까워서 그랬어요. 다들 외면하니까."

"그럴 만한 이유가 있으니까. 그럼 나는? 내 생각은 안 했어?"

그 질문에 가슴속 무언가가 울컥했다.

"당신은 남자잖아요."

"남자는 상처 안 받을 거라고 생각하는 거야? 내가 어제 했던 고백은 아무것도 아닌 걸로 들렸어?"

숨이 턱 밑까지 차오른 기분이었다. 모든 것이 아직 버거웠다. 빠르게 움직이는 메트로놈의 속도를 낮추고 싶었다.

Andante Espressivo. 천천히 감정을 가지고.

모든 감정의 속도가 너무 빨랐다. 평범한 사랑을 하는 사람들은 이 모든 감정을 전부 견뎌 내는 것일까? 아니, 평범한 사랑을 하는 이였다면, 대체 저 여자와는 어떻게 된 거냐며 눈앞에 아스라이 서 있는 이 남자를 닦달했을까?

그와 선휘 사이에 안타까운 시선이 교차되었다. 첫 말다툼의 정체가 참으로 허망했다. 선휘는 한숨을 내쉬며 고개를 내저었다.

"연습 시작하겠어요. 이만 가 볼게요."

그를 뒤로하고 돌아서자 깊은 한숨 소리가 들려왔다. 연습실로 향하는 선휘의 발걸음이 그의 한숨 소리에 질척였다.

오후 연습 시간은 아주 느리게 흘러갔다. 그는 여전히 연습실 안에 있었지만 시선을 마주하지 않았다. 불편하고 어색한 공기가 연습실 안을 훑었다. 집중이 안 된 선휘는 통역해야 하는 부분을 놓치고 실수를 되풀이했다.

"고선휘 씨, 연습 망칠 생각이에요? 집중하세요."

날카로운 승우의 목소리가 귀에 꽂혔다.

"죄송합니다."

고개를 숙여 사과하고 시선을 옮기다가 그의 눈동자와 마주쳤다. 목소리는 화를 내고 있었지만, 그의 눈동자는 한없이 깊은 아련함을 품고 있었다. 눈물이 왈칵 쏟아질 것만 같아서 선휘는 얼른 고개를 돌려 시선을 피했다.

힘겨웠던 연습이 끝나고 난 뒤, 평소보다 늦은 시각에 끝난 게 자신의 탓인 것만 같아 선휘의 어깨가 축 처졌다. 기운 없이 회의실을 나서는데 갑자기 회식을 하자며 분위기가 떠들썩해지기 시작했다.

주차장으로 걸음을 옮기는 선휘를 경진이 붙잡았다.

"선휘 씨도 같이 가야죠. 어디 가요?"

"아…… 그게, 제가 술을 잘 못해서요."

"술은 많이 안 마시면 되죠. 내일 어차피 연습도 없는 날이고요."

그는 빙긋이 미소 지으며 말을 이었다.

"연습 시간에 유대감이 깨지면, 그 공연은 시작 전부터 망한 거예요. 그날 생긴 문제는 그날 풀어야죠. 그게 승우 형, 아니, 팀장님 방식이기도 하고. 가실 거죠?"

그가 말한 깨어진 유대감에 깊은 책임감을 느낀 선휘는 그대로 경진의 뒤를 따랐다.

경진과 나란히 호박빛 가로등 아래 보도블럭 위를 걷는데, 그가 조심스레 사과를 해 왔다.

"연습 첫날은 죄송했어요. 급하게 대신 오신 분인 줄 모르고……."

"아니에요. 시간 전달을 제대로 못 받은 제 잘못도 있죠."

그는 성긋이 웃으며 대꾸했다.

"피아노를 상당히 잘 치시더라고요."

그가 손가락을 허공에 움직이며 과장된 몸짓을 보이자, 선휘가 웃음 지으며 말했다.

"그냥, 뭐."

그는 한숨을 한 번 내쉬더니 조용하게 물어 왔다.

"윤 팀장님이랑 만나시는 거 맞죠?"

선휘는 아무런 대답도 하지 못하고 그저 어디론가 걸어가는 사람들의 발걸음을 바라보았다.

"다 알아요. 팀장님 눈빛만 봐도 알겠던데요, 뭐."

"그래요?"

"네. 여기 있는 사람들, 알게 모르게 상처들이 많아요. 알려진 사람은 알려진 사람대로, 뒤에 있는 사람은 뒤에 있는 사람대로. 팀장님도 그중 한 분이에요."

그리 말하는 경진과 함께 들어선 회식 장소는 삼겹살집이었다. 가게 전체를 메운 배우들과 스태프들의 목소리가 떠들썩했다. 선휘의 옆으로 자리를 잡은 조연출은 승우에 대한 이야기를 들려주었다.

"아까 찾아온 여자분이 배우 이정아인 건 아시죠?"

선휘는 슬쩍 고개를 끄덕였다.

"저희야 이 바닥 일을 다 아니까. 근데 선휘 씨는 잘 모르잖아요. 승우 형이, 아니, 윤 팀장님이 그런 거 다 말해 줄 수는 없었을 거예요. 일일이 말하는 성격도 아니고."

그는 마치 승우의 진심을 알아 달라는 듯 따스한 미소를 보내 왔다. 그 미소에 선휘의 얼굴에는 번민이 가득 고였다.

가슴 한구석이 먹먹해졌다. 세상에서 가장 마음 아픈 사랑을 했고, 자신의 상처를 누구와도 비교할 수 없을 만큼 아픈 것이라 여겼었다. 그 상처는 결코 아물지 않을 거라고도 생각했다. 그래서 누군가와 다시 사랑에 빠지는 일은 없을 것이라 짐작했다.

다른 이들도 사랑의 상처를 안고 살아간다는 것을 그녀는 미처 깨닫지 못했던 것이다. 사랑할 땐 자신의 사랑이 가장 특별해 보이는 것처럼, 이별 후엔 자신의 아픔만 보이는 법이다.

지난날 맹목적인 사랑에 대한 상처로 아무것도 하지 못하는 바보들이 만나서 묘한 조화를 이루고 있었구나, 그중 내가 더 바보였구나 하고 생각했다. 애석함을 벗어나고자 그녀는 조심스레 물었다.

"팀장님이랑 친한가 봐요?"

"대학 동아리 선후배예요."

"아……."

고개를 주억거리고 있는데, 짓궂은 남자 배우 한 명이 선휘의 앞에 자리를 잡고 앉았다.

"고생 많아요, 선휘 씨. 한 잔 받으세요."

"아, 죄송해요. 제가 술은 잘 못해서……."

"이런 거 빼면 안 되는데? OT 때 없어서 신고식도 안 하지 않았나?"

그가 큰 소리로 외치자, 뒤쪽 테이블에 앉아 있던 배우의 선창으로 권주가가 시작되었다. 걸쭉한 외침에 힘입어 선휘는 눈앞이 핑그르르 돌 때까지 소주를 마셔야 했다.

#9

오만과 편견

"2차 가자!"

왁자지껄하게 떠들며 삼겹살집을 나서는 무리 사이에 그녀는 없었다. 오리지널 연출진과의 회의로 회식 자리가 끝나 갈 무렵 도착한 승우는 계산을 마친 뒤, 무리가 앉아 있던 식당의 방 안으로 들어갔다.

"선휘 씨, 집에 가야죠. 대리 불러 드릴까요?"

경진의 물음에 그녀는 벽에 기댄 머리를 슬쩍 끄덕일 뿐이었다. 취기가 가득 올랐는지 뺨은 붉게 물들어 있었고, 눈은 지그시 감은 채였다.

"누가 이렇게 먹인 거야?"

승우의 가시 돋친 목소리에 선휘 옆에 쭈그리고 앉아 있던 경진이 고개를 돌렸다.

"어휴, 누구겠어. 병주 씨랑 그 무리지."

"2차 따라가서 계산하고, 귀가 잘 시켜."

경진은 자리를 털고 일어나며 고개를 끄덕였다.

"선휘 씨는 형이 데려다주게?"

승우는 고개를 한 번 끄덕이며, 경진의 어깨를 툭툭 두드렸다.

"수고해라."

경진은 알겠다고 대답하며 식당을 나섰다. 그가 나가는 모습을 물끄러미 바라보던 승우는 여전히 벽에 비스듬히 기대 앉아 있는 선휘에게 시선을 돌렸다.

"집에 가야지."

주는 술을 마다하지 못하고 꾸역꾸역 다 넘겼는지, 그녀는 대꾸도 제대로 하지 못했다. 승우는 몸을 숙여 그녀의 팔을 끌어당겨 등에 업었다. 장소를 옮기기 전 도착했길 다행이지, 인사불성이 된 그녀의 모습을 마주하자 피가 거꾸로 솟는 것만 같았다.

급한 마음에 식당 앞 골목길에 어설프게 주차해 두었던 차 근처에 도착했을 때 그녀가 입을 열었다.

"기사님, 대학로요."

자신을 대리기사로 착각한 듯한 그녀의 말에 헛웃음이 새어 나왔다. 승우는 팔다리도 제대로 가누지 못하는 그녀를 조수석에 앉히고는 운전석에 올랐다. 시동 거는 소리를 들었는지 그녀가 또다시 입을 열었다.

"내비게이션 보면 집 주소 있어요. 거기로 가 주세요."

그녀는 힘없이 말을 내뱉고는 한숨을 한 번 내쉬었다. 승우는 그녀의 옆얼굴을 물끄러미 바라보다 차를 출발시켰다.

금요일 밤, 서울 시내 도로는 참으로 답답했다. 체증이 해소되는 듯싶다가 막히고, 이만큼 왔나 싶으면 신호에 걸려 멈춰서야 했다. 마치 누군가와의 관계처럼. 승우는 앞차의 범퍼에서 시선을 돌려 그녀를 바라봤다.

"대체 얼마나 마신 거야?"

혼잣말처럼 읊조린 승우의 목소리에 그녀가 대꾸했다.

"세……."

"세 병?"

승우가 그리 되묻자 그녀가 푸시시 웃으며 말했다.

"세 잔."

"세 잔?"

놀라 되묻는 말에도 그녀는 또다시 피식 웃음을 터뜨렸다.

"세잔은 화가 이름이죠. 근데 기사님 왜 반말이에요? 누구랑 똑같다. 말 빨리 놓는 건."

횡설수설하는 그녀의 모습에 승우도 헛웃음이 터져 나왔다.

"그 '누구'가 누군데?"

승우의 물음에 웃음 짓던 그녀의 얼굴이 굳어졌다.

"있어요. 나 좋다고 했던 사람."

그녀의 말은 분명 과거형이었다. '좋다고 했던 사람'. 승우는 고개를 갸웃하며 되물었다.

"좋다고 했던 사람?"

그녀는 헤드레스트에 기댄 머리를 끄덕이며 대꾸했다.

"그런데 틀어져 버린 것 같아요. 그렇게 틀어져 버린 사이를 다시 잘 끼워 맞추는 방법을 전 몰라요. 그런 능력이 없거든요."

그녀의 목소리가 어쩐지 아까보다 조금 더 가라앉아 있는 것 같았다.

"겉만 번지르르하게 완벽히 보이려고 노력했어요. 틈을 절대 보이고 싶지 않았어요. 금방 눈물이 쏟아질 만큼 외롭고 힘들었는데, 아무도 못 들어오게 막으려고 애썼어요. 사랑 같은 거…… 받고는 싶은데……."

자신이 떠들고 있는 사실을 아는지, 그녀는 술기운에 조용조용 속마음을 이야기하고 있었다.

"왜 이렇게 전 사랑이 어려운 여자가 되었을까요. 마음을 다 주지는 못해도, 조금이라도 내어 주면 되는 건데."

가만히 그녀의 이야기를 듣고 있던 그가 입을 열었다.

"뭐가 그렇게 두려워?"

"사랑이…… 두려워요."

그녀가 한숨을 내쉬며 낮게 속삭였다.

"나와는 너무 다른, 완벽한 남자가 다가오는 것도."

그 말에 승우는 잠시 시간차를 두고 대답했다.

"누구나 새로운 사랑을 시작할 땐 설레고, 또 두려워하기도 해. 그렇지만 상처 때문에 새로운 사랑을 저버리는 거, 그게 더 미련한 거야. 사랑이 두려워? 사랑 없이 혼자 살아가야 할 시간이 두려워?"

술에 취한 그녀일지라도, 내일 아침 눈을 떴을 때 아무것도 기억하지 못한다 할지라도, 승우는 진심을 담은 말을 하기 위해 노력했다. 그녀에게 단 한마디라도 자신의 마음을 허투루 전하고 싶지 않았다.

"그 남자가 하자는 게, 가슴 아픈 이별이나 뼈아픈 상처가 아니잖아. 예쁜 사랑이지. 그리고."

승우는 미소를 머금은 채 말했다.

"그놈 그렇게 완벽한 놈도 아니야. 그래서 사랑에 노력하겠다, 충실하겠다 말하며 당신 꼬였을걸?"

그 말에 그녀가 고개를 홱 돌려 바라봤다. 여전히 차는 도로에 정체 중이었다.

"기사님, 누구 닮았어요."

"누구?"

장난스럽게 되묻자 그녀가 눈을 가늘게 뜨며 승우를 관찰했다. 그러더니 고개를 돌려 푹 숙이고는 슬픔 어린 목소리로 대답했다.

"제가 아는 사람이요. 더 잘 알고 싶었던, 많이 알고 싶었던 그 완벽한 놈이요."

그녀가 고개를 절레절레 내저으며 훌쩍이기 시작했다.

"왜 울어?"

"미쳤나 봐요. 기사님이 그 사람으로 보여서……."

승우는 글러브 박스에서 휴지를 꺼내 건넸다. 그녀는 받아

든 휴지로 눈물을 닦아 내며 말했다.

"잘하고 싶어도, 잘 안 돼요. 그 사람 상처 받았던 거 뻔히 알면서, 바보같이 내가 더 아프게 한 것 같아요. 살면서 한 번도 그런 생각 해 본 적 없는데."

그녀는 깊고 깊은 한숨을 내쉬었다.

"서툰 제 모습이 참……."

승우의 입에서 안타까운 숨이 불거져 나왔다. 그는 손을 뻗어 그녀의 손을 꼭 잡았다.

"알았어. 알았으니까 그만 울어."

가만히 다독이는 사이, 차는 그녀의 오피스텔 앞에 도착했다. 그녀는 조수석에 몸을 기댄 채 잠이 들어 있었다.

승우는 그녀의 뺨에 오른 머리카락을 쓸어 넘기며 미소 지었다. 모르는 건 하나하나 알려 주겠다고 마음먹었는데, 알려 줘야 할 게 참 많겠다 싶었다.

앞서 걷지 않겠다고, 뒤처져 걷지도 않겠다고, 그녀의 걸음 속도에 맞추어 천천히 같이 걸어 주며 그동안 두려워서, 혹은 서툴러서 돌아보지 못한 아름다운 풍경과 시간을 충실히 알려 주겠다고, 승우는 잠든 선휘의 보드라운 뺨을 어루만지며 다짐했다.

♪　　♫　　♪

동그랗게 뜬 눈이 파르르 떨렸다. 가슴까지 오른 이불을 꼭 잡고 있는 손도 마찬가지였다. 같은 침대 위에 누워 있는 이 상황이 그녀는 당황스러운 듯했다.

"깼네."

정적을 깨듯 승우가 피식 웃으며 말하자 그녀가 미간을 찌푸리며 물었다.

"어제 어떻게……."

"일단 밥부터 먹자."

승우가 먼저 일어나 부엌으로 나왔다. 일단 자리를 피해 주고 몸을 추스를 수 있는 시간을 주기 위해서였다. 그녀가 언제 나오는지, 들려오는 소리에 온 신경을 곤두세웠다. 이윽고 '딸각' 하며 방문이 열리는 소리가 들리고 그녀가 쭈뼛거리며 다가왔다.

"앉아."

승우는 식탁 의자를 향해 고개를 까딱했다. 또다시 들려오는 소리. 돌돌돌, 돌돌돌, 그녀의 머릿속이 열심히 굴러가고 있는 듯했다. 별다른 방법이 없다고 느꼈는지 그녀는 가만히 의자에 앉았다.

"일단 해장부터 해."

어제 그 상황을 가지고 짓궂게 놀려 주고 싶은 마음도 있었지만 승우는 빙긋이 웃으며 그녀를 안심시키기 위해 속삭였다.

"아무 일도 없었어. 술 많이 마셨더라. 그 친구들이 신고식이라고 하는 짓이 좀 그래. 건물은 아는데, 몇 호인지 몰라서 여기로 온 거야."

그 말에 잔뜩 찌푸렸던 그녀의 얼굴이 조금씩 맑아지는 것 같았다.

"저, 옷은⋯⋯."

그녀는 승우의 까만색 반팔 티셔츠와 허리에 끈이 있는 반바지를 입고 있었다.

"스스로 갈아입으셨으니 걱정 마시고."

"제가 혹시 막 토하거나⋯⋯."

뒤가 흐려진 물음에 승우는 괜한 장난기가 발동했다. 이제 안심시켰으니 조금 놀려도 되지 않을까 싶었다.

"어우, 말도 마. 내 차가 엉망진창이 됐지."

그 말에 맑아졌던 그녀의 얼굴 위에 또다시 먹구름이 드리워졌다.

"미안해요. 술을 그렇게 많이 마신 건 처음이라."

그녀는 민망한지 빨개진 얼굴로 고개를 푹 숙이며 대꾸했다.

"그래서 일부러 안 치웠어. 밥 먹고 내려가서 그것 좀 치워 주지?"

"그럴게요."

진지하게 그러겠다는 대답에 승우는 웃음이 터져 버릴 것만 같았다.

"일단 먹자. 국 식겠다."

속이 좋지 않은지 식사를 하는 둥 마는 둥 하는 그녀에게 숙취 해소제를 건네자 그녀는 더 미안한 표정을 지으며 어쩔 줄 몰라 했다.

"나한테 미안하고 고맙지?"

승우의 질문에 그녀는 대답이 없었다. 그저 입술을 지그시 깨물고만 있을 뿐이었다.

"국 어때?"

그녀는 눈동자를 반 바퀴 굴리며 입술을 달싹였다.

"콩나물국인데 엄청 달지? 간간한 맛은 전혀 없고. 콩나물 비린내도 나고."

시무룩하게 묻자 그녀가 고개를 끄덕였다.

"요리를 해 본 적이 별로 없어. 사실 그때 찌개는 반 조리 식품 사다가 끓인 거야. 오늘 해장이라도 하라고, 뭐라도 해 주고 싶었는데. 이 앞 슈퍼에 콩나물이 있더라? 콩나물국은 쉬워 보여서 해 봤는데, 맛소금이랑 설탕을 헷갈렸지 뭐야."

그리 말하며 어이가 없다는 듯 웃어 보이자 그녀의 뺨에도 설핏 미소가 걸렸다.

"내가 요리에 서툴러. 근데 해 보고 싶었어. 해 주고 싶었어."

그녀는 푹 숙였던 고개를 슬며시 들고 승우를 바라봤다.

"서툴러도 돼. 처음부터 사랑하는 데 타고나는 사람은 없어. 네가 아무 말 없이 다디단 콩나물국을 떠먹어 준 것처럼, 서툰 사랑이어도 난 고마울 것 같은데."

그녀의 눈가에 눈물이 핑 도는 모습이 보였다. 승우는 자리에서 일어나 그녀의 곁으로 다가갔다. 파르르 떨리는 어깨를 커다란 손으로 감싸 안고 일으켜 세운 승우는 가만히 그녀를 안아 주었다.

"내 앞에서는 틈만 보여 줘. 내가 들어갈 수 있게."

완벽해 보이려 노력했다던, 틈을 만들지 않기 위해 애썼다던 그녀가 작은 울음을 토해 냈다. 승우는 가만가만 엄지손가락으로 눈물을 닦아 주었다.

"대답이 없네. 내 차 청소시켜야 대답하려나?"

짓궂은 물음에 그녀는 슬쩍 고개를 끄덕였다.

"청소는 하기 싫은가 보네. 바로 대답하는 거 보니."

"그게 아니라."

무언가 변명을 늘어놓으려는 그녀의 입을 승우가 가로막았다.

"그럼 청소 말고 다른 걸로 보상해 주든가."

"무슨……."

승우는 오른손으로 그녀의 뺨을 감쌌다. 얼굴을 감싸기에 손은 너무 컸고, 손안에 들어온 얼굴은 너무 작았다. 그리고 금세 그녀가 긴장하는 모습이 눈에 들어왔다.

"혹시 내가 견딜 수 없는 선을 넘으면 알려 줘."

그리 낮게 속삭인 승우는 바로 얼굴을 내려 그녀의 입술을 머금었다. 천천히, 아주 느릿하게 입술을 빨아들인 그는 그녀의 아랫입술을 슬쩍 깨물었다. 그 바람에 작게 벌어진 틈으로 승우가 파고들자, 그녀의 몸이 바짝 긴장하는 게 느껴졌다.

승우는 파르르 떨리는 그녀의 등을 감싸 안고는 천천히 어루만지기 시작했다. 처음엔 머뭇거리던 그녀도 이제는 승우의 짙은 입맞춤을 충실히 따르고 있었다. 뜨거운 숨결은 서로의 뺨에 닿을 만큼 깊었고, 마치 태어나 처음 입을 맞춰 보는 것처럼 온몸에 전율이 일었다.

품 안에 그녀를 더 꼭 끌어안았다. 두 사람의 몸이 마치 두 조각의 퍼즐처럼 꼭 붙어 버렸다. 그때 그녀에게서 여린 신음이 터져 나왔다. 동시에 그녀가 승우의 가슴을 밀어 냈고, 그는 천천히 몸을 떼어 냈다.

눈을 내리깐 모습이 위태로워 보여서, 승우는 그런 그녀를 달래 주려고 장난스럽게 속삭였다.

"청소 면제."

푸시시 웃는 승우를 올려다보며 그녀는 눈을 동그랗게 뜰 뿐이었다. 입술을 달싹이는 모양이 무언가 할 말이 있는 듯했다. 승우는 재촉하지 않으려 그저 자상한 눈빛으로 그녀를 바라보았다.

"저 이만 가 봐야 할 것 같아요."

"어디 가, 오늘?"

"학교 도서관이요. 시각장애인을 위한 도서 녹음 봉사를 하는데, 오늘이 마지막이에요."

승우가 무심결에 대꾸했다.

"아, 그 도서관."

"그 도서관이요?"

그녀의 되물음에 승우는 성긋이 웃으며 대답을 숨겼다. 널 처음 봤던 도서관.

"준비하고 같이 가자. 나도 좀 찾아볼 자료가 있어서."

혼자 가겠다는데도 그는 굳이 학교까지 태워다 주겠다며 고집을 부렸다. 연습실에 차를 두고 온 탓에 선휘는 하는 수 없이 그러라고 했다. 하는 수 없이. 어쩔 수 없이. 그와 함께하고 싶어서.

그 사실에 괜히 심장이 두근거렸다. 두근거리는 것이 느껴질 때마다 가슴속에 있는 심장의 부피가 조금씩 커지는 것처럼 숨이 가빠 왔다.

그 두근거림이, 그 숨가쁨이 싫지만은 않았다. 아니, 오히려 설레고 기분 좋았다. 생명을 유지하는 데에만 기능을 발휘하던 심장이 핑크빛 설렘을 안고 두근거리고 있었다.

"끝나면 저기 서고로 와. 아니면 문자 보내든지."

"그럴게요."

몇 번을 뒤돌아봐도 그는 빙긋이 웃으며 그 자리에 서 있었다. 이토록 떨리는 마음으로 녹음실로 향했던 적은 없었다.

녹음실에 들어선 선휘는 마이크를 조정하고 녹음 기기가 제대로 작동하는지 살핀 뒤 의자에 앉았다. 오늘 녹음을 마치면 제인 오스틴의 오만과 편견이 완성될 터였다.

학교 도서관 게시판에서 오만과 편견을 녹음한다는 게시글을 본 선휘는 주저 없이 지원했다.

누군가가 자신의 목소리로 녹음한 책을 듣는다는 것은 선휘 성격에 가당치도 않은 일이었지만, 그럴 만한 이유가 있었다.

완벽한 듯 오만해 보이는 남자가 사랑을 알아 가며 숨겨 놓앉던 자신의 모습을 드러내고, 비뚤어진 시선으로 세상을 바라보던 아가씨가 진정한 사랑 앞에서 편견을 내려놓고 사랑을 이루는 이야기. 엄마는 선휘에게 이 책을 읽어 주며 그리 말씀하셨다.

"오만이라는 표현이 좀 격하지만, 자신만의 세계에 있던 남자가 널 위해 무언가를 하겠다고 다가와 준다면, 너도 편견을 가지지 말고 그를 제대로 바라봐 주렴. 누군가 자신의 룰을 바꿀 때는 그만한 용기가 필요한 거란다. 엄마는 우리 선휘가 그런 용기에 응해 줄 수 있는 현명한 여자가 되었으면 해."

사랑에 서툰 딸의 모습을 잘 알고 있던 엄마는 다가오는 이를 두려워하지 말고, 마음껏 사랑하고, 이별도 해 보고, 더 많은 사람을 만나라고 하셨다. 관객들 앞에서 연주를 하기 전 수만 번 연습을 해야 하는 것처럼, 사랑에도 그런 연습이 필요한 거라고.

그러면서 항상 미안한 기색을 내비치셨다. 처음부터 화목한 가정에서 태어났더라면, 그 말을 딱 한 번 하신 적이 있으셨다. 이 녹음본을 드리며, 선휘도 자신의 다아시를 만난 것 같다고 이야기하고 싶었다.

마지막 문장을 읽고 난 후 선휘는 가만히 의자에 앉아 승우의 얼굴을 떠올렸다. 그가 없었다면, 리즈가 다아시의 청혼을 끝내 받아들이는 부분이 이토록 감동적이진 않았을 거란 생각이 들었다.

제인 오스틴의 문장 속 엘리자베스가 말을 걸어오는 것 같았다. 이제 예쁜 시선으로 그를 바라보라고.

자신이 겪어 온 세상과 사랑의 편견에만 갇혀서 살아온 지난날이 참으로 안타깝게 느껴지기까지 했다. 자신을 무한히 믿어 주는 상대가, 세상 전부가 자신을 몰라준다고 해도, 자신을 알아 줄 단 한 사람이 존재한다는 사실이 이토록 큰 용기가 된다는 것이 다시금 놀라울 따름이었다.

녹음실을 나선 선휘는 서고로 향하기 전 도서관 사무실로 향했다. 도서관 관계자를 만나서 녹음본을 얻을 수 있겠느냐고 물으려던 참이었다. 그러나 당연히 안 된다는 대답이 돌아왔다. 그가 불어넣어 준 용기와 평생 딸 걱정을 하며 사신 엄마 생각에 선휘는 다시 한 번 읍소했다.

그런 권한이 없다는 직원과 승강이를 벌이고 있는데, 등 뒤에서 나지막한 음성이 들려왔다.

"무슨 일이신가?"

"안녕하세요, 어르신."

도서관 관계자는 노신사를 향해 넙죽 인사를 해 보였다. 도서관에 여러 차례 거액의 기부를 한 그가 다음 도서 녹음 봉사자라고 했다.

"녹음 봉사하신 분인데, 파일이 필요하다고 하셔서요."

"이 아가씨가?"

"예."

선휘는 무언가 도움을 받을 수 있는 상대인 것 같아서 고개를 푹 숙여 인사했다.

"안녕하세요, 고선휘입니다."

"그래, 안녕하오. 무슨 일로 그게 필요하신 겐가?"

자신의 용기가 그저 놀라울 따름이었다.

"어머니가 미국에 계신데요."

"그런데?"

그의 되물음에 선휘는 조용히 대답했다.

"망막색소변성증 때문에 더 이상 책을 보지 못하세요. 다른 책 녹음본을 인터넷을 통해서 구입하실 수는 있는데, 제가 이번에 녹음한 게 어머니가 가장 좋아하셨던 책이에요."

그는 자상하고 따스한 시선으로 선휘를 바라보며 물었다.

"그거면 되겠나? 다른 사람이 녹음해 놓은 것도 많은데."

"제가 녹음한 것만 선물로 드려도 좋아하실 것 같아요."

"그럼, 그렇게 하시게. 대신."

"예?"

그는 성긋이 미소 지으며 말했다.

"봉사 활동 더 하시게."

"네."

선휘도 따라 미소 지으며 고개를 끄덕였다.

몇 번이나 감사하다는 인사를 했다. 그렇게 힘찬 기운을 품은 적이 과거에도 있었나 싶을 만큼 큰 목소리의 인사가 나와서 선휘 자신도 깜짝 놀랐다.

선휘는 승우가 어디쯤 있나 물어보기 위해 휴대전화 메시지 함을 열었다가 이내 닫았다. 그냥 무작정 그가 있는 곳으로 가서 깜짝 놀라게 해 주고 싶은 마음이 들어서였다.

그가 말한 서고는 크기가 그리 크지 않아서 서가 다섯 개쯤을 지났을 때 승우의 모습을 발견할 수 있었다. 서양 문학 작품들이 모여 있는 서가 옆으로, 창틀에 걸터앉아 토머스 하디의 테스를 읽고 있는 그가 보였다.

선휘는 발뒤꿈치를 들고 살금살금 다가갔다. 승우의 뒤로는 붉은 노을이 희뿌연 하늘을 물들여 가고 있었고, 살짝 열린 창문에서는 선선한 가을 낙엽 향기가 들어왔다.

승우는 책의 내용에 집중했는지 미간을 좁히고 있었다.

이제 저 책을 낚아채고 깜짝 놀래켜 줘야지 하는 순간, 승우가 선휘의 팔을 홱 잡아당기더니 다리 사이에 그녀를 가두고 품에 안았다. 따스하고 부드러운 입술이 입가에 닿자마자, 달콤한 커스터드 푸딩 같은 혀가 입안을 채우기 시작했다.

심장 소리가 서고 전체를 울릴 것처럼 크게 두근거렸다. 머리를 쓰다듬는 그의 부드러운 손길에 목 안 가득 뜨거운 열기가 차올랐다.

선휘는 있는 힘을 다해 승우를 밀어 내고는, 때와 장소를 가리라고 엄한 눈짓을 보내며 인상을 찡그렸다. 하지만 그런 노력도 금세 허사가 되었다. 미간을 찌푸리기는 했지만, 입가가 뺨을 타고 올라가 버리고 말았다.

그는 실없이 웃어 버린 선휘를 다시 한 번 끌어당겨 안았다. 볼에 닿는 그의 얼굴이 웃고 있는 것처럼 느껴졌다. 그리고 선휘만큼이나 크고 강하게 울리는 그의 심장 소리가 귓가를 울렸다.

도서관을 걸어 나오며 연습 중인 뮤지컬의 메인 테마를 흥얼거리는 그에게 선휘가 물었다.

"토마스 하디 좋아해요?"

"아니, 왜?"

"테스 읽고 있었잖아요."

"그냥, 네가 그런 책이 좋다고 해서."

그의 대답에 선휘는 희미한 미소를 지으며 대답했다.

"이제 안 좋아해요."

"왜?"

"너무 불행해요. 여주인공이."

"그래?"

선휘는 고개를 끄덕이며 싱긋 웃어 보였다. 승우는 가만히 잡고 있던 손을 풀었다가 손가락 하나하나가 맞물리도록 깍지를 끼고 꼭 잡았다.

"이제 그런 불행한 이야기를 위안 삼아서 살아갈 일은 없을 거야."

그리 말한 그는 선휘의 손을 자신의 입가에 가져다 대곤 손등에 쪽 소리가 나도록 입을 맞췄다.

"흠. 네 손에서 나는 바닐라향 핸드크림 냄새도 난 너무 귀해."

많이 사랑하도록, 많이 아껴 주도록, 많이 행복하도록 노력할게요. 선휘는 아직은 부끄러운 고백을 마음속에 숨기고, 빙긋이 웃었다.

노을 속을 걷는 두 사람은 같은 생각으로 서로에게 물들고 있었다.

♪   ♫   ♪

테크니컬 리허설을 앞두고 연습실은 긴장으로 가득 찼다. 복잡한 무대 메커니즘을 가진 공연이었기에 배우들의 동선이 조금이라도 흐트러지면 부상자가 나올 수 있었다.

커다란 무대가 이동할 때 조명의 흐름도 실수가 있어서는 안되었다. 엇나간 조명의 움직임은 관객들의 집중력을 흐트러뜨리고 공연 흐름에 방해 요소가 될 수 있었다.

수만 번의 회의를 하고, 수만 번의 수정을 하고, 결정을 번복하기를 지칠 만큼 했다. 서로 언성이 높아지는 일도 있었다. 그럴 때마다 주위를 환기하고 타협점을 만들어 내는 일은 기획팀장이자 메인프로듀서인 승우의 몫이었다.

오전 10시부터 밤 10시까지 하루 열두 시간씩 반복되는 연습에 지칠 법도 하건만 그는 진정성 담긴 최고의 공연을 만들어 내기 위해 늘 최선을 다했다.

승우가 처음으로 기획과 프로듀싱뿐 아니라 마케팅까지 전부 맡은 이 작품에 흔들리지 않고 몰입할 수 있었던 건 그의 능력 때문만은 아니었다.

늘 시선이 닿는 곳에서 그를 향해 싱긋 웃어 주는 그녀의 미소 한 번이 승우에게는 피로 회복제였고, 힘의 근원이었다.

점심 식사 후 남자 주인공 팬들이 보내 줬다는 과일 도시락을 먹으며 연습실 옥상 정원에 앉아 있는데, 선휘가 올라왔다.

"오늘이죠?"

옆에 앉으며 편안한 미소를 짓고 있는 선휘의 뺨을 손등으로 쓸어내렸다. 승우는 입술이 가늘게 맞물리도록 미소 지으며 고개를 끄덕였다.

며칠 전, 데이트다운 데이트를 마치고 남산 언덕길을 내려오면서 그녀가 속삭렸다.

"그 여자분과의 사랑에서 상처가 있었기에, 승우 씨는 날 이해하고 받아들일 수 있었는지도 몰라요. 그런 사랑이 없었더라면 난 승우 씨 사랑을 받지 못했을 수도 있죠. 생판 모르는 남의 이야기도 들어 줄 수 있는 자상한 사람이잖아요, 승우 씨는. 한 번만 들어 봐 줘요."

밤빛 아래 그리 말하는 모습이 너무도 예뻐서 승우는 그저 고개를 끄덕였다.

"근데 어쩌죠? 내가 생각 못 한 게 있어요."

"뭔데?"

그녀는 입술을 달싹이며 머뭇거리다가 겨우 속삭였다.

"승우 씨가 다시 흔들리면."

뜨거운 심장이 벌컥 솟아오르는 것 같았다.

"절대 그럴 일 없어, 걱정 마."

그 말에 그녀는 이내 부드러운 미소를 머금으며 고개를 끄덕이고는 품에 안겼다.

"승우 씨도 이제 그만 그분과 헤어지고, 나한테 와요."
"이미 너한테 왔어."

승우는 그리 말하며 그녀의 입에 다디단 입맞춤을 더했다.

그날의 입맞춤이 생각나 승우는 사과 주스를 머금고 있는 그녀의 입술을 쭉 빨아들였다. 누가 볼까 그녀가 급하게 입술을 떼어 내는 바람에 노란 주스가 그녀의 입가에서 주르륵 흘러내렸다.

달아나려는 그녀의 턱을 끌어다 보란 듯이 핥은 승우는 이마를 맞댄 채 낮게 속삭였다.

"걱정하지 말고."

"걱정 안 해요."

빙긋이 웃는 그녀의 미소가 가슴속 깊이 새겨졌다. 이 미소를 위해서라면 승우는 무엇이든 할 수 있다 생각했다. 지긋지긋하게 자신을 괴롭혔던 옛사랑의 상처를 마주하는 일까지도 말이다.

드디어 이별

뜻밖의 전화에 정아는 떨리는 가슴을 안고 그의 뮤지컬 연습이 진행되고 있는 공연장 근처 카페로 향했다.

─그래, 들어 보자. 무슨 이야기인지.

승우의 목소리는 그저 덤덤했다. 자신에게 찾아온 마지막 기회일지도 모른다는 생각에 정아는 초췌한 얼굴에 화장을 하기 시작했다.

'그렇게 오랜 시간 함께했던 자신을 그는 까맣게 잊었을까, 완전히?'

정아는 절대 그럴 수 없을 거라는 희망을 품고 커피 잔을 매만지며 그가 오기를 기다렸다.

원래부터 매력 있는 남자였다지만 한눈에 보기에도 세련된 그 여자를 만나서 더 그렇게 된 것인지, 승우가 눈부신 모습으로 정아 앞에 앉았다.

"일찍 왔네."

"어, 오빠 약속 시간 늦는 거 싫어하잖아."

"연애할 때는 한 번도 빨리 온 적 없으면서, 새삼스럽게."

그는 슬쩍 웃어 보였다. 이제 그녀를 봐도 아무렇지 않다는 듯.

"오빠."

"음?"

그가 고개를 갸웃하며 정아를 바라봤다. 그 모습이 너무도 익숙해서 헤어졌던 시간이 전혀 존재하지 않는 것처럼 느껴졌다.

"더 멋있어졌다."

"쓸데없는 얘기 하지 말고 하려던 얘기나 해. 지금 테크니컬 리허설 중이라 정신없는데 겨우 나온 거야."

"그 여자가 알아?"

"알아."

"어떻게?"

"너 만나라고 하더라. 무슨 이야기인지 들어 주라고."

정아는 달달 떨리는 손으로 커피 잔을 들어 한 모금 홀짝였다.

"착한 척은, 그러다 내가 오빠 뺏으면 어쩌려고."

승우는 한숨을 한 번 내쉬더니 무서운 눈으로 정아를 노려보았다.

"절대 그럴 일 없으니까 본론부터 이야기해. 나 정말 빨리 들어가 봐야 해."

"아, 알겠어."

정아는 용기를 불어넣듯, 흩어지고 사라져 버린 희망을 그러 모으려 크게 숨을 들이마시고는 이야기를 시작했다.

"형식 씨가."

남자의 이름이 나오자 승우의 얼굴이 단번에 일그러졌다. 수년 전 자신이 올렸던 공연의 남자 주인공, 그리고 한 남자의 사랑을 무참히 짓밟은 장본인.

조연 배우였던 여자를 임신시키고, 그 여배우가 무대 위에서 유산으로 하혈하며 쓰러지는 바람에 공연은 엉망진창이 되었었다.

그 여자 조연은 바로 정아였다.

"오빠, 일단 들어 줘. 부탁이야."

골백번 미안하다고 해도 모자랄 판에 정아는 더 이상 꼭두각시 같은 연애는 싫다며 승우 곁을 떠났었다. 꼭두각시? 자신이 조연 자리에 정아를 앉히기 위해 얼마나 많은 노력을 했었는지 어리석은 그녀는 알지 못했다.

"나한테 의도적으로 접근했다고 했어. 오빠 기획사가 신생인데도 불구하고 잘되니까, 원래 오빠가 그 공연 따기 전에 ES기획에서 눈독 들이고 있었는데 오빠가 성공시켜서…… ES기획에서 만드는 뮤지컬 남자 주인공 자리를 형식 씨가 도맡는다는 조건으로 나한테 접근한 거라고 했어."

그녀의 목소리가 떨리고 있었다. 승우는 두 눈을 지그시 감은 채로 숨을 골랐다. 정아는 머뭇거리며 말을 이었다.

"어떻게든 오빠 공연을 망쳐 놓으려고 했대. 내가 거기에 이용당한 거고."

승우의 입에서 한숨이 새어 나왔다.

"나도 그땐 너무 어리고, 이 바닥을 잘 몰랐어. 형식 씨도 나랑 헤어지고 바로 결혼했잖아, 다른 여자랑……. 나는 그 사람한테 아무것도 아니었어……. 미안해, 오빠."

그 남자에게 아무것도 아니었으니, 이제 와서 자신에게는 뭐가 되기를 바라는 것일까. 승우는 답답한 마음에 물을 한 모금들이켰다.

"오빠랑 헤어지고 1년쯤 지난 뒤 그 사람한테 들었어. 너무 말하고 싶었는데, 오빠가 날 안 만나 주니까. 그런데 우습게 오빠는 다른 여자가 생기고 나서야 내 이야길 들어 준다고 하고."

그리 말하며 정아는 쓴웃음을 머금었다.

"얘기 다 했어?"

승우는 이야기를 듣고도 아무런 반응을 보이지 않았다. 편안하게 풀어져 있던 얼굴이 한없이 굳어졌다. 정아는 조심스레 고개를 끄덕이며 말했다.

"응. 근데 오빠, 아무렇지 않아?"

"내가 어떻게 해야 하는데?"

"그게……."

"왜? 내가 이런 이야기를 들으면 너한테 흔들리기라도 할 줄 알았어? 그래, 네가 나 때문에 희생되었구나 하고 널 위로하고 안아 주기라도 할 줄 알았어?"

화도 내지 않고 평소와 같은 목소리로 묻는 승우에게 정아는 아무 말도 할 수 없었다.

"그 남자한테 넌 안 끌렸어?"

정아는 조용히 입술을 깨물었다.

"그 남자가 의도적으로 접근했든 아니든…… 넌 그 남자에게 끌렸고 스스로 그 남자에게 빠져든 거야. 누가 그 남자한테 빠져들지 않으면 죽이겠다고 협박이라도 했어? 아니잖아. 네가 원해서 나를 떠났고, 그 남자한테 간 거잖아."

"아니야. 안 떠났어!"

"하아……. 넌 그럼 두 사람을 동시에 사랑하는 게 가능하니? 나를 안 떠났다고 하면서 다른 남자의 아이를 임신하는 게 가능한 상황이야?"

지푸라기 같았던 희망이 바람에 후드득 날리는 듯 정아는 씁쓸한 표정으로 그를 물끄러미 바라보았다.

"이제 전부 지난 일이야. 네 말대로 날 정말 떠난 게 아니었고 날 끝까지 사랑했다면, 그 남자한테 가지 말았어야지. 안 그래?"

"그렇지만……."

정아의 눈에서 눈물이 똑 하고 떨어졌다.

"그만하자. 나 먼저 일어난다."

"오빠!"

아무것도 보이지 않는다는 듯 정아는 두 눈을 가리고, 두 귀를 막고, 그저 헤어진 승우만을 바라보며 살아온 듯했다. 그동안 얼마나 안타까운 날들을 보내고 있었을지, 그날들이 이 여자에게는 얼마나 지옥 같았을지 상상하고 싶지도 않았다.

편견 속에 갇힌 여자의 맹목적인 애증, 그녀의 눈동자에 어린 감정은 그것이었다.

승우는 그저 안타까운 눈으로 그녀를 바라보았다. 자신의 팔을 붙잡고 눈물을 뚝뚝 흘리고 있는 그녀에게 낮은 목소리로 말했다.

"이거 놔."

"그래도 오빠! 오빠도 책임이 있잖아!"

"뭐?"

책임을 물으려, 잘잘못을 따지려 그렇게나 오랜 시간 자신을 괴롭히고 찾아다닌 것일까. 승우는 다시 자리에 앉으며 그녀가 잡고 있던 팔을 뿌리쳤다.

한숨을 푹 내쉬고 고개를 절레절레 젓던 승우는 숨겨 두었던 비밀이라도 이야기하듯 조용한 목소리로 되물었다.

"날 음해하려던 기획사가 있었다고? 그곳이랑 그 새끼가 뭐, 거래를 했다고?"

정아는 실낱같은 희망을 기대하듯 얼른 고개를 끄덕여 보였다. 차라리 빨리 만나서 오해를 풀어야 했다는 생각이 승우의 머릿속을 헤집고 다녔다.

"정아야."

그리 부르자, 그녀의 눈동자 가득 아련하게 차오르는 그리움이 보였다.

"미안하다."

그녀의 그리움은 이내 애증이 되어 바보 같은 물음으로 돌아왔다.

"뭐가?"

"내가 하는 말이 더 상처가 될 것 같아서 안 하려고 했는데, 해야겠다. 하는 게 맞는 것 같아."

"무슨 상처?"

되묻는 정아의 눈동자는 한없이 흔들렸고, 서러운 울음이 복받쳐 오르는지 입술이 파르르 떨렸다.

"넌 무대에 오르고 싶다면서, 널 그 무대에 올린 내가 한 일에 대해서는 전혀 몰랐구나. 그 당시 우리 공동 기획팀이었던 IW의 전신이 ES기획이야. 뮤지컬 말고 다른 분야까지 사업을 확장하면서 뮤지컬 기획사였던 이미지를 쇄신하려고 회사 이름만 바꾼 거야. 오리지널팀에서 날 기획·제작으로 지목했고, IW에서는 펀딩과 마케팅을 했고. 근데 그놈이랑 기획사랑 짜고 뭘 해?"

뒤통수를 세게 얻어맞은 듯한 표정을 하고 있는 그녀에게 승우가 덧붙였다.

"차라리 우리가 했던 사랑이 지겨워졌다고, 내가 너한테 해줬던 그 모든 게 부담스러웠다는 네 솔직했던 지난 변명으로 기억할게."

승우는 자리에서 일어나려다 지갑에서 명함을 하나 꺼내서 정아에게 건넸다.

"대학로에서 새로 시작하는 극단이야. 무대에 다시 서고 싶으면 네가 스스로 찾아. 과거 피해 의식에 휩싸여서 그러고 있지 말고."

카페를 나서며 바깥 공기를 한껏 들이마시는데도 속이 답답했다. 저렇게나 어리석었던 여자였을까. 그녀와의 5년 사랑이 그렇게 무너져 가는 것을 느끼며 아파했던 자신의 모습이 더 초라하게 느껴지도록 정아는 아둔한 모습으로 자신의 앞에 마주했다.

그래, 본인이 하고 싶은 말을 다했으니 이제 벗어나겠지. 정아를 피해만 다녔던 수년간의 세월, 일그러진 정보로 그녀는 얼마나 힘들었을 거고, 승우는 얼마나 괴로웠던지.

선휘가 만나 보라는 말을 하지 않았더라면 풀리지 않은 실타래가 계속해서 쳇바퀴 안을 괴롭게 뒹굴었을지도 모른다.

여기까지다, 이정아. 내가 지난날 습작 같은 너와의 사랑에 대한 예의로, 괴로운 시간을 보냈을 너를 수년 동안 피했던 그 죄책감으로, 제대로 마무리되지 않은 이별에 대한 책임감으로 너한테 해 줄 수 있는 건.

답답한 마음에 연습실로 향하는 승우의 발걸음이 점점 빨라졌다.

자신이 들어온 줄도 모르고, 선휘는 연습에 열중하고 있었다. 미간에 미세한 주름이 잡혔다가 입술을 삐죽 내밀어 보였다가 생긋 웃으며 말을 전달하는 그녀를 당장에라도 품에 안고, 향기를 맡고, 입을 맞추고, 느끼고 싶었다.

문득 누군가의 시선이 느껴져 고개를 돌리면, 그 자리엔 항상 그가 서 있었다. 오늘도 마찬가지였다. 연습에 몰입하느라 그 여자를 만나러 갔던 그가 돌아온 것도 몰랐다. 벽에 기대서서 자신을 물끄러미 바라보고 있는 그의 모습은 굉장히 지치고 힘들어 보였다.

늦은 밤 연습이 끝난 뒤, 선휘는 그의 차에 올라탔다.

"선휘야."

"음?"

선휘는 고개를 갸웃하며 그를 바라봤다. 손을 뻗어 어루만져 주고 싶을 정도로 그는 힘들어 보였다. 어딘지 모르게 공허하고 외로워 보이는 모습에 가슴이 저밀 정도였다.

"부탁이 있는데."

"뭔데요?"

그의 목소리는 무척이나 조심스러웠다.

"나랑 같이 있어 줄래?"

슬쩍 고개를 돌려 선휘를 바라보는 그는 외로운 공기를 품고 있었다.

"그냥 같이 있어 달라는 것뿐이야."

그의 목소리가 일부러 덤덤하려 노력하는 것처럼 들렸다. 선휘는 자그마한 목소리로 속삭였다.

"내가 할 수 있는 한, 최대한 사랑하기로 마음먹었으니까."

선휘는 그리 말하며 고개를 끄덕였다. 누군가와 몸을 섞는 것뿐 아니라, 잠자리를 함께하는 것조차 선휘는 꺼렸다. 엄마가 친부에게 당했던 그 끔찍한 일들이 기억 속에 굳건히 자리 잡고 있는 한, 자신은 절대 그런 일은 하지 못할 거라 생각했다.

그런데 눈앞에 있는 이 남자의 외로운 얼굴을 마주한 순간, 무언가를 해 주고 싶은 용기가, 그를 보듬어 안아 주고 싶은 생각이 절로 들었다.

아직은 그의 품에 온전히 안길 수 없다 하더라도 그가 원하면 기꺼이 들어주고 싶었다.

그의 침실에 있는 욕실에서 샤워를 하고, 그가 건네준 면 남방과 반바지를 입고 욕실을 나섰다. 그는 벌써 침대에 누워 선휘를 바라보며 지그시 미소 짓고 있었다. 아무 말 없이 모로 누워 자신의 옆자리를 탁탁 치는 그의 곁으로 선휘가 조심스레 다가갔다.

그의 옆에 얌전히 앉았는데, 커다란 손이 그녀의 허리를 끌어당겼다. 그 바람에 옆자리에 자연스레 선휘의 몸이 뉘어졌다.

"저기."

"있잖아요."

두 사람의 입에서 마치 약속이라도 한 듯 동시에 말이 흘러나왔다.

"먼저 말해요."

"아니야, 먼저 말해."

"어땠어요?"

미세하게 떨리는 목소리가 조용하고 어두운 방 안을 채웠다.

"솔직하게 말해야 하는 거지?"

선휘는 베개에 닿아 있는 머리를 조심스레 끄덕였다.

"그냥 조금 혼란스러웠어. 그게 다야. 진작 만나서 이야기를 들었어야 했나 하는 생각도 들었고."

"아……."

그저 조그만 추임새를 넣었을 뿐인데, 목소리가 한없이 떨려서 선휘는 입을 꾹 다물었다.

"걱정 마, 나 흔들리는 거 아니야."

그는 선휘를 자신의 품에 더 꼭 끌어안았다.

"걱정 안 해요. 승우 씨 믿어요."

그 말에 그의 낮은 웃음소리가 들려왔다.

"고마워. 너무 좋아서 눈물 나올 것 같다. 리허설도 그렇고, 그 일도 그렇고 온종일 감정 추스르느라 힘들었는데."

그가 만족스럽게 한숨을 내쉬고는 말을 이었다.

"내 옆에 있어 줘서 너무 고마워. 얼른 자."

자라며 이마에 쪽, 입을 맞추고 그는 선휘의 등을 다독였다. 그의 목소리가 들려오지 않자, 괜히 허전한 기분이 들었다. 이 렇듯 자신이 용기를 내어 곁에 있는데 그의 품 안에서 한 번쯤 어린아이처럼 아양을 부려도 되지 않을까 싶었다.

"이야기해 줘요."

"무슨?"

"뭐든. 승우 씨가 하고 싶은 이야기. 승우 씨 목소리 들으면서 잠들고 싶어요."

그리 말하는 선휘의 목소리가 파르르 떨렸다. 그 떨림을 눈치챈 승우의 입가에 미소가 번졌다. 그녀의 노력이 고마워 밤새도록 떠들 수 있을 것만 같았다.

승우는 대학교 1학년 때, 스태프로 처음 참여했던 동아리 공연의 대사를 읊기 시작했다. 사랑하는 방식이 다른 두 남녀가 만나 하나의 사랑을 이룬다는, 선배가 직접 쓴 아주 흔하지만 흔하지 않은 사랑 이야기. 천천히 대사를 읊다 보니 선휘는 잠이 들었는지 고른 숨을 내뱉고 있었다.

"사랑해."

남자 주인공의 마지막 대사. 언제 들어도 좋고, 다시 들어도 좋고, 한 번 말해도 좋고, 여러 번 말해도 좋은 말. 울컥해서 흐릿해진 목소리가 조용한 방 안을 울렸다.

"사랑해. 사랑해. 사랑한다. 우리 선휘. 사랑해. 사랑해."

그가 읊어 주는 이야기를 들으며 선휘는 잠깐 잠이 들었다. 잠결에 남자 주인공의 대사인 듯 승우가 사랑한다 속삭였다. 대사에 저렇게 사랑한다는 말이 많은 걸까 하는 생각이 든 순간 자신의 몸과 닿아 있는 승우의 몸이 미세하게 떨리는 것이 느껴졌다.

울먹이는 그의 목소리가, 진정성이 가득 묻어나며 반복되는 사랑한다는 말이 가슴을 울렸다. 선휘는 그저 잠이 든 척 눈을 감고, 그의 벅찬 고백에 계속 귀를 기울였다.

♪   ♫   ♪

―Ladies and gentlemen, we'll be arriving in Incheon International Airport, in about fifteen minutes. The time in Incheon is……

―승객 여러분, 약 15분 후 인천 공항에 도착할 예정입니다. 인천의 현지 시각은…….

벌써 올해 들어 여섯 번째 한국 방문이다. 처음엔 그저 그녀가 그리워서 오기 시작했고, 이제는 그녀를 되찾고 싶다는 열망 하나로 시간이 날 때마다 이곳을 찾았다.

공연으로 일본에 가기 전 이틀이 그에게 주어진 시간의 전부였지만, 이틀 동안 그는 또 미친 사람처럼 서울 시내를 돌아다닐 것이다. 어디선가 우연히 마주칠지도 모른다는 참으로 미련하고도 헛된 희망을 품고.

「대체 얼마나 마신 거야, 정신 차려! 맥스.」

「써니?」

「지긋지긋해, 정말! 누가 써니야? 나야, 레미라고!」

「아…….. 레미.」

선휘가 떠나고 얼마 지나지 않아 깨달았다. 그녀는 자신에게
전부를 주었음을, 그리고 자신은 그녀의 전부를 저버렸음을,
그로 인해 자신도 전부를 잃었음을.

처음엔 미안해서 찾지 못했고, 그 후엔 자신도 모든 것을 포
기하고 고향 뮌헨으로 돌아갔기에 찾지 못했고, 나중에는 꼭꼭
숨어 버린 그녀를 찾을 길이 없었다.

독일로 돌아가 제일 먼저 한 일은 아버지 앞에 무릎을 꿇은
것이었다. 음악도, 인생도 전부 의미가 없어졌다는 아들의 말
에 그는 따사로이 손을 내밀어 주었다. 예술가에게 상처는 득
이 되는 법이라며, 뮌헨대 교수이자 지휘자였던 아버지는 지휘
법을 사사해 주겠다 했다.

평생의 열등감을 심어 준 아버지와의 관계가 개선되자 비틀
렸던 무언가가 제자리를 잡아 갔고, 그럴수록 선휘의 빈자리와
그녀를 향한 그리움은 더욱 커져 갔다.

아픔이 많았기에 타인의 작은 슬픔조차 지나치지 못하는 여
린 여자였다. 그런 선휘의 연주는 언제나 따스한 희망을 품으
며 치유의 힘을 가지고 있었다. 자신이 선휘를 단단하게 만들
고 지켜 준 것이라 생각했는데 오히려 그녀가 자신을 지키고
있었다는 생각이 들었다.

한 번도 그녀와의 사랑을 부정한 적이 없었는데 뼛속까지 저
미는 말로 그녀와의 모든 것을 부정했다. 절대 용서받지 못할

언행이었음을 알면서도 도리어 그녀에게 화를 내며 몰아세웠다.

두려웠을 것이다. 어디론가 혼자 떠나서, 낯선 공기를 마주하고, 콩쿠르 무대에 올라서, 무대가 주는 따스한 에너지가 아닌, 혹독한 평가를 받으며 피아노를 연주해야 하는 것이, 그녀에게는 큰 난관이었을 것이다.

레미와의 연습을 접고 그녀와 함께 오스트리아로 향했어야 했지만 오히려 내 앞에 저 여자를 데려다 놓은 건 네가 아니냐며 비난했다.

누군가가 너의 연주를 혹평할 리 없다며 그녀에게 자신감을 불어넣어 줬어야 했지만, 너는 내가 사랑한다 말해 주지 않으면 피아노 앞에 앉지도 못하는 여자라며 몰아세웠다.

능력 있는 이가 갖추는 자존심으로 진정 자신이 사랑하는 여자를 존중했어야지, 비열하고 치졸한 사내가 지닌 열등감으로 그녀에게 상처를 주어서는 안 되는 것이었다. 인생에 실패한 이는 그녀가 아닌, 바로 자신이었다.

모든 것을 깨닫고 나자, 그녀는 그 어디에도 존재하지 않는 것처럼 사라져 버린 후였다.

그러다 올봄, 줄리아드에서 교환교수로 수업을 시작한 맥스는 지휘 전공 수업을 듣는 학생 중 낯익은 성을 가진 이름을 발견했다.

'Russell Murcray? 러셀 머크레이?'

머크레이라면 선휘 새아빠의 성이었다. 맥스는 러셀을 교수

연구실로 불렀다.

자신 앞에 서 있는 학생은 선휘와 같은 탐스러운 검은 머리카락에 그녀의 아버지를 닮은 듯 회색 눈동자를 가진 청년이었다. 그는 회색 눈을 희번덕거리며 물었다.

「왜 보자고 하셨죠?」

짧은 질문에 가득 묻어나는 악의를 통해 그도 자신을 알고 있다는 것을 눈치챘다.

「써니 때문에.」
「누구요?」

비소 어린 얼굴을 한껏 치켜들며 러셀은 콧방귀를 뀌었다.
맥스는 크게 숨을 들이마시고는 다시 물었다.

「써니.」
「감히 누구 이름을 그 더러운 입에 올리는 거예요?」
「미안하다.」

자신보다 훨씬 크고, 덩치도 좋은 청년의 눈에서 눈물이 뚝뚝 떨어졌다.

「어떻게 당신이 그 이름을 입에 올려요? 당신 때문에 우리 누나가 어떻게 살고 있는지 알아요? 얼마나 힘들었는지 알기나 해?」

책상을 내려치는 그의 손이 붉게 물들었다.

「지휘자가 손을 막 대하면 쓰나.」
「하! 걱정해 주는 척하지 마요. 그리고 쓸데없는 걱정을 하는 거라면 집어치워요. 난 당신같이 비열하지 않아서, 당신의 그 오만함과 더러움을 어디에 떠들고 다닐 생각은 없거든요.」
「오해야. 오늘은 그만하는 게 좋겠구나.」

그가 선휘의 동생이라는 것을 확인한 이상 포기할 수 없었다. 4년 동안 단 하루도 그녀를 잊은 적이 없었다. 그저 이렇게 하루하루를 살아가다 보면 언젠가 만날 수 있지 않을까 하는 생각을 했다. 자신보다 그녀가 더 많이 아팠을 것이다.

어디로 떠났을까? 어디로 향하는 길에 그녀가 주저앉아 있을까? 맥스는 한 학기 동안 끈질기게 러셀을 설득했다. 그가 제발 자신의 말을 들어 주기를 바랐다.

「서울에 있어요. 더 이상은 나도 말 못 해요.」

맥스의 물음에 지친 러셀은 그녀가 지금 고국인 한국에 있다는 말을 꺼냈다. 무엇을 하고 있는지, 어디에 살고 있는지, 어떻게 살아가고 있는지……. 궁금한 것이 많았지만 러셀은 그 이상은 안 된다며 입을 닫았다.

그날 이후, 맥스는 시간이 날 때마다 한국을 찾았다. 열네 시간 비행기를 타고 와서, 온종일 서울 시내를 돌아다니다가 허망한 가슴을 안고 돌아갔다.

언젠가, 어디서 우연이라도 마주친다면, 그녀에게 사과의 말이라도 한마디 건넬 수 있을까. 자신이 없던 시간 동안 잘 지냈느냐고, 안부의 인사라도 전할 수 있을까.

쇼 스타퍼의 등장

프레스콜이 있던 날, 승우는 무대에 올라 담담하게 자신이 써 내려갔던 이야기를 풀어냈다.

"누구나 인생에 아름다운 사랑이 한 번쯤은 있습니다. 그 사랑은 지나간 사랑의 서글픈 그림자일 수도 있고, 지금 함께하고 있는 이의 아름다운 미소일 수도 있고, 두근거리는 가슴으로 밤잠을 설치는 기다림일 수도 있습니다. 본 공연은 그런 사랑에 관한 드라마입니다."

말이 끝나갈 무렵, 그는 중요한 이야기를 하려는 듯 숨을 골랐다.

"저는 사랑 이야기를 그리는 기획자이면서도, 사랑 없이 혼자 살 수도 있지 않느냐는 오만함 속에서 갇혀 살았습니다. 저를 오만함 속에서 구원해 준, 그녀와 함께하는 이 뮤지컬이 제 인생 최고의 작품이 되길 바랍니다."

승우의 고백에 관객석에 앉아 있던 기자들이 수군거리고, 무대 뒤에 있던 스태프들과 배우들은 작은 탄성을 자아냈다. 그 덕에 첫 무대를 앞두고 팽팽하게 흐르던 긴장감이 조금 풀어진 듯했다.

언론에 처음 공개되는 자리에서 배우들은 6주 동안 정성스럽게 포장한 선물을 풀어내듯 이야기를 풀어 나갔다. 풀타임 공연이 아닌 하이라이트 공연이었지만, 객석에 벅찬 감동이 차오르는 모습이 선휘의 눈에도 보이는 듯했다.

프레스콜이 끝나고, 기대를 저버리지 않는 작품이 될 것이라는 기사들이 쏟아져 나왔다. 언론의 긍정적인 반응과 뮤지컬을 사랑하는 이들의 응원에 힘입어 개막 공연에 천 석이 넘는 좌석이 매진되었다.

이튿날 개막 공연 시작을 알리는 방송이 나오자 선휘는 관객석 한가운데, 승우의 옆에 자리를 잡았다. 메인 통역이 무대 뒤에 있었기에 서브 통역이었던 그녀는 운 좋게도 첫 공연을 승우의 옆에서 볼 수 있었다.

암전이 된 후 공연장은 쥐 죽은 듯이 조용해졌다. 공연진의 긴장감에, 관객들의 기대감에, 옆에 앉은 이의 떨리는 숨소리에 선휘의 심장도 쿵쿵 뛰었다.

서곡이 들려오자 승우는 선휘의 손을 꼭 잡았다. 항상 따스한 손이 차갑게 식어 있는 것이, 그도 꽤 긴장한 듯 보였다.

선휘는 그의 손을 자신의 앞으로 끌어다 두 손으로 꼭 감쌌다. 공연 전체를 아우르는 승우의 긴장감을 나누고 싶어서 가만히 그의 손을 보듬었다. 그러자 그가 빙긋이 웃으며 선휘의 관자놀이에 입술을 꾹 눌렀다. 괜찮아, 고마워. 그렇게 말하는 것 같았다.

리허설을 하루도 빠지지 않고 지켜봐 왔지만 무대 위에서 진행되는 공연에 선휘는 웃음 짓고, 눈물지으며 그들의 이야기에 동화되었다.

영국의 극작가 윌리엄 셰익스피어는 연극을 관람한 이들이 극 중 인물들을 통해 자신의 내면을 보다 솔직하게 바라볼 수 있게 했다고 한다. 일각에서는 이런 이유에서 셰익스피어를 신경과학자 혹은 심리 치료사로 보기도 한다고.

가슴속에 희미하게 차오르는 감정이 참으로 묘했다. 허허로움이 걷히고 따스함이 차오르는 느낌이 들어 선휘는 가슴 위에 가만히 손을 얹었다.

연출가와 가장 가까운 곳에서 배우들에게 뜻을 전달하고 그들의 감정과 관객이 느낄 가치를 가늠하는 동안, 선휘는 수년의 심리 치료에서 얻을 수 없었던 무언가를 얻었을지도 모른다는 생각이 들었다.

그리고 여전히 차가운 손으로 자신의 작은 손을 쥐고 긴장감을 숨기고 있는 이 남자. 선휘는 고개를 돌려 그의 얼굴을 가만히 바라보았다.

조명에 따라 그의 얼굴이 밝아졌다가 어두워지고, 선명하게 보였다가 흐릿해졌다. 때로 인생은 맑게 갠 듯하다가 흐려지고, 사랑도 선명해졌다가 아스라해질 수 있다.

선휘는 가만히 그의 얼굴을 바라보며 다짐했다. 흐린 날이나, 맑은 날이나, 선명하거나, 아릿하거나. 그의 긴장감을 자신의 것으로 만들고 싶어 했던 이 순간을 절대 잊지 않겠다고.

공연이 끝난 뒤, 천 명이 넘는 관객에게서 기립 박수가 터져 나왔다. 박수 소리는 심장을 관통하고 극장이 터져 나갈 듯 울렸다. 먼저 무대 뒤로 향한 승우에게 가기 전, 자신이 초대권을 건넸던 도서관 노신사를 찾으려고 선휘는 공연장 입구를 두리번거렸다.

지팡이를 짚고 로비를 막 빠져나가려는 노신사를 향해 한달음에 달려간 선휘가 그를 부축했다.

"어르신!"

"오, 아가씨."

공연이 꽤나 만족스러웠는지 그의 눈가가 젖어 있었다. 그 모습에 선휘의 얼굴에도 만족스러운 미소가 그려졌다.

"재미있게 보셨어요?"

"뭐, 볼 만하더구먼."

그의 대답에 선휘는 손목에 있는 시계를 살피며 되물었다.

"아, 다행이에요. 많이 늦었는데, 댁엔 어떻게 가세요?"

"밖에 기사가 기다리고 있을 게야."

"그럼 제가 차까지 모셔다 드릴게요."

"아니야, 아니야. 내가 그렇게 늙은이는 아니라우."

차까지 홀로 가겠다는 노신사의 뒷모습을 선휘는 그저 물끄러미 바라보았다. 노신사의 모습이 사라진 후 발길을 돌리는데, 저 멀리 자신을 바라보는 시선이 느껴졌다.

맥스? 선휘는 고개를 갸웃하며 눈을 가늘게 뜨고 사람들 사이에 묻힌 금발의 남자를 두 눈으로 좇았다.

설마. 선휘는 가볍게 고개를 흔들곤 서둘러 배우와 스태프들이 있는 무대 뒤, 아니, 정확히 말하면 승우가 있는 곳으로 향했다.

배우들과 스태프들은 수고했다며 첫 공연의 성공을 조심스레 축하하고 있었다. 앞으로 3개월 동안 계속될 공연이었다. 아직 축배를 들기는 이르다며 겸허히 다음 무대를 준비하는 그들의 모습에서 알알이 감동이 묻어났다. 그때 배우들 사이로 승우의 얼굴이 보였다.

선휘는 그와 눈이 마주치자 엄지를 치켜들며 생긋 웃어 보였다. 눈이 마주침과 동시에 승우는 사람들 사이를 헤치고 선휘의 앞에 섰다. 무슨 말을 건네야 할지 생각하고 있는데, 커다란 손이 어깨를 감싸는가 싶더니 어느새 그의 품에 안겨 있었다.

휘파람을 부는 소리, '어머, 웬일이니' 하며 작게 소리를 지르는 여배우의 목소리, '와. 선휘 씨, 승우 형 만나는 거였어? 아쉽네' 하며 둘을 놀리는 짓궂은 목소리가 들려왔다.

부끄럼을 타는 그녀를 배려하듯 승우는 선휘의 얼굴을 자신의 가슴에 품고는 대답했다.

"그래, 내 여자야. 눈독 들이는 놈들 있으면 가만 안 둔다."

승우의 차를 타고 오피스텔로 향하는 동안 그의 왼손은 운전대에, 오른손은 선휘의 손을 잡고 있었다.

"고마워요."

"뭐가? 내 여자라고 말해 준 게?"

선휘의 작은 웃음이 고요한 차 안을 울렸다.

"아니야? 그럼?"

"무대 위의 에너지를 다시 느낄 수 있게 해 준 거요."

때마침 차가 신호 대기로 멈춰 섰다. 승우는 몸을 돌려 선휘를 바라봤다. 콕 집어 말하지 않아도 알 수 있었다. 그녀가 무대 위를 그리워하고 있다는 것을. 아니, 피아노를 많이도 그리워하고 있다는 것을.

"그리워?"

승우의 물음에 그녀는 고개를 갸웃하며 그를 바라봤다.

"들켰다! 하는 표정인데?"

선휘는 작게 웃음을 터뜨렸다.

"말했지? 우리 선휘는 거짓말 못한다고."

"어떻게 그렇게 잘 알아요?"

빙긋이 미소 지으며 묻자 승우는 선휘의 손을 끌어다 손등에 쪽 입을 맞춘 뒤 낮게 속삭였다.

"내가 모르면 네 마음을 누가 알아줘?"

그 말에 괜히 눈물이 핑 돌 것만 같았다. 말하지 않아도 전부를 알고 있는 것 같은 그의 존재가 참으로 고마웠다.

"다시 해 보는 건 어때?"

"아직은…… 그러고 싶지 않아요."

선휘의 목소리는 그저 덤덤하기만 했다.

"그래, 천천히 생각해 보자."

"고마워요."

"또 뭐가?"

승우가 웃음 섞인 목소리로 되물었다.

"뭐 그렇게 고마운 게 많아?"

"일하면서 자연스레 음악도 듣게 됐어요. 내가 좋아하는 걸 다시 할 수 있게 되찾아 줘서 고마워요. 승우 씨가 통역 계속해 달라고 부탁하지 않았다면, 아마 지금쯤 어딘가에 틀어박혀 있었을 거예요."

그 말에 승우는 숨이 턱 막혀 버릴 것만 같았다. 그토록 아끼는 것을 일부러 피하고, 무시하려 노력했던 그녀의 삶이 안타까워서, 그저 시간이 지나 아픔이 잦아듦에 따라 가까이 할 수 있게 된 건지도 모르는데, 그걸 자신에게 고마워하고 있는 그녀의 마음이 너무도 예뻐서 어떤 말도 나오질 않았다.

승우는 한숨을 작게 내쉬며 겨우 입을 열었다.

"나도 고마워."

"뭐가요?"

그녀는 고개를 갸웃하며 생긋 웃었다.

"그냥……."

뭐라 콕 집어서 말할 수 없었다. 사랑이란 게 갑자기 고맙고, 갑자기 사랑스럽고, 갑자기 그리운 종잡을 수 없는 감정이라지만, 자신의 마음을 설명할 수 없어서 답답해졌다.

"다 고마워."

네 존재도, 네 마음도, 네 예쁜 미소도.

"치, 그게 뭐야."

입을 샐쭉 내밀며 예쁘게 토라진 척하는 그녀의 목소리에 승우가 낮게 웃으며 대꾸했다.

"이걸 다 어떻게 말로 설명해?"

승우는 그녀의 손을 쭉 끌어다 자신의 왼쪽 가슴 위에 올렸다. 선휘의 몸이 기우뚱하고 기울어졌다.

"신이 주신 이 뜨거운 심장 안에 담긴 감정을 어찌, 인간의 말로 다 표현할 수 있겠소?"

마치 대사를 읊는 듯한 그의 목소리에 선휘는 픽 하고 웃음을 터뜨렸다. 승우는 얼굴을 내려 자신의 어깨 근처까지 와 있는 그녀의 입술에 입을 맞추기 시작했다.

가볍게 시작한 입맞춤이 점점 짙어졌다. 온전히 서로를 바라보고 있다는 생각에 가슴이 벅차오르고, 심장이 떨려 왔다. 갑자기 들려온 클랙슨 소리에 둘은 얼른 입술을 떼어 내고 앞유리창 너머를 바라보았다.

신호가 빨간 불에서 녹색 불로 바뀌어 있었고, 앞차는 벌써 저만치 가 있었다. 승우는 얼른 차를 출발시켰고, 두 사람의 얼굴엔 발그레한 미소가 가득했다.

♪　　♫　　♪

공연이 끝난 뒤 차 뒷좌석에 오른 노신사는 내내 마음이 덴 덕스러웠다. 어두운 얼굴로 도서관을 왔다 갔다 하던 아가씨를 지켜본 지 벌써 2년이 넘었다.

조용히 책을 빌려 가고, 때가 되면 꼬박꼬박 봉사 활동을 하러 오는 젊은 아가씨의 사연이 궁금하던 어느 날, 자신의 어머니께 드리고 싶다며 도서 녹음본을 갖고 싶다는 그녀의 모습에 가슴 한구석이 짠해졌다.

한사코 거절했는데도 자신이 하는 일이라며, 한국에 특별히 초대할 만한 사람이 없다며 내민 뮤지컬 티켓을 받아 들었지만, 딴따라짓이라면 치가 떨리는 윤 회장이었다.

여린 마음을 가진 듯한 아가씨에게 예의상 얼굴이라도 비춰야 할 것 같아서 그는 공연장으로 향했다.

유럽의 궁전이라도 재현해 놓은 듯한 공연장 로비의 모습에 윤 회장은 눈을 휘둥그레 떴다. 자신의 며느리가 공연했다던 그 소극장에 비하면 이곳은 천상에 지어진 곳 같았다.

사람들이 몰려 있는 기념품 숍에서 프로그램 북이라고 쓰인

것을 하나 사 들었다. 책이라면 사족을 못 쓰는 그였기에 북이
라는 단어가 소유욕을 불러일으켰다.

책장을 넘기며 윤 회장은 티켓을 건네받았던 그날을 떠올렸
다.

"요즘 좀 밝아졌다 했더니, 일을 시작해서 그런 거요?"

"그런 것도 있고요. 또……."

"또?"

"이 뮤지컬 프로듀싱한 사람이……."

말끝을 흐렸지만, 눈을 내리깔며 수줍게 웃어 보이는 아가씨
의 표정에 말 안 해도 알겠다는 듯 윤 회장이 서글서글한 웃음
을 지어 보였다.

그리도 어두웠던 아가씨를 밝게 만들어 준 이가 기획자라니
누군지 궁금하기도 하고, 그런 사람이 만든 공연이라니 괜히
관심이 갔다.

프로그램 북을 이리저리 살피며 여러 장을 넘기다 보니 낯익
은 얼굴이 눈에 들어왔다.

기획 및 제작 총괄, 윤승우.

그 아가씨가 말했던 청년이 자신의 손주였다는 사실에 윤 회
장은 정신이 퍼뜩 났다. 인연이 되려고 그랬나 하는 생각과 함
께 그는 승우의 공연 소개글을 읽어 나가기 시작했다.

때론 한 편의 공연이 한 사람의 인생을 바꿔 놓기도 합니다. 여러분의 삶에 긍정적인 영향을 미칠 수 있는, 미래를 제시하는 공연이고 싶습니다.

긴 소개글을 읽어 내려가는 윤 회장의 얼굴엔 어느새 미소가 자리하고 있었다.

'녀석, 글솜씨 보니 공부를 허투루 하지는 않았구먼.'

공연 시작을 알리는 안내 방송이 나오고, 비어 있던 자리가 하나둘씩 채워지기 시작했다.

'꼭 이럴 때 늦는 사람이 있지.'

자신의 바로 옆자리는 비어 있었고, 그 옆으로는 암전이 되고 난 후에야 사람이 앉는 것 같았다.

1막이 끝난 뒤 인터미션. 화장실에 가기 위해 급히 자리를 뜬 윤 회장은 비어 있던 옆자리의 오른쪽에 누가 앉았는지도 몰랐다.

공연이 막바지에 올랐다. 자신의 심장은 그저 사는 데 지장이 없을 만큼만 뛰는 것이라 생각했는데, 가슴 한구석이 벅차오르고 검버섯이 올라오기 시작한 눈가에 눈물이 고였다. 손수건을 꺼내어 이마를 닦는 척하며 슬쩍 눈물을 닦아 냈다.

공연이 끝난 뒤 모두가 기립 박수를 치는 동안에는 '이거 내 손주가 만든 거요' 하고 사람들을 붙들고 자랑이라도 하고 싶었다.

제 갈 길 찾아가겠다고, 회사에는 죽어도 들어오지 않겠다던 손주가 2년만 이곳에 있겠다고 했을 때 내심 반가웠다. 그깟 딴따라짓으로 무엇을 해낼 수 있을까 싶었다.

그토록 책을 많이 읽고, 자기 발전에 힘쓰고, 남을 돕기 위해 애썼던 사람이 자신의 고집을 변화시키지 않았다는 것에 윤 회장의 얼굴에 자조 어린 웃음이 스몄다.

다른 이들 모두는 그러해도 되지만, 자신의 가족은 그러지 말아야 한다는 오만함 속에 갇혀 산 세월이 참으로 헛헛하게 느껴졌다.

커튼콜이 끝나고 막이 내린 뒤, 극장 안이 환하게 밝아졌다.

"아버님?"

눈을 휘둥그렇게 뜨고 바라보는 이는 분명 자신의 며느리였다. 비어 있던 자리가 윤승의 것이었나 보다. 자식이 그렇게 가자고 할 때는 미동도 않던 늙은이가 그곳에 앉아 있는 게 괜히 부끄러워졌다.

아니, 그동안 며느리를 그토록 아프게 했던 자신이 갑자기 부끄러워졌다. 제 꿈도 포기하고, 독자인 아들에게 시집와서 시어미가 아플 때 묵묵히 병간호를 해내던 며느리였다.

며느리에게 좀 살갑게 굴라는 아내의 마지막 말에도 불구하고, 윤 회장은 여전히 그녀를 냉대하고 있었다. 냉대라기보다 없는 이 취급을 하고 있었다는 게 맞는 표현일 것이다. 며늘애도 계속 무대에 올랐으면, 이렇게나 훌륭한 극에 속해 있었을까?

"아가, 집에 가서 이야기하자꾸나."

평소와 달리 부드러운 윤 회장의 목소리에 아들 내외는 흠칫 놀란 듯 굳어 버렸다. 그는 미안한 듯 미소 지으며 먼저 극장을 빠져나왔다. 자신을 찾고 있었는지, 어느새 옆에 서서 부축을 하는 아가씨의 말간 얼굴이 눈에 들어왔다.

'고맙소, 아가씨. 아니, 우리 손주 며느리 되려나?'

그의 미소가 지닌 의미를 알아채지 못한 아가씨는 그저 예의 바르게 인사하며 배웅할 뿐이었다.

먼저 집에 도착한 윤 회장은 며느리와 아들을 안채로 불러들였다. 집안 행사가 있지 않은 이상 아들 내외를 안채로 불러들이는 일은 없었다. 잔뜩 긴장한 채로 자신의 앞에 서 있는 아들 내외가 안쓰럽게 느껴졌다.

'40년 가까운 세월 동안 내가 어떤 눈으로 이 아이들을 바라봤을꼬.'

윤 회장은 최대한 덤덤한 목소리를 내기 위해 노력했다.

"안채로 들어오너라."

"예? 아버지!"

제 아내를 보호하려는 듯 아들은 눈을 부릅뜨고 윤 회장을 바라봤다.

"이 실장이 하던 집안일을 승우 어멈이 맡았으면 좋겠구나."

집안의 대소사는 전부 집사인 이 실장이 맡고 있었고, 며느리는 그저 허수아비처럼 곁을 지킬 뿐이었다. 서로를 바라보며 고개를 갸웃거리는 둘을 향해 윤 회장은 이제야 이렇게 해서 미안하다는 속마음을 숨기고 괜한 핑계를 대었다.

"승우 짝을 들이려면 그러는 편이 좋지 않겠나?"

윤 회장의 물음에 아들 내외는 화들짝 놀란 표정을 지었다. 동그래진 며늘애의 눈가에는 물기가 어려 있는 듯했다.

한 편의 공연이 인생을 바꾸어 놓을 수도 있다는 손주의 글을 떠올리며, 윤 회장은 성긋이 미소 지을 뿐이었다.

♪　　　♫　　♪

공연장으로 향하는 길, 승우의 휴대전화가 왕왕 울려 댔다.

"여보세요."

—나다.

"할아버지?"

망할 노인네가 이제 할아버지가 되었다. 갑자기 아버지와 어머니의 거처를 옮겨 주시고는 날마다 살갑게 아가라고 불러 주신다며 어머니는 요즘처럼 행복한 날이 없다고 하셨다.

—잠깐 건너올 수 있겠냐?

"지금요? 30분 정도 걸릴 것 같은데요. 급한 일이세요?"

—기다리마.

언제나와 같이 할아버지는 가타부타 설명 없이 전화를 끊었다.

대문을 들어서자, 여느 때와 다름없이 정원수에 물을 주고 계시는 할아버지의 모습이 보였다.

"무슨 일 있으세요?"

평소와 다른 모습을 보이시는 할아버지가 걱정됐다. 혹시 어디가 편찮으신가, 남모르게 삶을 정리하고 계신 건 아닌가 하는 두려움이 밀려왔고 그동안 꼬장꼬장한 노인네라고 그를 미워했던 게 죄송해졌다.

"들어가서 이야기하자."

윤 회장은 손주를 데리고 집 안으로 들어갔다. 어머니는 갑작스러운 승우의 방문에 환한 미소를 지으며 곱게 깎은 과일과 따뜻한 매실차를 내왔다.

"고맙다, 아가."

성긋이 웃으시며 어머니를 바라보시는 할아버지의 모습에 가슴 한구석이 뜨끈해졌다. 승우는 물끄러미 할아버지의 얼굴을 바라봤다. 그는 무언가 고민을 하는 듯 미간을 좁히다가 겨우 입을 열었다.

"회사에서……."

"그건."

또 회사로 들어오라는 말인 줄 안 승우의 표정이 일그러졌다.

"들어 보거라."

"네, 죄송합니다."

"투자를 했으면 한다."

"어떤 투자요?"

"언제까지 외국에서 만든 공연을 사다 나를 게야, 네 손으로 직접 만든 공연을 올려야지."

전혀 생각지도 못한 말에 승우는 얼뜬 표정으로 그를 바라봤다. 심장이 쿵쾅거리고 머리가 둥둥 울렸다.

국내에서 창작 뮤지컬이 펀딩 문제로 고꾸라지는 것을 너무도 많이 봐 왔다.

대형 극장은 전부 라이선스 공연들로 잠식당했고, 생소한 이름의 창작 뮤지컬들은 점점 설 곳을 잃어 가고 있었다. 라이선스 공연은 배우와 스태프들 모두 자신의 목소리를 제대로 낼 수 없는 갇힌 공연이었다.

라이선스를 주는 조건으로 만들어지는 계약서는 한국 뮤지컬의 자존심을 건드리는 내용도 많았다. 배우들의 동선 하나하나까지 지적해서 연기를 방해하고, 오케스트라의 능력도 의심스럽다며 MR로 공연을 하라고 강요당하기도 했다.

"싫으냐?"

든든한 후원자를 얻은 기분이었다. 대기업들이 공연 사업에 뛰어들고 있기는 했지만, 그들의 사업 성향에 따라 문화계로의 투자는 일관성을 갖기 어려운 게 현실이었다.

"아니요. 좋아요. 너무 좋아요."

서른 중반의 사내 녀석이 할아버지 앞에 앉아서 울음을 터뜨릴 것만 같았다. 거실 저편에서 대화를 조용히 듣던 어머니는 눈물을 찍어 내고 계셨다.

"대신 조건이 있다."

조건? 그렇지. 할아버지가 아무런 대가 없이 이런 일을 해 주실 분이 아니셨다. 무슨 조건일까, 대체? 자신은 공연계를 떠나라는 말씀이실까?

잔뜩 긴장되어 입안이 타들어 가고, 눈 안까지 건조하게 말라 가는 것 같았다.

"내달에 회사에서 자선 공연을 진행할 게다. 그걸 네가 맡아 줬으면 좋겠구나."

다시 한 번 머릿속에 커다란 종소리가 들려왔다. 눈만 껌뻑거리며 할아버지를 바라보자, 그가 피식 웃음을 터뜨렸다가 이내 엄한 표정을 지으며 물었다.

"그거 말아먹으면 투자는 없다. 조건, 지킬 수 있겠냐?"

"네, 할아버지!"

전할 말은 이게 전부라는 듯 그는 고개를 한 번 끄덕인 뒤 자리에서 일어났다.

"아가, 난 좀 피곤해서 쉬어야겠다."

거실 복도 끝을 돌아서 할아버지의 모습이 사라지는 것을 보자마자 어머니가 달려왔다.

"어머니!"

"아들!"

오랜만에 만난 아들의 얼굴을 이리 쓰다듬고, 저리 쓰다듬던 어머니는 흥미로운 이야기를 들려 주었다. 어머니에게 안채로 들어오라는 말을 전하시던 날, 할아버지께서 자신의 공연장에 계셨다고 했다.

게다가 옆옆 자리에 앉아 계셨던 것도 몰랐다며, 초대권을 받아서 오셨다고 했는데 누구에게 받으셨는지는 절대 말씀을 안 하신다며 재미있다는 듯 말씀을 이어 나가셨다.

"혹시 여자 친구 생기셨나? 아들, 거기 공연 팀에 누구 아는 할머님 있어?"

승우는 유쾌하게 터져 나오는 웃음을 그대로 흘리며 대꾸했다.

"없어요, 어머니."

"그럼 무슨 일이실까?"

어머니의 옆옆 자리라.

초대권을 꼭 드리고 싶은 분이 계시다며, 한 장만 있으면 될 거라는 말에 가장 좋은 자리 초대권 한 장을 선휘에게 건넸었다.

저녁 공연이 끝난 후 집에 돌아온 승우는, 책을 읽다가 소파에서 잠든 선휘를 안고 침대로 향했다.

"음? 왔어요?"

"응."

선휘는 승우의 가슴에 다시 머리를 기댔다. 살포시 그녀를 침대 위에 내려놓고는 옆에 누워서 얼굴을 내려다보았다.

신기한 여자. 이 여자는 어떻게 우리 할아버지를 알고 있을까?

그대로 자게 두려고 했는데, 선휘가 기지개를 켜며 눈을 떴다.

"오늘 공연 어땠어요?"

"좋았지, 근데."

승우는 일부러 심각한 표정을 지으며 한숨을 내쉬었다.

"물어볼 게 있어."

"뭔데요?"

선휘는 걱정스러운 눈으로 몸을 반쯤 일으켜 승우를 바라보았다. 심각한 일이라도 있는 듯 승우의 표정이 굳었다. 그녀는 무슨 일인가 싶어 긴장한 얼굴이었다.

"개막 공연 초대권 한 장 받아 갔던 거."

"네."

"남자 줬어?"

"네?"

눈을 동그랗게 뜨고 화들짝 놀란 선휘의 표정에 승우는 웃음이 터져 나올 것 같았다. 웃음을 참으려 일부러 깊은 한숨을 내쉬며, 미간을 구겼다.

"아, 아니에요!"

"그럼 준 사람이 여자야?"

"그게……."

그녀는 울상을 짓고는 빠르게 설명을 하기 시작했다.

"도서관에서 봉사 활동하면서 절 도와주신 할아버지가 한 분계세요. 너무 고마워서 그분께 드렸어요."

"아, 미국에 계신 어머님 드릴 그 도서 녹음본 받게 해 주셨다는?"

"네."

선휘는 얼른 고개를 끄덕여 보였다.

"그 할아버지는 남자 아냐?"

승우가 웃음을 참지 못하고 푸핫 하며 웃어 보이자, 선휘는 기가 차다는 표정을 지으며 그를 노려봤다.

"나 굉장히 질투 많이 해. 그거 몰랐어?"

"유치하게."

"유치한 남자의 질투가 얼마나 무서운지 보여 줘야겠네?"

승우는 뭐라 웅얼거리는 선휘의 입술을 집어삼켰다. 그분이 우리 할아버지시라는 걸 말해야 할까, 말아야 할까. 그 덕에 할아버지께서 가족들에게 마음을 열고 있다는 것을 말해야 할까, 말아야 할까. 그게 다 선휘, 네 덕분이라고 말해야 할까, 말아야 할까.

미치도록 고맙고, 미치도록 사랑한다고……

슬쩍 입술을 떼고, 코끝이 닿을락 말락 한 거리에서 승우가 선휘를 내려다보았다. 사랑한다. 낮은 음성이 둘 사이에 생긴 작은 공간을 울려 댔다.

♪　　　♫　　　♪

할아버지 회사 홍보실에서 만들어 놓은 기획안을 승우는 꼼꼼히 살펴보았다. 한국에서 미국으로 입양된 아이들과 미국 이민 1.5세대 중 10대 아이들로 구성된 오케스트라단이라고 했다.

안팎으로 어려움을 겪었던 아이들이었고, 그들을 치료하기 위한 목적으로 만든 오케스트라가 다른 이들을 치유해 주고 있다는 설명이 눈에 들어왔다.

고국에서의 첫 공연을 진행하던 중 그룹 승의 후원을 받게 되었고 그 기획이 승우에게 맡겨진 것이다.

"뭘 그렇게 열심히 봐요?"

침대 헤드에 등을 기대고 서류를 살피던 승우에게 선휘가 다가왔다.

"다음 공연 준비해요?"

"응."

승우는 고개를 끄덕이며, 서류를 내려놓고 선휘를 바라보았다. 선휘가 힐끔 서류에 시선을 주었다.

"오케스트라? 승우 씨, 뮤지컬만 하는 거 아니었어요?"

"할아버지가 부탁하신 거야. 이거 성공하면, 창작 뮤지컬 할 수 있게 투자해 주시겠대."

"와! 정말 잘됐다. 승우 씨, 창작 뮤지컬 무지 하고 싶어 했잖아요."

선휘는 제 일인 양 손뼉을 치며 환하게 웃었다.

"어떤 오케스트라예요?"

승우는 조심스레 오케스트라에 대해 설명해 주었다.

"좋은 일하네요, 정말. 많이 힘들었을 거예요, 그 아이들."

"해 볼래?"

"뭘요?"

"통역."

"통역이요?"

승우는 고개를 끄덕끄덕해 보였다.

"한국말 잘하는 아이들 많을지도 모르는데요?"

"이런 클래식 공연은 우리 써니가 나보다 대선배님이시잖아? 다음 달 마지막 주말에 공연이 두 번 있을 거야. 난 오케스트라에 관해서는 아무것도 모르는데, 할아버지가 너무 어려운 숙제를 주셨네?"

승우는 괜한 엄살을 부리며 입을 삐죽 내밀었다. 그녀가 도서관 서고에서 가끔 악보를 찾아보고 있다는 걸 알고 있었다.

처음 선휘의 차에 올라탔을 때, 음악은 듣지 않는다며 단호한 표정을 지었던 그녀가 날마다 이어폰을 귀에 꽂고 피아노 소리에 귀를 기울이고 있다는 것도 알고 있었다.

자신과 비슷했던 환경에 있는 아이들이 만들어 내는 치유의 음악이 그녀가 피아노를 다시 시작할 수 있는 계기가 되지 않을까 싶었다.

스스로 깨닫지 못할 뿐 선휘는 벌써 피아노 앞에 앉을 준비가 되어 있는 것만 같았다. 다시 피아노를 칠 수 있는 계기를 자연스레 만들어 줄 수 있다면.

"내가 도움이 될까요?"

"그럼."

네가 내 옆에 있는 것만으로도 큰 도움이 될 거야. 승우는 따스한 눈빛으로 선휘를 바라보며 그녀의 이마에 슬쩍 입을 맞췄다.

"할래요. 하고 싶어요."

승우는 소리 없이 웃어 보이며 만족스럽게 한숨을 내쉬었다.

일하면서 그를 가까이에서 볼 수 있는 건 참으로 행복한 노동이었다. 머릿속이 복잡하게 얽히다가도 그의 얼굴을 한 번 보고 나면 괜히 힘이 나고 용기가 생기는 것 같았다.

상처가 깊었던 아이들이 만들어 내는 치유의 음악이라.

이미 한 차례 뮤지컬을 준비하면서 많이 단단해지고 견고해진 기분이었다. 다시 사랑을 시작할 수 있게 되었고 다시 음악을 들을 수 있게 되었다.

그뿐만이 아니었다. 음악에 대한 취향이 비슷한 민경 씨, 옷 스타일이 비슷해서 연습실에서 만날 때마다 깜짝 놀랐던 의상팀 지현 씨, 선휘를 마음에 두고 있었다며 장난스럽게 떠들어 대길 좋아하는 조명팀의 창재 씨와는 마치 오래된 친구처럼 연락을 주고받았다.

같이 밥을 먹기도 하고 커피를 마시기도 하며 하릴없이 공연장 로비에 앉아서 시시덕거릴 때도 있었다.

눈물이 날 만큼 소소한 행복이 이런 거구나 하는 생각을 하며 승우에게 모든 것이 고마웠다.

"고마워요."

"뭐가?"

"그냥 다."

승우는 자신의 팔을 베고 있는 선휘에게 잔잔한 목소리로 속삭이기 시작했다.

"선휘야."

"음?"

자신의 이름을 진지하게 부르는 그의 목소리에 심장이 두근 거렸다.

"잘하고 있어. 그렇게 하면 되는 거야."

"고마워요, 다 승우 씨 덕분이야."

"아니야. 우리 선휘는……."

갑자기 울컥하고 목이 잠겨 왔다. 넌 충분히 그럴 자격이 있는 여자야. 착하고, 고운.

그저 사랑하는 법을 제대로 배우는 데 시간이 필요했던 거다. 사람들과 어울리는 데 시간이 필요했던 거다.

승우는 얼굴을 숙여 선휘의 입에 제 입술을 살포시 포개었다. 가볍게 입을 맞추려고 했는데, 선휘가 목을 끌어안자 승우는 몸을 밀착시키며 그녀의 입안을 부드럽게 파고들었다.

♪   ♫   ♪

뮤지컬 마지막 공연이 일주일 앞으로 다가왔고, 낙엽이 쌓이던 곳에는 하얀 눈이 소복이 쌓였다. 오케스트라 공연을 앞두고, 사전 답사를 위해 지휘자와 콘서트마스터*가 한국에 오기로 되어 있었다.

---

*콘서트마스터:제1바이올린 수석 연주자. 지휘자의 보조적 역할을 함.

아직 아마추어 오케스트라인 탓에 에이전시가 없어서 모든 일을 지휘자와 조율해야만 했다. 그들이 머물고 있는 호텔의 2층, 작은 세미나실에서 상견례가 예정되어 있었다.

승우는 선휘와 함께 그곳으로 향했다. 음악을 전공한 그녀와 함께하니 든든한 기분이었다.

선휘가 승우를 올려다보며 생긋 웃었다. 메인 통역이 몸이 안좋아서 며칠 나오지 못해 한동안 선휘는 뮤지컬 공연장에 매일 출근 도장을 찍다시피 했다.

그 덕에 오케스트라와 지휘자에 대한 정보도 제대로 얻지 못하고 이 자리에 나온 게 괜히 신경이 쓰였다.

똑똑똑똑.

세미나실 문을 두드리는 소리가 심장을 울렸다. 선휘가 흠칫 놀란 표정을 짓자 승우는 안심하라는 듯 커다랗고 따스한 손으로 그녀의 작고 떨리는 손을 꼭 잡아 주었다.

「늦어서 죄송합니다. 호텔 안이 워낙 복잡해서 찾는 데 시간이 좀 오래 걸렸습니다.」

등 뒤에서 들려오는 목소리에 온몸의 솜털이 전부 일어서는 기분이 들었다. 귓가를 울리는 깊고 나지막한 음성, 독일식 억양이 강하게 묻어나는 영어.

천천히 고개를 돌리자 그곳에 자신보다 더 당황한 듯한 표정을 짓고 있는 그가 서 있었다.

「안녕하세요. 공연 총괄을 맡게 된 윤승우입니다. 반갑습니다.」

그는 선휘에게서 시선을 거두지 못하고, 승우에게 손을 내밀어 악수했다.

「반갑습니다. 지휘를 맡은 막시무스 보로위즈(Maximus Borowicz)입니다.」

「안녕하세요. 콘서트 마스터 애비 코튼(Abbey Cotten)입니다.」

애비? 4년의 세월이 지났지만, 그녀의 검은 눈동자와 얼굴을 또렷이 기억해 냈다. 러셀이 데리고 왔었던 그 어린 바이올린 소녀가 이렇게 자라다니. 그녀도 선휘를 알아보는 듯했다.

「이분은 공연에서 통역을 맡아 주실 써니 고 머크레이 양입니다.」

승우의 소개에 선휘는 아주 살짝 고개를 까딱할 뿐이었다.

지난번 한국을 방문했을 때 맥스는 호텔 근처에 있는 한 공연장을 찾았었다. 송스루 뮤지컬*의 개막 공연이 있다는 말에 맥스는 자막이 없는 한국어 공연임에도 굳이 그 뮤지컬을 관람했다.

기대 이상의 연출과 내용에 다음에 한국에서 공연을 하게 되면 이 기획팀에 맡기는 건 어떨까 하는 생각을 했다.

커튼콜이 끝난 뒤, 인파에 묻혀서 공연장을 나서다가 그녀와 뒷모습이 닮은 여자를 발견했었다.

그저 체구와 걸음걸이가 비슷한 사람일 거라 생각했는데, 생

---

*송스루 뮤지컬(Song-through Musical):대사 없이 곡으로 진행되는 뮤지컬.

글생글한 미소를 지으며 노인을 부축하는 그녀는 분명 선휘였다.

수많은 인파로 붐비는 공연장 로비에서 그녀의 탐스러운 검은 머리카락이 풍기는 향기를 느꼈었다.

하지만 인파를 헤치고 나갈 힘이 나질 않았다. 발목이 대리석 밑으로 갇혀 버린 듯 꿈쩍도 할 수 없었다. 그러다 느릿하게 고개를 돌리는 그녀와 눈이 마주쳤다. 고개를 갸웃하며 자신이 누군지 가늠해 보는 그 눈빛에 심장이 쿵 하고 바닥으로 내려앉았다.

이내 고개를 내저은 뒤 어디론가 향하는 그녀의 모습이 사라지고 나자 번쩍 정신이 든 맥스는 그날 이후 공연장 주변을 맴돌며 선휘를 찾기 시작했다.

혹여 뮤지컬과 관련된 일을 하고 있나 싶어 공연장 관계자를 찾았지만, 그는 'Sunny Ko Murcray' 라는 이름은 들어 본 적이 없다고 했다.

그럼 공연 중인 뮤지컬의 음악감독 겸 지휘자를 만날 수 있겠냐고 물었다. 그녀가 음악과 관련된 일을 하는 거라면 그 분야의 책임자를 만나 보는 게 맞겠다는 생각이 들어서였다. 하지만 돌아오는 대답은 마찬가지였다.

어설픈 발음으로 그녀의 한국 이름을 말해 보았지만, 고개를 절레절레 저을 뿐이었다.

한국에서의 공연을 준비하며 여러 회사에서 후원 문의가 들어왔다. 그중 맥스의 이목을 끌었던 곳이 바로 그룹 승이었다.

직접 기획에 나선다는 회장 손주의 이력에는 바로 그 뮤지컬의 제목이 적혀 있었다.

어떻게든 되찾고 싶은 여자였다. 온갖 곳을 다 수소문하며 찾던 그녀였다. 그런데 그녀가 지금 바로 눈앞에 있었다.

통역이라니, 그저 통역이었다니. 그래서 그 공연장에 있었던 거니? 맥스는 테이블을 돌아 승우의 앞에 자리를 잡고 앉았다.

가슴이 쿵쾅쿵쾅 뛰었다.

'미안했다. 잘 지냈어? 많이 아팠니? 정말 보고 싶었는데…… 정말 찾고 싶었는데…….'

그녀를 만나면 하려고 했던 말들이 잡을 수 없는 부유물이 되어 머릿속을 둥둥 떠다녔다.

#12

달짝지근 콩나물국

프로젝터에 환한 불이 들어오고 준비한 프레젠테이션이 시작되었다. 그룹 승에서 후원하는 덕에 12월 마지막 주말 황금 시간대에 메이저 공연장이 이미 확보된 상태였다.

"객석 규모는 800석입니다. 한국에 있는 동일 크기의 공연장들과 비교했을 때, 객석과 무대의 거리는 가장 가깝다고 볼 수 있습니다. 공연장 내, 음 분포도를 철저히 계산해서 만들었기 때문에 음의 잔향 효과가 오케스트라를 구현해 내기에 최적의 조건을 갖추고 있습니다. 풍부한 음향 디자인이 가능한 메인 LR(좌우) 스피커, 센터 스피커, 서라운드 스피커, 모니터링 스피커 등이 갖춰진 공연장입니다."

공연장의 상태, 전반적인 시설과 관련된 설명을 마친 뒤, 승우는 그들이 머물게 될 호텔과 이동 수단 등 제반 사항을 설명했다. 그룹 승에서 오케스트라단을 위해 전세기를 준비할 예정이라고도 덧붙였다.

12월 마지막 주말은 가족과 보내야 하는데 귀한 시간을 내어 한국을 방문해 주는 것을 감사하게 생각한다며, 가능하다면 가족들과 함께 한국을 방문해 주었으면 한다는 게 윤 회장의 뜻이라는 말도 전했다.

맥스는 자신의 공연이 허투루 오르는 꼴은 절대 볼 수 없었다. 또 단원들이 어린 아마추어라는 이유로 그들의 고국에까지 와서 어설픈 대접을 받는 것은 원하지 않았다. 생각지도 못했던 융숭한 대접에 맥스는 선휘에게 시선을 돌렸다.

두 사람이 주고받는 눈빛은 맥스가 보기에 동업자 이상의 관계인 것 같았다. 굳이 통역을 쓰지 않아도 될 영어 실력인데 그녀가 상견례 자리에까지 나와 있다는 사실에, 그에게 선휘가 중요한 사람일지도 모른다는 생각이 갑자기 들었다.

선휘는 열심히 브리핑하고 있는 그의 모습을 바라보며 슬쩍 미소를 짓기도 했다. 5년 동안 가장 가까이에서 봐 왔던 얼굴이었다. 그 미소가 무엇을 의미하는지 맥스는 너무도 잘 알고 있었다.

심장이 자리한 곳이 뻐근해졌다. 그저 아파하고 있을 거라고만 생각했다. 자신이 그녀를 빨리 되찾아야 한다는 생각만 하고 있었다.

프레젠테이션을 마치고 가장 먼저 입을 연 건 콘서트마스터 애비였다.

「저기…….」

각자의 생각으로 흩어져 있던 시선이 애비에게 닿았다.

「연주곡이 정해져 있기는 하지만 써니와 협연을 하면 어떨까요?」

「협연이요?」

승우의 되물음에 애비는 검은 눈동자를 반짝이며 홍조 띤 얼굴로 대답했다.

「써니가 피아니스트였거든요.」

「그건 알지만…….」

「우리 중에 어릴 때 써니 언니의 공연을 보고 음악을 시작한 아이들이 많아요. 아직도 언니를 그리워하고, 궁금해하는 친구들도 많고요.」

모든 이의 시선이 선휘에게로 향했다.

「피아노를 안 친 지 너무 오래돼서. 내가 폐를 끼치게 될 거야.」

아무렇지 않다는 듯 편안한 얼굴로 이야기하는 선휘에게 맥스가 짐짓 날카로운 목소리로 물었다.

「그 실력이 어디 갈 리 없잖아요, 써니 고 머크레이 양?」

선휘는 아무런 대답도 하지 않고 그저 그와 시선을 마주했다. 침묵을 지키는 그녀에게 그가 좀 전과는 다른 목소리로 정중하게 덧붙였다.

「아이들이 당신 이야기를 많이 묻기는 했어요. 나도 대답해 줄 수 있는 게 없었는데 이렇게 만나게 될 줄은 몰랐네요. 어때요? 내가 지휘하는 게 거슬리는 거라면, 불편하지 않게 할게요.」

마음에도 없는 소리가 나왔다. 한없이 불편하게 할지 모른다. 그녀에게 다시 사랑을 갈구하며 매달리고, 질척일지도 모른다.

피아노르가슴(Pianorgasm), 피아노(Piano)와 오르가슴(Orgasm)이라는 단어를 섞어서 만든 우스갯소리였다. 서로의 연주를 듣고 있노라면 가슴이 벅차오르는 희열을 느낀다고, 맥스는 그런 농담을 선휘에게 자주 했었다.

선휘는 아무렇지 않다는 듯 덤덤한 목소리로 입을 열었다.

「불편할 건 없어요. 단지 이 공연에 폐가 되고 싶지 않을 뿐이죠. 내가 피아노를 그만둔 지가 언젠데. 말도 안 되는 소리예요.」

「폐라니요? 절대 그렇지 않아요. 우리 중에도 오케스트라를 시작한 지 얼마 되지 않은 아이들이 있어서 어려운 곡을 연주하지는 않을 거예요. 고국에 와서 자신이 동경하던 사람과 무대에 설 수 있다는 것만으로 우리 단원들에게는 큰 힘이 될 거예요.」

애비의 말에 맥스가 덧붙이듯 물었다.

「당장 대답할 수 없으면 다음 회의 때까지 답을 주는 게 어떨까요?」

선휘는 대답 없이 고개를 내저었다.

"그렇게 해. 좀 생각해 보고 결정해도 되잖아?"

승우의 말에 선휘는 고개를 돌려 그의 얼굴을 바라봤다. 여린 미소가 그녀의 얼굴에 떠올랐다.

"그럴게요."

자신들의 언어로 대화를 주고받는 둘을 맥스는 미간을 구기며 바라봤다.

'무슨 말인데. 뭐가 그렇게 즐거운데. 이놈이 그저 한마디 했다고 왜 그렇게 예쁘게 웃어 보이는 건데.'

평생 자신에게만 보여 줄 미소라고 생각했다. 사근사근한 목소리는 자신에게만 내는 것일 줄 알았다. 그래서 내심 그녀가 여전히 아파하길 바랐었다.

다시 만나게 되면 어떤 말로 사과를 해야 할지 수만 번 고민했었다. 자신이 준 상처 때문에 다시 만났을 때 큰 충격을 받지는 않을지, 한없이 원망하지는 않을지 걱정이 되었었다. 그녀의 눈물을 마주하게 된다면 그 옛날 잘못을 바로잡기 위해 힘껏 안아 주리라 생각했다.

그런데 아무렇지 않아 했고 아무렇지 않아 보였다. 그 모습에 충격 받고 심장이 찢어발겨지는 느낌이 드는 건 오히려 맥스 자신이었다.

「다음 회의까지 답변 드리도록 하겠습니다. 통역도 해야 해서, 결정하는 데 좀 어려움이 있는 것 같네요.」

마치 그녀의 대변인이라도 되는 양 말하는 승우가 거슬렸다.

「그러죠. 다음 회의는 언제죠?」

언제 다시 선휘를 볼 수 있을지. 맥스는 가능한 한 빨리 날

짜를 잡기 위해 태블릿PC 화면에 스케줄러를 활성화했다.

「내일모레 비행기로 돌아가신다고 들었습니다. 괜찮으시다면 내일 오전에 공연장부터 둘러보시는 게 어떨까요?」

아둔하게도, 맥스는 이번 일정을 전부 이들과 함께할 것이라는 사실조차 헤아리지 못했다. 모든 사고가 멈춘 듯 오직 선휘에 대한 복잡한 감정이 갈피를 잡지 못하고 이리저리 흘러 다녔다.

「그러죠.」

「그럼 내일 오전 10시에 호텔 로비 라운지에서 뵙겠습니다.」

승우와 맥스가 자리에서 일어나 악수하자 선휘와 애비도 따라 일어났다.

「잠깐 시간 좀 내줄 수 있을까요, 머크레이 양? 협연 문제로 이야기 좀 하고 싶은데.」

선휘가 슬며시 고개를 한 번 끄덕이자, 승우는 밖에서 기다리겠다며 세미나실을 나섰다.

세미나실을 나와서 복도 끝에 마련된 함치르르한 안락의자에 걸터앉았다. 혹시나 그들이 하는 대화를 엿듣고 싶어질까 봐 세미나실 문이 보이는 곳에, 멀찌감치 떨어져 있기로 했다.

「이야기가 길어질 것 같네요. 하긴, 그렇게 헤어졌으니 할 이야기도 많겠죠.」

불길한 예감은 항상 빗나가는 법이 없었다. 승우는 어금니를 지그시 물고는 표정을 감추었다. 선휘를 바라보고 있는 남자의 눈빛이 심상치 않다고 느낀 건 그저 자신이 긴장했기 때문이라고 여겼는데 틀린 것 같았다.

「써니가 통역을 한 지 오래되었나요?」

「아니요. 한 4개월 정도 되었네요.」

심장이 기분 나쁘게 쿵쾅거리고 숨이 막혀 오는 것 같았다. 한국 나이 열아홉 살, 미국 나이 열여덟 살이라는 애비는 마치 제 첫사랑 이야기라도 늘어놓듯 두 사람의 이야기를 하기 시작했다.

「아주 어릴 때 한인신문에서 그녀의 글을 읽은 적이 있어요. 피아노를 만나고 마에스트로, 그러니까 맥스를 만나고, 마음을 여는 것이 어떤 것인지 알아 가고 있다는 내용이었는데. 그 글이 너무 좋아서 부모님께 음악을 하고 싶다고 졸랐어요. 언젠가 그녀를 만나서 꼭 협연할 수 있으면 좋겠다는 생각을 했죠.」

「그래서 바이올린을 택한 거예요?」

애비는 수줍게 웃어 보이며 말을 이었다.

「네, 그녀가 떠나고 저도 거의 음악을 포기하다시피 했어요. 저희 부모님이 뭔가 다른 계기를 만들어 주고 싶으셨는지 미국 동부에 입양되어 온 아이들과 한국에서 이민 온 가족의 아이들이 모여서 오케스트라를 할 수 있도록 도와주셨어요. 근데.」

그녀는 한숨을 내쉬고는 아련한 표정으로 말을 이었다.

「오케스트라가 모였어도 지휘를 하겠다는 사람이 나타나질 않았어요. 저희 오케스트라의 특수성을 이용한 단발성 공연을 노리고 다가오는 사람들은 많았지만 저희를 이끌어 주겠다는 지휘자는 없었죠. 학생들이 만든, 돈이 되지 않는 아마추어 오케스트라단을 이끌겠다는 사람이 흔치는 않으니까요. 그래서 제가 지휘자 자리에 가끔 서기도 했죠.」

애비는 쑥스러운 듯 미소 지었다.

「올 초에 줄리아드에 강의하러 온 맥스가 선뜻 지휘자가 되어 주겠다고 했어요. 근데 제가 아주 심하게 반대했죠.」

「왜요?」

「둘이 어떻게 헤어졌는지 알고 있었거든요. 써니한테 상처를 주고 결국 떠나게 만든 맥스가 너무 미웠어요. 저를 비롯한 몇몇 단원이 대놓고 싫다는 티를 내는데도 꾸준히 연습실에 찾아오더라고요. 악기를 점검하는 법과 올바른 자세를 잡는 법, 지휘자를 쳐다봐야 할 타이밍 같은 아주 기초적인 것부터 60명이 어떻게 한 곡을 풀어 나가야 하는지 아주 세세하게 가르쳐 줬죠. 사춘기 아이들이 그렇듯 어울리지 못하는 단원들이 좀 있었는데, 그 마음을 한데 모아 주는 역할까지 맥스가 해 줬어요. 물론 그런 데는 그녀의 공이 컸죠.」

애비는 어깨를 한 번 으쓱해 보이더니 이내 꿈꾸는 듯한 표정으로 말을 이어 나갔다.

「10대 아이들의 가장 큰 이야깃거리는 첫사랑이잖아요?」

「아…… 첫사랑.」

이야기를 그만하라고 말할까 싶었다. 이미 차고 넘치게 맥스라는 놈에 대해서 들은 것 같았다. 자신이 저지하기도 전에 애비의 입에서 둘의 이야기가 또다시 흘러나왔다.

「사실 둘이 처음부터 그렇게 관심이 있거나 한 건 아니었대요. 서양음악사 수업을 같이 들으면서 몇 번 얼굴을 마주친 정도였는데, 전공 실기 시간에 둘이 같은 조가 되었대요.」

「같은 조?」

「'One piano four hands'라고 들어 보셨어요?」

「아니요. 한 대의 피아노에 손이 네 개?」

그녀는 빙긋이 웃었다. 승우의 심장은 여전히 불길하게 뛰고 있었다. 그녀의 말을 멈추고 당장 세미나실로 달려가야 하나 하는 생각까지 들었다.

「네, 피아노 한 대에 두 명이 앉아서 한 곡을 같이 연주하는 거예요. 담당 교수님이 서로 완전히 다른 연주 성향을 가지고 있는 두 사람을 한 조로 만들어서 실기 시험을 보게 했대요. 두 사람이 함께한 연주곡이 뭐라고 했더라? 차이콥스키 호두까기 인형이었다고 했던 것 같은데……. 아무튼 실기 시험이 끝나고 연습 과정이 어땠느냐고 묻는 교수님의 말에 맥스의 대답이 전설이 되었다고 하더라고요.」

「어떤 대답이었는데요?」

「어린애들한테는 절대 말해 줄 수 없다기에 제가 조르고 졸라서 들었는데, 입이 떡 벌어지더라고요.」

'내가 이게 정말 궁금한 걸까?'

승우는 입술을 지그시 깨물며 눈썹을 치켜들고는 애비를 바라봤다.

「Pianorgasm.」

「Pianorgasm?」

「'피아노를 연주하면서 함께 절정을 느낀 것 같습니다' 라는 맥스의 대답에 할아버지 교수님이 벌게진 얼굴로 둘을 쳐다보자 순진한 써니가 '아니에요. 키스밖에 안 했어요' 라고 말해서 그 뒤로 공식 커플이 되었대요.」

애비는 자신이 사랑에라도 빠진 듯 얼굴을 붉혔다.

「그렇게 그녀를 떠나보낸 걸 항상 후회하는 것 같았죠. 써니를 만날 수 없으니 그녀에게 해야 할 사과를 우리에게 하고 있는 것 같았어요. 그녀와 비슷한 상처가 있는 아이들의 마음을 누구보다 잘 알아서인지 지금 맥스의 인기는 오케스트라단에서 아이돌 저리 가라예요. 뭐, 맥스가 잘생긴 것도 부정할 수는 없고.」

선휘를 만날 수 없으니 그런 식으로라도 면죄부를 얻고 싶었다는 이야긴가. 이기적인 걸까, 절절하게 그녀를 잊지 못하고 있는 것일까.

승우는 둘의 이야기를 들을수록 선휘를 사랑하는 자신의 마음이 점점 작아 보이는 것 같아 가슴이 답답해졌다. 그리고 머릿속에 3개월과 9년이라는 시간차가 맴돌기 시작했다.

통역을 한 지 4개월, 자신의 마음을 받아 준 지 고작 3개월. 선휘가 그와 함께한 시간 5년, 그를 잊겠다고 도망치듯 살아온 시간 4년. 3개월과 9년.

「협연을 하겠다고 할까요?」

「글쎄요.」

「했으면 좋겠어요. 무대는 한번 떠나면 다시 돌아오기 정말 힘들잖아요. 아마 그녀가 협연하겠다고 하면 단원들 중 반은 좋다고 폴짝 뛰고, 반은 안 된다고 펄쩍 뛸 거예요.」

승우가 무슨 의미냐는 듯 애비를 바라봤다.

「반은 써니의 오랜 팬이고, 반은 맥스의 팬클럽이니까요. 자기들을 맥시마이저라고 부른다니까요.」

그 순간, 선휘가 세미나실 문을 열고 나오자 승우가 자리에서 벌떡 일어났다. 그녀는 여전히 덤덤한 얼굴을 하고 있었다.

♪   ♫   ♪

승우와 애비가 세미나실을 나가자 맥스가 긴 한숨을 토해 냈다. 선휘는 물끄러미 그를 바라보고 있었다.

「미안했다.」

「괜찮아.」

너무 쉽게 괜찮다고 말하는 그녀의 모습에 맥이 탁 풀리는 기분이었다. 그저 아무 말 없이 눈물을 지을 거라 생각했는데, 자신이 알고 있었던 여자와 지금의 선휘는 너무도 달랐다.

「많이 아팠니?」

「많이 아팠었지.」

그리 말한 그녀는 여린 미소를 머금으며 덧붙였다.

「지금은 괜찮아.」

테이블 너머로 손을 뻗으면 닿을 곳에 그토록 애태우던 그녀가 있는데, 둘 사이의 거리는 4년이 넘는 세월만큼이나 멀어져 있었다. 실낱같은 희망이라도 있지 않을까 생각했다. 떨어져 있던 세월도 길었지만, 그들이 함께했던 세월은 더 길었다.

「놀랍네. 지휘라니.」

그녀는 마치 안부를 묻듯 평범한 말투로 말했다.

「통역을 하고 있는 네가 더 놀랍지.」

하지만 대꾸하는 맥스의 목소리는 한없이 떨렸다.

「그런가?」

「네가 떠나고, 나도 독일로 돌아갔었어.」

「그랬구나.」

「통역은 언제부터 했어?」

「본격적으로 일을 한 건 얼마 안 됐어. 뮤지컬 통역팀에서 일하다가 저 사람을 만났는데, 그래서 이 자리까지 오게 됐네.」

그저 일하며 만났다는 이야기를 듣는데도 맥스는 심장이 와자작 떨어져 나가는 것 같았다. 그녀의 표정이, 눈빛이, 목소리가 과거 하나뿐인 사랑이었던 자신을 완벽하게 부정하고 있었다.

「기다리겠다. 그만 나가자. 협연은 그냥 지나가는 말로 나온 거잖아. 없었던 일로 했으면 좋겠어.」

「클라라.」

서로 많이 사랑했을 때, 자신이 불렀던 애칭을 입에 올리자 선휘의 미간이 좁아졌다.

「분명히 이야기했던 것 같은데? 난 이제 너의 클라라가 아니고, 넌 나의 슈만도 아니라고. 네가 누구인지 어렴풋이 짐작하고도.」

그녀는 냉정하게 덧붙였다.

「아무 말 없이 밖에서 날 기다리고 있는 남자가 있어. 앞으로 그 남자가 오해할 만한 행동은 하지 말아 줬으면 좋겠어. 티끌만큼도 흠집 내고 싶지 않은 소중한 사람이니까. 날 바라보는 너의 그 아련한 눈빛에 미련이든, 동정이든, 후회든 그 어떤 것도 내비치지 말아 줬음 좋겠어.」

「소중한 사람이지, 사랑하는 사람은 아닌가 봐?」

「뭐?」

선휘의 표정이 묘하게 일그러지는 듯하더니 다시 무심하게 돌아왔다.

「넌 평생 평범한 사랑은 못 하는 여자잖아. 저놈하고도 그런 순수한 사인가?」

가질 수 없다면 깨 놓고 싶은 심보인지, 맥스의 입에서 비소 어린 말이 쏟아졌다.

「어떤 사람이든 네가 상관할 일은 아니잖아? 네 역할은 저 아이들을 위해 공연에 집중하는 거야.」

「왜 그렇게 이 일에 집중해야 하지? 아! 그 남자가 이 공연을 후원하는 회사 경영진 가족이라? 공연 말아먹으면 큰일이라도 생기는 거야?」

어떻게, 그렇게나 어렵게 떠났던 곳에, 그녀는 다른 역할로 이리도 쉽게 앉아 있는 건지, 맥스는 그 모습에도 부아가 치밀었다.

「네가 협연 안 하겠다고 하면, 공연 못 하겠다고 해야겠다.」

「맥스, 장난하지 마.」

그녀는 어이가 없다는 듯 헛웃음 지었다.

「장난 아니야. 진심이야. 네가 협연을 안 하겠다고 하면 이 번 공연은 내가 무산시킬 거야. 무산 이유는? 기획을 맡은 사 람이 협연 피아니스트 하나 제대로 섭외하지 못해서.」

자신 때문에 떠났던 피아노였다. 다시 그곳에 앉히고, 그녀 를 되찾을 수만 있다면 그 어떤 비겁한 짓이라도 할 수 있을 것 같았다.

어차피 공연 기획팀의 통역을 맡고 있어 자주 보겠지만 협연 하게 되면 가까운 곳에서, 더 자주 볼 수 있을 것이다.

얼마 전 일을 시작하면서 저 남자를 알았다는 건 둘이 만난 지 그리 오래되지 않았다는 뜻일 테니, 함께 음악을 공유하며 옛 기억을 더듬다 보면 선휘의 마음이 바뀔 수도 있을 것이다.

선휘는 대답도 하지 않은 채 세미나실 문을 열고 나가 버렸 다. 차라리 자신에게 불같이 화라도 내면 좋았을 텐데, 그녀의 표정과 말투와 눈빛은 너무도 덤덤했다.

그녀의 얼굴에 다른 이를 위한 예쁜 미소가 그려졌고, 그녀 의 상냥한 말투는 다른 이를 위해서 흘러나왔고, 그녀의 두 눈 에는 그 남자만 담겨 있었다.

자신이 선휘에게 한 짓에 비하면 이건 아무것도 아니란 생각 이 들었다. 더 아파져도 좋다. 심장이 갈기갈기 찢어져 너덜너덜해진다 해도 상관없다. 그녀를 되찾을 수만 있다면.

그리고 확신할 수 있었다.

그를 바라보는 선휘의 눈빛에서.

선휘는 그를 위해서라도 분명히 협연을 하겠다고 할 것이다.

♪   ♫   ♪

차를 타고 집으로 향하는 내내 둘은 아무 말도 하지 않았다. 연애할 때 맥스는 좋은 말로 헌신적인 남자였고, 나쁜 말로 소유욕이 강한 끈질긴 남자였다. 20대 초반의 남자들이 대부분 그렇다고 여기기엔 심할 정도로.

운전에 집중하고 있는 승우의 얼굴을 가만히 바라보았다.

얼마 전 그의 부모님께서 할아버지가 계시는 안채에서 함께 살게 되셨다고 했다. 이제야 진짜 가족의 모습을 이뤄 가고 있다며 웃음 짓던 그의 얼굴은 그 어느 때보다 행복해 보였다.

공연 관련된 일을 딴따라짓이라고 부르며 멸시하던 그의 할아버지께서 창작 뮤지컬을 할 수 있도록 투자해 주신다며 기뻐하던 얼굴도 떠올랐다. 그러려면 이번 공연을 잘 해내야 한다며 긴장하던 얼굴도.

맥스는 자신이 협연을 하지 않겠다고 하면 정말 이 공연을 없었던 일로 할 수 있는 사람이었다. 공연이 고꾸라지고 투자가 없었던 일이 된다면 승우가 얼마나 실망할지 가늠이 되질 않았다. 그가 그렇게 실망하는 모습을 보고 싶지 않았다.

이제야 겨우 회복된 그의 가족이 다시 등을 지고 돌아서는 모습도 보고 싶지 않았다. 그 어느 때보다 행복하다는 그의 모습을 지켜 주고 싶다는 생각만 들 뿐이었다.

누군가의 미소를, 누군가의 꿈을, 누군가의 마음을 온전히 보호해 주고 싶은 생각이 드는 건 처음이었다.

선휘는 여전히 아무것도 묻지 않는 그의 옆얼굴을 바라보며 가벼이 한숨을 내쉬었다. 완벽할 거라 생각했던 그는 자신도 서툰 것이 있다며 자상하게 미소 지었었다. 자신에게는 틈만 보여 달라며 말도 안 되는 사정을 하기도 했었다.

아직도 모자라는 한 조각의 퍼즐처럼, 무언가 들어맞지 않는 기분이 드는 건 여전히 자신이 용기를 내지 못하고 있기 때문인 듯했다.

힘들고 지친 날, 헤어지기 싫은 늦은 밤이면 함께 있어 달라는 승우의 말에 가끔 선휘는 그의 집에서 잠을 청하기도 했었다.

사랑하는 사람의 품에 안기고 싶고 또 안고 싶은 것이 당연한 것임을 알면서도 어려웠다. 사랑에 대한 갈급함보다 두려움이 더 컸고, 그에 대한 믿음보다 과거 어둑서니에 대한 상념이 더 많았다.

그는 뜨거운 키스와 따스한 포옹 이외에는 다른 스킨십을 하려 하지도 않았다. 선휘가 슬쩍 가슴을 밀어 내어도 그저 빙긋이 웃으며 바라볼 뿐이었다.

그런 그의 얼굴이 오늘따라 너무도 쓸쓸해 보였다. 항상 자신감이 충만해 빛나던 까만 눈동자가 아스라한 빛을 머금고 흔들렸다. 아무렇지 않은 척하려 목소리를 내지 않는 듯했다. 무슨 말을 들을까 두려워 아무것도 묻지 않는 듯했다.

그에게 무언가 확신을 심어 주고 싶은 마음, 짧은 시간에 빠져든 사랑이지만, 온 마음을 다하고 있다는 것을 보여 주고 싶었다. 그가 그 어떤 불안함이나 조바심에 휩싸이지 않도록 온전히 그의 여자이고 싶었다.

무슨 생각을 하고 있는 것인지 자신의 얼굴을 바라봤다가, 앞을 봤다가, 한숨을 내쉬었다가, 선휘는 계속 무언가를 고민하고 있는 것 같았다. 승우는 일부러 운전에 집중한 척 앞만 보았다.

애비, 그 아이 덕에 선휘가 다시 무대에 오를 수 있을지도 모른다는 희망을 품었던 것도 잠시. 그녀의 이야기를 듣고 있는 동안, 세미나실을 나오지 말걸 하는 뒤늦은 후회가 밀려들었다.

끝까지 그녀의 곁에 있었어야 했는데⋯⋯. 저놈이 그 나쁜 놈이라고 선휘가 부르르 떨기라도 했다면, 공연이고 뭐고 다 엎어 버렸을 것이다.

그런데 선휘는 아무렇지 않은 것처럼 이야기하며 자신을 바라보고 웃어 주었다. 우려했던 것보다 선휘는 많이 단단해지고 견고해진 것 같았지만, 남자는 간절히 그녀를 원하는 눈빛을 하고 있었다.

안 했으면 좋겠다. 자신이 다 알아서 할 테니 통역도 그만두라고 하고 싶었다. 무슨 이야기를 주고받았는지, 선휘는 계속 고민하고 있는 것 같았다.

3개월, 그리고 9년.

하지 않겠다고 말했으면 좋겠다. 하지만 자신은 원하는 일을 하면서 그녀가 원하는 일을 하지 못하게 하는 것은 남자로서 아주 비겁한 짓이었다.

사랑에 눈이 멀어 그놈 곁에 서지 못하게 하는 비겁한 남자가 될 것이냐, 절절했던 옛사랑이 나타났음에도 아무렇지 않은 척 그녀의 꿈을 지켜 주는 멋진 놈이 될 것이냐. 햄릿의 고민만큼이나 어려웠다.

운전대를 그러쥔 손에서 땀이 배어났다. 손을 쥐었다 폈다 하며 도로를 응시하고 있는데 그녀의 조심스러운 목소리가 들려왔다.

"저녁 같이 먹을래요?"

무슨 일 때문에 자신에게 이렇게 조심하고 있는지 가늠이 되지 않았다. 안에서 대체 무슨 이야기가 오고 갔을까 하는 생각에 머릿속이 복잡해졌다.

정아가 나타났을 때, 선휘는 여린 미소를 머금은 채 이제 그녀와 그만 헤어지고 오라며 자신을 믿어 주었었다. 그런데 자신은 지금 그저 안달이 날 뿐이었다. 침묵으로 그 복잡한 감정을 숨긴 채 그녀가 무언가 말해 주기만을 바라고 있었다.

"어디로 갈까? 저녁."

"승우 씨 집이요."

승우는 조수석으로 슬쩍 시선을 돌려 그녀를 한 번 바라봤다. 앞을 바라보고 있는 그녀의 얼굴에 담긴 감정을 알 수 없었다.

"밖에서 먹자. 달리 해 줄 수 있는 것도 없고, 내가."

"아주 단 콩나물국이 먹고 싶어요. 승우 씨가 끓여 줬던."

승우의 입에서 헛웃음이 흘러나왔다.

"뭐?"

고개를 갸웃하며 되묻자 그녀가 한숨을 내쉬고는 대답했다.

"왜 아무것도 안 물어요? 그 지휘자가 누구인지, 무슨 이야기를 했는지, 다 눈치챘으면서. 승우 씨 지금 아무렇지 않은 척 애쓰고 있잖아요."

그리 묻는 그녀의 목소리가 물기를 더해 가고 있었다.

"그때 그 콩나물국 끓여 줘요."

승우는 한적한 골목길 귀퉁이에 잠시 차를 세우고 그녀를 바라봤다. 그저 물기를 조금 머금었다 생각했는데 그녀의 얼굴은 넘쳐흐르는 눈물로 젖어 있었다.

"콩나물국은 왜?"

"날 위해 노력하겠다면서요. 그럼 그놈 시원하게 한 대 쳐 주지. 너 같은 놈이 왜 이렇게 나타나서 또 괴롭히느냐고 뭐라고 해 주지."

"뭐?"

승우의 입에서 헛웃음이 흘러나왔다.

"내가! 이 여자 남자라고, 너 같은 놈 상대도 안 된다고 해 주면 됐잖아요. 왜 바보같이 혼자서 아무것도 묻지 않고 걱정하고 있어요!"

승우는 울부짖는 선휘를 끌어다 품에 안았다.

"내가 서러워서 우는 게 아니야. 승우 씨가 바보같이 엉뚱한 생각할까 봐서. 그게 난 더 싫어서. 아주 잠시라도, 정말 찰나의 순간이라도, 내가 다시 그놈이랑 엮이는 상상을 승우 씨가 했을까 봐서."

잔뜩 젖은 목소리가 이리저리 흔들렸다.

"그래서 승우 씨 마음이 조금이라도 아팠을까 봐, 조금이라도 걱정했을까 봐, 애쓰는 승우 씨 마음에 흠집이라도 냈을까 봐."

승우는 그녀의 턱을 끌어당겨 입술을 머금었다. 한없이 심장이 떨려 오는 고백이었다. 젖은 입술은 여전히 울음을 토해 내고 있었고 승우는 그 울음을 집어삼키듯 길게 빨아들이며 입을 맞췄다.

슬쩍 입술을 떼어 낸 승우는 선휘와 이마를 맞댄 채로 가만히 숨을 골랐다.

"승우 씨가 아무 말도 안 해서 내가 말했어요. 흠집 내지 말라고, 나한테 소중하고 귀한 사람이니까 허튼짓할 생각 말라고."

"잘했어."

승우는 슬쩍 미소를 머금은 채로 말했다.

"이제 완벽히 헤어졌네, 우리 선휘. 그놈하고?"

"치. 이미 4년 전에 뻥 차였어요."

심통이 난 듯 말하는 그녀의 목소리에 승우의 입에서 웃음이 터져 나왔다. 잠시간의 고민이 참으로 바보스럽게 느껴졌다.

원래 사랑을 하면 바보 천치가 된다. 엄청난 자신감에 가슴이 벅차오르다가도, 한심한 자격지심에 한없이 작아지기도 한다.

승우는 그제야 멋진 놈이 되기로 마음먹었다.

"그럼 협연해."

그 말에 부드러워진 듯했던 그녀의 표정이 삽시간에 일그러졌다.

"너를 위해서 해. 내가 좋은 무대 만들어 줄게."

"아직도 바보 같아. 멍청이. 하지 말라고 해야지. 공연 확 엎어 버리겠다고, 하지 말라고 해야지. 말이라도."

승우는 한숨을 내쉬고는 대꾸했다.

"선휘야, 피아노 다시 하고 싶잖아. 좋은 기회야, 너한테. 그리고 나한테도 놓쳐서는 안 되는 기회고. 너랑 나랑 좋은 무대 만들 수 있을 거야."

"몰라요."

그녀는 완벽하게 토라진 듯 굴었다. 감정 표현에 서툴렀던 수개월 전의 모습은 상상이 되지 않을 정도로 그녀는 생기 있어 보였다. 잔뜩 토라지고 화난 모습이 승우는 오히려 반갑기까지 했다.

"콩나물국 끓여 줘요."

그녀는 또다시 콩나물국을 들먹이며 울음을 그치려는 듯 눈물을 닦아 냈다.

"콩나물국은 대체 왜?"

"요리에 서툴러도 돼요. 승우 씨가 끓여 준 국 먹고 싶어요. 같이 저녁 먹고."

그녀는 잠시 숨을 고르고는 조용히 속삭였다.

"나는 사랑에 서툴지만…… 노력할 거예요. 오늘 밤에."

오늘 밤에. 그리 속삭거리는 그녀의 뺨이 어느새 붉게 물들어 있었다.

비워진 상자

그의 집 안에 들어서는 일이 처음도 아닌데 심장이 터질 듯 두근거렸다. 그 바람에 현관 앞에서 펌프스 힐을 벗다가 휘청하며 중심을 잃었다.

"세 번째."

그는 그리 말하며, 선휘의 허리를 감싸 안고 중심을 잡아 주었다. 고개를 갸웃한 선휘가 그를 바라봤다.

"뭐가요?"

"신발 때문에 이렇게 넘어진 거."

선휘는 미간을 좁히며 되물었다.

"두 번짼데요?"

"세 번째야. 정확히."

그는 그리 말하며 빙긋이 웃고는 선휘를 데리고 집 안으로 들어섰다. 들어서자마자 그는 거실 등을 밝히곤 했는데, 오늘은 그저 선휘의 곁에 머물 뿐이었다.

그의 입술이 관자놀이에 닿았다. 크게 숨을 들이마신 그가 낮게 웃었다.

"기다려. 콩나물국보다 더 획기적인 요리를 해 줄 테니까."

낮은 목소리에 선휘는 오소소 소름이 돋아날 지경이었다. 그는 선휘를 소파에 앉히고는 곧장 부엌으로 향했다. 절대 가까이 오지 말고 기다리라는 말과 함께 엄한 표정을 지어 보이기도 했다.

무엇을 하고 있는 건지 궁금하고, 사람이 먹을 수 있는 음식을 만들고 있는 것인지 걱정돼서 거실 바닥에 붙은 발이 자꾸만 꼼틀거렸다.

"잘돼 가요?"

부엌에 선 그에게 선휘가 조심스레 물었다. 그는 어깨를 으쓱해 보일 뿐 별다른 대답조차 하지 않았다. 걱정이 극에 달한 선휘가 소파에서 주먹을 불끈 쥐고 일어서자 그가 고개를 획 돌리며 말했다.

"기대감이 커야 기쁨도 큰 법이야."

그의 말에 선휘는 자리에서 한 발자국도 움직일 수 없었다.

"다 되면 부를 테니까 앉아 있어."

선휘는 아무런 대꾸도 하지 못하고 다시 소파에 엉덩이를 대고 앉았다. 좌불안석, 말 그대로 편히 앉아 있을 수 없었다. 자꾸만 엉덩이가 들썩였다. 차분히 뭘 기다리지 못하는 성격은 아닌데 괜히 초조해졌다.

무언가 해 보겠다고 마음먹은 순간부터 감정이 봇물 터지듯 흘러넘치더니 통제 불능의 상태가 된 것 같았다. 선휘는 가만히 조리대 앞에서 분주히 움직이는 승우의 뒷모습을 바라봤다.

그동안 충분히 변화의 여지가 있었는데 이제야 그것이 발현되는 것인지, 수년간의 심리 치료와 혼자서 오롯이 고독을 마주했던 그 시간이 자신을 굳건히 성장시킨 것인지, 그도 아니면 흔히들 말하는 사랑이 불러온 기적처럼 그렇게 자신이 변해가고 있는 것인지. 선휘는 물끄러미 승우의 넓고, 듬직한 등을 바라볼 뿐이었다.

"공연도, 책도, 요리도 기대감이 크면, 실망감도 큰 법이에요."

그리 대꾸한 자신이 놀라울 따름이었다. 그 말에 승우가 열심히 움직이던 손을 멈추고 선휘를 바라보며 피식 웃었다.

"그 기대감 충족시켜 줄 자신은 있으니까 걱정 말고 기다리지. 뭐 미슐랭 별점이라도 매겨 주려고 벼르고 있는 것 같네?"

그가 여유롭게 웃었다. 그 여유로운 눈웃음이 참으로 매혹적이고, 참으로 의심스럽기 그지없었다. 풍겨 나는 음식 냄새는 아주 그럴싸했다. 돌이켜 보면 콩나물국도 냄새는 아주 그럴듯했던 것 같다.

식탁 위에 접시들이 놓이는 것 같았다. 의자 등받이에 가려져 음식의 정체는 알 수 없었다. 그는 손을 가볍게 털어내더니 선휘에게 시선을 보냈다.

"먹자, 이제."

선휘는 조심조심 발걸음을 옮겨 그의 곁으로 다가갔다. 식탁 위에 놓인 음식을 마주한 그녀의 입이 떡하고 벌어졌다.

"앉아."

"이게 뭐예요?"

의뭉스러움을 감추려 했지만, 잔뜩 호기심 어린 목소리가 튀어나오고 말았다.

"로제스파게티. 별다른 재료가 없어서 그냥 간단히 만든 거야. 앉아."

승우는 과장된 동작으로 의자를 빼 주며 선휘를 앉혔다.

"잘 먹을게요."

그는 고개를 끄덕이고는 선휘의 앞에 앉아 식사를 시작했다. 선휘도 포크와 스푼을 들고 스파게티를 휘감아 한입 머금고는 꼭꼭 씹기 시작했다. 그녀의 얼굴에 묘한 미소가 떠올랐다.

"맙소사."

"왜?"

아무것도 모른다는 듯 시치미를 뚝 떼 보이는 그의 눈빛은 짓궂었다. 새콤한 토마토소스와 부드러운 크림소스가 완벽하게 어우러진 그의 로제스파게티는 충분히 맛있었고 다분히 훌륭했다.

"내가 요리가 많이 늘었나?"

그리 묻는 그에게 선휘는 피식 웃음을 지으며 말했다.

"요리가 이렇게 갑자기 늘기도 하나 봐요?"

"있잖아. 내가 소금 대신 설탕을 넣은 건 실수였어. 실수라는 건 말이야. 그로 인해 깨닫는 바가 크면 의미 있어지는 법이잖아."

요리에 서툴다고 했던 그의 고백이 떠올라 선휘가 미간을 찌푸리며 물었다.

"요리 잘하면서, 설마 못한다고 거짓말했어요?"

"내가 언제 못한다고 했어? 해 본 적이 별로 없고, 서툴다고 했지."

어이없는 웃음이 픽 하고 터져 나왔다. 그리 웃는 선휘를 그가 따스한 눈빛으로 바라봤다. 그리고 더없이 따스한 목소리로 속삭였다.

"해 본 적이 없고 서툴러도 하다 보면 늘어. 요리도, 사랑도."

"치, 아무리 해도 요리 못하는 사람, 있던데요?"

새초롬하게 묻는 선휘의 질문에 그는 빙긋이 웃으며 대답했다.

"그럼 달짝지근한 콩나물국이 먹고 싶다고 우는 너 같은 사람 만나면 되는 거지. 요리 실력 안 늘어도 상관없잖아?"

어깨를 으쓱하는 그의 얼굴에 어린 미소가 오늘따라 유난히 빛나 보였다.

"기대한 만큼 맛은 있고?"

덧붙이며 말한 그에게 선휘는 고개를 끄덕이며 미소 지었다.

"나도 기대했었어."

그의 목소리는 깊고 나지막했다. 깊은 만큼 울림이 컸고, 나지막한 만큼 진중했다.

"네가 날 온전히 사랑할 수 있는 날이 올 거라고 기대했었어. 1년이든, 10년이든 기다릴 수 있을 거라고 생각했어."

그의 목소리는 어딘가에 녹음을 해 놓고 싶을 정도로 듣기 좋았다.

"이렇게 빠를 줄은 몰랐지. 그런데 말이야."

그의 목소리가 조심스러워졌다.

"그놈이 나타나서 그러는 거라면, 무리하지 마."

은은한 그의 눈빛이 너무도 따스해서, 그 따스함을 바라보는 선휘의 눈가에 핑 하고 눈물이 고였다.

"아니에요. 그놈이 나타나서가 아니라."

선휘는 눈물 섞인 목소리가 툭 하고 튀어나올 것만 같아 크게 숨을 들이마시고는 말했다.

"내가 온전히 승우 씨 사람이 되고 싶어서, 나도 승우 씨를 온전히 갖고 싶어서."

자신이 내뱉은 말임에도 부끄러워서 선휘의 얼굴이 붉어졌다. 이윽고 그의 낮은 웃음소리가 들려왔다.

"그럼 나 계속 기대해도 돼?"

그의 목소리도 떨리는 듯했다. 선휘가 빠르지도, 느리지도 않은 속도로 고개를 끄덕이자 그가 성긋이 웃으며 말했다.

"얼른 먹자, 일단."

입안을 굴러다니는 스파게티조차 설렘을 가득 담고 있는 듯했고, 달그락거리는 포크와 스푼의 움직임이 어쩐지 계속 빨라지는 것 같았다.

"여기 침실 욕실 써. 그리고 이거."

승우는 커다란 분홍빛 상자를 선휘에게 내밀었다.

"이게 뭐예요?"

"그냥, 혹시 몰라서 예전에 사 둔 거야. 가끔 여기서 자고 갔잖아."

그는 얼굴을 붉히며 침실을 서둘러 빠져나갔다. 선휘는 그가 내민 분홍빛 상자를 침대 위에 올리고, 떨리는 손으로 뚜껑을 열었다.

제일 먼저 눈에 들어오는 것은 분홍색 리본이 달린 면 파자마 원피스였다. 파자마를 들어내자, 샤넬 보디클렌저와 보디로션, 그리고 몰튼브라운 헤어샴푸와 트리트먼트가 놓여 있었다.

"10년이고 기다리려고 했다며, 이걸 10년 동안 보관할 생각이었나."

혼잣말을 내뱉으며 안에 있는 물건들을 집어 드는데, 바닥에 있는 카드 한 장이 눈에 들어왔다. 선휘는 상자를 열 때보다 더 떨리는 손으로 카드를 읽었다.

우리의 사랑이 더 특별해질 수 있는 순간을 기다리며 이 상자를 채웠어. 언제가 될지 모르지만 이걸 건넬 수 있는 날이 오기를 손꼽아 기다릴 거야. 그날은 널 내 품에 안는다는 기쁨보다, 네가 온전히 누군가를 사랑할 수 있게 되었다는 것에 더 감사할 거고, 그 상대가 내가 되었다는 행운에 또 한 번 감사하겠지.

작은 카드 안에는 그의 단정한 글자가 빼곡하게 담겨 있었다.

그런 날을 준비하는 첫 번째 상자야. 시간이 흐르고 네가 나이를 먹거나, 살이 찌거나, 살이 빠지거나, 취향이 바뀌면 상자 안에 담긴 물건들도 바꾸어야 하겠지. 이 안에 담긴 물건들이 몇 번이고 바뀐다 하더라도, 이 상자를 끝내 전해 주지 못한다고 하더라도, 이걸 준비하는 동안에 나는 이걸 전해 줄 수 있을 거라 기대하며 참 즐겁고, 행복할 거야.

코끝이 싸해지는 것 같아 선휘는 코를 한 번 찡긋하고는 다시 카드를 읽어 내려갔다.

네가 이 카드를 보고 있다는 건 이 상자를 받았다는 거겠지? 고맙다, 선휘야. 마음을 먹은 지금 이 순간이 혹여 후회가 되거나 두려우면 그만해도 돼. 이 상자는 다시 채우면 되는 거고, 난 상자를 채우는 동안 또다시 행복해지면 되는 거니까.

카드는 그리 끝을 맺고 있었다. 선휘는 상자를 그대로 끌어안고 욕실로 향했다.

천천히 몸을 씻어 내는 동안 따스하게 열이 오르는 것 같았다. 숨이 턱 막혀 오는 게 샤워 부스 안을 가득 메운 수증기 때문인지, 쉴 새 없이 두근대는 심장 때문인지 알 수 없었다.

거품이 다 씻겨 내려갔는데도 한참 동안 물줄기 아래 서 있던 선휘는 떨리는 손으로 수전을 잠갔다.

분홍색 리본이 달린 깜찍한 모양의 파자마를 입고 나오자 그는 어느새 씻고 나왔는지 침대에 누워 있었다. 계속 기대해도 되냐며 고개를 갸웃했던 그는 피곤한 듯 침대 헤드에 머리를 기댄 채 눈을 감고 있었다.

피곤할 만도 하지. 선휘는 침실 불을 끄고 어두운 공간에 시야를 겨우 확보하며 침대로 다가갔다. 그의 옆으로 슬며시 누우려는데 갑자기 와락, 승우가 몸을 끌어안았다.

"자는 줄 알았지?"

"깜짝 놀랐잖아요!"

심장이 터지는 것은 아닐까 걱정이 될 정도로 크게 두근거렸다. 그는 날렵한 코끝을 선휘의 매끄러운 콧잔등에 비비며 말했다.

"좋다."

"고마워요."

낮게 웃는 그의 웃음소리가 들려왔다.

"내가 더 고맙지. 그거 줄 수 있는 기회를 줘서."

그는 다음 말은 듣지 않으려는 듯, 그녀의 입술에 자신의 입술을 포개었다. 느릿하고 끈적하게 입을 맞추는 그로 인해 온몸이 화르르 달아올랐다. 한쪽 팔로 몸을 괸 그는 다른 손으로 천천히 원피스 파자마의 단추를 푸르기 시작했다.

한 손으로 단추를 푸는 게 쉽지 않은지 몸을 일으키려 하자, 선휘는 그의 손을 꼭 잡으며 제 손으로 단추를 풀어 내려가기 시작했다. 배꼽까지 내려와 있는 단추를 풀었을 때, 그는 원피스 자락을 아래부터 걷어 올려 그녀의 머리 위로 벗겨 내고는 말했다.

"다음부터는 좀 벗기기 쉬운 걸 사야겠는데?"

장난기 어린 목소리가 쉬어 있었다.

"기대감이 크면 기쁨도 크다면서요. 그게 여긴 적용 안 되는 거예요?"

선휘의 물음에 그가 피식 웃으며 대꾸했다.

"돼. 너한텐 뭐든 다 돼."

그는 크게 숨을 들이마시며 그녀의 달아오른 피부에 자잘하게 입을 맞췄다. 선휘의 입이 슬쩍 벌어지며 달큰한 숨이 퍼져 나왔다.

동시에 그의 커다란 손이 부드럽게 부풀어 오른 선휘의 가슴을 가볍게 움켜잡았다. 그 바람에 선휘의 입에서 여린 신음이 흘러나왔다.

깊은 키스를 하다가도 신음이 흐르면 모든 행동을 멈추던 선휘였기에 승우가 잠시 머뭇하듯 어둠 속에서 그녀의 얼굴을 살폈다.

"괜찮아?"

"괜찮아요."

승우는 그녀의 보드라운 뺨에 입을 맞추며 말했다.

"언제든 멈추고 싶으면, 말해."

선휘가 고개를 슬쩍 끄덕이자 승우는 천천히 입술을 옮겨 가며 그녀의 젖무덤에 입을 맞추기 시작했다. 승우의 오른손은 선휘의 왼쪽 가슴을 주무르고 있었고, 그녀의 오른쪽 가슴은 그의 뜨거운 입안을 채우고 있었다.

난생처음 누군가가 자신의 가슴에 입을 맞추고, 깊이 빨아들이고 있다는 사실에 정신이 혼미해지는 것만 같았다. 그러면서도 등허리가 원만한 아치 모양으로 휘며, 그가 자신의 가슴에 더욱 집중할 수 있도록 했다.

그가 혀를 감아칠 때마다 입에서 더운 숨이 터져 나왔다. 커다란 신음이 터져 나오는 것이 두려워 선휘는 입술을 지그시 깨문 채로 숨을 참기 위해 노력했다. 그러다 그의 혀가 갑자기 빠르게 움직이거나, 쭉 빨아들이거나 하면 놀라서 입이 저절로 벌어졌다.

가슴을 지분거리던 그가 손을 뻗어 협탁 위에 있는 램프를 켰다. 은은한 조명이 방 안을 흐릿하게 비추었다. 그는 천천히 입술을 옮겨 선휘의 얼굴로 다가갔다. 눈을 꼭 감고 있자 그의 목소리가 들려왔다.

"눈 떠 봐."

슬며시 감겨 있던 눈꺼풀을 올리는데 그 느릿함과 떨림에 자신의 속눈썹이 보이는 듯했다. 서서히 초점이 잡히고 자신을 뜨겁게 바라보고 있는 그의 모습이 눈에 들어왔다.

그의 눈빛이 지닌 열기에 선휘는 사람이 자연 발화되어 버릴 수도 있다는 말이 떠올랐다. 희미한 불빛에 그가 미소 짓고 있는 게 보였다.

"잘 봐. 내가 널 얼마나 사랑하는지, 내가 널 어떻게 사랑하는지."

그가 선휘의 입술에 가벼이 입을 맞추고는 속삭였다.

"그리고 너도 들려 줘. 네가 날 얼마나 사랑하는지, 얼마나 원하는지."

말을 마침과 동시에 그의 입술이 다시 아래로 향했다. 가슴골을 훑고, 몸 가운데를 따라 배꼽에 입을 맞추고, 검은 둔덕을 지나 가장 여린 살이 자리한 곳에 입술이 닿았다.

"승우 씨!"

필사적으로 다리를 오므렸지만, 그의 팔에 의해 저지되었다. 그는 커다란 손으로 느릿하고 부드럽게 그녀의 하얀 허벅다리를 어루만졌다. 등줄기를 타고 무언가 오싹 올라오는 느낌과 함께 입에서 여린 신음이 터져 나왔다.

"멈추지 마요."

저도 모르게 그런 말이 입에서 튀어나오자, 선휘는 두 눈을 지그시 감았다. 얼마나, 어떻게 사랑하는지 지켜보라고 했지만, 얼마나, 어떻게 사랑하는지 두 눈을 꼭 감고 느끼고 싶었다. 그러는 동안 그의 입술은 뜨겁고 여린 속살과 키스를 하고 있었다.

핥아 내고, 빨아들이고, 입을 맞추는 동작이 반복되면서 묘한 열기가 선휘를 감싸기 시작했다. 선휘는 천천히 손을 뻗어 그의 부드러운 머리칼에 손가락을 묻었다. 그 움직임이 승우를 자극했는지 그가 그르렁거리는 소리를 내며, 예민한 살점을 쭉 빨아들였다.

"아아, 승우 씨."

몇 번이고 그의 이름을 불렀지만, 그는 자신이 하고 있는 일에만 열중한 듯했다. 이윽고 입술이 떨어져 한숨을 돌린 것도 잠시, 기다란 손가락이 몸 안을 비집고 들어오는 게 느껴졌다. 그는 손가락의 움직임을 멈추지 않은 채, 선휘의 옆에 누워서 그녀를 자신의 품에 끌어당겨 안았다.

선휘의 뺨에 자잘한 입맞춤을 하다가 귓불을 빨아들이는 그의 숨결은 뜨거웠고 거칠었다. 선휘는 고개를 돌려 그의 뺨을 감싸고 입술에 살포시 입 맞췄다.

"승우 씨, 사랑해요."

그에게 처음으로 사랑한다는 말을 했다. 그의 손가락이 쑤욱 몸 밖으로 빠져나갔다.

"나도 사랑해."

그리 속삭인 그는 입고 있던 옷을 단번에 벗어 버리고는 단단한 몸을 탐스럽게 익은 그녀의 몸 위에 포개었다. 천천히, 느릿한 동작으로 그가 선휘의 안으로 들어오기 시작했다. 긴장하지 않으려 노력했지만 몸은 잔뜩 굳어 있었다.

그 덕에 그도 힘겨운 듯했고, 선휘도 받아들이기가 쉽지 않았다. 승우는 그녀의 뺨을 보드랍게 쓰다듬으며 이마에 슬쩍 입을 맞췄다.

"아파?"

선휘는 고개를 절레절레 저었다.

"거짓말."

낮게 속삭이는 목소리가 무척이나 매혹적이었다.

"얼른 해 줘요."

선휘는 머뭇거리는 그에게 속삭였다.

"그럼, 긴장하지 마."

슬쩍 고개를 끄덕이자 그가 천천히 움직이기 시작했다. 다 파고들어 왔다 생각했는데, 그의 움직임이 더해질수록 더 깊이, 더 강하게 들어오고 있었다. 배 속까지 꽉 들어차는 순간 두 사람의 몸이 온전히 결합했음을 느꼈다.

통증과 함께 몰려오는 야릇한 기대감은 놀라울 정도였다. 그는 숨을 고르는 듯했다. 선휘의 박자에 맞추기 위해 애쓰고 있는 듯 그의 이마에 굵은 땀방울이 송골송골 맺혔다.

선휘는 괜찮다는 듯 그의 뺨을 어루만지고는 어깨와 목 언저리로 부드럽게 손을 옮겨 갔다.

그러자 그가 이번에는 좀 전보다 빠른 속도로 움직이기 시작했다. 움직임이 더해질수록 고통은 진해졌고, 급기야 눈에서 눈물이 주르륵 흘러내렸다.

"아, 승우 씨."

그는 울부짖는 듯한 선휘의 목소리에도 아랑곳하지 않고 허릿짓을 높여 갔다. 이제 멈출 수 없다는 듯 그의 몸짓은 단호했다.

"승우 씨."

통증은 컸지만, 그와 동시에 흥분과 열기가 존재했다. 이것 때문에 사람들이 사랑을 나누나 하는 생각이 불현듯 들 정도였다. 속도가 점점 더 빨라지는가 싶더니, 어느 순간 멈추며 그의 몸이 선휘의 몸 위로 무너져 내렸다.

등을 커다랗게 들썩인 승우가 슬쩍 허리를 움직여 몸을 빼내려 하자 선휘가 그의 허리에 다리를 감아 꼭 끌어안았다.

"잠시만. 잠시만 이렇게 있어 줘요."

그는 왜 그러느냐는 듯 고개를 들고 선휘를 바라봤다.

"너무 좋아서요. 이렇게 안고 있는 게 너무 벅차서요."

꿈꾸듯 말하는 선휘의 얼굴을 승우가 입술로 부드럽게 쓸어내렸다.

"후회할 텐데?"

"네?"

그리 되묻자, 그의 낮은 음성이 들려왔다.

"내가 이 순간을 얼마나 고대했는지 알잖아. 너 힘들까 봐 겨우 짧게 마쳤는데, 이러면 곤란해."

선휘는 무슨 뜻인지 몰라 여전히 눈을 동그랗게 뜨고 그를 올려다봤다.

"처음보다 두 번째가 더 쉽고, 처음보단 두 번째가 더 잘하는 법이지 않나?"

수긍을 해야 하는 상황인지, 아닌지 알 수 없었다. 그런데 그 순간 가장 내밀하게 닿아 있는 뜨거운 몸의 일부분이 다시 팽

팽하게 당겨지는 느낌이 들었다.

"인터미션은 끝났고, 이제 2막."

그리 속삭인 그는 다시 허리를 움직이기 시작했다. 한 번 묘한 열기를 느꼈던 탓인지 야릇한 신음이 절로 터져 나올 정도로 그의 움직임은 날렵했다.

달아오른 열기에 속도가 더해지자 온몸이 뜨거운 막으로 뒤덮이는 것 같았다. 어깨가 떨리고, 가슴이 떨리고, 아랫배가 한껏 조여 왔다. 귀가 왕왕거리고, 고개가 뒤로 젖혀지고 있었다.

클라이맥스. 단연코 그것은 클라이맥스였다. 야릇한 신음조차 낼 수 없었고, 머릿속이 아득해지는 기분이었다. 오로지 그의 열정과 사랑에만 집중되는 기분. 떨리는 선휘의 몸을 강하게 끌어안으며 그가 다시 그녀의 몸 위로 무너져 내렸다.

승우는 얼른 몸을 옆으로 굴리고는 두 팔로 선휘를 감싸 안았다. 힘이 빠진 두 사람의 거친 숨소리가 조용한 방 안을 채우고 있었다.

♪　　　♫　　　♪

테이블도 동그랗고, 의자도 동그랗고, 카펫의 무늬도 동그란, 한가운데 커다란 원형의 의자가 둘린 호텔 로비라운지에서 어제부터 마음이 심하게 모난 맥스가 애비와 마주 앉아 있었다.

「단원들이 꽤 좋아할 것 같죠?」

「뭘?」

「윤승우라는 남자요. 공연 총책임자라고 해서 배 불룩 나온 대머리 아저씨면 어쩌나 했는데, 너무 근사하잖아요. 뭐, 물론 우리 마에스트로도 잘생겼어요.」

애비의 재잘거림에 실소가 터져 나왔다. 근사해? 선휘의 눈에도 그렇게 보이는 걸까? 가슴속에 자갈 수십 개가 구르는 듯 점점 약이 올랐다.

커피나 한잔하자며 애비와 함께 약속 시각 30분 전부터 나와 있던 건 핑계였다. 그녀가 걸어 들어오는 장면 하나하나를 놓치고 싶지 않아서 일부러 로비 라운지 한가운데 자리를 잡고 앉았다.

약속 시각이 다가오자 점점 초조해졌다. 어제 애비가 자신이 누구인지 윤승우라는 남자에게 말했다고 했다. 명랑하고 쾌활해서 단원 그 누구도 소외시키지 않고 잘 어울리는 그녀가 좋았지만 해야 할 말이 있고 하지 말아야 할 말이 있는데.

한편으론 자신의 존재감을 증명해 냈다는 통쾌함이, 다른 한편으론 혹시 그 남자가 선휘에게 나쁘게 굴지는 않았을까 하는 우려가 돋아났다.

여린 선휘를 집요하게 추궁하여 상처를 주지는 않았을지, 혹시 그 때문에 그녀가 눈물지었으면 어쩌지 하는 생각에 한숨도 자지 못했다.

「오셨어요?」

「일찍 내려와 계셨네요. 저희도 10분이나 빨리 왔는데.」

한숨을 내쉬며 이마를 쓸어내리는 사이, 윤승우와 선휘가 눈

앞에 서 있었다. 눈이 빨갛게 충혈되어 있고, 화장으로 가렸지만 두 눈 아래 깊은 그늘이 져 있는 선휘의 얼굴에 시선이 머물렀다. 대체 얼마나 몰아세웠기에.

그리고 목에는 스카프가…… 스카프?

목을 조르는 듯한 느낌이 싫다며 그녀는 평소에 스카프는커녕 목걸이도 하지 않았다. 아무리 추운 겨울이라고 해도 목이 훤히 드러나는 옷을 입던 그녀였다. 그런데 살빛 한 점 내보이지 않으려는 듯 스카프가 칭칭 감겨져 있었다.

「앉으시죠.」

신경이 쓰인다. 그녀의 달라진 모습에 맥스는 온 정신이 산란해지고 있었다.

「협연하겠다고 하네요.」

마치 대변인이라도 되는 양 윤승우가 입을 열었다.

「고마워요!」

「고맙긴. 철 지난 연주자랑 함께하겠다는데 내가 더 고맙지.」

꺅 소리를 질러 대며 박수를 치는 애비와 달리 협연을 하겠다는데도 맥스의 표정은 묘하게 굳어져 있었다.

「협연 곡은 어떤 게 좋을까요, 머크레이 양?」

「아이들이 원하는 곡으로 정해서 알려 줘요.」

「그럴게요!」

「다음번 방문 일정을 조금 앞당겨야 할 것 같군요. 협연 연습도 함께해야 하니까.」

「그 문제와 관련해서는 벌써 그룹 승의 홍보 담당자와 이야기를 마쳤습니다. 연습 기간이 길어지는 것 때문에 발생하는 체류 비용에 대한 걱정은 안 하셔도 됩니다.」

「그런데 애비, 안색이 너무 안 좋아.」

선휘에 대한 생각에 사로잡혀, 자신의 콘서트마스터가 얼굴이 하얘진 채 손을 파르르 떠는 것도 알아차리지 못하고 있었다. 선휘의 말에 시선이 닿은 애비는 곧 쓰러질 것처럼 보였다.

「어제 비행기에서부터 줄곧 속이 좋지 않았거든요. 한국에 처음 오는 거라 긴장을 많이 했나 봐요.」

「방으로 가야 할 것 같은데?」

선휘의 물음에 애비가 고개를 갸웃하며 물었다.

「그래도 될까요?」

「들어가, 애비. 이후 일정은 내가 혼자 해도 상관없을 것 같으니.」

이 자리도 애비가 우기고 우겨서 함께한 것이었다. 한국에 그리도 오고 싶어 난리였던 아이가 아픈 얼굴을 하고 있자 맥스는 가슴 한구석이 답답해졌다.

「제가 데려다주고 올게요.」

「그래요. 고마워요, 머크레이 양.」

선휘를 향해 윤승우가 중얼거렸다.

"필요하면 전화해."

"응, 그럴게요."

자기네 언어로 떠드는 둘의 모습에 울컥했다. 선휘가 애비를 부축하려 몸을 숙였을 때, 아슬아슬하게 묶여 있던 스카프가 사르륵 풀어져 내렸다. 찰나의 순간, 애쉬브라운빛 새틴 천 사이로 드러난 그녀의 하얀 목에 빨간 자국이 눈에 띄었다.

윤승우는 그새를 놓치지 않고 손을 뻗어 스카프를 다시 여며 주었다. 그의 행동에 선휘는 싱긋 미소를 지으며 얼굴을 붉혔다. 맙소사. 머리에서 김이라도 날 듯 열이 올라 맥스는 눈앞에 있는 물 컵을 단숨에 비워 냈다.

두 여자의 모습이 시야에서 사라지자 맥스는 마치 전투를 앞둔 검투사의 눈으로 윤승우를 관찰했다.

짙고 검은 눈썹, 외꺼풀의 긴 눈매 안에 들어 있는 단단해 보이는 검은 눈동자, 얼굴 한가운데 쭉 뻗은 콧날. 선휘가 즐겨 보았던 한국 드라마에나 나올 법한 외모의 남자가 입을 열었다.

「보로위즈 씨, 머크레이 양이라고 부르는 건 그만두시죠? 많이 불편할 거예요.」

'지금 선휘의 곁에 있는 남자는 자신이라고 여유라도 부리는 건가?'

「맥스라고 불러, 그냥. 내가 누군지 알고 있다고 들었는데?」

「물론 알고 있지.」

「그런데 그렇게 여유를 부리나?」

비꼬는 맥스의 말에도 승우는 전혀 흔들림이 없어 보였다.

「여유 부리는 거 아니야, 맥스.」

「그럼? 엄연히 너와 난 적이 되어야 하는 거 아닌가?」

그 질문에 승우의 표정이 짐짓 진지해졌고, 검은 눈동자가 날카롭게 빛났다.

「네가 써니에게 상처 주고, 아픔을 들추고, 힘들게 할 거라면…… . 물론 내가 그렇게 하도록 가만히 두고 보지는 않겠지만, 아무튼 그렇다면 난 너와 적이 될 거야. 하지만.」

「하지만?」

「써니가 다시 피아노 앞에 앉아서 꿈을 되찾고 행복하길 바라는 거라면, 난 너의 동지가 될 거야. 어때? 적이야, 동지야?」

승우는 대답을 원한다는 눈빛이었다. 맥스는 얼이 빠진 표정으로 그를 바라봤다.

'뭐가 어째? 선휘를 불행하게 하면 적이고, 행복하게 할 거면 동지라는 거야?'

자신만만한 그의 표정에 주눅이 들고 싶지 않았다. 한 여자를 향한 사랑을 위해 모든 것을 바칠 수 있을 것만 같은 승우에게 지고 싶지 않았는지, 참으로 신사다운 대답이 흘러나왔다.

「적은 아니야.」

「그럼 동지라는 거네?」

승우는 기쁘다는 듯 환한 미소를 지어 보였다.

「그런 흑백논리가 어디 있어?」

「여기.」

승우의 여유로운 웃음에 맥스는 기가 찼다.

「공연장부터 보지. 그리고 맘에 안 들면, 공연 엎어 버릴 거야.」

「여부가 있겠습니까? 마에스트로.」

승우는 빙긋이 웃으며 턱을 치켜들어 보였고, 맥스의 미간은 여전히 좁았다.

어제 집으로 향하던 차 안에서 묵직한 정적을 깰 수 없을 만큼 두렵게 굴던 승우가 오늘은 콧노래를 부르며 검지로 운전대를 톡톡거리고 있었다.

"뭐가 그렇게 좋아요?"

"누구?"

"승우 씨요. 기분이 왜 그렇게 좋아?"

"기선제압!"

"뭐요?"

"그런 게 있어."

불현듯 남자는 단순한 동물이라던 정은의 말이 떠올랐다. 오늘 대체 맥스와 무슨 이야기를 한 건지, 승우는 지옥에서 천국으로 건너온 얼굴을 하고 있었다.

뭐, 어쨌든 기분이 좋다는 건 선휘 자신에게도 좋은 거니까. 그녀가 피식하고 웃으며 입을 열었다.

"애비가 미안하대요."

"뭐가?"

승우는 고개를 갸웃하며 되물었다.

"어제 맥스랑 나에 대해 이야기한 거요."

"그래, 그건 좀 잘못했지. 어떻게 갚아 주지?"

승우가 부러 짓궂은 표정을 하며 되물었고, 선휘는 기어로브에 오른 그의 손을 슬며시 감싸며 말했다.

"공연 멋지게 만들어 줘요. 그럼 돼요."

"그래? 그건 또 자신 있지, 내가."

그는 한숨을 내쉬고는 말을 이었다.

"무슨 일 있는 거지? 애비한테."

그의 물음은 참으로 조심스러웠다. 선휘는 슬쩍 고개를 끄덕였다. 아까 호텔 방에서 느꼈던 애비의 아픔이 생각나 괜히 눈물이 핑 돌았다.

"애비는 입양아에요. 3년 전쯤부터 친부모랑 연락이 닿아서 어제 그 친부모님을 만나고 왔대요. 그동안 만나 달라고 사정을 했는데, 만나지 못했다고 하더라고요. 아니, 만나기 싫었대요. 자신을 버린 부모가 정말 싫었대요."

선휘는 한숨을 한 번 내쉬었다.

"그런데 한국에 간다고 하니까 갑자기 친부모가 어떤 분들인지 궁금해졌대요. 그래서 어제 저녁 가족을 만났는데 어머니는 작년에 암으로 돌아가시고, 쌍둥이 언니가 한 명 있더래요. 쌍둥이를 다 돌볼 수 있는 상황이 아니어서 상대적으로 순한 애비를 보육 시설에 보냈대요. 조금이라도 순한 아이가 가야 더 사랑받을 것 같다고……. 분명히 1년 후에 다시 찾으러 오겠다고 하고, 석 달 만에 겨우 애비를 찾으려 했는데, 입양이 되었더래요."

"저런."

승우는 안타까움이 묻어난 목소리로 대꾸했다.

"애비가 8살 되던 해, 그러니까 5년 만에 겨우 찾았는데 친부모가 줄 수 있는 것보다 훨씬 더 나은 환경에 있는 애비를 다시 데려올 용기가 나지 않았다고 하더래요."

선휘의 목소리에 물기가 묻어났다.

"승우 씨, 정말 멋진 무대 만들어 줘요. 최고로 멋진 무대 만들어 줘요, 아이들 위해서."

승우는 고개를 끄덕이며 선휘의 손을 꼭 쥐었다.

"그래, 그리고 널 위해서."

선휘의 얼굴에 빙그레한 미소가 그려졌고, 고개가 절로 끄덕여졌다.

올바른 용기

　12월을 갓 넘긴 주말, 오케스트라단이 내한했다. 60여 명의 단원들과 그의 가족들까지 족히 150명은 되는 인원이었다.

　연습 기간 동안 가족들은 그룹 승에서 짜 놓은 한국 기행 프로그램에 참여하고 단원들은 연주회 연습을 하기로 했다.

　처음으로 단원들 앞에 서는 날, 선휘는 긴장했는지 계속 물을 들이켜며 한숨을 내뱉었다.

　"긴장돼?"

　"응."

　이윽고 연습실 문이 열리고 10대 아이들이 오로로 몰려들었다. 제 덩치보다 큰 악기 가방을 걸머지고 의자에 앉은 아이들은 반짝거리는 눈으로 선휘를 바라봤다.

　간단하게 자신이 맡은 악기와 이름을 얘기하는 아이들의 얼굴이 아롱아롱 빛났다. 아이들의 소개가 끝나자 선휘가 간단하게 자신을 소개했다. 말 안 해도 다 안다는 듯한 표정이 아이들의 얼굴에 묻어났다.

고국에서의 첫 공연을 잘 해내고 싶다는 마음 때문인지, 상견례가 끝나기 무섭게 아이들은 바로 연습에 들어갔다.

맥스가 만든 아리랑 변주곡과 모차르트 교향곡 40번, 그리고 선휘와 함께 브람스의 피아노 협주곡 1번을 연주할 예정이었다. 겸손했던 애비의 말과 달리 어린 단원들의 실력은 프로 못지않았다.

자신의 부모들이 떠나온 나라, 혹은 자신을 떠나보낸 나라의 연습실에서 아이들이 만들어 내는 아리랑은 가슴에 무언가를 꽉 들어차게 만들었다.

사랑에 아파한 과거를 피하고자 도망치듯 다시 찾은 한국에서 선휘는 현재를 사는 척하며 과거를 살고 있었을지도 모른다는 생각이 들었다.

겨우 마주하게 된 현실에는 자신의 옆을 묵묵히 지켜 주는 승우가 있었고, 덕분에 다시 피아노 앞에 앉을 수 있게 되었다.

「저기.」

아리랑 변주곡이 끝나자 클라리넷 연주자인 캐리가 입을 열었다. 단원들과 선휘, 그리고 두 남자의 시선이 아이에게 쏠렸다.

「저희 연주 어땠나요?」

선휘를 바라보며 잔뜩 상기된 얼굴로 묻는 여자아이는 이제

열입곱 살이 되었다고 했다. 남매가 나란히 한 가정으로 입양
되었고, 두 살 많은 오빠는 팀파니를 맡고 있었다.

「말로 다 표현하지 못할 만큼 감동적이었어.」

「그럼, 답례로 저희도 듣고 싶은 게 있어요.」

당돌한 목소리로 끼어든 건 피콜로 연주자 에디였다.

「뭔데?」

「호두까기 인형…… 사탕 요정의 춤이요.」

에디의 대답에 선휘는 맥스에게 슬쩍 눈을 흘겼고, 그는 자
기는 모르는 일이라는 듯 어깨를 으쓱해 보였다. 둘의 모습에
우우 하는 소리를 내며 아이들이 손뼉을 치기 시작했다.

덩치가 큰 트럼본 연주자 스탠이 피아노 앞에 의자를 하나
더 놓아 주었다.

9년 전 함께 피아노 앞에 처음 앉았을 때처럼, 나란히 한 대
의 피아노 앞에 섰다. 낮은 음역을 맡았던 맥스가 피아노의 왼
쪽에, 높고 섬세한 음역을 맡았던 선휘가 피아노의 오른쪽에
앉았다. 악보가 없어도 칠 수 있는 곡이었다.

슬쩍 승우가 서 있는 곳을 바라봤다. 그저 흐뭇하게 웃어 보
이는 그의 얼굴이 선휘의 가슴속 깊이 박혔다.

맥스의 손이 먼저 건반 위에서 움직이기 시작했다. 호흡을
가다듬고, 선휘도 가늘고 긴 손가락을 건반 위에 올렸다. 9년
만의 연주가 맞나 싶을 정도로 둘의 호흡은 착착 맞아 떨어졌
다.

「Pianorgasm.」

「Shut up.」

선휘의 대답에 맥스는 놀란 듯 숨을 날카롭게 들이켰다.

「네가 이렇게 치사하게 굴면, 피곤해지는 건 나야. 내가 오늘 밤 저 남자한테 얼마나 시달릴 것 같아?」

천연덕스럽게 피아노 건반 위로 손가락을 움직이며 속삭이는 선휘의 말에, 맥스는 기분이 상한 목소리로 대답했다.

「어떻게 나한테 그런 말을 아무렇지 않게 할 수 있지?」

「정사 소리를 그대로 들려 준 건 누구더라?」

선휘의 되받아치는 말에 맥스는 얼이 빠진 듯 그저 피식하고 웃어 보였다. 2분을 조금 넘기는 짧은 연주가 끝나자 아이들은 멍해져 있다가, 이내 손뼉을 치며 환하게 웃었다.

아이들의 집중력을 고려해 맥스는 한 시간 연습, 10분 휴식의 룰을 지켜야 한다고 했다. 또래보다 집중력이 높은 단원들이었지만 그래야 능력을 극대화할 수 있다고.

연습이 끝나면 아이들은 우르르 피아노 주변으로 몰려가 선휘에게 이것저것을 물어보았다. 맥스와 관련된 이야기, 한국과 관련된 이야기…….

빠르게 성장하는 속도만큼이나 호기심이 많은 아이들은 자신보다 먼저 어른이 된, 그리고 자신들보다 먼저 고국을 밟은 그녀에게 참으로 궁금한 것이 많아 보였다.

승우는 아이들의 간식까지 손수 챙겼다. 연출은 적성에 맞지 않는 것 같다고 고민하는 경진을 기획 일에 끌어들인 덕분에 오케스트라 공연도 그의 도움을 받을 수 있었지만, 왠지 아이들을 챙기는 일은 직접 하고 싶었다.

연습실은 아이들이 공연하게 될 공연장의 3층에 위치했다. 공연장 1층에는 커피 전문점을 비롯해 샌드위치 가게 등이 들어와 있어 간식을 구하는 것은 그리 어려운 일이 아니었다.

커다란 봉투와 음료 캐리어를 옮기는데 맥스가 거들었다.

「선휘 건?」

「안에 있어.」

「뭐냐고 묻는 거야.」

맥스는 한심하다는 듯 승우를 쏘아보았다.

「사과 주스.」

「멍청하기는.」

「뭐?」

맥스는 들고 있던 봉투를 다시 테이블 위에 올려놓고 주문대 앞으로 걸어가 생자몽 주스를 한 컵 사 왔다.

「오렌지 주스는 안 마셔. 생부가 입에 오렌지 주스를 달고 살았다고 했어. 자몽 주스를 제일 좋아하는데, 자몽이 없을 때만 사과 주스를 마셔.」

맥스는 커다란 봉투 여러 개를 들고 성큼성큼 연습실로 향했다. 정말 동지가 되기로 했나. 승우는 피식 웃어 보이며 맥스의 뒤를 따랐다.

연습이 계속되던 어느 날, 선휘는 피아노 앞에 앉아서 악보를 정리하고 있었다. 악보집 사이로 귀여운 곰돌이 모양이 그려진 작은 엽서가 한 장 들어 있었다.

앞으로 계속 언니의 피아노 소리를 듣고 싶어요.

자신에게 말을 건 적이 단 한 번도 없었던 비올라 연주자 윤정의 메모였다. 삐뚤삐뚤한 한글로 적혀 있는 엽서를 바라보며 선휘는 가슴 한구석이 젖어 드는 것 같았다. 어쩜 자신은 이 어린아이보다 용기 없는 어른이었을지도 모른다.

퍽퍽하고 단조로운 일상이 주는 안락함에 도피해서, 그동안 자신이 진정으로 무엇을 원했었는지도 잊고 살았다. 타인에게는 그토록 관대하며 그들의 감정 하나하나를 헤아리려 노력했는데, 정작 자신에게는 혹독한 잣대를 들이밀며 사랑의 실패를 인생의 실패로 받아들이고 바보같이 굴었던 것이 미안해졌다.

이제 피하지 않을 것이라 다짐했다. 사랑도, 꿈도 그리 하지는 않을 것이라 다짐했다. 윤정의 엽서를 핸드백 안쪽에 넣자 휴식 시간이라고 밖으로 몰려나갔던 아이들이 왁자지껄하게 떠들며 다시 연습실로 돌아왔다.

오전은 선휘와의 피아노 협연 연습에, 오후는 아리랑 변주곡과 모차르트 교향곡을 연습하는 데 할애되었다.

오전 연습을 마치고 난 후에도 선휘는 연습실에 머물며 아이들과 이야기를 나누기도 하고, 그들의 연습을 지켜 보기도 하며 시간을 보냈다.

어김없이 행복했던 연습 시간이 끝나갈 무렵, 경진이 조심스레 선휘를 불렀다. 연습 내내 그들을 지켜보던 승우는 잠시 자리를 비우고 없는 상태였다.

"저, 선휘 씨, 공연장으로 전화가 한 통 왔는데요."

"네? 전화요?"

"김태수 씨라고 혹시 알아요?"

이름을 듣는 순간 누구지 싶었다. 잊고 살았던 이름, 평생 다시는 듣지 않을 거라 여겼던 이름에 숨이 턱 막혀 왔다. 심연을 나뒹굴던 어둑서니가 튀어 오른 듯 심장이 버겁게 두근거렸다.

"전화 끊겼나요?"

"아니요. 사무실에……."

경진의 안내를 따라 선휘는 사무실로 향했다. 연습실 거울에 비친 선휘의 모습에서 이상한 기운을 눈치챈 맥스는 두 눈으로 그녀가 나가는 모습을 좇았다.

"네, 여보세요?"

—선휘니?

"네."

—잘 지냈니?

"어떻게 아셨어요?"

—출근길에 공연 포스터를 봤어. 회사가 그 근처거든…….

수화기 너머로 조심스레 흘러나오는 목소리는 그녀의 이복 오빠였다. 자신을 그토록 괴롭혔던 작은 오빠와 달리 무심한 척 챙겨 주었던 큰 오빠. 그 집을 떠나오던 날, 고등학생이었던 그는 그녀의 손을 꼭 잡아 주며 언젠가 다시 볼 수 있을 거라 아픈 미소를 지었었다.

—불쑥 연락해서 미안해. 그래도…… 알려야 할 것 같아서…….

비통, 회한, 울분. 한 가지로 표현될 수 없는 감정들이 뒤섞인 그의 목소리에 선휘의 음성도 낮게 가라앉았다. 십수 년 만에 나누는 이복 남매의 대화로는 지극히 비정상적인 물음이 나왔다.

"무슨 일 있으세요?"

—아버지…… 돌아가셨어. 올 수 있겠니?

수화기를 내려놓고 그 자리에 한참을 멍하니 서 있는데, 승우가 다가와 허리를 감싸 안았다. 따뜻하고 커다란 그의 손길이 느껴졌다.

"무슨 일이야?"

마치 남의 일인 듯, 무감한 얼굴의 선휘에게서 비보가 흘러나왔다. 승우는 가만히 선휘의 팔을 끌어당겨 자신의 품에 안았다.

연습이 끝났는지, 경진과 현지 인솔자에게 아이들을 인계한 맥스도 사무실로 달려왔다. 아무 말 없이 선휘를 안고 있는 승우를 맥스는 그저 넋이 나간 채로 바라봤다.

장례식장으로 향하는 길. 혼자보단 둘이 낫고, 둘보단 셋이 낫지 않겠느냐며 승우와 맥스가 그녀의 양옆에 섰다. 손을 잡거나, 어깨에 팔을 두르지는 않았다. 그저 자신의 곁에서 거리를 유지하며 함께 걷고 있는 이들이 고마웠다.

대학병원 장례식장에 들어서자 그동안 잠잠했던 심장이 다시 오므라드는 느낌이 들었다.

특1호실. 호수를 가리키는 알림판 옆의 작은 스크린 위, 고인의 가족 이름 마지막에 김선휘라는 세 글자가 올라 있었다. 모델처럼 생긴 동서양 남자를 양쪽에 끼고 나타난 선휘를 사람들이 흘끔거리며 쳐다봤다.

선휘는 아버지께 마지막 인사를 드리기 위해 신발을 벗고 대리석 위에 발을 디뎠다. 향을 피우고 절을 하는 동안 울음이 터져 나왔다.

평생 마음 깊이 간직했을지도 모를 어린 시절 두려움과 공포감에 대한 원망이 한꺼번에 밀려 나오는 듯 서러운 눈물이 흘러내렸다.

'아버지와 엄마와 나는 왜 그리도 아픈 인연으로 만났어야 했을까요? 잘 가세요, 아버지. 다시는 제 꿈에라도 나타나지 마세요. 그저 이 세상에 태어나게 해 주신 분이 있었다는 사실만 기억하고 미움도, 아픔도, 원망도 모두 보내 드리겠습니다. 다 가져가세요. 이제 제가 갖기 싫어요.'

반절을 올리고 고개를 들지 못하는 동안, 발아래로 떨어진 눈물방울이 아물아물 고였다. 생전 보지 못했던 젊은 여자가 문상을 와서 서럽게 울어 보이자, 태수를 제외한 상주 자리에 있는 자식들이 선휘를 물끄러미 바라보았다.

선휘와 맞절을 하려는 어머니와 형제들을 태수가 말렸다.

"선휘예요, 어머니."

태수의 말에 다들 넋이 나간 얼굴로 그저 선휘를 바라볼 뿐, 아무 말도 하지 않았다. 조용히 자리를 뜨려는 그녀를 새어머니가 붙들었다.

"잘 지냈니?"

"네."

"고맙다. 와 줘서. 그리 모질게 굴었는데……."

"아버지가 돌아가셨는데 자식이 왔다고 해서 고맙다고 하는 경우는 없을 거예요."

선휘의 말에 그녀는 할 말을 잃은 듯 멍해졌다.

"자리는 못 지킬 것 같아요. 죄송해요. 그만 가 볼게요."

장례식장을 빠져나오는데 맨발로 달려 나온 태수가 선휘를 불러 세웠다.

"맏상제가 자리를 비우면 어떡해?"

"이거 내 명함이야. 혹시…… 내가 도울 일이 있으면 연락해. 알았지?"

선휘는 대답 없이 명함을 주머니에 넣고는 발길을 돌렸다. 명함을 쓸 일이 있을 것 같지는 않았다. 과거의 어둑서니는 이제 없다. 휘영한 겨울바람이 그녀의 긴 머리칼을 스쳤다.

맥스를 호텔에 내려 주고 택시 뒷좌석에 남은 승우는 선휘의 손을 가만히 잡아 주었다.

"승우 씨."

"응?"

"뭐해요?"

"뭐가?"

선휘가 우습다는 듯 승우를 바라보며 퉁명스레 말했다.

"설마 맥스, 저 나쁜 놈을 배려하는 거야?"

"뭐?"

선휘의 입에서 흘러나온 나쁜 놈이라는 말에 승우가 쿡 하고 웃음을 터뜨렸다.

"맥스가 있는 데서는 손도 안 잡고, 내가 그렇게 쓰러질 듯했는데 잡아 주지도 않고 말이야. 요즘 둘이 절친처럼 간식 살 때도 붙어 다니고. 승우 씨, 사실은 남자 좋아하는 거 아녜요?"

장례식장에서 나와 울먹이는 외국인 남자를 호텔에 내려주고 뒷좌석에 앉은 두 남녀가 주고받는 요상한 대화에 택시 기사가 룸미러로 흘끔거리는 게 보였다. 승우는 그녀를 바라보며 그저 희미한 미소를 짓고 있을 뿐이었다.

택시에서 내리자마자 선휘를 품에 안고 입을 맞췄다. 부드럽게 아랫입술과 윗입술을 훑고 혀로 그녀의 입안을 가르려는데 선휘가 승우의 가슴팍을 밀어 냈다.

"뭐하는 거예요, 길에서?"

"뭐 어때? 지나가는 사람도 없는데."

눈을 가늘게 뜨며 흘겨보는 선휘의 어깨를 감싸 안고 오피스텔로 들어갔다. 오늘은 그녀를 혼자 두고 싶지 않았다.

한참을 뒤척인 후에야 잠이 들던 그녀였는데, 베개에 머리가 닿자마자 새근새근 고른 숨을 내뱉으며 선휘는 잠이 들었다. 가만히 그녀의 머리칼을 쓸어내리며 속으로 말했다. 이제 행복 하기만 하자.

♪　　　♫　　　♪

무대 리허설을 진행하느라 안 그래도 혼이 쏙 빠져나갈 것 같은데, 경진이 헐레벌떡 달려와서는 1층 무대 가장 뒤편 기재 실 안에 있던 승우를 급하게 불렀다. 이제 곧 선휘의 협주 무대 가 시작하려는 순간이었다.

"왜? 무슨 일이야?"

"형, 로비에 선휘 씨 부모님 오셨는데?"

승우는 선휘의 리허설이 시작되는 것을 확인하고는 서둘러 로비로 향했다. 쿵쾅거리는 심장에 발이 꼬여서 넘어질 것만 같 았다.

로비 한가운데 키가 큰 회색빛 은발의 남자 손을 꼭 붙들고 있는, 선휘와 너무도 닮은 모습의 중년 여성이 서 있었다.

"Excuse me."

"한국어로 해 주셔도 됩니다."

은발의 신사가 승우에게 슬쩍 미소 지으며 말했다.

"선휘 씨 어머님, 아버님 되신다고요?"

"네, 그런데 누구시죠?"

"안녕하세요, 윤승웁니다. 이번 공연 총책임잡니다."

승우의 소개에 두 사람의 눈이 휘둥그레지며 얼굴에 뜻 모를 미소가 피어올랐다.

"아, 이 공연 기획한다던. 맞죠?"

이제 빛만을 겨우 구분해 내실 수 있다는 그녀의 어머니는 승우에게 시선을 맞추지 못한 채 물으셨다.

"네, 맞습니다."

"선휘는 안에 있나요?"

"네, 리허설 중입니다."

이윽고 아름다운 피아노 선율이 새어 나왔고, 그녀가 꿈꾸는 표정으로 물어 왔다.

"그럼 리허설 다 끝나면 봐야겠다. 지금 들려오는 피아노 소리, 선휘가 치는 거죠?"

"네."

"아! 어쩜."

그녀의 얼굴에 해사한 미소가 떠올랐다.

"리허설이 끝나면, 바로 만나 보실 수 있도록 하겠습니다."

승우는 두 분을 로비 한편에 있는 커피 전문점으로 안내하고 서둘러 공연장 안으로 향했다. 또 한 번의 리허설이 반복될 예정이라 선휘는 무대에서 내려와 몸을 풀고 있는 듯했다.

"선휘야."

선휘는 상기된 얼굴로 승우를 바라보며 왜, 하는 표정을 지었다.

"부모님 오셨어."

"누구요?"

승우를 따라간 커피 전문점에는 정말 부모님이 앉아 계셨다. 가끔 만나러 오시긴 했지만 연락도 없이 불쑥 찾아오신 것은 이번이 처음이었다.

"엄마, 아빠. 연락도 없이 무슨 일이세요?"

엄마는 눈물이 글썽글썽한 얼굴을 하고는 선휘를 꼭 끌어안았다.

"애비가 러셀한테 이야기해서, 러셀을 통해서 들었어. 러셀은 내일 올 거야."

"얘기 안 하려고 했는데……."

선휘의 아버지는 아내에게 깨알같이 선휘의 얼굴과 표정을 설명했다. 볼에 살이 좀 오른 듯하다. 훨씬 예뻐졌다. 얼굴에 생기가 넘친다. 아주 밝아졌다. 긍정적인 문장에 그녀의 얼굴엔 웃음꽃이 활짝 피어났다.

선휘의 소개를 기다리느라 가만히 서 있던 승우 쪽으로 선휘의 어머니가 손을 뻗었다.

"엄마!"

당황한 선휘의 목소리에 그녀는 환한 미소를 지으며 말했다.

"다 들었어. 애비 통해서……."

고맙다는 말은 하지 않았다. 반갑다는 말도 하지 않았다. 그저 따스하게 그의 손을 잡고 있던 그녀가 조심스레 입을 열었다.

"승우 군?"

"네."

"애비가 그렇게 잘생겼다고 칭찬을 해서…… 얼굴이 궁금한데……."

승우는 몸을 낮추고 잡고 있는 그녀의 손을 이마 위에 올렸다.

결이 곧은 눈썹과 우뚝한 콧날, 양 뺨에 알맞게 자리 잡은 광대뼈, 남자다운 턱 선이 그녀의 손끝에서 느껴졌다.

"와, 우리 선휘 엄마 닮아서 엄청 눈이 높구나. 잘생겼다."

환하게 웃고 있는 두 모녀와 달리, 은발의 노신사는 날카로운 눈으로 승우를 이리저리 살피는 듯했다.

리허설이 끝나고 네 사람은 창덕궁 근처에 있는 한식당으로 향했다. 식사가 끝나갈 무렵, 어머님을 모시고 선휘가 화장실에 간 사이 내내 말이 없던 그녀의 아버지가 입을 열었다.

"지휘자와 선휘의 관계가 어땠는지 알고 있나요?"

"예, 알고 있습니다."

"그런데도 어떻게 선휘를 그 무대에 같이 세울 수가 있죠?"

"무대에 다시 오르게 하고 싶었지만 억지로 기회를 만들어 올리고 싶지는 않았습니다. 애비의 협연 요청에 그저 이게 좋은 계기가 될 수 있기를 바랐습니다. 지휘자가 그토록 선휘를 아프게 했던 사람이라는 걸 알고 공연을 무산시킬까 하는 생각도 했었습니다만, 그게 근본적인 문제를 해결할 방법은 아닌 것 같았습니다. 무엇보다 평생의 꿈을 다시 살필 수 있게 된 선휘를 응원하고 싶었습니다. 또……."

"또?"

"예전에는 제가 없었지만, 지금은 제가 곁에 있으니까요. 충분히 지켜 줄 수 있다고 생각하고 있습니다."

"맥스와는 껄끄럽지 않나요? 그 녀석도 보통 성격은 아닌데?"

"선휘를 다시 아프게 하고 힘들게 할 거라면 저와 적이 되고, 선휘가 꿈을 이루고 행복하길 바란다면 동지가 되자고 했습니다."

"그래서?"

"적은 아닙니다."

힘든 면접이라도 보는 듯 승우의 손에 땀이 배어났다. 추운 겨울인데 등줄기에는 식은땀이 줄줄 흘러내렸다.

"여자들은 들여보내고 술이나 한잔했으면 좋겠는데."

지금까지의 대화는 그저 맛보기였다는 생각이 들었다. 공연을 준비할 때뿐만 아니라 평소에도 술을 가까이하지 않았지만 승우는 고개를 끄덕여 보였다.

선휘는 어머니를 모시고 오피스텔로 향했고, 승우는 그녀의 아버지와 회원제로 운영되는 프라이빗 바로 향했다.

영국의 소셜 클럽처럼 꾸며진 바에서 불순한 모습은 찾아볼 수 없었다. 일행이 아닌 사람에게는 말 거는 것조차 금기 사항인 곳이었다.

주로 공연과 관련한 중요한 이야기를 할 때, 공연 관계자와 이곳을 찾곤 했다. 술집에서 새어 나간 이야기가 한 시즌 공연을 말아먹을 수도 있으므로 라이선스 계약을 비롯한 기획 초기, 비밀 유지가 필요한 술자리를 만들어야 할 때 찾는 곳이었다.

바 스툴에 걸터앉은 둘에게 바텐더가 다가왔다.

"가볍게 하실 생각이십니까? 아니면……."

정중한 승우의 물음에 그는 고개를 저어 보였다. 승우는 빠르게 주문을 마쳤다. 고급스러운 도자기 병 모양이 눈길을 끄는 로얄살루트 38년산과 스트레이트 잔이 앞에 놓이고, 두꺼운 호두나무 위에 놓인 크리스털 접시에 핑거 푸드 안주가 나왔다.

채워진 잔을 단숨에 비워 낸 그가 입을 열었다.

"내가 선휘의 목소리로 처음 들은 단어가 피아노였어요."

아까 한식당에서의 기세라면 호구조사부터 시작해서 꼬치꼬치 물을 줄 알았는데, 그는 희미한 미소를 지어 보이며 이야기를 시작했다.

"상처가 많은 아이라는 걸 알고 있었고, 좋은 아버지가 되려고 노력을 많이 했죠. 피아노를 치면서 조금씩 웃음을 보이기에 안심도 되었고, 음악학교에 가서 맥스를 만난 이야기를 시시콜콜하게 털어놓는 딸의 모습을 보며 우리 부부는 한시름 놓았다는 생각을 했었죠."

크게 한숨을 들이켠 그는 떨리는 숨을 내뱉으며 말을 이었다.

"맥스와 헤어진 후, 그전보다 더 심각하게 무너진 선휘의 모습을 보는 건 참 버거웠어요. 가족 모두가 힘들었던 시기죠. 무작정 한국으로 가겠다는 말을 했을 때, 아내는 마치 딸을 영원히 떠나보내는 것처럼 마음 아파했어요. 그저 하고 싶은 일이 바뀌었을 뿐이라는 딸의 말을 믿고 응원해 주는 수밖에는 없었죠. 그래서 아내와 난, 지금 조금 혼란스러운 면도 있어요."

"혼란스러우시다는 건……."

"갑자기 행복한 얼굴을 하고 있는 딸의 모습이…… 그저 윤승우 군 때문이라면……. 만약 선휘의 모든 상처를 알고 윤승우 군이……."

"이미 다 알고 있습니다."

뜻밖이라는 표정으로 그가 승우를 바라봤다.

"많이 아팠던 것도, 많이 힘들었던 것도 다 알고 있습니다. 그로 인해 많이 불안하시다는 말씀도 이해가 가기에, 지금 당장 저를 믿어 달라는 말씀은 감히 드리지 못하겠습니다. 그렇지만 행복하게 해 줄 자신 있습니다. 지금 저 모습 그대로 지켜 줄 겁니다."

그의 얼굴에 뜻을 알 수 없는 미소가 그려졌다. 승우의 어깨를 두어 번 토닥거리더니, 술잔을 들고 물었다.

"원래 술은 하지 않나?"

"공연 중에는 하지 않습니다만, 오늘은 하겠습니다."

♪　　♫　　♪

아침에 일어나자마자 승우에게 수차례 전화를 걸었는데 받

312

질 않았다. 자신의 오피스텔에서 주무신 엄마를 모시고 호텔 방에 갔지만 아버지의 모습은 보이질 않았다.

혹시나 싶어서 선휘는 어머니와 함께 승우의 오피스텔로 향했다.

엄마가 이 광경을 볼 수 없다는 사실을 다행으로 생각해야 할까, 안타깝게 생각해야 할까. 거실 카펫 위에 두 사람이 엉겨 붙은 채 잠들어 있었다. 승우의 다리를 베고 누워 있는 아버지의 얼굴은 아직도 술이 덜 깼었는지 벌겋게 달아오른 상태였다.

"승우 씨, 일어나요. 오늘 최종 리허설 있는 날이야."

"음? 우리 써니 왔어?"

"정신 차려요. 엄마 아빠도 계셔."

화들짝 놀란 승우가 몸을 바르작거리며 상체를 일으켜 두리번거리자, 아버지도 번쩍 눈을 떴다.

"술도 잘 안 마시면서 왜 그렇게 많이 마셨어요?"

민망하셨는지 아버지는 눈을 뜨자마자 어머니와 함께 호텔로 향하셨다. 선휘는 어제 복장 그대로 식탁 앞에 앉아 있는 승우에게 꿀물을 내밀었다. 그것을 받아 들고 벌컥벌컥 마신 승우는 선휘를 보며 생긋 미소 지었다.

"지금 몇 시지?"

"10시."

"리허설 2시 시작이지?"

"응."

"그럼 이리 와."

승우는 선휘를 끌어당겨 자신의 무릎에 앉히고는 꿀맛 아래 스카치 위스키 향을 머금은 입안으로 그녀의 입술을 빨아들였다.

입안을 가르고 들어가 혀가 얽히기 시작하자 승우는 그녀의 허리를 감싸고 있던 손을 옮겨서 얇은 니트 위에 도드라진 가슴을 움켜잡았다.

가늘게 떨리는 신음이 승우의 입안으로 쏟아졌다. 그는 선휘의 몸을 감싸 안고 대리석 식탁 위에 눕혔다. 니트 원피스 자락을 위로 올리고 두꺼운 레깅스와 속옷을 한꺼번에 벗겨 냈다. 식탁 위에 아스라이 걸쳐 있는 그녀의 모습은 너무도 자극적이었다.

승우는 무릎을 꿇고 앉아서 선휘의 아래를 혀로 핥아 내기 시작했다. 딱딱하고 미끌미끌한 대리석 상판 위에서 선휘의 등이 활처럼 휘었다. 재빨리 아랫도리를 벗은 그가 선휘의 몸 안으로 파고들었다.

오랜만에 그녀를 안는 덕에 승우는 걷잡을 수 없이 몸이 내달리는 것을 느꼈지만 멈출 수 없었다. 대리석 상판 위에 니트가 부드럽게 미끄러지며 선휘의 몸이 흔들거렸다.

절정을 느끼는 듯 한껏 몸을 비틀며 안이 조여 오자 승우는 재빨리 선휘에게서 빠져나와 배 위에 파정했다.

"하아……. 같이 샤워해야겠는데?"

승우가 음흉한 미소를 지어 보이자 선휘는 밉지 않게 눈을 슬쩍 흘기며 그를 나무랐다.

"아침부터 정말."

"왜, 아침부터 좋은데?"

식탁 위에 있는 티슈를 집어다가 선휘의 배 위를 대강 닦아 낸 승우는 그녀를 번쩍 안아 들고 욕실로 향했다.

"샤워는 인터미션이고. 2막이 있어야겠지?"

욕실에 들어선 승우는 선휘를 욕조에 가둔 채 몇 번이고 그녀를 안았다.

♪   ♫   ♪

공연 시작을 알리는 안내 방송이 울려 퍼졌다. 오랜만에 대기실 거울 앞에 앉은 선휘는 숨을 고르게 내쉬려 노력하고 있었다.

똑똑똑, 대기실 문을 두드리는 소리에 화들짝 놀라 가는 어깨가 들썩였다. 문이 열리고 승우가 얼굴을 빠끔히 내밀었다.

아이들이 주인공인 공연에서 화려한 드레스는 입고 싶지 않다며 선휘는 단정한 검은색 새틴 드레스를 골랐다. 그녀가 단장하는 시간 동안 어찌나 초조했는지 모른다.

하얀 어깨 위에 오른 새틴 자락과 몸에 알맞게 피트되어 흐르는 곡선. 빛의 방향에 따라 고운 결을 빛내는 그녀의 모습은 눈이 부실 정도였다. 긴 웨이브 머리는 새틴 리본에 묶인 채 등을 타고 흘러내리고 있었다.

거울에 비친 승우의 얼굴을 바라보며 선휘가 조심스레 물었다.

"왜요? 이상해요?"

승우는 선휘가 앉아 있는 회전의자를 홱 돌려서 몸을 숙이고 그녀를 마주했다. 단단한 검은 눈동자와 반짝이는 검은 눈동자가 부딪혔다.

"이상……해요?"

오랜만에 입는 드레스였다. 그동안 낯설어진 자신의 모습이 걱정되어 한숨을 폭폭 내쉬던 중이었다. 승우는 미간을 구기며 한숨을 내뱉더니 입을 열었다.

"큰일인데."

"왜요?"

선휘가 울상을 지었다. 팔걸이를 잡고 있던 승우의 손이 움직이더니 선휘의 뺨을 스윽 쓸어내리고는 턱을 움켜쥔 채 입을 맞추기 시작했다.

최대한 부드럽게 입을 맞추려 노력하느라 승우는 온몸이 부들부들 떨리는 것만 같았다. 슬쩍 입술을 떼어 내고 그녀의 이마에 입맞춤을 더했다.

"너무 예뻐. 아무한테도 보여 주고 싶지 않을 만큼 예뻐."

선휘가 수줍게 웃어 보이자 승우는 한숨을 폭 내쉬며 상체를 일으켜 세웠다. 물음표가 가득한 얼굴로 바라보는 선휘에게 조용히 손을 내밀었다. 선휘는 그의 손을 잡고 의자에서 일어났다. 새틴 자락이 사르륵 움직였다.

동그란 이마 위에 흘러내린 잔머리를 정리해 주는가 싶더니, 매끄러운 드레스에 감싸인 그녀의 허리를 커다란 손이 감싸 안았다.

고개를 숙여 선휘의 입술에 다시 제 입술을 가져갔다. 부드럽고 깊게 입을 맞췄다. 한껏 빨아들이고 싶은 것을 참아 내며 천천히 그녀를 달래 주었다.

"긴장 풀어. 내가 있잖아."

"응."

선휘는 슬쩍 고개를 끄덕였다. 대기실 모니터에서는 아리랑 변주곡이 절정을 향해 가고 있었다. 승우는 선휘의 손을 잡고 무대 뒤로 향했다.

조연출이 사인을 보내자, 선휘는 잡고 있던 승우의 손을 놓고 무대 위로 향했다. 무수한 박수 소리가 들려왔다. 따스한 오렌지빛 조명이 무대를 감싸고 있어서인지, 관객들의 열기가 느껴져서인지, 고개만 돌리면 보이는 곳에 서 있는 승우 때문인지, 아니면 이제야 제자리를 찾은 것 같은 자신 때문인지. 선휘의 입가에 달콤한 미소가 떠올랐다.

관객들에게 살짝 무릎을 굽히고 고개를 숙여 인사하며, 맥스에게 손을 뻗었다. 맥스는 환한 미소를 지으며 선휘의 손등에 입을 맞췄다.

피아노 앞에 앉아 아이들이 만들어 내는 현과 바순의 선율에 귀를 기울이며 눈을 감았다. 무대를 걸어 나올 때 심하게 뛰던 심장은 어느새 음악 속에 녹아들어 제 박자를 되찾고 있었다.

익숙한 공기가 손끝을 스쳤다. 지금이다. 선휘는 맥스를 바라봤다. 맥스의 지휘에 따라, 건반 위를 구르는 선휘의 손끝에서 동당거리는 음들이 조화를 이루기 시작했다.

안어울림 가득했던 자신의 인생 전부가 조화로움으로 가득차고 있었다. 눈물이 솟구칠 것 같기도 했고, 어쩐지 웃음이 흘러나올 것 같기도 했다.

브람스 피아노 협주곡 1번 라단조 작품번호 15-2악장. 맥스가 이 곡을 피아노 협주곡으로 정했다고 했을 때, 선휘는 의미를 알 수 없는 한숨을 내쉬었다.

서로를 클라라와 슈만이라고 불렀던 둘. 이 곡은 브람스가 슈만의 죽음을 애도하는 뜻에서 클라라에게 바친 작품이었다.

상처를 주었던 과거를 끝내자는 의미였는지, 이제 서로의 사랑을 마무리하자는 것인지, 선휘는 담담히 협연 곡을 받아들였다. 연주하는 내내 맥스의 표정은 아프고 슬퍼 보였다. 그 아련함이 선휘의 손끝에서 피어나는 것 같았다.

쓸쓸한 피아노의 독백을 따르는 바순과 호른의 부르짖음. 타이밍을 벗어난 사랑의 안타까움. 타이밍을 벗어난 부모와 자식 간의 만남과 이별. 무대는 숙연함으로 가득 차올랐다.

15분이 조금 넘는 연주가 끝나고, 끊임없는 박수가 쏟아져 나왔다. 자리에서 일어난 선휘는 관객들에게 인사를 하고 단상 위에서 내려온 맥스에게 손을 뻗었다. 그저 손등에 입을 맞추려는 그를 살포시 안아 주며 속삭였다.

이제 너도 그만 내려놔.

귓가를 울리는 선휘의 목소리에 맥스는 아련한 미소를 지으며 고개를 슬쩍 끄덕였다. 다시 한 번 관객들에게 인사를 하고 선휘는 무대 뒤로 향했다.

두 팔을 뻗고 환하게 웃으며 자신을 바라보고 있는 승우의 모습이 보였다. 커튼에 가려서 관객들에게 자신의 모습이 보이지 않게 되자, 선휘는 드레스 자락을 들고 뛰기 시작했다. 폴짝 뛰어서 그의 목을 끌어안고 품에 안겼다. 승우도 있는 힘을 다해 선휘를 꼭 안아 주었다.

그가 알려 준 사랑이, 그가 만들어 준 무대가, 서로를 있게 해 준 오늘이 더없이 감사한 순간이었다. 이 순간이 지나가는 것조차 끔찍하도록 아쉬워서, 이 떨림을 고스란히 나누고 싶어서 선휘는 그의 입술에 자신의 입술을 살포시 겹쳤다.

부드럽고, 따스하고, 격렬하고, 뜨거운 키스가 한참 동안이나 계속되었다.

겨우 3주가 넘는 시간을 함께했을 뿐인데, 아이들과 선휘는 헤어짐이 다가오자 눈이 퉁퉁 붓도록 울었다. 다음에 꼭 다시 함께하자는 약속을 하며 아이들을 한 명, 한 명 안아 주었다.

또 하면 되지. 승우의 말에 아이들은 환호성을 지르며 손뼉을 쳤다. 꼭 또 불러 달라며 신신당부를 하기도 했다.

공항에서 서울로 돌아가는 차 안, 승우가 작은 종이봉투 하나를 내보였다.

"그게 뭐예요?"

"팬레터."

"팬레터?"

"응, 첼로 연주하던 애가 주고 가던데?"

"승우 씨, 실망이야. 여기저기 눈웃음 흘리고 다니니까 그렇
죠!"

선휘가 일부러 인상을 쓰며 눈을 흘기자, 승우가 큭큭거리며
웃어 보였다.

끝없는 믿음

백 년 만의 폭설이 내리는 바람에 무지하게 추웠지만 마음은 따스했던 겨울이 가고, 앙상한 나뭇가지에 연둣빛 잎사귀들이 올망졸망 돋아나는 봄이 왔다.

승우는 창작 뮤지컬 제작 때문에 눈코 뜰 새 없이 바쁜 시간을 보내고 있었다. 대본, 넘버, 심지어 무대 디자인조차 다 정해져 있는 라이선스 뮤지컬과 달리 대본 작업부터 작곡, 작사, 의상, 소품에 이르기까지 무에서 유를 창출해 내야 했기에 신경 쓸 일이 수백 배는 더 많았다.

바리데기 설화를 따온 뮤지컬은 제작 초기 단계에서부터 관심이 쏠렸고, 서울 공연을 시작으로 지방 순회 공연 일정까지 이미 짜여진 상태였다.

지방에 있는 공연장을 직접 둘러보느라 벌써 나흘째 선휘의 얼굴을 보지 못했다. 간간이 통화를 하기는 했지만 오늘따라 그녀가 보고 싶어서 미쳐 버릴 것 같았다.

바흐의 프렐류드. 신호 연결음만 계속 울리고 전화를 받지 않자 불안하고 초조했다. 그녀는 이번 학기에도 대학원에 돌아가지 않았다. 그저 좀 쉬고 싶다며 도서관을 다니는 듯싶더니, 오피스텔 근처에 있는 피아노 학원에 다니겠다고 했다.

왜라는 질문에 그냥 피아노가 치고 싶은데 장소가 마땅치 않다며 미소 짓기에, 따로 연습실을 잡아 주겠다고 했더니 공연도 하지 않는데 그럴 필요 없다고 거절당했다.

연말 공연이 끝나고 아이들이 돌아간 뒤 조금씩 그녀의 주위로 엷은 막이 생기는 것 같았다. 걷힐 듯, 걷히지 않는 막이 불안하게 떨리는 듯했다. 이렇게까지 연락이 되지 않은 적이 없었는데.

광주에 있는 공연장을 둘러보고 나오니 어느새 까만 밤이 내려와 있었다. 온종일 그녀의 목소리를 듣지 못했다. 승우는 불안한 마음으로 다시 전화를 걸었다.

—어, 승우야.

승우는 스마트폰을 귀에서 떼고 화면을 바라봤다. 잘못 전화했나 싶었다. 전화기 너머로 들려오는 목소리는 정은이었다.

"어, 네가 왜 받아? 오늘 선휘 전화 한 번도 안 받던데? 무슨 일이야?"

—그게…….

정은의 목소리가 이상하게 떨렸다.

"뭔데?"

—지금 아파서 자.

"뭐? 어디가?"

—열이 40도가 넘었었어. 몸살이 심하게 났나 봐. 나도 오늘 계속 연락이 안 되서 와 봤더니…….

"병원은?"

—아까 겨우 갔다 왔다. 링거 맞고, 이제야 잠들었어.

"나한테 연락했어야지!"

그 말에 돌아온 건 정은의 한숨이었다.

—너 일 때문에 바쁜 거 뻔히 아는데, 내일 볼 수 있는데 뭐하러 알리냐고, 선휘가 말하지 말라고 해서 못 했어. 어쨌든 지금은 약 먹고 자.

이번엔 승우에게서 한숨이 흘러나왔다.

"그래, 고마워. 지금 올라가니까, 나 도착할 때까지만 있어 줘."

통화를 마친 승우는 경진에게 차 키를 던지며 말했다.

"차 좀 부탁해. 나 KTX 타고 간다."

"형! 무슨 일인데?"

선휘 빼고 다른 사람에게 차를 맡겨 본 적 없는 승우였지만 차보다 더 빠르겠다는 생각에 고속 열차에 올라탔다.

심장이 바짝 마르는 기분이었다. 단순히 몸이 아프다는 사실만으로 그것을 숨겼을지, 아무것도 하지 않고 지내는 그녀의 생활과 더불어 불편한 기운이 몰려들었다.

현관문을 조용히 두드리자 정은이 나와서 문을 열어 주었다. 승우의 집에 선휘가 왔던 적은 많았지만, 그녀의 집에 간 것은 처음이었다.

"나 간다. 간호 잘해. 침대 옆 탁자에 체온계 있어. 전원 버튼 누르고 스크린에 깜빡이는 글자 들어오면 귀에 대고 버튼 누르면 돼. 지금은 좀 내렸어. 38.6도 정도 된다."

"그래, 고마워."

정은을 보내고 승우는 침대에 걸터앉아서 선휘를 내려다보았다. 얼굴이 발갛게 달아올라 있었고 뜨거운 숨을 몰아쉬느라 가슴이 오르락내리락했다. 인상을 찡그리며 뒤척이기에 가만히 어깨를 토닥거렸다.

자정이 넘어가는 늦은 밤, 선휘의 휴대전화가 울리기 시작했다. 화면에 표시된 발신 번호는 미국이었다. 혹시 가족들도 연락이 되지 않아서 걱정이 되어 전화를 하셨나 하는 생각에 손가락이 저절로 통화 버튼 쪽으로 미끄러졌다.

「네, 머크레이 양 대신 받았습니다.」

—안녕하세요. AMG Agency 아그네스 데버라(Agnes Devera)예요. 써니랑 통화할 수 있을까요?

「지금은 전화를 받기 곤란한 상황입니다. 메모라도 남기시겠습니까?」

정중한 승우의 질문에 그녀는 상냥한 목소리로 대답했다.

—그래 주세요. 계약서 회신 기간이 지나긴 했지만, AMG는 써니의 연락을 기다리고 있다고 꼭 좀 전해 주세요. 내일은 이것보

다 이른 시간에 연락하겠다고.

「네, 알겠습니다.」

계약서? 전화를 끊은 승우는 고개를 갸웃하며 잠든 선휘의 얼굴을 바라봤다. 아까보다 더 붉게 물든 것 같아 보였다. 열을 재 보니, 39도가 넘는다. 미지근한 물수건으로 닦아 주라는 정은의 말이 생각나 부엌 싱크대로 갔다.

슈트 주머니에서 손수건을 꺼내어 미지근한 물을 채운 작은 볼에 담아 노트북과 서류가 어질러져 있는 식탁 한쪽에 올렸다.

젖은 손수건에 손을 뻗다가 펼쳐진 서류에 눈이 갔다. AMG라는 로고가 펀칭되어 있는 서류 뭉치를 집어 들었다. 종이를 빠르게 훑는 동안 심장이 쿵쿵 뛰었다.

AMG는 연주자, 작곡가, 지휘자를 비롯해 뮤지컬 배우들까지 속해 있는 뉴욕의 유명한 에이전시였다.

1년의 임시 계약 기간 동안 소속사에서 정한 연주회를 모두 이행한다. 정해진 연주회가 끝난 후, 임시 계약이 마무리되는 시점에 전속 계약을 맺으며, 그 이후의 연주회 일정은 철저히 연주자의 뜻에 따라 결정된다. 임시 계약 기간에도 연주자는 전속 계약 시와 동일한 대우를 받는다.

쿵쿵 뛰던 심장이 이제는 머릿속에서 울리는 것 같았다. 연주자의 이름에는 '써니 고 머크레이' 라는 이름만 적혀 있었고,

소속사의 칸에는 이미 날인까지 되어 있었다.

선휘가 날인해서 미국으로 보내기만 하면 계약이 성립될 터 였다.

승우는 제일 마지막 장으로 시선을 옮겨 갔다. 그곳엔 빼곡한 연주 일정이 담긴 테이블이 첨부되어 있었다. 뉴욕 필하모닉 오케스트라와의 협연을 시작으로 6개월이 조금 못 되는 미국 공연, 그리고 나머지 6개월은 유럽에서의 공연이었다.

계약서와 함께 놓여 있던 서류 뭉치에는 선휘가 작성한 것으로 보이는 레터가 한 장 있었다.

죄송합니다. 본 계약은 진행이 어려울 것 같습니다.

승우의 입에서 절로 한숨이 새어 나왔다.

화장대 앞에 있는 의자를 끌어다가 침대 옆에 앉았다. 미지근한 수건으로 그녀의 이마를 닦아 냈다. 열이 내려가는 것이 버거운지 숨을 몰아쉬는 그녀가 안타까웠다.

피아노를 칠 공간이 필요하다며 피아노 학원에 다니는 그녀가 왜 이런 좋은 기회를 놓치려고 하는 걸까?

과거의 삶을 위로받기 위해 시작했다던 대학원 공부도 하지 않는다. 다시 느낀 무대 위의 에너지가 무척이나 좋았다며 혼자 웃고는 한다.

작은 피아노 학원에서 라흐마니노프를 치고 있으면, 꼬마들이 다가와 손을 엄청 빠르게 움직인다며 놀란다고 좋아한다.

심장이 저며 왔다. 가족도 전부 미국에 있는 그녀가 한국에 남아 있는 이유는 지금으로썬 단 한 가지밖에 없었다.

'나 때문에……'

정말 쉬고 싶은 줄 알았다. 작년 하반기부터 새로운 일을 시작하고, 갑자기 무대에도 서며 일이 많았으니까, 그저 피아노를 둥당거리며 보내는 시간이 즐거운 줄 알았다.

잠들기 전 오늘은 뭘 했고, 내일은 뭘 할 거라는 설명에 희미한 미소를 지어 보이던 그녀에게 미안해졌다. 얼마나 이기적이었나. 자신은 꿈을 이뤄 가고 있으면서, 그녀의 모습은 제대로 보지 못했다.

아스라이 쳐진 얇은 막이 이제야 걷히는 기분이었다. 계약서는 한국 공연이 끝난 직후 받은 것 같았다. 또다시 한숨이 흘러나왔다.

선휘에게 용기를 주고, 믿음을 주고, 더 넓은 세상으로 보낼 수 있는 사람은 자신뿐이라는 생각에 승우의 가슴이 쿵쾅거렸다.

♪   ♫   ♪

목이 따끔거리며 갈증이 일었다. 슬며시 눈을 뜨니 승우의 얼굴이 보였다.

"승우 씨."

잔뜩 갈라진 쉰 목소리가 흘러나오자 승우가 깜짝 놀라 몸을 일으켰다. 화장대 의자를 끌어다 불편하게 앉아서, 손수건을 꼭 쥔 채로 침대에 엎드려 잠이 들었나 보다.

"일어났어?"

승우는 이마를 한 번 짚어 보고는 체온계를 그녀의 귀로 가져갔다.

"아, 다행이다. 이제 37.3도네."

"언제 왔어요?"

선휘는 갈라지는 목소리를 가다듬으며 상체를 일으켜 침대 헤드에 기대앉았다.

"밤에. 배고프지?"

승우가 의자에서 일어나 슈트 재킷을 집어 들었다.

"승우 씨."

그는 자상한 눈빛을 보내기 위해 노력하는 듯 보였다.

"무슨 일 있어요?"

"네가 아픈 게 무슨 일이지. 이거 말고 무슨 일이 있어."

그는 손을 뻗어 선휘의 뺨을 한 번 쓸어내리고는 죽을 사 오겠다며 집을 나섰다. 그가 나간 뒤 선휘는 목이 타는 듯한 갈증이 일어서 협탁 위에 있는 생수 병을 집어 들었다.

그러다 미지근한 기운에 냉장고 속에 있는 차가운 생수가 떠올라 몸을 일으켜 부엌으로 향했다.

식탁 위에는 돌려보내려고 했던 계약서가 널브러져 있었다. 혹시 그가 이걸 봤으면 어쩌나 하는 생각에 심장이 쿵쾅거렸다.

무언가 조심스러운 그의 모습이 계약서를 본 것만 같았다. 그

저 지금 당장은 그의 곁을 떠나고 싶지 않았다. 1년……. 1년이
나 그의 곁을 떠날 용기가 나질 않았다.

기회는 찾으면 또 나타나게 되어 있다. 이처럼 좋은 조건은
아닐지 몰라도, 한국에서 다시 무대에 설 수 있을 날이 있을 거
라고 생각했다.

선휘는 이미 결정된 일이라는 듯 식탁 위에 어질러진 계약
서를 챙겨서 회신 봉투에 넣었다. 마치 그 계약서는, 그 제안은
없었던 일처럼 치워졌고, 식탁 위는 다시 깨끗해졌다.

그제야 차가운 물을 한 모금 들이켜는데, 현관문을 두드리는
소리가 들려왔다.

문을 열어 보니 죽이 든 종이봉투를 들고 빙긋이 웃고 있는
그가 서 있었다.

"난 여기 비밀번호도 모르네?"

그 물음에 그녀는 빙긋이 웃으며 말했다.

"0723이요."

"0723?"

되묻자 그녀는 애써 웃음 지으며 대답했다.

"승우 씨 호텔에서 본 날이요. 그날이 승우 씨 얼굴 제대로 본
첫날이니까."

"난 그게 세 번째로 본 날이었는데?"

그녀가 미간을 좁히며 되물었다.

"두 번째 아니고요?"

"아니, 세 번째."

그녀는 여전히 미간을 좁힌 채였다.

"언제 처음 봤어요?"

"앉아. 일단 죽 먹고, 나중에 이야기해 줄게."

"그런 게 어디 있어, 잔뜩 궁금하게 해 놓고."

쌜쭉하게 내밀어 보이는 입술에 쪽 하고 입을 맞추자 그녀가 나무라듯 말했다.

"감기 옮아요!"

"옮아서 내가 대신 아팠으면 좋겠네."

그녀는 눈을 가늘게 뜨며 얄밉다는 듯 승우를 바라봤다.

"얼른 먹자. 나도 배고파."

"고마워요."

"고마우면 많이 먹어."

사 온 죽의 반도 채 먹지 못한 선휘는 인상을 찌푸리며 한숨을 내쉬었다.

"미안해요. 입이 까끌거려서 많이 못 먹겠어."

"좀 잘래?"

"응."

선휘는 고개를 끄덕이며 여리게 미소 지었다. 그녀를 침대 위에 눕히고 작은 침대에 나란히 누웠다. 자신의 팔을 베고 바르작거리는 선휘의 움직임에 긴장했던 가슴이 사르륵 녹아들었다.

"승우 씨, 안 나가요?"

"이따 오후에 잠깐."

"지방 공연장은 다 본 거예요?"

"응, 어제 마지막으로 광주까지 봤어."

"약 기운 때문인지 너무 졸려요."

"그래, 얼른 자. 깨면 나 나갔을지도 모르겠다. 일어나면 전화해. 금방 올게."

선휘는 눈을 감고는 고개를 끄덕였다.

출근을 하기는 했지만, 회의에 전혀 집중할 수 없었다. 혼자 끙끙 앓다가 몸살이 난 것인지, 자신에게 상의도 못 하고 그렇게 결정해 놓고 혼자 아파했을지, 계약서와 함께 있던 거절 메시지와 그녀의 안쓰러운 얼굴이 계속 떠올랐다.

답답한 마음에 한숨만 푹푹 새어 나왔다.

"형."

"어?"

경진의 부름에 멍한 표정을 짓고 있던 승우가 정신을 차렸다.

"무슨 일 있어?"

"아, 아니. 그래서 부산 공연장은 리뉴얼 후에 음향 조건이 개선된다는 거지?"

승우는 경진에게 질문을 해 놓고 또 다른 생각에 빠졌다.

"형."

"어?"

"내일 회의하자. 무슨 일 있어, 정말?"

"그래. 내일 하자. 나 오늘 일찍 들어간다."

정리도 하는 둥 마는 둥 하고 사무실을 빠져나온 승우의 발걸음이 점점 빨라지기 시작했다.

열은 다시 오르지는 않았는지, 자신이 나오고 나서 남은 죽은 데워서 먹었는지, 여전히 힘없이 누워 있기만 한 건지, 걱정은 끝도 없이 이어졌다.

급기야 내달리듯 운전석에 오른 승우는 급히 휴대전화를 집어 들었다. 이제 사무실에서 출발하니 조금만 기다려 달라고 연락을 하려는데, 그녀의 문자 메시지가 눈에 들어왔다.

〈나 이제 괜찮아요. 승우 씨도 피곤할 텐데, 일 마치면 들어가서 푹 쉬어요. 회의 중일까 봐 전화는 못 하겠다. 좀 자려고요. 일어나면 연락할게요.〉

허탈한 한숨이 새어 나왔다. 당장 자고 있다는 그녀에게 전화를 할 수도 없었고, 괜찮다며 오지 말라는 말이 괜히 서운하게 느껴지기도 했다.

지금 당장 그녀의 집으로 가면 깨우게 될 텐데. 승우는 또다시 한숨을 내뱉으며 차에 시동을 걸었다.

한참 동안 선휘의 오피스텔 방 창문이 보이는 곳에 차를 세우고 그곳을 바라봤다. 불이 꺼져 있는 것으로 보아 그녀는 자고 있는 듯했다. 컴컴하게 어두운 창을 보자 갑자기 묘한 기분이 들었다.

'저 집이 비워지고, 저기에 선휘가 없고, 그렇게 그녀가 떠나야 한다면?'

계속해서 한숨이 불거져 나왔다. 답답한 마음을 가눌 길이 없었다.

'아무것도 못 하던 이가 사랑으로 인해 꿈을 찾고, 생기발랄해진 모습으로 내 옆에 선다면?'

머리는 보내 줄 수 있지 않느냐 물었고, 가슴은 절대 떨어질 수 없다고 답하고 있었다. 그녀가 원하던 일을 이룰 수 있게 해 주는 것이 좋으련만, 단 한순간도 멀어지고 싶지 않았다.

승우는 재킷 안주머니에서 검은색 벨벳 상자를 꺼내어 만지작거렸다. 상자 안에는 영롱한 빛을 뿜내는 반지가 들어 있었다. 언제까지 따로 지낼 거냐며, 청혼을 할 생각이었다.

혼자서만 그리 아름다운 생각을 했던 이기심에 신물이 올라왔다. 그녀를 곁에 꽁꽁 묶어 둘 생각만 했던 자신의 모습이 참으로 미안해졌다.

'나중에. 그래, 나중에. 딱 1년 후에.'

그리 되뇌고 있는데, 선휘의 오피스텔 방 창문에 환히 불이 들어왔다. 승우는 기다렸다는 듯 휴대전화를 집어 들었다. 몇 번의 신호가 울리고, 깊게 가라앉은 그녀의 목소리가 들려왔다.

—승우 씨.

"어, 좀 괜찮아?"

—괜찮아요.

"내가 갈게."

―아니에요. 집에 오랜만에 왔는데, 승우 씨도 쉬어요. 나도 그냥 오늘은 쉬고 싶어.

그저 쉬고 싶다 말하는 그녀의 목소리에는 기운이 하나도 없었다.

"어제 그렇게 아팠는데 혼자 있어도 되겠어? 내가 갈게."

―괜찮아. 내일 일 끝나고 봐요.

"그래. 그럼 들어가서 전화할게."

회의만 했던 오후 그 짧은 시간 동안에도 집중이 되질 않았는데, 어떻게 하룻밤을 버텨야 하나 하는 생각에 승우는 한숨을 폭 내쉬었다. 그녀가 아무렇지 않은 듯 행동하는 것에 더 마음이 쓰이고, 신경이 쓰였다.

'선휘야, 어떡할까. 어떡해야 하는 걸까, 내가.'

답을 모르는 것에 대한 고민이 더 쉬울 때가 있다. 어쨌든 답을 찾으면 고민이 해결될 테니 말이다. 그런데 답을 알고 있는 것에 대한 고민은 참으로 어렵다. 머리는 답을 알고 있지만, 가슴이 받아들이기 힘든 바로 그런 때 말이다.

승우는 그 답을 가슴으로도 받아들여야겠다고 생각했다. 1년, 까짓 1년. 평생 함께할 마음을 먹었는데, 고작 1년밖에 안 되는 시간이라며 애써 마음을 다잡으려 노력했다.

이튿날 점심, 맛있는 보양식을 먹으러 가자며 선휘를 불러냈다. 저녁까지 기다릴 마음의 여유가 없었다. 전복삼계탕 한 뚝

배기를 다 비워 내고 주차장으로 향하는 선휘의 손을 따사로이 잡았다.

"선휘야, 우리 좀 걸을까?"

"음."

고개를 끄덕이며 환하게 웃는 선휘의 얼굴을 마음에 박았다. 이렇게 웃는 얼굴 잘 기억해야지.

새하얀 벚꽃 잎이 흩날리는 공원을 거닐며, 승우는 선휘를 가만히 내려다보았다. 집에서 이야기해야 할까, 밥을 먹다가 이야기해야 할까, 꼼짝 못 하게 침대 위에서 안고 이야기할까 하다가 밖을 택했다.

탁 트인 공원 풍경은 눈부신 봄날의 기운을 머금고 있었다. 두 사람만 있는 공간에서 왠지 옥신각신하다가 이야기가 거칠어질까 봐 두려웠다. 말 한마디로도 상처를 줄 수 있는 게 사람이었다. 승우는 그녀에게 그 어떤 상처도 주고 싶지 않았다.

"선휘야."

"응?"

"왜 싫다고 했어?"

무엇을 묻고 있는지 아는 듯 그녀가 작은 한숨을 내뱉었다.

"계약서 봤어요?"

"응."

"그냥, 지금 당장은……."

선휘는 이내 고개를 내저었다.

"해, 해 봐."

"승우 씨."

선휘의 미간이 좁아지며, 한숨이 새어 나왔다.

"싫어. 안 가."

"그럼 내가 여기 있는 거 다 포기하고 너 따라갈까? 그럼 갈래?"

까만 눈동자를 빛내며 승우가 선휘를 내려다봤다. 뭐든 해 줄 것 같은 남자. 그러자고 하면 정말 같이 떠날 것 같은 남자. 선휘의 심장이 아릿했다.

"그런 억지가 어디 있어요?"

"마찬가지야."

승우는 선휘를 내려다보며 따스한 미소를 지으려 노력했다. 훈풍이 불어와 두 사람을 스쳐 지났고, 여린 벚꽃 잎이 후두두 떨어졌다. 이렇게 예쁜 공간에서 이런 말을 할 수 있다는 사실에 승우는 그저 감사했다.

"뭐가요?"

"네가 좋아하는 일, 그 무엇보다 좋은 기회 포기하고 내 곁에 이렇게 있는 거. 그거 보는 내 마음은 어떨 것 같아?"

선휘가 조심스레 그에게서 손을 빼내려고 하자, 승우는 그녀를 끌어당겨 품에 안았다. 시린 봄 햇살 탓인지 눈가가 가늘게 좁혀지고, 눈물이 고였다.

"다녀와. 응? 1년 연주 일정만 소화해 내면, 그 이후로는 네 뜻대로 할 수 있는 거잖아."

크게 두근거리는 그의 심장 소리가 귓가에 울렸다. 자신이 하지 않겠다고 하면 더 아파하고, 미안해하겠지.

마음을 조금씩만 내어 주면 된다고 생각했던 게 엊그제 같은데, 이젠 서로의 마음속에 너무도 깊이 자리 잡아 버렸다.

자신의 감정보다, 그녀는 그가 느끼는 안타까움에 더 신경이 쓰였고, 그는 자신의 사랑보다 그녀의 아픔이 더 크게 느껴졌다.

"다녀오겠다고 하면, 기다려 줄래요?"

"기다리겠다고 하면, 믿어 줄래?"

이 남자의 사랑 방식은 언제나 예측 불가였다. 보통의 이야기가 아니었던 과거를 털어놓았는데도, 마음은 변함없이 같은 방향을 향해 있었다. 과거 속 남자가 나타났는데도, 그는 오히려 더 많은 사랑을 보여 주었다.

아프고 아팠던 기억을 떨쳐 내려고 찾았던 친부의 장례식장에서도 그는 덤덤하게 자신을 안아 주었다. 만났던 시간의 두 배가 되는 시간을 떨어져 있어야 하는데, 그저 기다리겠다고 한다.

한없는 그의 사랑에 취해 심장이 떨어져 나갈 듯했다. 눈물이 주르륵 뺨을 타고 흘러내렸다.

"후회돼요."

"뭐가?"

그리 묻는 그의 목소리가 미세하게 떨리는 듯했다.

"처음으로 무책임하게 미국을 떠나온 게 후회가 돼요. 내가 그때 내 역할에 충실했더라면, 이런 일 없었을 거야."

"날 만난 일?"

"바보 같아! 이렇게 헤어지는 일."

선휘가 목소리를 높이며 그의 가슴을 솜방망이 같은 주먹으로 살짝 때렸다.

"가기 싫어요. 너무 가기 싫어. 승우 씨 못 보잖아. 승우 씨가 나한테 어떤 사람인데, 1년이나 못 보는 거잖아."

훌쩍이는 그녀의 여린 어깨를 승우가 가만히 감싸 주었다.

"그런데 나 참 못됐나 봐요. 한편으로는 하고 싶었어. 그래서 후회가 됐어요. 내가 책임감 있게 행동했었다면 그런 계약 조건은 없었을 텐데, 이렇게 헤어지는 일은……."

"쉬이."

승우는 그녀를 품에 꼭 끌어안았다. 머리를 기댄 그의 가슴이 쿵쾅쿵쾅 뛰는 소리가 들려왔다. 자신을 위해 내달리고 있는 그의 심장에, 그의 사랑에, 그의 기대가 너무도 애틋하여 계속 눈물이 흘러내렸다.

"그거면 됐어."

선휘는 가만히 고개를 들어 그의 얼굴을 바라봤다. 눈이 부시도록 아름다운 봄날의 햇살과 더불어 그는 따사로이 미소 짓고 있었다.

"네가 하고 싶다는 거 그거 하나면 됐어. 후회하지 마. 네가 그곳을 떠나오지 않았다면, 날 만날 수도 없었어. 네가 그때 내린 결정으로 지금의 우리가 있는 거야. 그 사실 하나만으로도 난 네가 거길 떠나온 걸 감사히 생각해. 기다릴게, 잘 다녀와."

커다란 손으로 그녀의 두 뺨을 감싼 승우가 장난스레 속삭였다.

"1년 금방 갈 거야. 뭐, 우리 선휘 1년 군대 갔다고 생각하면 되지."

이런 상황에도 미소를 만들어 내려 노력하고 있는 그의 기지에 웃음이 터져 나왔다.

"어떡하면 좋아요."

입술을 삐죽 내밀어 보이는 선휘에게 승우가 되물었다.

"뭘?"

"승우 씨를 대체 어떡하면 좋아요."

승우는 두 팔로 그녀를 포근히 감싸 안았다.

"어떡하긴. 많이 사랑해 주고, 많이 그리워해 주고, 내가 기다리고 있다는 거 잊지 않고, 열심히 하면 돼."

바보 같은 울음이 터져 나왔다. 마치 불행했던 과거에 대한 보상을 그로 인해 다 받고 있는 것 같았다.

"쉬이, 울지 말고. 지나가는 사람들이 막 쳐다봐. 내가 너한테 못되게 해서 울린 줄 알고."

그 말에 선휘는 눈물을 닦아 내며 대꾸했다.

"그럼 안 되죠. 우리 승우 씨가 얼마나 좋은 사람인데, 욕먹게 하면 안 되지."

서로를 마주 보는 두 사람의 얼굴에 봄볕처럼 아련한 미소가 떠올랐다.

♪　　♫　　♪

"학교?"

데이트다운 데이트를 하자며 불러낸 승우의 차가 들어선 곳은 선휘가 통·번역학을 공부하던 학교였다. 그는 그저 빙그레한 미소를 지으며 고개를 끄덕였다.

봄을 맞은 교정은 청춘의 간지러운 속삭임으로 가득했다. 삼삼오오 모여 깔깔거리는 여학생들, 캠퍼스 커플인지 두 손을 꼭 잡고 걷고 있는 남학생과 여학생, 농구장에서 들려오는 남학생들의 와자지껄한 소리까지.

선휘는 생전 처음 보는 광경인 듯 차창 밖으로 스쳐 가는 교정의 풍경을 감상했다.

"달라 보여요."

"뭐가?"

차창으로 향했던 시선을 운전석으로 돌리며 선휘가 생긋 웃었다.

"학교가 달라 보여요. 예전엔 휑하고 무언가에 쫓기듯 바쁘게 걸어 다니는 학생들만 보였어요."

봄기운처럼 들떠 있는 자신의 목소리조차도 다르게 느껴져서 선휘의 얼굴에 발그레한 미소가 떠올랐다.

"그런데 달라 보여요. 친구랑 깔깔거리며 수다 떠는 여학생 무리도 행복해 보이고, 나란히 손잡고 걷는 커플도 행복해 보이고, 농구공 팅기면서 뛰어다니는 남학생들도 행복해 보이고."

승우는 손을 뻗어 선휘의 가녀린 손을 꼭 잡았다.

"세상은 마음먹은 대로 보이는 법이니까."

그 말에 선휘는 고개를 끄덕였다. 어느새 차는 도서관 앞 주차장에 멈춰 서 있었다.

"근데 정말 여긴 왜요?"

"내려 보면 알아."

빙긋이 웃고 운전석에서 내린 승우가 가벼운 걸음으로 보닛을 돌아 조수석 문을 열어 주었다.

"내리시죠."

오늘따라 그도 상당히 들떠 있는 모습이었다. 그는 차에서 내린 선휘의 손을 꼭 잡고는 도서관 계단으로 향했다. 살랑살랑 불어오는 봄바람에 머리카락이 휘영하게 날렸다. 계단의 중간쯤 다다랐을 무렵, 승우가 우뚝 멈춰 섰다.

"여기쯤이었나?"

"뭐가요?"

상체를 돌려 그를 바라보다가 계단을 오르던 발걸음이 갸우뚱 기울었고, 승우는 그런 선휘의 허리를 부드럽게 감싸 안아 주며 피식 웃었다. 선휘는 그보다 한 계단 위에 서 있었고, 승우는 그녀보다 한 계단 아래에 서 있었다.

"이로써 네 번째."

"대체 뭐가요?"

한 칸의 계단 차가 만들어 놓은, 딱 맞는 눈높이의 그를 선휘가 쌜쭉한 표정으로 바라봤다.

"두 번째는 연습실에서 갸우뚱, 세 번째는 널 처음 안았던 날 우리 집에서 갸우뚱, 네 번째는 여기."

그리 말하며 배시시 웃는 그의 모습은 내리쬐는 햇살만큼이나 눈이 부셨다.

"첫 번째는 계속 말 안 해 주네?"

선휘가 고개를 갸웃하며 묻자, 그가 소리 없이 웃음을 터뜨렸다. 커다란 손으로 바람결에 흩날리는 머리카락을 귀 뒤로 예쁘게 정돈해 준 그가 나지막한 목소리로 속삭였다.

"우리 선휘는 기억 못 하나 보다. 난 기억하는데. 비 오는 날 여기 이 계단."

불현듯 선휘의 머릿속에 오르탕스 블루의 시를 읽고 바삐 도서관을 빠져나왔던 그날의 기억이 떠올랐다. 어디론가 또다시 뒷걸음질 치던 자신의 모습이, 이곳에서 어깨를 부딪치곤 죄송하다며 각자 빗속을 내달리던 두 사람이, 그리고 유리창 너머로 보이던 도서관 현관 어떤 남자의 모습도.

"어? 기억났다! 이런 표정이네?"

그는 눈을 치켜뜨며 빙긋이 미소 지었다.

"그 남자가 승우 씨였어요?"

"어, 나였어. 그리고 얼마 안 있다가 널 계속 만나게 된 거야. 그래서 난 쉽게 기억했고. 옷깃만 스쳐도 인연이라는데, 우리 정말 깊은 인연인가 보다 했지. 계속해서 만나지는 걸 보니까. 근데 여태 모르다 어떻게 기억했어?"

선휘가 피식 웃음 지으며 대답했다.

"여기 오니까, 승우 씨가 그렇게 말하니까 생각이 났어요. 나 사실 누구랑 잘 부딪치거나, 잘 넘어지거나 하지 않거든요. 그런데 승우 씨 앞에서는 네 번이나 그랬네?"

고개를 갸웃하는 그녀의 모습은 참으로 사랑스러웠다.

"틈을 보이려고 그랬나 보지. 내가 네 마음속에 자리 잡을 수 있는 틈. 그리고 네가 주저앉고 싶었나 보지. 내 마음속에."

그는 머리카락을 매만지던 손으로 그녀의 턱을 슬며시 잡았다. 곧장 그의 잘생긴 얼굴이 다가왔다.

"승우 씨, 누가 봐."

선휘가 고개를 두리번거리려 하자, 그가 턱 끝을 잡은 손에 슬쩍 힘을 주었다.

"다른 사람이 널 어떻게 보든 내가 널 이렇게 바라보는 따뜻한 시선만 기억하고, 다른 사람이 무슨 말을 하든 내가 너에게 해 준 아름다운 말들만 가슴에 담고, 무엇을 하든 우리가 함께 할 수 있을 거라 생각하며 그렇게 지내는 거다, 우리 떨어져 있는 동안?"

눈물이 핑 돌 것만 같아서 선휘는 지그시 눈을 감았다. 그것이 입을 맞춰도 된다는 의미인 줄 알았는지, 그녀의 작고 붉은 입술에 그의 부드러운 입술이 닿았다.

학생들이 지나다니는 것에는 아랑곳하지 않고, 그들은 마치 한 폭의 그림처럼 그렇게 서 있었다.

학교를 돌아 나온 차는 후문 어귀에 있는 액세서리 공방 앞에서 멈춰 섰다.

"여긴 왜요?"

승우는 가만히 선휘의 모습을 살폈다. 목이 답답하다고 목걸이도 하지 않고, 귀걸이는 아주 작은 진주나 다이아 귀걸이만 하고, 팔찌나 반지는 피아노 칠 때 걸리적거릴 것 같고, 승우는 그녀의 탐스러운 머릿결에 시선을 고정했다.

연습실에서 포니테일로 머리를 묶고 있는 그녀의 모습을 여러 번 본 적 있었다. 당장 반지를 건네고 싶었지만 떠나려는 그녀에게 청혼 반지를 건네는 것은 마치 '네 사랑이 불안해 보인다'는 불신의 의미 같아서, 무언가 다른 의미의 선물을 하고 싶었다.

"들어가 보자."

선휘는 그저 고개를 끄덕이며 그와 함께 공방 안으로 들어섰다. 그곳에는 알록달록한 리본과 레이스, 각종 비즈를 비롯한 액세서리 부재료들이 가득했다.

"어서 오세요."

승우는 선휘의 뒤에 서서는 어색한 솜씨로 그녀의 머리카락을 한데 모아 쥐고 가게 주인을 향해 말했다.

"이렇게 묶을 때, 쓰는 리본 만들려고 하는데요."

얼굴을 붉히고 서 있는 선휘와 그런 그녀가 사랑스러워 죽겠다는 듯 머리를 조심스레 그러쥐고 있는 승우를 바라보던 가게 주인의 얼굴에 미소가 피어났다. 그녀가 한쪽 벽에 걸린 리본과 레이스를 가리키며 설명했다.

"여기에서 리본이나 레이스 고르시고요, 장식품은 이쪽에서 보시면 되고, 자동 핀으로 하실 거면 이쪽 부재료에서 고르시면 돼요. 여기 검은색 고무줄을 이용해서 만들 수도 있어요."

"자, 자동 핀이요?"

되묻는 승우에게 선휘는 고무줄이 편할 것 같다며 빙그레 웃었다. 승우는 그녀의 머리카락에 이 리본, 저 리본을 끌어다 대보며 이맛살을 찌푸렸다 폈다를 반복했다.

"이게 좋겠다."

그가 고른 것은 버건디 색상에 심이 들어간 두꺼운 공단 리본이었다. 투박한 솜씨지만 점원이 알려 주는 대로 검은 고무줄에 리본을 묶은 승우는 뿌듯한 미소를 지으며 선휘를 바라봤다.

"뒤돌아봐."

선휘는 고분고분 돌아서서 머리카락을 그에게 맡겼다. 커다란 손이 머리카락을 계속해서 쓸어 모으고 있었다. 그가 자신의 머리를 만져 주는 것이 이렇게나 기분 좋을 줄은 꿈에도 몰랐다.

다 정돈이 됐다 싶었는지, 그가 낑낑거리며 선휘의 머리를 자신이 만든 리본 고무줄로 묶어 주었다.

"생각보다 훨씬 더 예쁜데?"

"정말요?"

선휘는 머리 모양을 가늠해 보듯 손으로 뒷머리를 더듬으며 거울을 향해 섰다. 거울을 마주하자 풉 하고 웃음이 터져 버리고 말았다. 마치 더듬이가 난 것처럼 머리카락이 이쪽저쪽으로 삐죽하게 튀어나와 있었고, 리본은 한쪽으로 이상하게 쏠려 있었다.

선휘는 부러 머리 모양을 고치지 않고 승우를 향해 돌아서며 방긋 웃었다.

"고마워요. 예뻐. 너무 마음에 들어요. 나도 승우 씨 위해서 만들어 줄래요."

"뭘? 리본을?"

화들짝 놀란 표정을 짓는 승우의 앞머리를 선휘가 손을 뻗어 살짝 움켜쥐었다.

"여기에 리본 하나 달면 귀엽겠는데?"

말을 내뱉음과 동시에 웃음이 터지고 말았다.

"팔찌, 여기 팔찌도 만들 수 있나 봐요."

선휘는 점원의 도움으로 소원 팔찌라 불리는 예쁜 실 팔찌를 만들기 시작했다. 시간이 꽤 오래 걸림에도 그는 그저 물끄러미 선휘의 모습을 바라보며 미소 짓고 있을 뿐이었다. 한시도 눈을 뗄 수 없다는 듯이, 그녀를 바라볼 수 있는 이 순간이 그저 감사하다는 듯이.

두 시간이 꼬박 걸려 선휘는 팔찌 하나를 완성했다. 그녀는 아주 대단한 일을 한 것처럼 감격스러운 표정을 지으며 말했다.

"손목."

승우는 커프스단추를 풀고 왼쪽 손목을 그녀에게 내밀었다.

반짝이는 크로노그래프 시계 옆에 붉은색과 검은색 실이 얽힌 팔찌가 메어졌다.

"왜 검은색이랑 붉은색이야?"

그리 묻는 승우를 향해 선휘가 빙긋이 웃으며 대꾸했다.

"검은색은 나, 붉은색은 승우 씨."

"네가 왜 하필 검은색이야?"

그녀는 그의 단단한 검은 눈동자를 바라봤다.

"예전에 난 이렇게 검고 어두운 사람이었어요. 모든 것을 감춰 버릴 수 있는 일종의 보호색이 검은색이죠. 그런데 붉은색처럼 열정적인 승우 씨를 만나서 조금씩 바뀌었어요. 보호색이 될 수 있다는 것은 검은색이 모든 색을 다 지니고 있다는 의미일 거예요. 승우 씨의 열정으로 내 안에서 가장 좋은 색들만 지금 발색되고 있잖아요. 앞으로 곁에서 계속 그렇게 날 이끌어 달라는 의미예요."

승우는 손을 뻗어 가만히 선휘의 뺨을 보듬었다.

"그거 알아?"

"뭘요?"

선휘는 고개를 갸웃하며 되물었다.

"현대의 검은색은 권력과 지배를 상징하기도 한다는 거."

그리 말한 그는 선휘의 귓가에 대고 속삭였다.

"네가 열정적인 나를 꼼짝도 못 하게 지배하고 있다는 거."

그 말이 왠지 야하게 들려서 선휘는 얼굴을 붉히고 말았다.

알콩달콩한 두 사람을 지켜보는 가게 주인의 얼굴에 부러움 가득한 미소가 피어올라 있는 듯했다.

해는 이미 서쪽으로 갸우뚱 기울어져 있었다. 승우는 직접
저녁을 해 주겠다며 선휘를 데리고 집으로 향했다.

"나도 도울게요."

부엌으로 들어서는 선휘에게 승우는 고개를 절레절레 내저
었다.

"손가락 다치면 어떡해. 그냥 내가 할게."

"손 다칠 만큼 요리가 서툴지는 않은데……."

"거기 가만히 앉아서 구경해."

그가 마치 어린아이를 가르치듯 말했다.

"치. 내가 권력자라며 고분고분 시키는 대로만 해요?"

그 질문에 그는 빙그레 웃으며 대꾸했다.

"그런 권력은 이따 밤에 충분히 부릴 수 있게 해 드릴 테니
염려 내려놓으시지요, 마마."

능청스러운 표정을 지어 보이는 그의 말에 선휘는 또다시 얼
굴을 붉히고 말았다. 그런 그녀를 보고 피식 미소 지은 그가 이
내 요리에 열중하기 시작했다. 조리대 앞으로 왔다 갔다 하는
그의 모습을 선휘가 물끄러미 바라봤다.

"당근을 그렇게 댕강 깎아 버리면 어떡해요? 아깝게."

"흙 당근 깨끗하게 닦는 거 귀찮단 말이야."

승우는 듣는 둥 마는 둥 당근을 썰어 놓고는 이번엔 양파를
집어 들고 반으로 갈라 두 꺼풀을 훌러덩 벗겨 냈다.

"양파는 껍데기만 곱게 벗겨야지. 그게 뭐야!"

"어우, 잔소리쟁이. 그런 잔소리는 침대 위에서만 하라니까."

그리 말하며 눈을 부릅뜨는 승우를 보고 선휘는 웃음을 터뜨리고 말았다. 함께 한참을 웃어 댄 승우는 한숨을 푹 내쉬며 속삭였다.

"그립겠다."

"뭐가요?"

"네 잔소리."

양파를 다지고 있어서인지 핑 하고 눈물이 고이는 듯했다. 승우는 고개를 쳐들고 천장을 바라보며 한숨을 내쉬었다. 선휘가 그에게로 다가가 너른 등을 와락 끌어안았다.

"나도 그리울 거예요. 이 듬직한 등."

승우는 고개를 끄덕인 후 다시 양파를 다지기 시작했고, 선휘는 가만히 그의 허리를 감싸 안은 채 등에 머리를 기대고 서 있었다. 그가 숨을 들이마시고 내쉴 때마다 너른 등이 가볍게 오르락내리락했다.

그와 함께 숨쉬고, 그와 함께 시간을 공유하고, 그와 함께 삶을 나누는 이 순간이 영원하길, 꼭꼭 매듭지어 만든 실 팔찌처럼 시간이 멈춰 버렸으면 좋겠다고 선휘는 생각했다.

그가 해 준 카레라이스는 눈물겨울 만큼 맛있었다. 카레 가루 조절을 잘못한 탓에 엄청나게 매웠기 때문이기도 했다. 식사를 마친 둘은 매운 기운을 없애려 바나나 우유를 하나씩 들고 소파에 앉았다.

항아리 모양 바나나 우유를 바라보던 선휘가 고개를 갸웃하며 물었다.

"나 어렸을 때 이거 갖고 저금통 만들어서 학교 숙제로 낸 적 있어요."

"정말? 나도!"

아마 그 플라스틱 우유병을 가지고 무언가를 만들어 보지 않은 사람은 없을 테지만, 둘은 마치 그게 운명적 추억이라도 되는 양 까르륵 웃었다.

승우가 발그레한 웃음을 짓고 있는 선휘의 얼굴을 커다란 손으로 슬쩍 보듬었다.

빨대로 우유를 쪽 빨아들인 선휘의 볼이 살짝 부풀어 있었다. 연한 노란빛을 띠는 우유가 입술에 묻어서 달콤해 보였다. 승우는 자기도 모르게 입술을 내려 그녀의 입술을 머금었다.

양 볼을 꾹 누르자 그녀의 입안에 들어 있던 달짝지근한 우유가 승우의 입안으로 넘어왔다.

선휘가 승우의 가슴을 슬쩍 밀어 내며 나무랐다.

"내 거예요!"

쌜죽한 표정을 지으며 토라진 척하는 그녀를 향해 승우가 젠체하듯 속삭였다.

"그럼 너도 뺏어 보든가?"

승우가 바나나 우유를 한 모금 깊게 빨아들이고는 입술을 쭉 내밀어 보였다.

"하라면 못 할 줄 알고?"

대범하게 승우의 허벅다리 위에 올라탄 선휘가 그의 입술을 빨아들이기 시작했다. 장난스럽게 시작한 키스는 그 성질을 달리하며 점점 짙어져만 갔다.

조용한 거실 안, 가죽 소파 위에서 두 사람의 살이 부대끼는 소리와 거친 숨소리가 울려 퍼졌다.

♪　　♫　　♪

그저 아무렇지 않은 척 지내자 했다. 아무 일도 없는 것처럼 보내자 했다. 승우는 덤덤하게 그녀를 안심시키려 노력했다. 짧은 시간 만들어진 사랑이라지만 불안해하고, 초조해하는 모습으로 그 사랑을 가벼이 여기고 싶지 않았다.

앞으로 영영 함께하게 될 인연. 서로의 꿈을 위해, 인생을 위해 잠시간 떨어져 있는 것뿐이라 여기자 했다.

그녀의 출국 바로 전날, 승우는 기획사 데스크 앞에 앉아 고운 색 편지지에 글을 적어 내려가기 시작했다.

자신이 내린 결정을 그녀가 이해해 주기를, 그녀를 위한 사랑을 오롯이 알아봐 주기를, 그것으로 인해 그녀가 슬퍼하고 눈물짓지 않기를, 진심을 담은 짧은 글을 승우는 덤덤하게 써 내려갔다.

그녀는 자신의 집에서 밤을 보낸 뒤 아침에 공항으로 향할 거라고 했다. 아무 일도 아닌 것처럼 그렇게 밤을 보내자 다짐했다.

애써 먹먹함을 감추려 오피스텔 현관에 들어서는데 그녀의 여행용 가방이 눈에 들어왔다. 현실이 된 잠시간의 헤어짐 앞에 무너져 내리려는 가슴을 추스르려 승우는 깊게 숨을 들이마셨다.

"왔어요?"

평소와 같은 물음, 평소와 같은 표정으로 앞치마를 두르고 있는 선휘의 말간 얼굴을 마주하자, 승우의 얼굴에도 이내 미소가 그려졌다. 근사한 곳에 가서 맛있는 저녁을 먹자고 해도, 그녀는 끝끝내 손수 저녁을 준비하겠다고 했다.

"이게 다 뭐야?"

식탁 앞에 선 승우가 눈을 휘둥그렇게 뜨고 묻자 선휘는 성긋이 웃으며 평소와 같은 대답을 할 뿐이었다.

"손 씻고 나와요. 밥부터 먹게."

소소한 하루 일과를 묻고, 아무것도 아닌 일로 다른 이에게 마음 상했던 일을 털어놓고, 위로받고, 그 따스한 위로를 위안 삼아 훌훌 털어 버리는 그녀와의 평범한 저녁 식사 자리는 그 어떤 고급 레스토랑의 일품요리와도 비교할 수 없을 만큼 값진 것이었다.

식사를 마친 둘은 가만히 손을 맞잡은 채 소파에 앉아 TV도 보고, 시시콜콜한 것에 웃음 지으며 서로를 바라보기도 했다.

잠을 이루지 않으면, 헤어짐이 예고된 시간이 조금 더 늦게

다가올 것만 같아서 둘은 그저 가만히 소파에 앉아 있기만 했다.

"이제 그만 자야지. 내일 아침 일찍 가야 하잖아."

그녀는 고개를 한 번 끄덕이고는 승우의 손을 잡고 침실로 향했다. 침실로 걸어가는 동안에도 애틋함에 발걸음은 느릿하기만 했다.

침대에 몸을 누이자 조심스레 입술이 겹쳐 왔다. 자신이 가진 사랑을 진중하게 증명해 보이려는 듯 입맞춤은 애틋하게 떨렸다.

손가락이 얽히고, 몸이 얽히고, 그 어느 때보다 열정적으로 서로를 보듬고 안았다. 한 베개를 베고 코끝이 닿아 있는 거리에서 승우가 조심스레 입을 열었다.

"딱 1년만 있다가 돌아오는 거다?"

"왜요? 나 안 올까 봐, 이제 겁나요?"

장난스럽게 물은 말에 그의 표정이 슬쩍 서글픔을 머금었다.

"어."

"거짓말."

"거짓말 아니야."

"거짓말인 거 다 알아요."

선휘는 승우의 품을 파고들며 속삭였다.

"승우 씨 말처럼, 아무 일도 없었던 것처럼 올게요."

"그래. 아무 일도 없었던 것처럼 그렇게 지내고, 더 많이 행복해진 모습으로 와."

서로의 체온을 느끼는 동안 어느새 날이 밝아 왔다.

그녀가 침대에서 일어나 욕실로 들어가는 소리가 들렸다. 눈을 뜰 수 없었다. 눈을 뜨면 붙잡고 싶어질 것 같아서, 그저 가만히 누워 있었다.

그녀의 입술이 이마에 슬쩍 와 닿는 느낌이 났다. 마치 아침 일찍 책을 빌리러 도서관에 가는 것처럼, 저녁에 다시 만나서 시시콜콜하게 하루 동안 있었던 일을 이야기하며 같이 맥주 캔을 딸 것처럼 그렇게 조용히 선휘는 집을 나섰다.

띠디링, 현관문 잠금장치 소리가 들려오자 승우는 정신이 번쩍 드는 기분이었다. 침대에서 급하게 몸을 일으켜 바닥에 떨어져 있는 티셔츠와 청바지를 입고 밖으로 뛰쳐나갔다. 울컥한 기분을 다잡는 용기도 이제는 바닥이 나 버린 것 같았다.

한 번만, 얼굴 한 번만 더 보자고 길까지 나왔을 때 그녀는 이미 소속사에서 데리러 온 차를 타고 떠난 뒤였다. 승우는 급히 주차장으로 달려가 자신의 차에 올라탔다. 아무렇지 않은 척 보내려고 했지만 막상 그녀의 존재가 사라지고 나니 심장이 떨려 왔다.

대학로에서 인천 공항까지 대체 무슨 정신으로 운전을 했는지 알 수가 없었다. 그저 그녀의 얼굴을 한 번 더 보고, 그녀에게 다시 한 번 사랑한다 말하고 싶은 그 마음 하나로 공항에 닿았다.

어디에 있는지도 모르면서 승우는 무작정 그녀가 탑승할 예정인 항공사의 체크인 데스크 앞으로 달려갔다. 그때 체크인을 마쳤는지, 에이전시 관계자와 데스크 앞을 돌아 나오는 그녀의 모습이 눈에 들어왔다.

"선휘야!"

갑작스런 부름에 그녀는 깜짝 놀라 고개를 돌렸다.

일부러라도 깨워서 한 번 더 눈을 마주하고 왔어야 했나 하는 생각이 들었다. 울음을 터뜨려 버리면 그의 믿음을 저버리는 것 같아서 선휘는 밤새 눈물을 참았다. 그러다 올라탄 밴 안에서 참고 있던 울음이 터져 버리고 말았다.

에이전시 관계자는 난감해하며 선휘의 등을 다독여 주었다. 공항에 도착하자, 심장이 더 크게 두근거리기 시작했다. 수만 가지 만남과 이별이 공존하는 곳의 기운은 참으로 묘했다. 체크인 데스크에서 수속을 마치자 실감이 나기 시작했다. 이제 1년 동안 그를 만날 수 없다.

한숨을 내쉬며 출국장에 들어서려는데 그의 목소리가 들려왔다. 수많은 인파 속, 소음 사이로 들려오는 그의 커다란 목소리가 심장을 쿵 하고 울렸다.

"승우 씨?"

고개를 돌리자 그곳에 정말 그가 서 있었다. 누가 먼저랄 것도 없이 둘은 서로를 향해 달려갔다.

"아프지 말고, 밥 잘 챙겨 먹고, 울지 말고. 공연도 잘하고."

그리 말하는 승우의 목소리가 이리저리 떨리고 있었다. 선휘는 고개를 끄덕이며 뺨 위로 흐르는 눈물을 그대로 두었다. 곧이어 커다란 손이 뺨에 닿았다. 보드랍게 어루만지며 눈물을 닦고 있는 손이 파르르 떨렸다.

"그리고 이거."

"이게 뭐예요?"

"비행기 타면 펼쳐 봐. MP3랑 편지야."

선휘는 고개를 끄덕이며 빙그레 미소 지었다.

"승우 씨도 밥 잘 챙겨 먹고, 아프지 말고, 공연 잘하고 있어
요."

승우도 고개를 끄덕이며 성긋이 미소 지었다.

이제 들어가야 한다고 재촉하는 에이전시 관계자의 말에 선
휘는 발을 움직이면서도 몇 번이나 고개를 돌려 그 자리에 그
대로 서 있는 승우를 바라봤다.

언제나 완벽한 차림으로 밖을 나서는 그였는데, 진한 색 청
바지에 계절과 어울리지 않는 목이 늘어난 반팔 티, 거기에 정
장 구두를 신고 있는 우스꽝스러운 모습에 선휘는 몇 번이고
눈가를 닦아 내야 했다.

출국장 게이트에 들어서며 그의 모습이 보이지 않자 심장이
깊게 가라앉는 기분이었다. 비행기에 오르자마자 선휘는 승우
가 건넨 MP3를 귀에 꼽고 편지를 읽어 내려가기 시작했다.

1년 동안 떨어져 지내면서, 연락도 하지 말자 한 내가 야속했
지?

미안해. 그리고 그렇게 하자는 내 뜻을 받아 줘서 고맙고.

어쩌면 내가 나약하고 비겁해서 그런 결정을 하게 되었는지도

몰라.

나약하고 비겁한 남자의 결정이라도 굳게 믿고 따라 주는 이가 있으니, 난 참 행복한 놈이다. 사랑해. 아무 일도 없었던 것처럼 그렇게 와.

이어폰에서는 이완 맥그리거와 니콜 키드만이 영화 '물랭루주'에서 부른 곡이 흘러나오고 있었다.

Come what may, I'll love you until my dying day.

뉴욕으로 향하는 열네 시간 동안 노래 한 곡을 반복해서 들었다. 그의 마음이 가득 담긴 가사와 멜로디가 마음을 적시고, 눈가를 적셨다.

우느라 자지도 못하고, 우느라 먹지도 못했다. 눈이 퉁퉁 붓고, 입술이 빨갛게 불어나고, 얼굴이 노랗게 뜰 때까지 울었다.

이제 비행기에서 내리면 그가 없는 세상이다. 선휘는 마지막 남은 숨을 토해 내듯 한숨을 내쉬었다. 잘해야지. 그가 자신에게 보여 준 사랑만큼 잘 해내겠다고 마음을 다잡았다.

♪　　♫　　♪

선휘가 떠난 지 2주. 승우의 창작 뮤지컬 시파티가 있던 날, 민경은 날이라도 잡은 듯 눈에 불을 켜고 그의 앞에 앉았다.

"윤승우 나쁜 놈."

"아, 뭐가. 누나."

"너 정말 비겁해."

그녀는 술이 많이 취했는지, 혀가 꼬이고 눈에 힘이 풀려 있었다. 술을 원체 좋아하지 않는 승우는 민경의 술주정이 듣기 싫어 경진을 불렀다. 이 여자 좀 집에 보내라고.

경진은 자기도 모른다는 듯 저쪽에서 입을 삐쭉 내밀어 보이더니 고개를 홱 돌려 버렸다.

"선휘 많이 아팠대."

"뭐? 어디가?"

승우가 화들짝 놀라 되물었다.

"이 자식, 내 예상이 맞았네!"

"빨리 말해. 어디가 아팠는데?"

"말 안 해. 궁금하면 직접 물어봐."

민경은 술기운을 이겨 내려는 듯 한숨을 푹 내쉬고는 입을 열었다.

"비행기 안이 좀 건조하고 그렇잖아. 비행기에서부터 아프기 시작해서, 뉴욕 가서 병원에 며칠 있었대. 다행히 거기 가족들이 다 있어서……."

조금만 건조하면 기침을 해 대서 승우는 그녀를 위해 집에 에어워셔도 들여놨다. 에어워셔에 물을 채우고 청소하는 건 단 한 번도 잊어버린 적이 없었다.

"선휘한테 네 얘기 하는데 모르는 눈치여서…… 혹시나 했더니. 윤승우 개자식."

"누나."

승우는 그녀를 한스럽게 불렀다.

"그럼 왜 연락도 안 해, 이 자식아."

그 물음에 승우는 눈앞에 놓인 소주잔을 단숨에 비워 냈다.

"목소리 들으면 다 때려치우고 달려가고 싶을까 봐. 여기 있는 거 전부 포기하고 가고 싶어질까 봐."

승우는 비워진 잔을 채우며 한숨을 한 번 내쉬고는 말을 이었다.

"연락이 조금 늦거나 안 오거나 하면, 왜 늦나, 왜 안 오나 걱정할까 봐. 그렇게 걱정하고, 나쁜 마음 먹고, 의심하게 될까 봐. 절대 그러고 싶지 않은데 그렇게 될까 봐. 그러다 다투고, 멀어질까 봐…… 그래서 연락은…… 안 하기로 했어."

"독한 거야, 미련한 거야?"

"많이 사랑하는 거지."

쓰디쓴 소주를 넘기려 승우는 고개를 한껏 뒤로 젖혔다. 눈가에 가득 고였던 눈물이 다시 스며드는 기분이었다. 아프지 말라니까, 아프고 그래. 승우는 답답한 가슴을 비워 내듯 한숨을 내쉬었다.

승우의 창작 뮤지컬 공연은 순조롭게 진행되었다. 그 덕에 어딜 가나 정리하고 결정해야 할 일들이 산더미였다. 바쁜 게 얼마나 고마운지, 승우는 일부러 더 일에 파고들었다. 밤늦도록 사무실을 지키다 대학로 오피스텔이 아닌 성북동으로 차를 몰았다.

"저 왔어요."

"어머, 아들. 무슨 일이야? 그것도 이렇게 늦게. 저녁은 먹었어?"

"아니요, 배고파요."

승우는 괜한 어리광을 부려 보았다. 도저히 그녀와 함께 있었던 그 공간에 혼자 들어갈 엄두가 나질 않았다. 곳곳에 배어 있는 그녀의 흔적과 추억을 똑바로 마주할 자신이 없었다. 이곳에서 조금만 지내다 들어가면 어떨까 하는 생각도 들었다.

어머니가 차려 주신 늦은 저녁을 먹고, 거실 소파에 앉아서 멍하니 TV를 보고 있었다.

"승우 왔냐?"

"네, 할아버지."

그는 인자한 표정을 머금으며 승우의 옆에 앉았다.

"그 아가씨는 잘 보내 줬냐?"

그 물음에 어머니, 아버지의 얼굴에 화들짝 놀란 기색이 역력했다.

"네."

승우는 나지막이 대답했다.

"네 아버지도 못 한 일을 네가 했구나."

윤 회장은 부러 아들 내외를 놀리듯 승우의 등을 토닥여 주었다.

"무슨 말씀이세요, 아버님?"

"그런 게 있다."

그리 말하는 그를, 부부는 고개를 갸웃하며 바라봤다.

"승우가 만나는 아가씨가 있다는구나. 피아니스트였는데, 사연이 있어서 얼마간 연주를 못 했었나 봐. 얼마 전 연말 공연에서 봤던 그 아가씨 맞지?"

할아버지의 물음에 승우는 곤란한 듯 웃어 보이며 고개를 끄덕였다. 이제 꼬치꼬치 물어보실 어머니의 모습이 그려지는 듯했다.

"그 아가씨가 다시 피아노를 시작할 수 있게 우리 승우가 도와줬다는구나. 지금은 연주 일정을 소화하러 외국에 나갔고."

그 말에 아버지는 목소리를 높이며 나무라셨다.

"그럼 결혼이라도 서둘렀어야지. 어딜 갔다는 거야? 어딜 보내 줘?"

"여보! 그 아가씨 꿈을 위해서 보내 준 거라고 하시잖아요. 그러니까 아버님이 당신은 못 한 걸 승우는 해 줬다고 하시는 거지."

"허허, 사람 참."

아버지는 이내 멋쩍은 미소를 지으시며 어머니를 바라보셨다.

"그럼 당신도 나 무대 위에 다시 세워 주든가요."

"아들아, 부탁 하나만 하자. 네 어머니 좀 무대에 세워 줄래?"

"에이, 아버지. 어머니가 연기 그만두신 지가 언젠데요."

승우가 장단에 맞추어 장난스럽게 대꾸하자, 아버지는 미간을 좁히며 나무랐다.

"떽. 네 여자는 그렇게 노력해서 무대 위에 올려 주고, 내 여자는 무시하는 거야?"

그 물음에 대답을 한 이는 윤 회장이었다.

"마누라 앞세운 사람 앞에서 아주 잘들 떠들고 있구나."

그렇게 장난을 걸어오는 윤 회장의 모습에 모두들 빙긋한 미소를 지으며 그를 바라봤다.

"그래. 그렇게들 많이 어여쁘다 속삭여 주고, 고운 말 많이 들려주어라."

어쩐지 그리 말하는 윤 회장의 얼굴에 아련한 미소가 떠올라 있는 듯했다.

"그 사람 보내고 나니 말이다. 그리운 것이 한두 가지가 아니지만, 그중 가장 그리운 게 그 사람 목소리더구나. 깔깔거리며 웃던 목소리도, 잔소리하던 목소리도, 가끔 부부 싸움을 할 때 나무라던 목소리도."

할아버지가 그리 솔직하게 감정을 드러내는 것은 처음이었기에 승우는 그의 아련한 얼굴을 물끄러미 바라보았다.

"사람의 목소리는 말이다. 때에 따라 각기 다른 음색와 박자를 가지고 있지. 그 목소리를 듣고 기쁨이든, 슬픔이든, 분노든 가늠을 할 수 있으니 말이다. 목소리가 그립다는 것은 그 사람과 함께했던 그 기쁨이, 슬픔이, 분노가…… 모든 게 다 그립다는 뜻일 게다."

한숨을 폭 내쉰 그는 아들 내외와 손자를 바라보며 말을 이었다.

"그런 감정 많이들 나누거라. 한 명이 떠나고 그리워할 게 너무 많아서 심심하지 않도록. 이제 그만 난 들어가서 쉬어야겠구나."

자리에서 일어나는 할아버지의 뒤를 승우가 따랐다.

"제가 주무실 자리 봐 드릴게요."

"됐다, 이놈아. 갑자기 징그럽게."

"할아버지도 가슴 간지러운 말 잔뜩 하셨잖아요."

그리 말하며 피식 웃는 손자의 얼굴을 윤 회장은 한 번 슥 훑어보았다.

할아버지의 말씀처럼 그녀의 목소리가 한없이 듣고 싶은 어느 날이었다. 승우는 평소와 다름없이 행동하려 노력했다. 그런데 아침에 어머니께서 끓여 주신 미역국을 먹고 자신의 생일인 걸 안 순간, 갑자기 그리움이 닥쳐 왔다.

생일에 특별한 일 없이 미역국으로 아침 식사하는 것을 몇 년 동안 아무렇지 않게 해 왔는데, 오늘따라 그녀의 존재가 계속 밟혔다.

그녀의 목소리로 생일 축하한다는 말을 딱 한 번만 들으면 소원이 없을 것 같았다. 허허로운 마음을 안고 공연장으로 향하자 센스 있는 기획팀 식구들이 깜짝 생일 파티를 준비해 놓고 있었다.

작은 생일 케이크의 불을 훅 불어 끄려고 하는데, 한 배우가 소리쳤다.

"소원 빌고 꺼야죠."

"아!"

승우는 가만히 눈을 감고 그녀를 떠올렸다. 흔들리지 않기 위해 자신을 다잡기를 수차례였다. 그런데 오늘은 기적처럼 그녀의 목소리를 듣고 싶다며 소원을 빌고는, 입으로 바람을 불어 촛불을 껐다.

공연이 끝나고 잠시 사무실에 들렀는데 경진이 USB 메모리 스틱 하나를 건넸다.

"이게 뭐냐?"

승우가 분홍색 메모리 스틱을 이리저리 살피며 물었다.

"뭔지는 열어 보면 알겠지."

"뭐, 생일 선물이라고 야동이라도 주는 거냐?"

승우의 실없는 물음에 경진이 요사스러운 표정을 지으며 대꾸했다.

"야동보다 훨씬 더 좋은 거다, 이 사람아!"

어깨를 으쓱해 보인 승우는 랩톱에 메모리 스틱을 연결하고 자리에 앉았다. 그 안에는 음악 파일이 하나 들어 있었다. 대체 무슨 음악인가 싶어서 파일을 더블클릭했는데, 피아노 선율이 흘러나왔다.

"저 자식이……."

지금 누구 놀리나, 하고 내뱉으려던 말이 뚝 끊겨 버렸다. 너무도 듣고 싶었던 그녀의 목소리가 흘러나왔기 때문이다. 심장부터 목구멍까지 덩어리가 걸린 듯 울컥해졌다. 그녀가 조용조용 부르는 이소라의 '생일 축하해요' 노래가 승우의 사무실 안에 울려 퍼졌다.

생일 축하해. 사랑해, 승우 씨.

어린애처럼 왈칵 눈물이 쏟아지고 말았다. 그녀의 목소리가, 그녀의 고백이 너무도 가슴 벅차서 숨을 쉬기 어려울 정도였다. 그리움이 극에 달한 상태에서 뜻하지 않게 마주친 그녀의 사랑에 심장이 요동쳤다.

승우는 두 뺨을 적신 눈물을 닦아 내고 다시 한 번 노래에 귀를 기울였다. 숨을 들이마시고 내쉬는 그녀의 숨소리조차 아름답게 느껴졌다.

그녀가 가까이 있는 듯 여기려 승우는 볼륨을 한껏 키웠다. 사랑한다 말하며 미세하게 떨리는 그녀의 목소리를 온전히 머릿속에 새겨 넣고 싶어서 수백 번 반복해 노래를 들었다.

늦은 밤 사무실을 나서기 전, 연장 공연 준비를 위해 늦게까지 사무실에 남아 있는 경진에게 승우가 다가섰다.

"이거 어디서 났냐?"

"미국 가기 전에 선휘가 주고 갔어."

"뭐? 선휘? 누가 그렇게 부르래?"

"우리 친구 먹은 거 몰랐냐?"

"이게 선배한테."

승우는 경진의 목에 헤드락을 걸며 큭큭거렸다. 그녀의 목소리만으로도 하늘로 날아오를 것만 같은 기분이었다.

"아, 맞다. 영국 쪽 일간지에서 한국 설화를 바탕으로 한 뮤지컬이 궁금하다며 컨텍이 왔어. 혹시 보도 자료나 인터뷰 같은 거 할 수 있겠느냐고."

"언제?"

"방금 전에 기획사 시스템 어드민 이메일로. 형 이메일에 전달해 놨으니까, 한번 봐 봐."

"그래, 들어가서 살펴볼게. 수고해라. 형, 먼저 들어간다."

"응."

승우는 가벼운 발걸음으로 사무실을 나섰다. 그녀의 목소리에 웨스트엔드까지. 두 발이 허공에 붕붕 떠다니는 기분이었다.

♪　　♫　　♪

서울에서 시작된 승우의 공연이 영국 웨스트엔드의 유력 일간지에 소개된 것을 계기로, 그의 공연팀은 웨스트엔드로 초청받았다. 창작 뮤지컬로 뮤지컬의 종주국이라 불리는 곳의 무대에 선 승우에게 세간의 이목이 집중되었다.

런던에서의 첫 공연 날, 전석 매진에 10분이 넘는 기립 박수를 받았다. 언어가 통하지 않는다 할지라도 진심을 다한 공연은 관객들에게 커다란 울림을 전달했다.

앞으로 한 달, 뮤지컬의 메카에서 바리데기의 구슬픈 이야기가 울려 퍼질 예정이었다.

선휘가 떠난 후 승우는 죽자 사자 일에만 매달렸다. 그녀가 돌아오면 자신도 이만큼 해 놨다고 자랑하고 싶기도 했고, 또 그렇게 일에 매달려 바쁘게 보내지 않으면 하루를 버텨 내기가 힘들었다.

첫 공연이 끝나고 모두들 숙소로 돌아갔지만, 승우는 공연장 맞은편 펍에 앉아 경진과 맥주병을 부딪치고 있었다.

일주일 후 웨스트엔드 스타일의 시파티가 있을 예정이어서 오늘 밤은 둘이서 조촐하게 성공적인 해외 진출을 축하하는 중이었다.

맥주를 홀짝이며 펍에 흐르는 음악에 귀를 기울이고 있는데, 경진이 쭈뼛거리며 주머니에서 메모지를 하나 꺼내어 승우에게 내밀었다.

종이를 펼치니 런던 어딘가의 주소가 적혀 있었다. 승우는 이게 뭐냐는 듯 눈썹을 치켜들며 경진을 바라봤다.

"지금, 런던에 있대."

"누가?"

경진은 숨을 크게 들이마시고는 조심스레 대답했다.

"선휘."

그녀의 이름이 흘러나오자 승우의 심장이 쿵 하고 울렸다.

"뭐?"

"형, 내가 이 일정 맞추느라 얼마나 고생한 줄 알아? 눈치 없이 지방 연장 공연에 서울 앙코르 공연까지 더 뛰자며 우기고 말이야."

주소를 바라보는 승우의 눈동자가 떨리기 시작했다.

"가 봐. 같은 도시에 있으면서도 안 만날 거야? 일정 보니까 한 달 넘게 여기 있는 거 같더라고."

승우는 펍을 박차고 나와 까만색 런던 택시에 몸을 실었다. 주소를 보여 주니 그리 멀지 않은 곳이라며 기사가 미소 지었다. 심장이 계속해서 쿵쿵 울렸다.

10분 남짓한 시간이 지나온 6개월의 시간보다 더 길게 느껴졌다. 승우는 택시에서 내리자마자 건물을 찾기 위해 주변을 두리번거렸다.

주소의 건물은 입주자 카드가 없으면 들어갈 수 없는 고급 맨션이었다. 안에서 사람들이 쏟아져 나오는 틈을 타 승우는 건물로 들어갔다. 겉보기엔 오래되었는데, 안은 세련된 현대식 인테리어로 개조되어 있었다.

승우는 다시 경진이 건넨 쪽지를 살폈다. 5층 A3호. 나선형 계단을 두고 왼쪽은 A동, 오른쪽은 B동인 듯했다. 엘리베이터를 타고 5층으로 향한 그는 A3호 문 앞에 서서 한참을 망설였다.

문을 두드릴까. 누구냐고 물어보면 뭐라고 답할까. 선휘의 표정이 어떨까.

쿵쿵거리는 심장 소리에 맞춰 쿵쿵 문을 두드렸다. 답이 없다. 쿵쿵, 다시 문을 두드렸다. 여전히 답이 없었다. 안에 없나. 씻고 있나. 기다려야 하나, 승우의 심장이 터질 듯 두근거렸다.

♪   ♫   ♪

5개월이 조금 넘는 미국 공연을 마치고 선휘는 영국으로 향했다. 성공적인 미국 공연에 힘입어 로열 앨버트 홀에서 런던 심포니 오케스트라와의 협연이 예정되어 있었다. 시즌 오픈 공연인 탓에 준비해야 할 것이 많아서, 런던에 머무는 시간이 예정보다 조금 길어질 것 같았다.

샬럿 브론테, 제인 오스틴, 토머스 하디. 한때 삶을 위로해 주었던 이들의 나라. 공연이 없는 주말에 그들의 흔적을 따라 여행을 해 볼까 하는 생각도 들었다.

"이제 그런 불행한 이야기를 위안 삼아서 살아갈 일은 없을 거야."

붉은 노을을 등진 채 도서관 언덕길을 내려올 때, 승우가 했던 말이 불현듯 떠올랐다. 그의 말처럼 이제 더는 불행한 이야기를 위안 삼지 않았다. 6개월이 조금 넘는 시간 동안 함께했던 그와의 사랑이 그녀를 지탱해 주고 있었다.

런던의 하늘은 참으로 변덕스러웠다. 맑았다가, 흐렸다가, 갑자기 비가 왔다가, 쨍하고 개었다가.

날씨 때문에 사람이 미칠 수도 있을까 싶을 정도로 그에 따라 자신의 마음도 맑았다가, 흐렸다가를 반복하고 있음에 실소가 터져 나왔다.

변덕스러운 날씨가 만들어 내는 감정 기복이 버거워질 무렵, 선휘는 연습실에서 살다시피 했다. 악보에 집중이 되질 않았고 아무리 건반 위에서 손가락을 움직여도 마음에 드는 소리가 나질 않았다.

쇼팽 피아노 협주곡 2번 바단조 작품번호 21-2악장. 낭만적인 음률이 가득해야 하는데 소리가 자꾸만 늘어지고 구슬퍼졌다.

피아노에 문제가 있는 것은 아니었다. 빡빡한 연습 일정으로 몸이 피곤해서 생기는 짜증도 아니었다. 손가락을 움직이면 움직일수록 그리움이 더해졌다. 사랑으로 아름다워야 할 음악이 그리움만 가득해지니, 본성을 잃고 서글퍼지고 있었다.

'목소리 한 번만 들었으면, 소원이 없겠네.'

그래, '여보세요' 하는 소리만 듣고 끊자는 생각에 그에게 전화를 걸었다. 신호가 가기도 전에 휴대전화 전원이 꺼져 있다는 소리가 들리자 허탈한 웃음이 새어 나왔다.

폐부 깊숙한 곳까지 숨을 들이마시고는 겨우 건반 위에서 손을 뗐다.

'오늘은 여기까지만 하자.'

연습실과 숙소의 거리는 걸어서 10분이었다. 그 10분이 참으로 헛헛했다. 숙소에 돌아가면 오늘도 텅 빈 공간에 싸늘하게 식은 공기만이 자신을 반겨 줄 거라고 생각하니, 또다시 심장이 무겁게 가라앉았다.

입주자 카드를 찍고 맨션 공동 현관으로 들어섰다. 정말 들어가기 싫다. 마음을 나눌 사람 한 명 없이 살아온 인생에서 오늘따라 친구가 그리웠다.

그의 공연 연습에서 만났던 이들의 얼굴이 떠오르고, 정은의 얼굴도 떠오르고, 어김없이 마지막엔 승우에 대한 그리움으로 가슴 한구석이 차올랐다.

아무렇지 않게 지내 보자 한 그는 잘 지내고 있는지, 자신은 잘 못 지내고 있었다고 전해야 할지, 서글픔은 끝도 없이 이어지려는지 오늘따라 사라질 기미가 보이지 않았다.

현관문 앞에 서서 열쇠를 찾기 위해 가방을 뒤지기 시작했다. 홀로 집에 들어서기 싫은 마음이 반영된 것인지 열쇠는 작은 핸드백 안에 꼭꼭 숨어서는 나타나질 않았다.

"열쇠 못 찾는 버릇은 여전하네. 맨날 가방에서 차 키 찾아 헤매더니."

조용한 복도를 나지막하게 울리는 건 분명 그의 목소리였다. 심장의 쿵쾅거림이 목까지 타고 올라온 듯했다. 모든 동작을 멈추고 가만히 서 있는데, 뒤에서 몸을 와락 끌어안았다.

저절로 두 눈이 감겼다. 온몸을 휘감는 그리웠던 그의 향기가 느껴지자 눈물이 왈칵 쏟아져 내렸다. 그가 선휘의 어깨에 얼굴을 묻은 채 낮게 속삭였다.

"음. 좋다. 우리 선휘 냄새."

꾹 참고 있던 울음이 툭 하고 터져 나왔다. 그가 이곳에, 정말 이곳에 있었다.

희망의 존재

A3호 문이 열리고 승우는 그녀를 뒤에서 안은 채 안으로 들어섰다.

"얼굴 좀 보자."

천천히 그녀를 돌려세우는데 온몸이 떨려 왔다.

"왜 이렇게 야위었어요?"

"너야말로."

하얀 얼굴에 도드라진 붉은 입술이 오물오물 말을 뱉어 낼 때마다 승우는 심장이 한 박자씩 빨라지는 것 같았다.

"어떻게 온 거예요? 여기 주소는 어떻게 알았어요?"

"어떤 남자가 주던데?"

승우는 눈을 가늘게 뜨며 뿌루퉁한 표정을 지어 보였다.

"민경 언니랑 경진 씨가 런던에 온다고 하더라고요. 놀러 오겠다고, 주소 알려 달라고 해서."

"그래서 다른 남자한테 주소를 알려 줬단 말이야?"

"급하게 오느라 호텔 예약도 못 했다고 막 난리잖아. 민경 언니가."

"허이구."

샐쭉한 표정을 지으며 자신을 올려다보고 있는 여자가 선휘가 맞나 하는 생각이 들었다.

"이제 못 참겠다."

"응?"

되묻는 말에 대답도 없이 승우의 입술이 그녀의 입술을 찾았다. 서로의 입술에 꼭 맞는 자리를 찾기라도 한 듯 숨 쉴 틈도 없었다. 뜨거운 혀가 입안에서 뒹굴고 달콤한 타액이 오갔다.

그토록 그리워했던 서로의 숨내가 쏟아지자 선휘에게서 가슴을 울리는 신음이 터져 나왔다. 그 소리가 너무도 자극적이어서 승우는 입을 한껏 벌려 그녀를 머금으며 커다란 손으로 작은 머리를 감쌌다.

다른 한 손으로는 그녀의 허리를 끌어안아 공기 한 점 들어올 수 없도록 자신의 몸에 밀착시켰다.

재킷 앞섶이 열린 탓에 얇은 드레스 셔츠 위로 리넨 원피스 안에 갇힌 그녀의 뜨거운 온도가 느껴졌다. 승우는 머리를 감싸고 있던 손을 움직여 그녀의 등 뒤에 있는 원피스 지퍼를 내리기 시작했다.

선휘도 승우의 목을 감싸고 있던 손을 풀고는 드레스 셔츠

374

단추를 하나씩 풀어 나갔다. 손이 떨려서 단추가 손가락 끝에서 자꾸만 미끄러졌다.

슬쩍 입술이 떨어지고, 잠시 공간이 생긴 것이 아쉽기라도 한 듯 반짝이는 줄이 두 사람의 입술 사이에 걸렸다.

선휘가 아랫입술을 할짝거리자 승우는 붉은 혀를 집어삼킬 듯 빨아들였다. 심장이라도 뽑아낼 듯 혀를 감아올리는 승우의 움직임에 선휘는 다시 한 번 신음을 토해 냈다.

풀썩 하고 선휘의 원피스가 바닥으로 떨어지는 소리가 들렸다. 패딩이 되어 있지 않은 흰색의 얇은 레이스 브래지어에 레이스 팬티를 입고 있는 선휘의 모습에 승우의 입이 떡 벌어졌다.

"속옷은 왜 이렇게 예쁜 걸 입고 다니는 거야?"

"여자한테 속옷이 얼마나 중요한지 알아요? 여자는 언제, 어디서건 준비된 예쁜 모습이어야 한다고요."

"그 말 마음에 드네. 근데……."

승우는 부러 미간을 좁히고 심각하게 속삭였다.

"음?"

"내가 없을 때, 이렇게 준비된 자세는 사치 아닌가?"

"내가 이렇게 준비하고 있는 덕에 승우 씨는 지금 좋은 구경하고 있는 거 아닌가?"

고양이 같은 미소를 흘리며 눈을 치켜뜨는 선휘의 모습에 승우는 눈이 뒤집어질 것만 같았다. 레이스 아래로 비치는 그녀의 분홍빛 유두와 검은 숲에 마른침이 넘어갔다.

한 손 가득 가슴을 움켜쥠과 동시에 그녀의 머리카락에 얼굴을 묻었다. 그녀의 가슴에 손을 대는 것만으로도 목에서 끙 하는 신음이 올라왔다.

"하아……. 샴푸를 바꿨나?"

"으음, 아직 같은 걸 못 샀어요."

"내일은 그거부터 사러 가야겠는데?"

선휘의 목에 박혀 있던 그의 입술이 가는 턱 선을 따라 다시 붉게 달아오른 입술로 돌아왔다. 선휘는 승우의 재킷과 드레스 셔츠를 벗기고는 소파 위로 던져 버렸다. 탄탄한 그의 상체 근육이 올록볼록 드러났다.

"승우 씨, 운동 많이 했나 봐요?"

"그럼……. 힘쓸 데가 없는데, 운동이라도 열심히 해야지."

선휘의 귓불을 잘근잘근 깨물며, 승우가 그녀의 귓가에 속삭였다.

"어디야, 침실이."

승우는 선휘를 번쩍 안아 들었고, 그녀는 손가락을 들어 양쪽으로 열리는 커다란 하얀 문을 가리켰다.

매트리스 두 개가 겹쳐져 있고 위에 양모 패드까지 덮여 높이가 선휘의 허리까지 올라오는 커다란 침대가 방 한가운데 놓여 있었다.

"취소해야겠다."

"뭘요?"

"내 숙소."

선휘가 피식하고 웃어 보이자, 열기로 가득한 승우의 눈빛이 점점 어두워지기 시작했다.

"웃었어?"

선휘는 고개를 한 번 끄덕였다.

"침대 위에서도 그렇게 웃음이 나오나 볼까?"

승우는 선휘를 침대 위에 눕히고는 훌러덩 아랫도리를 벗어 버렸다. 선휘는 오랜만에 그의 나신을 마주하는 것이 왠지 부끄러워 얼굴을 붉혔다.

폭신한 침대 한가운데 누워 있는 선휘의 위로 승우의 몸이 겹쳐졌다. 벅차오르는 그녀의 숨결이, 타들어 갈 듯 세차게 두근거리는 작은 심장이 그의 단단한 가슴에 닿았다.

승우는 조심스레 입술을 내려 그녀의 눈가에 입을 맞추었다.

"울지 마. 같이 있잖아. 왜 울어."

그렇게 속삭이는 승우의 목소리도 젖어 있었다. 선휘가 승우의 목에 팔을 감으며 그의 입술을 빨아들이기 시작했다.

승우는 선휘의 등허리에 손을 넣고는 브래지어 훅을 풀어냈다. 아슬아슬한 레이스 천에 가려졌던 그녀의 가슴이 드러나자 물어 삼킬 듯 입을 맞추었다.

배를 어루만지다가 허리를 조몰락거렸다가, 골반을 따라 내려간 승우의 손이 선휘의 몸 한가운데에 닿았다.

까슬까슬한 레이스 위로 벌써 매끈한 애액이 묻어나고 있었다. 손톱으로 그 위를 슬슬 긁어 내자 선휘가 허리를 비틀며 입술을 깨물었다.

"하아, 승우 씨."

"응?"

"사랑해요."

갑자기 누군가 심장에 바람을 한가득 불어넣은 듯, 가슴이 좁게 느껴졌다.

"뭐라고?"

"사랑해요."

"뭐?"

"사랑한다고."

울먹이는 선휘의 입술을 집어삼켰다. 그래, 6개월은 아무것도 아니었다. 울음을 삼키느라 달아나는 그녀의 혀를 낚아채서 빨아들였다가, 야속하게 풀어 줬다가, 그녀의 전부를 차지하겠다는 듯 입안을 휘저었다.

입안으로 쏟아지는 가느다란 신음에 심장이 발라당 뒤집어진 기분이었다. 레이스 팬티를 벗겨 낸 그녀의 젖은 살 끝에 자신의 분신이 닿았다.

끊임없이 서로를 탐하던 입술을 떼어 내자 선휘가 거친 숨을 몰아쉬며 뜨거운 눈으로 승우를 바라봤다.

"사랑해. 나도 많이. 아주 많이 사랑해."

사랑한다는 말에 선휘의 두 눈이 예쁘게 휘었다.

"그런데."

"응?"

미간을 구기는 승우의 얼굴을 쓰다듬으며 선휘의 미간에도 미세한 주름이 잡혔다.

"내일도 연습하나?"

"일요일은 안 해요."

"그럼, 절대 이 집에서 못 나가."

승우는 말을 내뱉음과 동시에 자신의 물건을 한 손으로 움켜 쥐고는 그녀의 몸 안으로 미끄러져 들어갔다.

육체적 접촉이 없었던 6개월 동안 그녀의 안은 더 좁고 뜨거 워진 듯했다. 떨어져 있는 동안 수도 없이 그녀의 모습을 그렸 다.

미치도록 그녀가 보고 싶은 밤이면, 뜨거워지는 몸을 주체 하지 못하고 차가운 샤워 부스 안으로 들어가기를 반복하다가, 그 정도로는 안 되겠다 싶어서 운동을 시작했다.

손가락 까닥할 힘조차 남지 않도록 러닝머신 위를 달리고 또 달렸다. 그래야 겨우 침대 위에 올랐을 때 잠이 들 수 있었다.

미치도록 질주하고 싶은 허리를 천천히 움직였다. 선휘가 자 신을 받아들이는 속도를 맞춰 가기 위해 안간힘을 썼다. 얼굴 이 고통스럽게 일그러지고 그르릉거리는 신음이 터져 나왔다.

"하아……. 승우 씨."

승우가 그녀의 얼굴에 깃털 같은 입맞춤을 하는 것으로 대답 을 대신하자 선휘가 그의 등을 감싸 안았다.

"승우 씨가 원하는 대로 해 줘……. 부탁이야."

신음을 흘리는 그녀의 목소리는 미치도록 뇌쇄적이었다. 가 늘게 터져 나오는 숨을 헐떡이며 자신의 몸에 매달린 선휘의 모습에 승우는 그녀의 목소리에 조종당하는 마리오네트라도 되는 듯 몸을 빠르게 움직이기 시작했다. 속도를 더하기 시작한 몸은 이제 멈출 줄을 몰랐다.

선휘가 승우의 어깨에 얼굴을 묻고 흐느끼듯 신음을 토해 냈다. 더 깊숙이 들어가고 싶었다. 그녀의 몸 안 끝까지 들어가고 싶었다. 무릎을 꿇은 자세로 선휘의 무릎을 잡아 당겨 자신의 허벅지 위에 그녀의 엉덩이를 올렸다.

달아나지 못하도록 탱글탱글한 허벅지를 움켜잡고는 그녀의 안을 파고들기 시작했다. 철벅거리는 소리가 거칠어질수록 둘의 입에서 터져 나오는 숨소리도 거칠어졌다.

선휘의 허리가 비틀리는가 싶더니 질끈 눈을 감았다. 승우는 그녀의 상체를 일으켜 안으며 온몸을 휘감은 절정을 오롯이 흘려보냈다.

♪　　　♬　　　♪

웨스트엔드에서 시파티가 있던 날, 승우는 자신의 왼쪽에 선휘를 세우고 파티장으로 향했다.

등이 훅 파인 진회색 쉬폰 드레스를 입은 선휘에게 사람들의 시선이 쏠렸다. 왼쪽 허벅지 한가운데를 가르고 내려가는 치맛자락 사이로 발걸음을 옮길 때마다 매끈한 다리가 사정없이 드러났다.

왼쪽 어깨에만 걸쳐 있는 쉬폰 자락 때문에 그녀의 오른쪽 어깨가 횅하니 드러나 있는 것도 문제였다. 이것보다 얌전한 옷은 없느냐고 다그치고 싶었지만, 속 좁은 남자가 되고 싶지 않아서 승우는 입을 꾹 다물었다.

선휘가 입은 드레스는 다른 여자들이 입은 것에 비하면 매우 얌전한 수준이었지만 승우는 본연의 역할은 망각한 채 그녀의 옆에만 붙어 있으려고 했다.

선휘는 그런 승우를 올려다보며 피식 웃었다가, 정신 나간 그를 대신해 사람들과 인사를 나누었다.

「이게 누구야, 마드모아젤!」

「어머! 감독님!」

머리가 희끗희끗한 웬 중년 남자가 반갑다는 듯 선휘의 양 볼에 입을 맞추었다. 그 모습을 마주한 승우의 눈동자가 이글이글 타올랐다.

"승우 씨, 인사해요. 샌프란시스코 극장에 계신 분이에요. 미국 공연 때 알게 됐어요."

선휘의 소개에 승우는 이내 굳었던 표정을 풀고는 인사를 건넸다.

「안녕하세요, 윤승웁니다. 본 공연 총괄을 맡고 있습니다.」

「오오! 안 그래도 꼭 만나 보고 싶었어요. 우리 극장도 이번 공연에 대한 기대가 큽니다.」

미국에선 브로드웨이로 향하기 전, 샌프란시스코나 시애틀과 같은 도시에서 먼저 공연이 올라가는 경우가 많았다. 프리브로드웨이, 브로드웨이에서의 성공을 미리 점칠 수 있는 자리나 다름없었다.

그런 곳에서 자신의 공연에 관심을 보인다는 말에 승우의 눈동자가 빛났다.

시파티에서 연락처를 주고받은 미국 쪽 기획진과 런던 공연이 끝나면 회의를 진행하기로 했다.

승우는 선휘를 가만히 내려다보았다. 그녀를 만나고 모든 일이 잘 풀리는 것만 같았다.

"나의 뮤즈."

조용히 속살거리는 승우를 선휘는 생긋 웃으며 올려다보았다.

그녀의 연주회가 있던 날, 승우는 선휘가 건네준 티켓을 들고 로열 앨버트 홀의 가장 좋은 자리에 앉아 공연을 관람했다. 그녀의 피아노 소리는 은하수를 닮은 듯 부드럽게 반짝였다.

무대 위에서 환하게 웃으며 객석을 향해 무릎을 살짝 굽히는 그녀를 보자 힘들었던 지난날에 대한 보상이라도 받는 듯 가슴이 벅차올랐다.

런던에서 공연을 마친 선휘는 체코로 간다고 했다. 연습을 일주일만 늦추고 싶다는 선휘의 부탁에 런던 공연 실황을 본 체코 관계자가 흔쾌히 승낙했다. 앞으로 일주일 후면, 승우도 공연을 마치고 한국으로 돌아가야 할 터였다.

선휘는 그동안 자신이 사용했던 연습실로 승우를 데리고 갔다.

"여기서 연습했어."

"혼자?"

그리 묻는 승우의 목소리는 허허로움을 품고 있었다.

"혼자서 하기도 하고, 오케스트라랑 같이하기도 하고."

"외로웠어?"

"조금."

"지금은?"

선휘는 승우의 허리를 와락 끌어안았다. 몸을 감싸는 그의 향기가 가슴속 깊은 곳부터 차올랐다.

"하나도 안 외로워요. 고마워, 승우 씨. 나 보러 와 줘서."

승우가 그녀의 정수리에 슬쩍 입 맞췄다.

"나 여기 관리해 주시는 분들한테 인사 좀 하고 올게요."

가벼운 걸음으로 연습실을 빠져나가는 선휘의 뒷모습을 물끄러미 바라보던 승우는 피아노 위에 놓인 악보를 하릴없이 뒤적였다.

악보 사이로 빽빽한 일정이 적혀 있는 종이가 보였다. 체코, 오스트리아, 프랑스, 이탈리아 그리고 한국. 한국으로 들어가는 귀국 일정과 비행 편명까지 적혀 있었다.

승우는 주머니에서 스마트폰을 꺼내 들고 재빨리 사진을 찍었다. 그녀가 어디에 있는지 아는 것만으로도 힘이 될 것 같았다.

악보 사이에 다시 종이를 끼워 넣고 아무 일도 없는 척 건반을 동당거리는데, 선휘가 연습실 안으로 들어왔다.

환하게 웃는 그녀를 보며 괜한 죄의식에 승우는 그저 생각나는 대로 말을 뱉어 냈다.

"피아노 쳐 줘."

"지금요?"

"응."

"내 연주 꽤 비싼데?"

의자에 앉은 선휘는 목을 한 바퀴 빙 돌리고 손을 풀며 거드름을 피웠다. 그 모습이 너무 귀여워 승우는 쿡 하고 웃음을 터뜨리며 물었다.

"오늘 밤 침대에서 다 갚아 주면 되지 않나?"

"그럼, 제일 어려운 곡으로 쳐야지."

선휘는 어깨를 으쓱해 보이고는 피아노 위에 손을 얹었다. 알 듯 모를 듯 아름다운 음악이 연습실을 메우기 시작했다. 밝은 음색만을 사용한 곡은 따스하기도 하고, 아련하기도 하고, 때론 그리움도 품고 있어 가슴 한편을 적셔 왔다.

선휘는 고개를 흔들거렸다가, 몸을 깊이 숙였다가, 곡과 한 몸이 된 듯 움직였다. 연주를 마친 그녀가 만족스럽게 한숨을 내쉬었다.

"제목이 뭐야?"

"윤승우."

"뭐?"

"윤승우 by 고선휘."

승우는 의자에서 선휘를 일으켜 세우고는 품에 안았다. 단단한 자신의 가슴에 닿아 있는 선휘의 얼굴이 부드럽게 웃고 있는 게 느껴졌다. 그녀의 정수리에 입을 맞추며 입술을 비볐다.

"앞으로 남은 5개월은 전혀 안 힘들 것 같네."

"거짓말."

"거짓말 아닌데."

거짓말일지도. 남은 5개월의 시간도 그렇게 흘러가기를. 아무 일도 없었던 것처럼. 아무렇지 않았던 것처럼.

둘은 또다시 각자의 꿈을 향해 다른 길을 가야만 했다. 내일 승우는 한국으로, 그녀는 체코로 향할 예정이었다.

승우는 선휘를 이끌고 옥스퍼드 서커스에 있는 대형 장난감 가게로 향했다. 연말연시가 다가오자 장난감 가게는 크리스마스 선물을 마련하려는 어른들과 그런 그들을 발그레한 얼굴로 따라온 아이들로 가득했다.

왜 하필 장난감 가게를 택한 것인지 선휘는 그저 고개를 갸웃할 뿐이었다.

"치사하게 생일 선물을 혼자만 해 주는 법이 어디 있어?"

선휘는 빙긋이 웃으며 대꾸했다.

"이렇게 몰래 찾아온 건 대체 누군데? 그리고 나 이제 어른이에요. 생일 선물 사 주려고 장난감 가게 온 거면 잘못 찾아와도 한참 잘못 찾아왔는데요?"

승우는 색색깔 곰 인형이 잔뜩 쌓여 있는 곳으로 선휘를 이끌었다. 그리고 그중 'Recordable teddy bear'라는 꼬리표가 달려 있는 새빨간 곰 인형을 집어 들었다.

"이거 어때?"

그의 목소리에서 생기가 넘쳐 났다.

"귀여워요. 지금 승우 씨처럼."

"그럼 이걸로 하자."

그는 빠르게 계산대로 걸음을 옮겨 갔고, 계산을 마치고는 경쾌하고 가볍게 장난감 가게를 나섰다.

가게를 나선 둘은 테이트모던 갤러리 6층에 있는 레스토랑으로 향했다. 오후 2시가 넘은 시각, 그곳은 애프터눈 티를 즐기는 이들로 가득했다. 커다란 통유리창으로 보이는 템스 강변의 런던 풍경이 오늘따라 무척이나 로맨틱해 보였다.

회색빛만이 가득했던 침울한 런던이 그의 존재로 또 다른 빛으로 변해 갔다. 원래 회색은 핑크색과 잘 어울리는 법이지. 그리 생각한 선휘는 로열 밀크 티와 크랜베리 스콘을 앞에 놓고 승우를 바라봤다.

그는 깨알처럼 작은 글씨로 적힌 곰 인형의 녹음 설명서를 보고 있는 듯했다.

"기다려, 녹음해 올 테니까."

"여기서 하면 안 돼요? 어차피 인형도 나랑 같이 골랐으면서, 뭐."

"싫어. 혼자 해 올 거야. 우리 선휘 궁금하라고."

자리에서 일어선 그는 어디론가 빠르게 걸음을 옮겼다.

밀크 티 반을 비우고 스콘을 쪼개어 입에 넣고 있을 때, 그가 발그레한 표정으로 돌아왔다. 그는 빨간 곰 인형을 내밀며 말했다.

"내일 밤 자기 전에 눌러 봐."

선휘의 입에서 저절로 웃음이 새어 나왔다.

"내일부터 다시 내가 네 옆에 없는 거잖아. 이 인형 나 대신 꼭 끌어안고 자."

유치한 듯한 그의 말과 행동마저도 미치도록 사랑스러웠다. 그에 더해 그와 내일이면 또다시 떨어져야 한다는 사실이 미치도록 아쉬웠다.

"나도 승우 씨 거 하나 살걸."

"난 네가 생일에 준 거 있잖아. 그거 들으면 돼."

그리 말하며 빙긋이 웃는 그의 모습이 참으로 믿음직스러웠다. 길고 긴 애프터눈 티를 마신 두 사람은 마지막 여유를 즐기려는 듯 느긋하게 밖으로 나왔다. 템스 강을 가로지르는 밀레니엄 브리지 위를 걷는데, 승우가 걸음을 멈추고 섰다.

"왜요?"

선휘는 고개를 갸웃하며 그를 바라봤다.

"천 년의 다리를 걷고 있네?"

"천 년에 비하면, 남은 5개월 그까짓 거 아무것도 아니겠다. 그렇죠?"

승우를 올려다보며 배시시 웃는 선휘의 눈가에 눈물이 그렁그렁했다. 승우는 고개를 숙여 그녀의 이마에 부드럽게 입을 맞추었다.

"아무것도 아닐 거야. 아무 일도 없었던 것처럼 그렇게 다시 보자."

"응, 아무것도 아닌 것처럼."

아무것도 아닌 게 아니었다. 떨어져 있는 동안 두 사람의 사랑은 이만큼이나 성장해 있었다. 서로의 길을 걸으며 가까이 할 수 없을지는 몰라도, 굳건해진 마음 하나만으로도 충분하다는 생각이 들었다.

늦은 오후, 프라하에 도착한 선휘는 짐도 풀지 않고 침대에 누웠다. 꼭 자기 전 인형에 녹음된 소리를 들어 보라던 그의 말이 생각나서 참고, 참았지만 더 이상은 참을 수 없다는 생각이 들어서였다.

선휘는 새빨간 곰 인형의 배를 꾹 눌렀다.

잘 자, 내 꿈 꿔.

푸핫 하는 웃음이 저절로 튀어나왔다. 항상 가슴 간질이는 말을 잘하는 남자였기에, 이 곰인형에 대체 무슨 메시지를 넣어 놓았나 궁금해서 온몸이 간질거릴 지경이었다. 이미 지난 생일을 뒤늦게나마 축하해 준다며 건넨 선물에는 너무도 간단한 메시지가 녹음되어 있었다.

어떤 말을 해야 할지 아마 한참을 고민했을 거다. 로열 밀크 티 반을 비워 냈던 시간이 족히 30분은 되었으니까. 그러다 그저 평범한 인사를 녹음했나 보다.

아무렇지 않은 것처럼 지내라는 승우의 말과 함께 '잘 자, 내 꿈 꿔'라는 메시지는 참으로 그다웠다.

선휘는 빨간 곰 인형의 불룩한 배를 몇 번이고 누르며 그의 목소리를 반복해서 들었다. 좀 길게 녹음해 주지, 하는 아쉬움도 들고, 내 꿈 꾸라는 간지러운 말에 심장이 벌렁거리기도 했다.

"그래, 꿈에서라도 보자."

곰 인형을 품에 낀 채로 선휘는 배시시 웃었다.

♪　　　♫　　　♪

「네, 윤승웁니다.」

─야, 이 멍청한 놈아!

얼마 전 브로드웨이에서 공연을 마치고 돌아온 탓에 그쪽 기획사일 줄 알았던 승우는 수화기 너머로 들려오는 맥스의 목소리에 작게 놀랐다.

「반갑다는 인사치고는 격하잖아, 맥스.」

─하나도 안 반가워, 이 자식아.

「대체 무슨 일이야.」

─써니랑 어떻게 된 거야?

참으로 어이없는 물음에 승우의 입에서 헛웃음이 터져 나왔다.

「어떻게 되다니, 뭐가?」

—애초에 내가 너같이 물러터진 놈한테 써니를 맡기고 오는 게 아니었어. 이 얼간이 같은 놈!

맥스의 목소리는 다분히 적대적이었다.

「알아듣게 말해. 대체 지금 뭐라는 거야?」

—내가 그 느끼하고 여자 밝히는 이태리 가수한테 양보하라고 널 써니 옆에 둔 줄 알아?

말도 안 되는 소리라며 승우가 고개를 내저었다. 언성을 높이는 맥스에게 쓸데없는 일에 신경 쓰지 말라고 타박한 뒤 전화를 끊었다. 그리고 그가 보낸 이메일 속, 신문 기사의 URL을 클릭했다. 맥스에게는 아무렇지도 않은 척했지만 기사가 로딩되는 동안 불길한 기운에 심장이 떨려 왔다.

—세기의 만남.

—피아노 여제와 낭만파 팝페라 가수의 사랑.

이탈리아의 한 식당에서 찍힌 사진과 함께 선휘가 다른 남자와 사랑에 빠졌다는 영국 일간지의 스캔들 기사였다.

승우는 재빨리 인터넷 창을 닫아 버렸다. 남녀가 둘이 밥만 먹어도 기자들은 먹잇감을 물었다는 듯 기사를 쓰곤 한다.

"말도 안 돼. 그럴 리가. 절대. 그럴 리가."

그는 무언가 몰두할 것을 찾기 시작했다. 몰래 찍어 두었던 일정대로라면, 그녀가 돌아오기까지 딱 하루의 시간이 남아 있을 뿐이었다.

"아무 일도 없었던 것처럼."

그리 말하며 눈물을 머금고 미소 지었던 그녀의 얼굴이 눈앞을 스쳐 지나갔다.

일이 많은 것도 아닌데 밤늦도록 사무실에 있다가 잠이 들어 버렸다. 불현듯 드디어 하루가 지났다는 생각이 들었다. 오늘이다. 그래, 오늘.

정신없이 그녀의 오피스텔로 향했다. 다시 한국으로 꼭 돌아올 거라며, 그녀는 오피스텔을 처분하지 않았었다. 세탁소에 맡겨 두었던 그녀의 옷들을 찾아와서 정리하고, 집도 깨끗이 청소했다.

런던에서 돌아온 이후, 그녀가 그리운 날이면 이곳에 와서 밤을 지새우곤 했기에 특별히 청소할 것도 없었다.

그렇게 밤이 되었다. 로마에서 출발한 비행기가 벌써 한국에 도착하고도 남을 시각인데 연락은 여전히 없었다. 혹시 자신의 집으로 갔나 해서 그쪽으로 달려갔다가, 다시 선휘의 오피스텔로 돌아오기를 수십 번 반복했다.

새벽녘 하늘이 어스름해질 즈음 절망감이 몰려왔다. 신문 기사 사진에서 선휘가 그 남자를 바라보고 있었던가? 스마트폰에 연동된 이메일을 열었다. 기사를 다시 클릭하니 맨 아래 둘의 공연 영상이 담긴 링크가 있었다.

링크 속 영상, 지중해를 등진 야외 무대 위에서 선휘는 피아노를 치고, 그는 피아노 가까이에 서서 노래를 하고 있었다.

Quando, Quando, Quando.

언제 자신을 받아 줄 거냐는 노래 가사에 기가 막혀 왔다. 선휘가 그를 바라보며 미소 짓더니, 다시 피아노로 시선을 옮겼다. 그 남자를 향한 그녀의 미소가 낯설게 느껴졌다.

그렇게 현실감 없는 하루가 시작되었다. 그녀가 올 거라고 예상했던 날짜에서 하루가 지났는데도, 선휘는 여전히 곁에 없었다. 그녀의 오피스텔에서 나와 자신의 텅 빈 집으로 향했다.

차가운 물로 샤워를 하고 거뭇하게 돋아난 턱수염 위에 쉐이빙 크림을 문질렀다. 평소보다 더 꼼꼼하게 면도를 하느라 이마에 땀이 송골송골 맺혔다.

짙은 네이비색 슈트를 입고, 슬림한 진녹색 타이를 맸다. 오전에 잠깐 사무실에 들렀다가 오후에는 창작 뮤지컬 전용 공연장 공사 관련 회의에 참석해야 했다.

마치 아직 선휘가 돌아오기로 했던 날이 오지 않은 듯 승우는 평소와 같은 모습으로 집을 나섰다.

덤덤한 척 사무실에 들어서자 경진이 엄청난 서류들을 가져다주었다. 회의 전 살펴보라는 공연장 조감도와 시설 견적을 검토하느라 다른 생각을 할 겨를이 없었지만, 머릿속이 채워질수록 가슴은 텅 비어 가는 것만 같았다.

한참을 서류와 씨름하고 있는데 노크 소리가 들려왔다. 문을 두드린 건 비서 정윤이었다. 일이 많아져서 자신의 일정을 봐 주고 잡다한 업무를 해 줄 사람이 필요해 얼마 전 뽑은 여직원이었다.

"저, 뉴욕의 'The Audience'라는 주간지 기자한테 전화가 왔는데요. 전화 인터뷰를 할 수 있겠느냐고."

"연결해요."

승우는 손에 쥐고 있던 파일을 잠시 내려 두고, 빨간빛이 깜박이는 사무실 전화기의 스피커 버튼을 눌렀다.

「네, 윤승웁니다.」

―안녕하세요. The Audience 기자 사이먼 프레디(Simon Preddy)입니다. 예정에 없이 불쑥 전화를 드려 죄송합니다. 몇 가지 간단하게 인터뷰를 하고 싶은데, 시간 괜찮으십니까?

「네, 괜찮습니다.」

―웨스트엔드를 거쳐 브로드웨이까지 성공적인 공연을 해내신 것 축하합니다.

기자는 앞으로의 공연 일정은 어떤지, 차기작은 무엇인지, 그 작품도 자신 있는지, 커리어와 관련한 질문을 쏟아 냈다.

승우는 전용 극장을 세우고 더 많은 창작 뮤지컬을 만들 것이며, 차기작은 논의 중이고 제작 초기 단계여서 아직 정해진 것이 많지 않지만 자신 있다고 답했다.

―머크레이 양의 연인이라고 들었는데, 스캔들 기사는 접하셨

습니까?

그러다 생각지도 못한 질문에 머릿속이 아득해지는 것만 같았다. 결국 기자의 목적은 이거였나 보다 하는 생각이 들었다.

「개인적인 질문은 받지 않겠습니다.」

—아, 죄송합니다. 두 사람의 소속사 측에서도 아무런 답변을 듣지 못해서……. 두 사람과 연락이 닿질 않는다고 하더라고요.

더는 듣고 싶지 않아서 빨리 전화를 끊으려는데, 기자는 자신이 알고 있는 정보를 모두 다 뱉어 낼 듯이 말을 이었다. 승우는 예정된 회의가 있어서 더 이상은 통화가 어렵다며 전화를 끊었다.

머리가 지끈 아파 왔다. 그가 내뱉은 말이, 문장이, 단어가 조각조각 분산되어 머릿속을 어지럽혔다.

「머크레이 양이 한국으로 향하는 비행편을 일주일 전 취소했다고 하네요. 뭐, SNS에 보니까 암스테르담 공항에서 둘을 목격했다는 말이 있기는 하던데…….」

공연장 건설 관련 회의가 진행되는 동안 승우는 내내 신경이 곤두서 있었다. 공허한 가슴은 허허로웠고, 머릿속에는 '암스테르담, 두 사람, 머크레이 양' 하는 말도 안 되는 조합의 문장이 계속 떠돌고 있었다.

그 날카로움은 회의에서도 고스란히 드러났다.

"객석하고 거리가 너무 가까워요. 배우들의 안전도 고려해야 하지 않나요? 스피커는 이 정도 스펙으로밖에 구현이 안 됩니까? 무대의 구조가 플렉서블해야 해요. 이따위로 만들었다가는 사이드 좌석에서 좌측 무대 구조물에 가려 무대 위를 볼 수 없다고요. 객석 수만 늘려서 장삿속 챙기려거든 왜 공연장을 짓습니까? 쇼핑몰을 짓지!"

승우의 기세에 기가 눌린 업체 사람들은 눈치를 살피느라 바빴고, 경진은 걱정스런 눈으로 그를 바라볼 뿐이었다.

다섯 시간이 넘는 회의가 끝난 후 승우는 경진이 운전하는 차에 올랐다. 좌석을 있는 대로 젖히고, 이마 위에 팔을 얹었다. 다른 손으로는 답답한 타이를 신경질적으로 풀어냈다.

어디 있는지 알아야 찾아내기라도 하지. 암스테르담? 그저께 로마에서 밤 10시 50분에 출발해 어제 오후 4시 40분이면 한국에 도착했어야 할 그녀가 왜 암스테르담에 있는 걸까.

경진은 승우의 집 주차장이 아닌 실내 포장마차 앞에 차를 세웠다.

"뭐야?"

"소주나 한잔하자고."

온종일 아무것도 먹지 못한 속에 소주가 들어갔다. 찌르르한 느낌에 가슴이 소독되는 건지, 더 훅 패는 건지도 모르고 급하게 한 병을 비워 냈다.

"형, 좀 천천히 마셔."

"하아……."

한숨을 내쉬며 스테인리스 테이블 위에 소주잔을 내려놓는 그를 경진이 걱정스러운 눈으로 바라봤다. 승우는 입가에 번진 소주를 닦으며 심장을 토해 낼 듯 한숨을 내쉬었다.

그래, 이 심장, 확 토해 버릴 수 있게 잔뜩 마셔야겠다. 다시 술을 따르려는 승우의 손을 경진이 잡았다.

"형."

"놔."

경진은 승우의 손을 놓고 답답하다는 듯 말을 꺼냈다.

"런던에서 그 주소…… 사실 선휘가 먼저 알려 준 거야."

"뭐?"

잔을 채우다 말고 승우가 경진에게 시선을 옮겼다.

"나랑 민경이 누나랑은 계속 연락하고 지냈으니까, 형 소식 가끔 전해 주고 했거든. 런던 간다니까 주소 전해 주면 안 되냐고 하더라고. 보고 싶은데…… 너무 보고 싶은데……."

경진도 말을 잇지 못하고 소주를 입안으로 털어 넣었다.

"하아……."

"그냥 연락하고 지내지 그랬어. 가끔 목소리 듣고……."

"조용히 해."

"좀 기다려 봐. 뭐라고 말이라도 하겠지."

대체 뭐라고 말할까. 뭐라고.

경진의 말에 인정할 수 없는 사실이 현실이 되어 버린 듯했다. 다른 남자와 눈을 마주치고, 웃고, 밥 먹고, 입 맞추고, 사랑하고, 그렇게 됐다고?

심장이 가루가 될 듯 쪼개져 나가는 것 같았다. 소주잔을 너무 세게 쥔 탓에 손안에서 작은 유리잔이 자신의 심장처럼 바스러졌다. 손바닥에 흥건히 붉은 피가 고였다.

"형!"

경진이 손목을 꽉 잡아 쥐자, 포장마차 바닥에 손을 털어내고 초록색 병에 반쯤 남아 있는 소주를 손바닥에 부어 댔다. 미치도록 쓰려 왔지만 가슴이 쓰린 것에 비하면 아무것도 아니었다.

술에 취에 몸도 제대로 못 가눌 지경이 된 승우는 경진의 부축을 받으며 겨우 집 앞에 도착했다. 문 앞에서 들어가기 싫다고 한참 동안 승강이를 벌이다가 끝내 현관문을 열었다.

밤새도록 같이 있을 것처럼 굴던 경진은 현관에 들어서자마자 갑자기 급한 일이 생겨서 가 봐야겠다며 서둘러 나가 버렸다.

비틀거리는 몸으로 중심을 잡으려 노력하며 현관에서 구두를 벗는데, 옆에 놓인 신발이 자꾸 걸리적거렸다. 신지 않는 신발은 항상 신발장에 넣어 뒀었는데 아침에 정신없이 그냥 나갔나 보다 하고 생각했다.

어두운 거실을 비틀거리며 지나 겨우 부엌으로 갔다. 냉장고 문을 열자 텅 비어 있던 안이 먹을 것으로 가득했다. 어머니가 왔다 가셨는지 반찬거리에 과일, 음료수까지 칸칸이 들어차 있었다. 혼자 이걸 다 어떻게 먹으라고.

생수병을 따고 차가운 물을 벌컥벌컥 들이켰다. 입가에 흘러내린 물기를 닦지도 않고 다시 거실로 향했다. 침실 안으로는 들어갈 수 없었다. 그녀와 함께 잠을 청했던, 그녀의 향기를 안고 잠이 들었던 그곳에 발을 들이는 것이 두려웠다.

두꺼운 회색 카펫이 깔린 거실 바닥에 벌러덩 드러누웠다.

"들어가서 자요."

공연 실황을 보다가 거실에서 잠이 들 때면, 새벽녘 선휘가 나와서 깨우곤 했었다. 눈물이 주르륵 흘러내려 귓바퀴를 타고 돌았다.

"어디 있니. 선휘야. 대체 어디 있어."

아름다운 날

눈을 떠 보니 벌써 아침이었다. 집까지 경진이 데려다 줬던 게 드문드문 기억이 났다. 절대 침실에 들어오지 않으려고 했는데 자다가 불편해서 들어왔는지 침대에 누워 있었다.

마음은 그리도 불편하면서, 무의식중에 몸이 편한 곳을 찾았다는 생각이 들자 쓴웃음이 묻어났다.

어제에 이어 오늘 오후에도 공연장 건설사 측과 회의가 있었다. 침대에 앉아서 테이블 위에 놓인 휴대전화를 집어 경진에게 전화를 걸었다.

―어, 형.

전화기 속 경진의 목소리가 너무도 밝아서 승우는 인상을 찌푸렸다.

"나 오후 늦게 설계사 사무실로 갈게."

─아니야. 오늘 형 못 나올 것 같아서 회의 취소했어.

"그 정도는 아니야."

─정말? 이상하다. 그 정도일 텐데?

받아칠 말조차 생각나지 않을 정도였다. 승우는 그저 어금니를 꽉 깨물며 끙 하고 신음을 내뱉었다.

─그럼 쉬어, 형. 물론 쉴 수 없겠지만.

킬킬거리며 전화를 끊는 경진에게로 육두문자가 튀어나왔다. 미친놈. 아직 술이 덜 깼는지 머리가 터질 듯 아팠다.

일단 씻어야겠다는 생각에 몸을 일으켜 욕실로 향했다. 거울을 보니 생각보다 말끔한 모습의 얼굴이 비쳤다. 어제 소주잔을 움켜쥐어서 다쳤던 손바닥에는 습식밴드가 커다랗게 붙어 있었다.

옷을 언제 갈아입었더라. 흰색 면 티셔츠에 반바지를 입고 있는 자신을 내려다보는데, 머리가 핑 돌았다. 목구멍이 타들어 갈 듯 갈증이 느껴져서 방을 나섰다.

부엌에서 들리는 요란한 물소리에 승우는 잔소리 들을 각오를 하고 발걸음을 옮겼다. 주말이어서 어머니가 오신 듯했다.

"일어났어요? 무슨 술을 그렇게 많이 마셨어요? 못 보던 사이에 완전 술주정뱅이 됐네."

뜨거운 김이 모락모락 나는 냄비에서 콩나물국을 뜨며 잔소리를 퍼붓는 사람은 어머니가 아니라 선휘였다.

"얼른 앉아요. 속부터 풀어."

심장이 덜컹거리면서 숨이 차올랐다. 성큼성큼 그녀에게 다가가 손에 들고 있는 국 대접과 국자를 빼앗고 자신을 마주 보게 어깨를 홱 돌렸다.

깜짝 놀라 토끼처럼 눈을 동그랗게 뜨고 자신을 올려다보는 여자는 선휘가 분명했다. 왜 하는 표정을 지으며, 어리둥절해하는 그녀를 끌어당겼다. 여린 어깨가 으스러질 정도로 세게 안았다. 온몸이 떨리듯 울음이 터져 나왔다.

"왜 그래? 숨 막혀, 승우 씨."

가슴팍을 밀어 내는 그녀의 두 손을 오른손으로 움켜쥐고, 왼손으로 등을 감싸 안았다. 그녀의 존재를 확인하듯 입술을 덥석 물어서 빨아들이고, 핥아 내고, 휘젓는 동안 떨리는 목소리가 울려 퍼졌다. 슬쩍 입술을 떼어 내자 서로의 눈물이 묻어 젖은 얼굴이 보였다.

"무슨 일 있어요? 승우 씨, 왜 그래? 손은 이게 뭐고. 술 먹고 누구랑 싸우기라도 한 거야?"

목구멍에서 목소리가 나오질 않아서 승우는 그저 고개를 저었다.

"밥부터 먹어요."

선휘가 몸을 돌려 다시 국을 뜨고 부엌에서 움직이는 동안, 승우는 가만히 그녀의 뒤에 서서 허리를 감싸 안고 있었다.

"앉아요."

"응."

피식하고 웃어 보이는 그녀를 바라보는 승우의 얼굴에도 겨우 엷은 미소가 떠올랐다.

"너무 좋다."

콩나물국에 밥을 하나 가득 말아서 김치를 얹은 뒤, 입안에 넣고 오물거리는 그녀의 모습을 멍하니 바라봤다.

"뭐해? 안 먹어요? 내가 끓인 콩나물국은 정말 맛있는데."

"어, 먹어."

얼마 만에 제대로 된 음식을 먹는 것인지 기억도 나질 않았다. 먼저 식사를 마친 선휘는 물끄러미 승우를 바라보다가 냉장고에서 사과를 꺼내서 깎기 시작했다.

아무렇지도 않은 듯 함께 아침을 먹고, 과일을 먹고. 평범한 상황이 평범하지 않게 느껴졌다. 물어봐야 할까. 그 스캔들은 뭐였냐고.

"승우 씨."

"응."

"할 말 있죠?"

도저히 물어볼 용기가 나질 않았다. 그녀가 자신을 떠났을지도 모른다고 느꼈던 어제와 그제의 기억을 되살리고 싶지 않았다.

"언제 왔어?"

"어제 낮에."

"연락하지."

"치. 1년 동안 연락 못 하게 했으면서. 그냥 아무 일도 없었던 것처럼 오라며?"

'아무 일도 없었던 거 맞지?'

목구멍에 걸려 있는 말을 내뱉지 못한 채, 그저 숟가락으로 밥을 뒤적였다. 입 밖으로 내뱉으면 무언가 현실이 되어 버릴 것 같아 두려웠다.

그때 갑자기 식탁 위에 놓인 선휘의 휴대전화가 요란하게 울리기 시작했다.

「여보세요? 맥스? ……무슨 말이야, 그게? ……뭐?」

선휘의 표정이 일순간 일그러졌다. 휴대전화를 얼굴에서 떼고 화면을 터치하는가 싶더니, 맥스의 목소리가 들려왔다.

—너 윤승우 버리고 어디 갔었냐고!

「그게 무슨 말이야? 누가 누굴 버려?」

선휘는 맥스의 말에 대꾸하며 승우를 뚫어져라 바라보았다.

—너 기사 못 봤어?

「무슨 기사?」

—피오델리체하고 난 스캔들.

「뭐?」

—너 원래 일정에 있던 로마발 비행기 취소하고 왜 암스테르담에 있었어?

승우가 물어야 할 말을 맥스가 묻고 있었다. 승우를 바라보는 그녀의 시선이 곱지 않게 변해 갔다.

「빨리 오고 싶어서.」

—뭐?

「한국에 빨리 오고 싶어서. 로마발 인천행 직항편은 일주일에 세 번밖에 없어서……. 로마발 비행기 취소하고 암스테르담

거쳐서 왔는데, 항공사에서 노티스도 없고 대체편도 없이 암스
테르담발 항공편을 취소해서…….」

그녀의 울음 섞인 목소리가 불안정하게 떨렸다.

「하루 일찍 도착하려다가, 이틀이나 늦었어.」

선휘를 바라보는 그의 표정은 한결 부드러워졌지만, 승우를
바라보는 그녀의 시선은 점점 뾰로통해졌다.

「암스테르담발 비행기가 만석이었는데, 피오델리체 여자 친
구가 항공사 직원이라고, 항공권 구해 줘서 왔어.」

턱에 고여서 떨어지지 못하는 눈물을 선휘가 소매로 스윽 닦
아 냈다.

―맙소사.

그래, 맙소사. 승우가 자리에서 일어나 선휘를 일으켜 세웠
다. 그리고 그저 가만히 그녀를 품에 안았다.

"바보. 승우 씨가 물어봐야지. 그게 뭐냐고 물어봤어야지!
나 언제 오는지 알고 있었어? 치사하게 그런 거 알고 있었던
거야? 그러면서 밥 먹으란다고 아무 일도 없었던 것처럼 여기
앉아서 밥을 넘기고 있었던 거야?"

가녀린 어깨가 파르르 떨렸다. 자신을 나무라는 그녀의 목소
리가, 표정이, 몸짓이 너무도 좋아서 가슴 한구석이 뜨겁게 차
올랐다.

"그래서 그렇게 술을 많이 마셨던 거야? 그래서 손이 이렇게
된 거야? 멍청해. 맥스 말처럼 정말 멍청해."

"그래, 나 멍청해."

승우는 바보처럼 배시시 웃으며 속삭였다.

"바보. 멍청이."

"그래, 나 고선휘밖에 모르는 바보야."

—아, 뭐라는 거야? 스캔들은 어쩔 거야? 너 비행기도 취소하고 사라졌다고 난린데, 지금.

맥스의 물음에 선휘는 입술을 샐쭉 내밀어 보이더니 눈동자를 굴려 승우를 올려다봤다.

"우리 바보 이용해 먹어야지."

승우가 무슨 뜻이냐는 듯 눈썹을 추켜세우고 내려다보자 그녀가 환한 미소를 지으며 말했다.

"나한테 이용 좀 당해 줘야겠어요, 우리 바보 승우 씨!"

"무슨 이용?"

피식 웃으며 되묻는 승우는 그저 따스한 표정을 짓고 있을 뿐이었다.

"스캔들 잠재울 수 있는 아주 좋은 방법이 있죠."

"그게 뭔데?"

승우는 입술을 지그시 깨물며 그녀의 대답을 기다렸다.

"나랑 결혼해 줘요."

마치 하루 동안 지옥과 천국을 오간 기분이었다. 온 세상이 정지한 듯 말이 나오질 않았다. 먹먹해진 세상 앞에 전화기 속 목소리가 울렸다.

—뭐야? 뭐라고 둘이 떠드는 거야?

「조용히 해, 맥스. 내가 이 남자한테 청혼했는데, 아직 대답을 못 들었단 말이야.」

기가 막힌다는 듯 헛웃음을 흘리는 맥스의 반응에 승우도 그제야 쿡 하고 웃음이 터졌다.

―빨리 대답해, 뭘 그렇게 꾸물거려.

승우는 선휘에게만 들릴 정도로 작게 귓가에 입술을 대고 속삭였다. 그녀의 눈이 커다랗게 뜨였다가, 이내 부드러운 호를 그리며 예쁘게 휘었다. 선휘가 잔뜩 실망한 목소리로 맥스에게 말했다.

「맥스, 어쩌지? 이 남자가 싫다는데?」

―뭐? 미쳤어, 윤승우?

「청혼은 남자가 하는 거래.」

소녀처럼 비명을 내지른 선휘는 승우의 목에 팔을 감고는 폴짝 뛰어서 그의 입술을 파고들었다. 입안으로 말캉한 혀를 집어넣어 매끄러운 치열을 훑고, 입천장을 간질였다. 승우의 모든 것을 빨아들이고 싶은 마음에 그의 혀를 자신의 혀에 감아올리자, 승우가 낮은 신음을 흘렸다.

선휘는 입술을 떼지 않은 채로 승우의 가슴을 슬쩍 밀어서 거실로 뒷걸음치게 했다. 소파가 무릎 뒤에 닿았는지 멈춰 선 그의 가슴을 세게 밀어서 앉혔다. 승우의 허벅지 양옆에 차례로 무릎을 꿇으며 위에 올라앉았다.

자신을 바라보는 열기 어린 승우의 눈동자에 몸이 흐물흐물 녹아내릴 것 같았다. 차오르는 숨에 가슴이 오르락내리락했다. 선휘는 다시 한 번 집어삼킬 듯 입 맞췄다. 승우의 손이 선휘의 등 위에서 오르내렸다.

슬쩍 입술을 떼어 낸 선휘가 낮게 속삭였다.

"승우 씨, 보고 싶었어요."

"나도."

"너무 많이 보고 싶었어."

"나도."

선휘는 자신의 매끄러운 콧날을 그의 코끝에 비비며 속삭였다.

"나 상처 받을까 봐 배려하고 아껴 주는 건 좋은데, 승우 씨가 상처 받고 아파하는 건 싫어. 그러지 마. 승우 씨가 나한테 먼저 물어야지. 맥스가 전화 안 했으면, 그냥 넘어가려고 했지? 그렇게 혼자 끙끙 앓으면 다시 오해가 쌓이고 힘들어지는 거예요."

"지금 고선휘가 나한테 연애를 가르치려 드는 건가?"

피식 웃으며 묻는 승우의 말에 선휘는 고개를 내저었다.

"아니."

"그럼?"

"바보 같은 예비 신랑 길들이기?"

선휘가 함박웃음을 지으며 승우를 바라봤다. 그는 선휘를 번쩍 안아 들고 침실로 향하며 말했다.

"그럼 난 침대 위에서 우리 예비 마누라 길 좀 들여야겠다."

"말로만? 건들면 부서질까, 거칠게 다루면 깨질까 노심초사하면서?"

아, 이 여자는 그동안 얼마나 많이 절제했는지 모르나 보다.

"그럼, 우리 예비 마누라는 거칠게 다뤄 주는 게 좋은가 봐?"

어두워진 눈동자를 내리 깔며, 쉰 목소리로 묻는 승우의 목에 팔을 감은 채 선휘는 그저 얼굴을 붉혔다. 좋아. 그렇다면.

♪　　　♫　　　♪

벚꽃이 흐드러진 마로니에 공원, 아르코미술관 앞을 오늘도 길거리 악사들이 차지하고 있었다. 멋지게 턱시도를 차려입은 현악 4중주팀의 선율이 향긋한 4월의 공기와 멋스럽게 어우러졌다.

솜씨를 봐선 예사 연주가들이 아닌 것 같아 선휘는 한참 동안이나 그들의 연주를 지켜보았다.

데이트다운 데이트를 하자며 이곳에서 만나기로 한 승우는 벌써 약속 시각 10분이 지났는데도 나타나질 않았다.

'치, 이제 약속 시간도 늦네. 일 끝나고 와야 한다고 했으니 봐 준다.'

뾰로통한 표정을 지으려고 노력 중인데, 공원을 울리는 음악에 자꾸만 마음이 살랑거렸다. 현악 4중주팀이 연주하는 곡은 바흐가 아내를 위해 만들었다는 미뉴에트였다. 봄기운 완연한 공원에 걸맞은 연주곡이었다.

하롱하롱한 음악을 흥얼거리고 있는데, 어디서 나타났는지 승우가 선휘의 앞에 섰다. 진회색 양복에 인디고핑크색 타이를 맨 그의 모습은 이 봄과 함께, 이 음악과 함께, 이 거리와 함께 참으로 로맨틱해 보였다.

그는 빙그레 웃어 보이더니, 춤이라도 추자는 듯 왼손을 내밀며 정중하게 고개를 숙였다.

"한 곡 추시겠습니까, 아가씨?"

승우의 물음에 선휘의 얼굴이 분홍빛으로 달아올랐다. 눈을 동그랗게 뜨고 가만히 바라보자 그가 얼른 손을 올리라며 재촉하는 표정을 지어 보였다.

악사들을 향했던 사람들의 시선이 승우와 선휘, 두 사람에게 집중되었다.

그녀가 조심스레 승우의 왼손 위에 자신의 오른손을 올리자, 그가 리드해서 움직이기 시작했다. 벚꽃 빛을 닮은 선휘의 연분홍빛 쉬폰 원피스 자락이 스텝에 따라 팔랑팔랑 움직였다.

작게 속닥거리는 사람도 있었고, 이게 공연의 일부라도 되는 듯 구경하는 사람도 있었다.

"우리 승우 씨, 이런 춤도 출 줄 알아요?"

그 물음에 그는 낮게 웃으며, 그녀를 내려다볼 뿐이었다. 선휘는 그 어느 때보다도 행복한 미소를 짓고 있는 그의 표정에 자꾸만 가슴이 콩닥콩닥 뛰었다.

무대에 서는 일을 하는 그녀였지만, 둥글게 모여 있는 사람들의 시선 때문에 얼굴이 붉어졌고, 입꼬리가 자꾸만 뺨을 타고 스멀스멀 올라갔다.

연주에 열중하던 바이올린 연주자 한 명이 음악에 맞춰 발걸음을 옮기고 있는 둘의 곁으로 다가왔다. 그가 주머니에서 무언가를 꺼내어 승우에게 내밀었고, 승우는 그것을 받아 들자마자 선휘의 앞에 무릎을 꿇었다.

그녀의 고운 두 손이 저절로 입가로 올라가며 꺄 하는 소리가 터져 나왔다. 사람들도 와 하는 탄성을 지으며 둘을 바라봤다.

"누군가 그러더라. 연애가 끝나는 날이 바로 결혼식 날이라고. 처음 마음을 고백했던 날이 어렴풋해지고, 첫 키스의 추억도 사그라지고, 이 사람 아니면 안 될 것 같은 날들도, 이 사람 아니어도 되지 않을까 하는 마음으로 바뀌어 갈지 모른다고."

그는 여전히 선휘를 올려다보며 속삭이고 있었다.

"내가 마지막 연애를 하자고 했었지? 그 약속 평생 지킬게. 결혼으로 우리의 아름다운 추억이 사그라지는 일 없도록, 애틋했던 감정이 아스라이 녹아내려 없어지는 일 없도록. 그때 그날, 너한테 고백했던 그 마음 그대로 사랑할게."

선휘는 고개를 끄덕이며 빙긋이 미소 지었다.

눈가에 고이는 눈물에 자꾸만 시야가 가려져 몇 번이고 눈을 깜박여야 했다.

"널 위해 내 모든 걸 다 내려놓을 수 있다는 의미로, 살다가 힘들면 내 무릎에 잠시 앉아 쉬라고, 그리고 네 앞에선 언제나 약자가 되어 버리고 마는 나를 알아 달라고 무릎을 꿇었어."

선휘의 입에서 울음이 터져 나왔다.

"고선휘 씨, 결혼해서도 나랑 연애 계속할래요?"

승우의 떨리는 목소리에 눈물이 왈칵 솟아났다. 목구멍 가득 들어찬 물기 때문에 대답도 하지 못하고 고개를 끄덕여 보이자, 사람들의 박수 소리가 들려왔다.

승우가 환한 미소를 지으며 일어나 선휘의 왼손 네 번째 손가락에 반지를 끼워 주었다. 흰색과 까만색 진주알 네 개가 번갈아 일렬로 박혀 있는 반지였다.

"피아노 같아."

"응, 피아노야. 평생 함께할. 나도 그렇고, 피아노도 그렇고."

핑크빛으로 물든 선휘의 뺨에 승우가 슬쩍 입을 맞췄다.

♪　　♫　　♪

창작 뮤지컬 전용 극장 완공 후, 첫 작품은 승우가 심혈을 기울인 둘의 결혼식이었다. 티켓처럼 만든 청첩장을 들고 지인들이 공연장 안을 가득 메우기 시작했다.

식전 행사로 선휘가 곡을 쓰고, 승우가 글을 쓴 뮤지컬이 무대에 올려졌다. 처음 그들이 함께한 공연에서 앙상블 배우였던, 지금은 조연 자리에까지 올라온 남녀 배우가 어두운 무대에 서자, 핀 조명이 두 사람을 비추었다.

남:당신을 처음 본 날을 기억해요.

　　말간 눈동자, 핑크빛 뺨이 무척 예뻤죠.

　　내게 와요. 행복만 주고 싶은 사람.

여:부드럽게 반짝이는 은하수를 닮은 그대.

더는 어두운 밤이 두렵지 않죠.

당신에게 갈게요. 너무도 좋은 사람.

남녀:눈이 부신 반짝임에 익숙해진다 해도 그 소중함은 잃지 마요.

뜨거운 태양이 식어 가도 부드러운 햇살의 따스함이 남겠죠.

아름다운 날들이 더 많을 거예요. 우리 둘이.

10분짜리 짧은 공연이 끝나고, 선휘와 승우가 무대 위에 섰다. 민경이 둘 사이에 서서 성혼 선언문을 낭독했다. 간결했지만 가슴이 뭉클해지는 결혼식이었다.

피로연은 공연장 로비에서 진행되었다. 둘의 사랑을 가장 가까이에서 지켜본 사람 중 한 명인 민경이 마이크를 잡았다.

"윤뭔들 군과 고선휘 양의 결혼식에 와 주신 분들께 감사드립니다. 노처녀한테 이런 거 부탁하는 둘에게 저주를 퍼붓고 싶지만, 두 사람의 눈물겨운 사랑을 가장 가까이에서 지켜본 사람으로서 같이 눈물이 나네요. 무슨 말을 준비해야 할까 고민했는데……. 윤승 회장님, 어디 계시죠?"

민경의 말에 사람들의 시선이 윤승에게 쏠렸다.

"축하합니다."

윤 회장은 그저 손주의 결혼을 축하하는 줄 알고 고개를 끄덕이며 미소 지었다.

"증손주 보신답니다."

뜨악한 표정을 짓는 승우와 선휘에게 혀를 날름 내밀어 보인 민경이 말을 이었다.

"애가 태어나면 '사실 허니문 베이비인데, 팔삭둥이다' 하고 우기면 된다고 뭔들 군이 그랬는데, 어림없죠. 어쨌든 애 쑴풍 쑴풍 낳고 잘살길 바랍니다."

"왜 신랑 호칭이 윤뭔들이에요?"

하객 중 한 명이 던진 질문에 민경이 한숨을 내쉬며 짜증 어린 얼굴로 대답했다.

"하아…… 정말 듣고 싶으십니까?"

"네."

하객들이 한목소리로 대답했다.

"오글거려서 손발이 없어져도 전 모릅니다. 선휘 양한테 프러포즈하려고 사교댄스를 배우겠다는 거예요. 저희 공연 오케스트라팀한테 현악 4중주 연습도 시키고……. 제가 참 가지가지 한다고 뭐라고 했더니 윤승우 군이 그랬습니다. 선휘를 위해서 뭘. 들. 못 하겠냐고. 그 이후로 우리 팀에서는 윤뭔들이라고 부릅니다. 이상!"

민경은 지휘자다운 인사를 하며 작은 무대 위에서 내려왔다. 승우가 눈을 부릅뜨며 민경을 나무라는 표정을 지었다. 한 테이블에 앉아 있던 윤 회장과 양 부모님의 시선이 둘에게 쏠려 있어 선휘는 승우를 팔꿈치로 툭 쳤다.

"죄송해요. 말씀 못 드려서."

승우가 벌게진 얼굴로 말을 하자 다들 한마디씩 거들었다.

"아가, 신혼여행 가서 몸조심해. 지금 한창 조심해야 할 땐데."

"네, 아버님."

"아들, 우리 며느리 괴롭히지 마. 지금 많이 자야 해."

승우 어머니의 직설 화법에 다들 웃음이 터졌다. 선휘는 조심스레 시선을 옮겨 승우를 바라봤다. 그 역시 따스한 눈길로 선휘를 바라보고 있었다.

에필로그

여전히 연애하는 중입니다

"연애가 무슨 뜻인지 알아?"

욕실 가운데 놓인 의자에 앉아서 턱을 선휘에게 내밀고 있는 승우가 물었다. 선휘는 이마에 송골송골 맺힌 땀을 닦아 내며 그의 턱 위에서 날카로운 면도날을 움직이고 있었다.

"그냥 연애가 연애죠, 뭐."

승우는 그녀의 손에서 면도기를 뺏어다가 세면대에 던지고는 자신의 무릎 위에 앉게 했다. 임신 6개월 차로 접어들면서 제법 배가 불룩 나온 모양새가 아름답기 그지없었다. 한 달간의 일본 공연을 진행하는 동안 이 모습이 보고 싶어서 미쳐 버리는 줄 알았다.

"그릴 연(戀)에 사랑 애(愛) 자를 써서 사랑을 그린다, 그리워한다는 뜻이야."

그리 말하는 승우의 손은 동그란 선휘의 배를 어루만지고 있었다. 순간 툭 하고 배 속 아기가 승우의 손을 발로 차는 게 느껴졌다. 선휘가 예쁜 미소를 지으며 대답했다.

"아빠 너무 멋있대."

승우는 배 속 아가에게 이야기하듯 고개를 낮추고는 속삭였다.

"태어나 보면 깜짝 놀랄 거다. 네가 생각하는 것보다 훨씬 더 멋져서."

능글맞은 승우의 말에 선휘는 작게 웃음을 터뜨렸다. 그가 이내 고개를 들고 그녀의 얼굴을 바라봤다.

"곁에 있어도 그리운 사람이 있어. 이렇게 얼굴을 마주하고 있어도 더 보고 싶어서 안달이 나는, 함께 있는 동안에도 시간이 흐르는 게 너무도 안타까운 그런 사람."

선휘는 고개를 갸웃하며 푸시시 웃음 지었다.

"넌 나한테 여전히 그런 사람이야."

"당연히 그래야죠. 우리 아직 신혼인데?"

선휘의 되물음에 승우는 일부러 미간을 찌푸리며 나무랐다.

"틀렸어."

"음?"

선휘가 고개를 반대쪽으로 틀며 갸웃했다.

"연애 중인데 당연히 그래야지. 내가 평생 사랑을 그릴 사람인데."

선휘는 작은 손으로 그의 뺨을 감싼 뒤 쪽 소리가 나도록 그의 입술에 입을 맞췄다.

"어쩜 이렇게 멋진 말만 골라서 해요? 계속 설레게."

"계속 설레라고."

승우는 선휘의 목을 부드럽게 감싸고는 자신의 얼굴 쪽으로 끌어당겼다. 그녀의 달콤한 입술을 맘껏 맛본 뒤 속삭였다.

"나가서 쉬어. 나머진 내가 할 테니까."

"그래도 내가 해 주고 싶은데."

승우는 선휘의 두 손을 꼭 잡고 양손에 번갈아 입을 맞추며 속삭였다.

"이 귀한 손 아껴야지."

"사랑하는 사람 보듬을 때는 아끼면 안 되죠."

그 말에 승우의 입가에 미소가 머물렀다.

"이만큼 해 준 걸로도 고마워. 나가서 소파에 가만히 앉아 있어. 저녁 내가 할 거니까."

선휘는 마지못해 고개를 끄덕이며 욕실을 빠져나왔다.

이윽고 면도를 다 했는지 그가 욕실에서 나와 부엌으로 향했다. 선휘가 소파에서 몸을 일으키자 그가 나무라듯 말했다.

"스읍, 앉아 있으라니까."

"뭐해 줄 건데요?"

선휘의 물음에 그는 냉장고를 이리저리 살피며 짓궂게 대답했다.

"글쎄, 콩나물국이나 끓일까?"

"콩나물, 집에 없는데?"

그는 안타깝다는 듯 고개를 한 번 주억거리더니 대꾸했다.

"안타깝네. 우리 선휘는 콩나물국 먹고 싶다고 막 울고불고 하는 여잔데."

"뭐예요!"

선휘가 얼른 소파에서 일어나 그의 곁으로 다가가며 엄한 표정을 지어 보였다. 승우는 그런 그녀가 그저 사랑스럽다는 표정을 짓고 있을 뿐이었다.

"맛있는 거 만들어 줄게. 버섯이 많네. 매운 버섯전골 해 먹을까?"

"응, 그거 좋아요."

고개를 끄덕이는 선휘를 번쩍 안아 든 승우는 곧장 소파로 가 그녀를 살포시 내려놓았다. 그러고는 자신의 공연 실황 DVD를 틀고 고갯짓했다.

"이따 감상평 들을 거야. 열심히 봐야 해."

선휘는 고개를 크게 끄덕이고는 그가 틀어 놓은 영상으로 시선을 돌렸다.

갖가지 버섯과 쇠고기를 채워서 끓인 전골과 윤기가 자르르 흐르는 밥이 완성되어 갈 무렵, 승우는 선휘에게 시선을 돌리며 물었다.

"이제 1막 끝나 가나?"

그리 묻는 말에도 그녀는 대답이 없었다. 승우는 조심스레 걸음을 옮겨 그녀 곁으로 다가갔다. 까무룩 잠이 든 그녀의 입술이 살짝 벌어져 있었다. 임신을 했는데도 이리도 위험하게 매력적인 여자라니. 승우는 조심조심 다가갔다.

그 순간 그녀가 번쩍 눈을 뜨며 승우의 허리를 와락 끌어안았다.

"자는 줄 알았지?"

"깜짝이야. 자는 줄 알았어."

선휘는 배시시 웃으며 승우를 올려다보았다. 그녀의 맑게 빛나는 까만 눈동자 가득 승우의 미소 짓는 얼굴이 그려졌다.

"이렇게 맛있는 냄새가 나는데 어떻게 자요?"

"얼른 먹자."

식탁 앞에 앉은 두 사람은 오랜만에 함께하는 저녁 식사에 웃음이 끊이질 않았다. 연애하듯 사는 것은 어렵지 않았다. 서로에게 조금씩의 여지를 주는 것, 그것이 비결이라면 비결이었다.

침대에 누운 선휘는 피곤한지 어느새 소록소록 잠이 든 승우의 얼굴을 물끄러미 바라봤다. 집에 들어서자마자 씻고 싶다며 욕실로 향한 그의 뒤를 따라 들어가 면도를 해 주겠다며 우겨보았다.

푸시시 웃음 지은 그는 그럼 한번 해 보라고 하면서도 겁먹은 표정을 하고 있었다. 사실 선휘도 그런 일은 처음이라 긴장된 것은 마찬가지였다. 날카로운 면도날 앞에 턱을 내밀고 잔뜩 굳은 표정으로 앉아 있는 남자의 얼굴이 참으로 사랑스러웠다.

연주자인데 손을 아껴야 하지 않겠느냐며 면도기를 집어 던졌지만, 선휘가 면도한 부분 곳곳에 작은 생채기가 나 있는 것을 보면 참다 참다 면도기를 빼앗은 것 같았다. 그러면서도 짜증 한 번 내지 않고 웃어 주는 그가 참 고마웠다.

내가 뭐가 그리 좋을까? 묻고 싶은 마음이 굴뚝같았다. 왜 나랑 결혼했어요? 하고도 묻고 싶었다. 하지만 그가 굳이 대답해 주지 않아도 알 수 있었다. 나니까. 그리고 그니까. 서로가 없으면 더 이상 살아갈 수 없는 존재니까.

바다를 건너와서 피곤할 법도 한데, 연일 계속되는 공연을 한 달 동안 진행하느라 녹초가 되어 있을 텐데, 그는 굳이 저녁을 자신이 하겠다고 우겼다.

다른 집은 출장 갔다 온 남편에게 상다리가 부러지도록 저녁을 차려 준다는데, 미안한 마음이 들지 않도록 콩나물국 운운하며 장난을 걸어오는 그가 눈물이 날 만큼 사랑스러웠다.

이토록 사랑스러운 남자를 어찌해야 할까? 선휘는 생채기가 난 승우의 뺨을 부드럽게 쓸었다. 잠결에 그가 선휘의 손을 끌어다 자신의 가슴 위에 올렸다. 두근거리는 그의 심장 소리가 기분 좋게 손바닥 안으로 울려 퍼졌다.

20대 철부지 사랑에 빠져 있을 때는 함께 있으면서도 혼자인 느낌이 들었고, 언제나 무언가 부족한 것만 같았다. 그래서 그의 사랑에 집착했을지도.

있는 그대로의 나를 버리면서 사랑에 모든 것을 다 주어 버리는 첫사랑이 끝난 후, 진정한 자신을 찾는 데 4년이라는 시간이 걸렸다. 그 시간을 결코 불행하거나 헛되다고 여길 수 없는 것은 지금 곁에 있는 승우 덕분일 것이다.

공연을 올리기 전 수천 번의 연습과 리허설이 필요하고, 공연이 계속되는 동안에 무대 위에서, 혹은 무대 뒤에서 완벽한 공연을 위해 노력하고, 공연이 끝난 후 쏟아지는 찬사와 혹평을 감내해야 하는 것처럼 사랑도 그랬다.

진정하고 완전한 사랑을 만나기까지 수없는 연습을 통해 단단해지고 온전해진 뒤, 사랑을 할 때는 그 어느 때보다 뜨겁고, 행복한 그것에만 몰두해야 한다.

사랑을 끝낸다 말하는 것에는 어폐가 있을지도 모르지만 어쨌든, 그 사랑으로 인해 행복이든 불행이든 어느 쪽이든 무언가가 남는 것은 분명하다.

선휘는 옆에 누워 있는 승우의 얼굴을 가만히 바라보았다. 기분 좋은 꿈을 꾸고 있는지 입꼬리가 슬쩍 올라가 있는 그의 얼굴을 그저 바라보고 있는 것만으로도 행복하고, 또 행복했다.

공연 제작일로 출장이 잦은 그와 다시 피아노를 시작해 공연하러 다니느라 바쁜 선휘가 함께할 수 있는 시간은 많지 않았다. 그렇지만 전혀 불안하거나 외롭지 않았다.

그가 자신의 있는 그대로를 사랑하고 자신도 승우의 있는 그대로를 그렇게 사랑하기에.

각자 행복하다 느끼는 일을 하며 서로의 행복을 존중하고, 공유하는 그것만으로도 둘은 서로에게 훌륭한 반려자였다.

사랑으로 인해 눈물 흘릴 수 있다는 것을 맥스에게 배웠다면, 눈물 나도록 행복한 사랑을 할 수 있다는 걸 승우가 알려주었다.

'이름만 들어도 가슴이 떨리는 내 사람.'

그와 함께하는 인생 공연에 아직 클라이맥스는 오지 않았다. 설레는 오프닝넘버가 이제 시작되었고, 아름다운 아리아 뒤에 힘겨운 일들이 레프리제된다 해도 이제 단단해진 선휘는 그의 곁에서, 그래도 행복할 거라 생각했다.

그리고 배 속에 있는 꼬물이가 세상에 나와 펼치게 될 공연을 기대하며 선휘는 승우의 품 안으로 파고들었다.

한참 동안 뺨을 쓸어 내고 보듬던 선휘의 손짓이 멈추고 고른 숨소리가 들려오자 승우는 슬며시 눈을 떠 그녀에게로 고개를 돌렸다.

어설픈 솜씨로 면도날을 휘두르는 그녀에게 턱을 내어 주고, 너무 피곤해서 온몸이 가라앉는 출장 후 저녁 자리에 직접 식사를 준비하고.

남자의 사랑은 20대나 30대나 변함없이 맹목적이었다. 단지 달라진 것이 있다면 그걸 받아 주는 상대였다. 어린 나이에 만났던 그녀는 항상 승우가 해 주는 것보다 더 많은 것을 원했다.

조금씩 사랑에 욕심을 내면서, 나중에는 그게 사랑을 위한 욕심인지, 아니면 욕심을 채우기 위한 것들 중 자신의 사랑이 있는 것인지 구분이 되지 않을 정도였다.

맹목적 사랑에 상처를 받고도, 남자는 또다시 사랑에 모든 것을 걸고야 만다. 한결같이 그녀의 곁에 서 있고, 아낌없이 그녀를 사랑해 주고, 모든 것을 바칠 수 있다는 각오로 승우는 그녀와의 사랑에 임했다.

그리고 그녀는 그의 사랑을 있는 그대로 받아들여 주었고, 때론 그보다 더 큰 사랑을 보여 주려 노력하기도 했다.

콩깍지가 아직 벗겨지지 않은 신혼이어서 그렇다는 말도 있지만, 콩깍지가 벗겨지면 새로 씌우면 되는 거다.

남자로 세상에 태어난 특권이 있다면, 그것은 사랑하는 여자를 지켜 줄 수 있다는 것이다. 승우는 영영 그녀의 곁을, 미소를, 사랑을, 아름다움을 지켜 줄 거라고 다짐하고, 또 다짐했다.

—fin

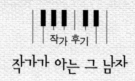

작가가 아는 그 남자

사랑으로 상처 받은 한 여자가 있었습니다. 다시는 사랑 같은 건 하지 않겠다고, 감정에 열이 오르는 귀찮은 일은 절대 만들지 않겠다고 다짐했던 여자가 있습니다.

대학을 졸업하자마자 들어간 회사에서 여자는 어떤 남자를 만나게 됩니다. 복도에서 마주치면 가볍게 눈인사를 하고 지나치던 남자였습니다. 그는 여자가 입사하자마자 영국 지사로 한 달간 파견 근무를 나가게 됩니다.

몇 번 마주쳤을 때, 그는 그저 사람 좋아 보이는 그런 남자였을 뿐, 특별한 호기심이 일거나 하지는 않았습니다. 한 달로 예정되었던 파견 근무가 연장되고, 그는 한국을 떠난 지 6주가 지나고 나서야 사무실에 복귀했습니다.

익숙지 않은 업무에 적응하느라 늦은 밤 퇴근을 하던 여자는 회사 주차장에서 그와 마주치게 됩니다.

"이 시간에 집에 어떻게 가세요?"

여자는 시계를 보며 대꾸했습니다.

"아, 버스 타고요."

"타세요. 태워다 드릴게요. 버스 정류장 저 앞까지 나가야 해요."

"아뇨, 안 그러셔도 돼요."

"타세요. 여기 시내하고 좀 멀어서 카풀하는 직원들 많아요."

남자의 호의에 여자는 조심스레 차에 올라탔습니다.

"감사합니다."

"고마우면 밥 한번 사요. 이 동네 뭐 맛있는 데 있어요?"

남자는 여자보다 딱 두 달 먼저 경력직으로 회사에 입사했고 서울에서 내려와 기숙사 생활을 하고 있다고 했습니다.

"글쎄요. 그냥 뭐. 평범하죠."

여자는 그 지역에서 나고 자란 토박이였고요.

"내일도 늦게 끝나요?"

남자의 물음에 여자는 고개를 내저으며 대답했습니다.

"아니요. 그냥 오늘은 처리할 게 있어서 좀 늦었어요."

"그럼, 내일 저녁 사요."

그는 이렇게 빚진 건 빨리 갚아야 하는 거라며 피식 웃었습니다.

다음 날이 되고, 그다음 날이 되고, 또 그다음 날이 되어도 그에게 저녁을 살 기회는 없었습니다. 입사 동기들이 날마다 회식 자리를 만드는 통에 여자는 계속 거기에 참석해야 했기 때문이었죠.

언제부턴가 그 자리에 그도 나오기 시작했습니다. 기숙사에 함께 있던 여자 입사 동기가 심심할 텐데 같이 어울리자며 그를 불러냈다고 했습니다. 여럿이서 어울리며 한 달 정도 시간을 보낸 듯했습니다.

다른 이들이 야근의 마수에 걸려든 틈을 타 남자가 여자에게 문자를 보냈습니다.

〈아직 밥 안 샀는데, 오늘 사죠?〉
〈그래요.〉

제법 친해진 두 사람은 저녁 식사를 함께하게 됩니다.
"△△ 씨는 왜 연애 안 해요?"
남자의 물음에 여자는 그저 심드렁하게 대답했습니다.
"글쎄요, 그러는 ◇◇ 씨는 왜 연애 안 해요?"
그는 그 물음에 짐짓 진지한 표정을 지으며 말했습니다.
"좋아하는 사람은 있는데, 그 사람 마음은 잘 모르겠어서 아직 고백 안 했어요."
"그럼 별로 안 좋아하나 보다. 어떻게 좋아하는데 고백을 안 하고 참아요?"
여자의 물음에 남자의 눈빛이 달라졌다는 것을 그녀는 눈치채지 못했습니다.
"그런가."
남자는 미간을 찌푸리며 고개를 주억거렸습니다.
그날 밤, 그에게서 문자 메시지가 하나왔습니다.

〈아까 내가 마음에 두고 있다는 사람. △△ 씨예요.〉

문자를 마주한 여자는 심장이 두근거리고 손끝이 떨렸지만, 당장 대답을 줄 수는 없었습니다.

〈고마워요. 나 좋게 봐 줘서. 근데 같은 회사고 조심해야 할 것도 많은데, 대답을 드리기에는 좀 이른 것 같아요.〉

그 답에 남자는 그날 밤 연락이 없었습니다. 그런 반응에 오히려 괜히 초조해지는 것은 여자였습니다.

다음 날, 회사에서 마주친 그의 얼굴은 그 어느 때보다 밝았습니다.

"기다리면 되는 거죠?"

탕비실에서 만난 그의 물음에 여자는 입술을 지그시 깨물었습니다.

"저, 오늘 저녁에 시간 되세요?"

"돼요. 저 앞에 버스 정류장에서 봐요. 사람들 눈도 있으니."

여자는 심각하게 고개를 끄덕였고, 남자는 빙그레 웃었습니다.

여느 때보다 늦은 퇴근 시간, 그녀는 기숙사 근처의 커피숍에서 그를 만났습니다. 그가 좋은 사람이라는 건 충분히 알았습니다.

그런데 겁이 났습니다. 사랑이라는 감정이, 누군가 자신에게 다시 소중해진다는 그 미묘함이, 그리고 그것을 다시 잃게 될 거라는 두려움이.

여자는 조심스레 입을 열었습니다.

"◇◇ 씨 좋은 사람인 거 알아요. 그런데 전 자신 없어요. 기다리지 마세요."

그 말에 남자의 낯빛이 일순간 어두워졌습니다. 사랑을 속살거리는 연인으로 가득 차 있는 커피숍에 그 테이블만 동떨어진 기분이 들 정도였으니까요.

"왜요?"

남자의 물음은 아주 간단했습니다. 왜인지 이유를 말해 달라는 것이었습니다. 이럴 땐 솔직하게 답하는 게 좋겠다고 여자는 생각했습니다.

"예전에 만났던 사람이 있어요. 저랑 비슷한 점은 하나도 없고, 제가 다 맞춰 줘야 하는 사람이었어요. 그 사람과 헤어졌을 때 많이 아팠어요. 별로 좋은 사람도 아니었는데 많이 힘들었어요."

그 말을 남자는 묵묵히 들어 주었습니다.

"근데요. ◇◇ 씨는 정말 좋은 사람 같아요. ◇◇ 씨 같은 사람이랑 만나다가 헤어지면 더 많이 아플 것 같아요."

이별이 두려워 사랑을 하지 않겠다는 여자의 바보 같은 대답에 남자는 진지한 얼굴로 되물었습니다.

"그럼, 안 헤어지면 되는 거네?"

어리석은 사람이라며 돌아설 줄 알았는데, 돌아온 남자의 대답이 뜻밖이었습니다.

"안 헤어지면 되는 거잖아. 끝까지 함께하면 되는 거잖아."

남자의 저돌적인 말에 여자는 한 발짝 물러서기로 했습니다.

"좀 생각할 시간을 주세요. 여기 제 첫 회사예요. 아직 입사한 지 얼마 되지도 않았고, 경솔하고 싶지 않아요."

그 말에 남자는 수긍하듯 고개를 끄덕였습니다.

얼마 후, 회사에서 체육대회가 있었습니다. 남자의 시선은 온종일 여자에게로 향해 있었습니다. 여자는 일부러 남자의 시선을 피했습니다. 기분이 좋지 않으냐, 어디가 아프냐는 그의 문자에도 그녀는 대꾸조차 하지 않았습니다.

그렇게 계속 남자의 시선을 피해 다니던 어느 저녁 퇴근길, 버스를 기다리고 있는데 남자의 차가 그녀 앞에 멈춰 섰습니다.

"타요."

여자는 묵묵부답으로 서 있었습니다. 이미 해는 져서 사위는 어두웠고, 버스 정류장에는 여자 혼자 서 있었습니다.

"걱정되니까 얼른 타요. 집까지 바래다줄게요."

남자는 여자가 조수석에 오를 때까지 꼼짝도 안 할 생각인 것 같았습니다. 여자는 하는 수 없이 그의 차에 올라탔습니다.

차 안은 무척이나 조용했습니다. 일부러 음악도 틀지 않고, 라디오도 틀지 않은 차 안은 두 사람의 조용한 숨소리만 가득했습니다.

"내일 뭐해요?"

여자는 그 질문에 흠칫 놀랐습니다. 갑자기 정적을 깨는 순간이었기 때문이죠.

"봉사 활동 가요."

"봉사 활동?"

여자는 고개를 끄덕였습니다. 주말인 내일 뭐하는지 묻는 남자에게 아주 좋은 핑곗거리 같았거든요. 뭐, 사실이기도 했고요.

"어디로?"

"도서관이요."

"도서관에서 무슨 봉사 활동을 해요?"

여자는 작게 한숨을 내쉬며 대답했습니다.

"도서 녹음 봉사도 하고, 가끔 동화 구연도 하고 그래요."

"아, 예전에 성우 지망생이었다고 했죠?"

여자는 고개를 한 번 끄덕였습니다. 카랑카랑한 여자의 목소리를 두고 동기들과 술자리에서 이런저런 이야기를 했던 게 기억이 났습니다.

"나도 도서관에서 좀 찾아볼 게 있는데, 어디 있는지 좀 알려 줘요."

여자는 고개를 갸웃하며 운전석으로 시선을 돌렸습니다.

"예전 회사에서 하던 일이랑, 지금 하는 일이 많이 달라서 찾아볼 자료가 있어서요."

그의 진지한 대꾸에 여자는 고개를 끄덕였습니다. 왜 그런지 모르겠지만, 뭔가 도움을 주기는 해야겠다는 생각이 들었습니다.

퇴근길을 한 번 빚졌으니 갚아야 하나 하는 생각, 회사 사람인데 빚지고 살면 안 되지 하는 생각, 뭐 내가 이 지역 토박이니 알려 줄 수도 있지 하는 생각.

다음 날 남자와 여자는 도서관에서 또다시 마주쳤습니다. 무슨 책을 녹음할 거냐는 남자의 물음에 여자는 요청 들어온 책이 있다며 제인 오스틴 책을 들어 보였습니다. 그는 알겠다며 고개를 끄덕이고는 서고로 향했고, 여자는 녹음실로 향했습니다.

녹음이 끝난 뒤, 여자는 이만 가 보겠다는 인사라도 하려고 서고로 향했습니다. 그런데 테이블 의자에 비스듬히 앉아 있는 그의 손에 그 책이 들려 있었습니다.

궁금해서 그랬답니다. 이걸 읽으면서 어떤 생각을 할지 궁금해서. 여자의 얼굴에 빙그레한 미소가 그려졌습니다.

그다음 주말, 여자는 남자와 못 이기는 척 영화를 한 번 보고, 밥도 한 끼 먹고, 그러고 난 후 영원히 끝나지 않을 마지막 연애를 시작했습니다.

절대 헤어지지 않는 연애를 하면 되는 거 아니냐며, 진지하게 여자를 바라봤던 눈빛을 그녀는 아주 똑똑히 기억하고 있습니다.

평생 그 눈빛만은 잊을 수 없을 것 같다며, 그 눈빛을 떠올리면 아직도 심장이 두근거린다며 미소 짓곤 합니다.

지금 그 둘은 어떻게 되었냐고요? 둘은 부부가 되어 지지고 볶고 잘살고 있답니다.

여자는 샤워하고 물기를 닦아 낸 물 냄새 나는 수건은 세탁실에 갖다 놓으라고 잔소리를 하고요, 남자는 이 집 살림은 내가 없으면 안 되는 거냐며, 소파 밑을—아주 가끔—걸레질하며 투덜거립니다.

물론 그런 둘 사이에는 두 사람을 쏙 빼다 박은 아이도 한 명 있고요. 열세 마리 물고기도 함께 살고 있습니다.

출장이 잦은 남자의 직업적 특성상 날마다 떨어져 지내야 하는 게 일상이지만, 연애 기분 나지 않느냐며 남자는 피식 웃고, 혼자 떠맡아야 하는 살림에, 일에, 육아에 여자는 미간을 찌푸립니다.

어느 날, 여자가 남자에게 물었습니다.

"아직도 나 보면 설레?"

남자는 그저 피식 웃었습니다. 여자는 대답 안 해도 알 만하다며 혀를 끌끌 찼습니다.

"편해."

여자는 고개를 갸웃하며 남자를 바라봤습니다. 그녀의 얼굴이 찌그러져 있는 건 두말하면 입 아프겠죠.

"말 안 해도 내 마음 알아주는 사람이 있어서, 표정만 봐도 내 기분이 어떤지 헤아려 주는 사람이 있어서, 맨날 내 걱정만 해 주는 사람이 있어서."

"치."

토라진 척 입을 쌜쭉 내밀었지만, 여자는 분명 웃고 있었습니다.

제가 아는 남자의 이야기, 남자가 말한 헤어지지 않는 연애, 그것이 이 책 '마지막 연애'의 시작이었습니다.

　승우와 선휘, 두 사람의 마지막 연애를 지켜봐 주신 독자님들께 깊이 감사드리며, 독자님들도 마지막 연애 상대를 만나셨기를, 만나시기를 바랍니다.

　마지막으로 엄청난 기획력을 보여 주신 손수화 팀장님께 감사드립니다.

　저는 또 다른 그 남자와 그 여자의 이야기로 찾아뵙겠습니다.

　추신:우연히 한 작가님의 블로그를 보게 되었습니다. 글뿐 아니라 그림도 훌륭하신 작가님이었지요. 그분께 이름 한 자 알리지 않은 제가, 무명작가임에도 불구하고 일러스트를 부탁 드렸습니다.

　흔쾌히 저의 부탁을 들어주시어 예쁜 책갈피로 탄생될 수 있게 해 주신 장민하 작가님, 이 자리를 빌려 감사 인사드립니다.

2015년 봄.
이서원 드림